Leopold Schmidt

Beethoven
Leben und Werk

SEVERUS

Schmidt, Leopold: Beethoven – Leben und Werk
Hamburg, SEVERUS Verlag 2014

ISBN: 978-3-86347-729-5
Druck: SEVERUS Verlag, Hamburg, 2014
Nachdruck der Originalausgabe von 1924

Der SEVERUS Verlag ist ein Imprint der Diplomica
Verlag GmbH.

**Bibliografische Information der Deutschen
Nationalbibliothek:**
Die Deutsche Nationalbibliothek verzeichnet diese
Publikation in der Deutschen Nationalbibliografie;
detaillierte bibliografische Daten sind im Internet über
http://dnb.d-nb.de abrufbar.

SEVERUS

Beethoven
Werke und Leben

Von

Leopold Schmidt

Dies Buch möchte nichts weiter als gelesen sein, gelesen wie ein Roman. Versteht sich, am liebsten von denen, die Beethovens Musik kennen, denen musikalische Fachausdrücke geläufig, Notenbeispiele keine Geheimzeichen sind. Es will nicht studiert sein, nicht als Nachschlagebuch dienen; es hat weder Register, noch Fußnoten, noch Anhänge. Der es schrieb, hat auch nicht die Absicht gehabt, die Resultate der Forschung zu bereichern, oder nach neuen ästhetischen Gesichtspunkten gesucht. Was Beethoven getan und gesagt, wo er gewohnt, mit wem er verkehrt, und was sich um ihn herum abgespielt hat — das ist in unzähligen Schriften, die eine Literatur für sich bilden, in aller Ausführlichkeit berichtet und bis ins kleinste erörtert worden. Dort findet jeder, was immer er suchen mag.

Wenn es dennoch den Verfasser lockte, den Stoff aufs neue zu behandeln, so geschah es aus anderem Grunde. Einst von der Mutter schon als Kind zu Beethoven als zu etwas Höchstem, Trostreichem geführt, im späteren Leben durch Studium und Praxis beständig auf ihn hingewiesen, wollte er ein Bild des Meisters entwerfen, wie es sich ihm ganz von selbst im Laufe vieler Jahre gestaltet hat. Der Gedanke, daß es auch andere mit Teilnahme betrachten könnten, rechtfertigt sich wohl aus der Anziehungskraft der dargestellten Persönlichkeit. Und schließlich bringt doch jede individuelle Anschauung auch ungewollt ihr Neues.

Da aber nach seiner Überzeugung die Musik im Dasein Beethovens alles war, die äußeren Umstände so gut wie nichts bedeuteten, so tritt in diesem Bilde mehr und mehr das Leben hinter dem Musiker und seinen Werken zurück.

Nicht Leben und Werke, sondern Werke und Leben geben uns den rechten Begriff davon, wer Beethoven gewesen ist.

I.

Im Jahre 1783 erschienen in der „Blumenlese für Klavierliebhaber", einer von Rat Boßler in Speier herausgegebenen Wochenschrift, artige Proben einer frühreifen musikalischen Begabung. Das Lied „Schilderung eines Mädchens" verrät noch die ungelenke Hand des Anfängers, aber das unmittelbar dahinter stehende, nach Art des Mannheimer Komponisten gestaltete C-Dur-Rondo für Klavier ist fraglos ein hübsches Stück. „Von Hrn. Ludw. van Beethoven alt eilf Jahr" — so lesen wir voll Ehrfurcht und Rührung. Dieser Vermerk ist zwar nur vor dem Liede angebracht, daß er aber für beide Kompositionen galt, ist um so wahrscheinlicher, als im nächsten Jahrgang der „Blumenlese" sich wieder ein Lied („An einen Säugling") und ein Rondo (in A) Beethovens folgen, diesmal durch doppelte Namennennung beglaubigt.

Wer etwa damals über den jugendlichen Komponisten, dessen Arbeiten sich unverkennbar von ihrer Umgebung vorteilhaft abheben, Näheres erfahren wollte, konnte sich aus einer Notiz in „Cramers Magazin" vom 2. März 1783 unterrichten. Dort heißt es in einer Besprechung des Bonner Musiklebens, die unter anderen Mitgliedern der kurfürstlichen Kapelle auch den Tenoristen Johann van Beethoven erwähnt: „Louis van Beethoven, Sohn des oben angeführten Tenoristen, ein Knabe von 11 Jahren und von vielversprechendem Talente. Er spielt sehr fertig und mit Kraft das Klavier, liest sehr gut vom Blatt und um alles in einem zu sagen: er spielt größtenteils das wohltemporierte Klavier von Sebastian Bach, welches ihm Herr Neefe unter die Hände gegeben. Wer diese Sammlung von Präludien und Fugen durch alle Töne kennt (welche man fast das non plus ultra nennen könnte), wird wissen, was das bedeutet. Herr Neefe hat ihm auch, sofern es seine übrigen Geschäfte erlaubten, einige Anleitung zum Generalbaß gegeben. Jetzt übt er ihn in der Komposition, und zu seiner Ermunterung hat er neun Variationen von ihm fürs Klavier über einen Marsch in Mannheim stechen lassen. Dieses junge Genie verdiente Unterstützung, daß es reifen könnte. Er würde gewiß ein zweiter Wolfgang Amadeus Mozart werden, wenn er so fortschritte, wie er angefangen."

Hier haben wir die erste literarische Einführung Beethovens in die Öffentlichkeit. Der Verfasser jener Notiz war Christian Gottlob Neefe selber, der Lehrer des Knaben, ein vielseitig gebildeter Mann und tüchtiger, aus der Schule Joh. Adam Hillers hervorgegangener Musiker, dem Beethoven wahrscheinlich nicht nur das Beste seiner musikalischen Ausbildung, sondern auch literarische und sonstige geistige Anregungen zu danken hatte. Neefe, der um jene Zeit als Hoforganist und vorübergehend als Theaterkapellmeister in Bonn angestellt war, tat aber noch mehr. Er sorgte dafür, daß, gleichfalls im Jahre 1783, drei Sonaten seines Schülers, mit einer schwülstigen Widmung an den Kurfürsten versehen, bei Boßler in Speier gestochen wurden. In dieser wohl auch von Neefe verfaßten Widmung wird Beethoven wieder elfjährig genannt, obwohl er bereits dreizehn Jahre zählte, eine Fälschung, die vom Vater offenbar in der Absicht, die Gaben des Kindes in wirksameres Licht zu setzen, so hartnäckig aufrechterhalten wurde, daß der Meister noch bis ins reife Mannesalter hinein glaubte, er sei 1772 geboren.

Beethovens Lebensgeschichte weist uns also zunächst nach Bonn, in die erzbischöfliche und kurkölnische Residenzstadt der siebziger Jahre. In jenem Teil der Straße, die vom unteren Ende des Marktplatzes zum Kölntor führt und den Namen „Bonngasse" trägt, steht noch heute unversehrt das Haus, in dessen Hintergebäude Ludwig van Beethoven zur Welt gekommen ist. Es hat die Nummer 515 und gehört jetzt der Gesellschaft Beethovenhaus, die hier dem Andenken des Tondichters eine von Dokumenten und Reliquien aller Art erfüllte Stätte gegründet hat. Wer auch nur flüchtig der freundlichen Rheinstadt einen Besuch abstattet, versäumt wohl nicht, den erinnerungsgeweihten Ort zu betreten. Hat uns das Denkmal am Marktplatz von dem Weltruhm des Künstlers gesprochen, so werden hier unsere Gedanken auf das Schicksal des Menschen gelenkt. Den stärksten Eindruck auf den Beschauer macht das leere Dachkämmerlein, in dem einst die Wiege gestanden haben soll, und das nun eine Büste und welke Kränze schmücken. Und wie Beethoven selbst, als ihm auf seinem Sterbelager Haydns schlichtes Geburtshaus zu Gesicht kam, sind wir gerührt beim Anblick der ärmlichen Stätte, die einem der größten Meister aller Zeiten zur Unterkunft gedient, die noch das Kind und seine ahnungslose Umgebung gesehen hat, und von der aus Unscheinbarem so Herrliches hervorgehen sollte.

Beethoven hat das Glück gehabt, einer Musikerfamilie zu entstammen. Ererbte Veranlagung, wie so häufig im Enkel verstärkt und gesammelt, und die frühe Gewöhnung an das Handwerksmäßige seiner Kunst boten sich ihm als natürliche, nicht zu unterschätzende Vorteile. Das war freilich das Einzige, was er den Seinen zu danken hatte.

Die Vorfahren Beethovens stammten, wie schon der flämische Name andeutet, aus den Niederlanden. Den ursprünglichen Wohnsitz der Familie haben wir in den Dörfern der Umgebung von Löwen zu suchen. Um 1650 läßt sich ein Beethoven in Antwerpen nieder; sein Sohn Wilhelm ist als Weinhändler verzeichnet. Der Enkel Heinrich Adelard betreibt das Schneiderhandwerk und erwirbt im Jahre 1713, obwohl in beschränkten Verhältnissen lebend, ein Haus in der Avenue Neuve (mit dem Schilde „Sphaera mundi", die heutige Nr. 33). Die Söhne dieses Schneidermeisters zeigen zuerst nachweisbar künstlerische Anlagen.

Das dritte Kind Ludwig wird Musiker, ein Sohn Gerhard Bildhauer, zwei andere, Peter und Ludwig Joseph, werden Maler. Ludwig, der Großvater des Komponisten, 1712 geboren, verläßt die Heimat in jugendlichem Alter, wohl um der Armut und anderen Mißverhältnissen zu entfliehen. 1731 finden wir ihn als Tenoristen in Löwen, wo er, kaum 19 Jahre alt, bereits den „Singmeister" vertritt, und im März 1733 wird er vom Kölner Erzbischof, Kurfürsten Klemens August, der ihn in Lüttich gehört haben mochte, durch Dekret mit 400 Gulden Gehalt zum Hofmusikus in Bonn ernannt. Aus dieser schnell aufsteigenden Laufbahn schon sehen wir, daß Ludwig van Beethoven der Ältere ein geschickter und kenntnisreicher Mann gewesen sein muß. Beziehungen zu Bonn bestanden möglicherweise durch einen anderen Zweig der Familie, der aus Mecheln stammte und vielleicht schon vorher in die Rheinstadt gezogen war. Dieser Zweig ist mit der Witwe des Kaufmanns Cornelius van Beethoven im Jahre 1765 ausgestorben.

Ludwig van Beethoven kam 1732 nach Bonn und verheiratete sich im Jahre seiner Anstellung mit Maria Josepha Poll. Von drei Kindern dieser Ehe blieb nur das dritte, Johann, am Leben. Das Geburtsjahr Johanns, des Vaters unseres Tondichters, hat sich nicht genau feststellen lassen, da der Taufschein fehlt; man setzt es um 1740 an. 1767 heiratete Johann — wie wir erfahren gegen den Willen seines Vaters — die 1746 geborene Maria Magdalena Kewerich, eine Tochter des Hauptkochs im Schlosse zu Ehrenbreitstein, die in erster Ehe mit Johann Laym, Kammerdiener des Kurfürsten von Trier, verbunden gewesen. Das junge Paar zog nun in das Clasensche Haus in der Bonngasse, wo ihm 1769 das erste Kind Ludwig Maria, das schon nach sechs Tagen starb, und 1770 unser Ludwig geboren wurde.

Erwähnt sei nebenbei, daß die Bonngasse auch sonst ihre musikgeschichtliche Bedeutung hat. Beethovens Geburtshaus (Nr. 515) schräg gegenüber, in der Nr. 386 wohnte seit 1767 der Großvater Ludwig; in den Vorder-

trakt des Hauses selbst zog 1771 die Familie des Geigers
Salomon, der in Haydns und Beethovens Leben eine Rolle
spielt; Nr. 387 war das Heim der durch Generationen am
Musikleben beteiligten Familie Ries, und im letzten Hause
der Gasse, bevor sie den Namen „Kölnstraße" annimmt,
finden wir den Hornisten Simrock, den späteren Begrün-
der des bekannten Musikverlages.

1774 zogen Beethovens Eltern nach dem Dreieck
(Nr. 7 oder 8), wo Ludwigs Bruder Kaspar Karl Anton geboren wurde. Dann bewohnten sie vom Herbst 1776 ab
das Fischersche Haus in der Rheingasse Nr. 934, in dem
schon die Großeltern gewohnt hatten, und wo der jüngste
Sohn Nicolaus Johann am 2. Oktober 1776 zur Welt kam.
Nur vorübergehend verließen sie dies Heim, um kurze Zeit
(bis 1777) in der Neugasse Quartier zu nehmen.

Mit den hier zuletzt genannten Persönlichkeiten wären
wir nunmehr in den engeren Familienkreis Beethovens eingetreten. Im Laufe der Jahre war Großvater Ludwig in
Rang und Ansehen gestiegen. Offenbar genoß er des Kurfürsten Wohlwollen. Er wurde Kammermusikus und hatte
es 1761 vom einfachen Baßsänger zum Kapellmeister gebracht, dem die Leitung der Musik in Kirche und Theater
oblag. Daß er in solcher Stellung auch schöpferisch sich
betätigt hätte, ist nicht erwiesen. Aber als Solist wirkte
er weiterhin nicht nur auf dem „Doxal" (Singechor), sondern auch im Theater mit. Wirtschaftlich gelangte er zu
einer gewissen Wohlhabenheit, zu der ein kleiner Wein-
handel, den er eine Zeitlang in der Rheingasse betrieb, das
Seinige beigetragen haben mag. Beethoven hing an seinem
Großvater mit achtungsvoller Liebe. Er rühmte ihn als
„wahren Ehrenmann", und sein Bild war das einzige Andenken, das er sich aus dem Bonner Hausrat später nach
Wien schicken ließ; bis an sein Ende sah man es in seinem
Arbeitszimmer hängen. Der Kapellmeister wird uns als
„ein kleiner, kräftiger Mann mit äußerst lebhaften Augen"
geschildert. Er starb am 24. Dezember 1773. Seine Frau,
die dem Trunke ergeben war und in einem Kloster zu Köln
untergebracht werden mußte, folgte ihm zwei Jahre später.

Im Gegensatz zu diesem ehrenwerten und tüchtigen
Manne steht Johann van Beethoven als eine recht unsym-
pathische Erscheinung in der Geschichte verzeichnet. Zwar
seine Jugend schien Glänzendes zu versprechen. Eine
schöne Stimme und frühreife Begabung zeichneten ihn aus.
Nach kurzem Besuch des Gymnasiums trat er 1752, also
etwa zwölfjährig, als Sopranist in die Hofkapelle ein und
war schon mit 16 Jahren Hofmusikus. Außer auf das
Singen verstand er sich aufs Klavierspiel, in beiden
Fächern ein Schüler seines Vaters; auch für die Violine
soll er „capabel" gewesen sein. So konnte er in begüter-
ten und vornehmen Familien Musikunterricht erteilen und
später angehende Musiker für den Kapelldienst vorbereiten. Mehrere Sängerinnen von Ruf werden als seine
Schülerinnen genannt. Aber diesen Gaben und Fähigkeiten Johanns war leider kein widerstandsfähiger Charakter gesellt. „Leichtfertig und unstet" lautete das Urteil derer, die ihn kannten. Der „stattliche Mann", dessen
„Narben im Gesicht" uns an die Pockennarben des Sohnes
erinnern, hatte von der Mutter die unheilvolle Neigung
zum Trinken geerbt. Dem Weine ergeben, richtete er
frühzeitig seine stimmlichen Mittel zugrunde, brachte sich
durch sein Verhalten in Mißgunst, verlor seine Anstellung
und führte so nach und nach die Zerrüttung der Vermö-
gensverhältnisse wie des Familienlebens herbei.
Beethovens Mutter vermochte dem Übel nicht zu
steuern. Sie war eine „stille, leidende" Frau, die ihr
Schicksal an der Seite eines haltlosen Mannes mit Er-
gebung trug. Sie starb, erst 40 Jahre alt, 1787 an der
Schwindsucht, bevor noch Johann auf die tiefste Stufe
gesunken war. Als „schöne, schlanke Person" war sie in
die Ehe getreten; ihr Wuchs war von ziemlicher Größe,
das Gesicht länglich, mit gebogener Nase und ernsthaften
Augen. Cäcilie Fischer, in deren elterlichem Hause
Beethovens wohnten, erinnerte sich nicht, sie je lachen
gesehen zu haben. Von gutem Charakter, genoß sie den
Ruf einer tüchtigen und sparsamen Hausfrau. Ihr Einfluß
auf Geistes- und Gemütsentwicklung der Kinder war

wohl gering. Beethoven hing an seiner Mutter auch
später noch in liebevoller Erinnerung; aber ein inniges
Verhältnis zwischen beiden, wie wir es oft bei großen
Männern beobachten können, hat offenbar nicht bestanden. Von dieser milden Dulderin ist auf den Sohn nichts
übergegangen. Er hatte innerlich, so wenig wie äußerlich,
etwas mit ihr gemein; es sei denn, daß man die namentlich
in späteren Jahren hervortretende Sparsamkeit als einen
mütterlichen Zug ansprechen will. Bei den Eltern müssen
wir uns übrigens in bezug auf die äußere Erscheinung
wie auf den Charakter an überlieferte Urteile halten, da
von beiden beglaubigte Bilder nicht vorhanden sind.

Recht schwankend und dürftig ist, was uns die Überlieferung von Beethovens erster Jugend berichtet. Wie
gern würden wir einen Blick in das erwachende Seelen-
leben dieses wundersamen Menschenkindes tun, wie gern
wüßten wir Näheres über die ersten Regungen seines
Kunsttriebes, über die Art, wie sie sich äußerten und gepflegt wurden! In dem Kreise aber, in dem er aufwuchs,
wurde den Fähigkeiten des Musikantensprößlings nicht in
dem Maße Bedeutung beigelegt, daß man eine sorgsame
Beachtung für nötig gehalten hätte. Dazu fehlte es nicht
nur an Intelligenz, sondern vor allem an Liebe, die ihm,
wie wir sehen werden, fast sein ganzes Leben lang versagt
blieb. Späte Bewunderung konnte das Versäumte nur
notdürftig nachholen. So sind denn Traditionen aus dem
Fischerschen Hause und aus der Rheingasse, Erinnerungen
der Jugendfreunde Wegeler und Breuning und wenige
Mitteilungen anderer Zeitgenossen alles, was uns über
jene Frühzeit Aufschluß gibt. Beethoven selbst, der nur
voll Bitterkeit seiner Jugend gedachte, hat diesen Zeug-
nissen kaum etwas hinzugefügt.

Eins steht fest: Beethoven hat keine glückliche Jugend gehabt. Die unbefangene Fröhlichkeit der in elter-
liche Liebe gebetteten Kinder, die Sorglosigkeit und den
sonnigen Glanz des Jünglingsalters, der noch das spätere
Leben verschönt und Schweres erträglicher macht — er
hat sie nicht gekannt. Drei Umstände wirkten zusammen,

sein Dasein zu verkümmern. Eng und ärmlich waren die Verhältnisse, in denen der Knabe heranwuchs; ein zerrüttetes Familienleben verdüsterte frühzeitig sein Gemüt, und seiner Begabung wurde keineswegs die entsprechende sorgfältige Überwachung und Ausbildung zuteil. Zum Vater, der seinen erzieherischen Pflichten zu genügen glaubte, wenn er mit Strenge, ja Härte sein Ansehen aufrecht erhielt, konnte der kleine Ludwig kein Vertrauen fassen. Aber auch die Mutter scheint ihn nicht durch allzu liebevolle Pflege verwöhnt zu haben. Die Kinder, die am Rhein oder im Schloßgarten, bei ungünstiger Witterung auf dem Hofe spielten, waren, so lautet eine bezeichnende Stelle im Fischerschen Manuskripte, „viel den Mägden überlassen". Kein Wunder, daß Ludwig „scheu, einsilbig und in sich gekehrt" wurde. Dies reichbegabte Kind brauchte Stütze und Anregung und war so ganz auf sich selbst angewiesen! Das Los seiner Jugend erscheint um so härter, wenn man aus seinem späteren Leben erkennt, eine wie anschlußbedürftige, liebesuchende Natur Beethoven im Grunde gewesen ist. Hier haben wir den Schlüssel zu seinem Charakter. Zu den freudlosen Eindrücken der Kindheit, dem Druck der Verhältnisse, dem Gefühl innerer Vereinsamung trat bald noch Häßlicheres. An der sittlichen Haltlosigkeit des eigenen Vaters sollte er menschliche Schwäche aus nächster Anschauung kennen lernen, und zu den widrigen Folgen gehörte nicht am wenigsten, daß mit der Sorge für seine Brüder sich die Last einer schweren Verantwortung auf seine jungen Schultern legte. So entwickelten sich gleichzeitig Reizbarkeit und übermäßiges Selbstgefühl in ihm, und keine mildernden, abschleifenden Einwirkungen traten dem entgegen und ließen ihn seelisches Gleichgewicht finden. Als sich ihm freundschaftlicher Verkehr in einem feingebildeten Familienkreise bot, war er bereits verschlossen und unzugänglich. Beethoven war sicher von Haus aus einer der empfindlichsten Menschen. Aus dieser Quelle flossen all die Bitternisse seines Lebens, und selbst das störrische, hartkantige Wesen des Mannes war doch meist nur die mangelhafte Schutzwehr eines leicht verwundbaren Herzens. Es bedurfte erst gar nicht des entsetzlichen Gehörleidens, das den Meister befiel, um ihn zu dem zu machen, was er war; unglücklich wäre er auf alle Fälle geworden. Gleichsam als Gegengewicht zu der Schwermut und Weichheit seines Gemüts hatte ihm aber die Natur eine starke Dosis Humor mitgegeben, hatte seinem sonst schwerblütigen Wesen etwas rheinländisches Temperament beigemischt. Schon beim Knaben soll die Neigung zu übermütigen Streichen gelegentlich durchgebrochen sein; später ist die Lust an derben Späßen, Neckereien, Wortspielen ein hervorstechender Zug, wie denn Beethoven, wenn er gut gelaunt war, es liebte, im gewöhnlichen Leben einen scherzhaften Ton anzuschlagen. Bei all dem läßt sich ein gewisser Mangel an Kultur nicht leugnen. Karl Lamprecht hat einmal in einer Skizze über Beethoven gesagt, sein Leben sei „pathologisch" aufzufassen. In der Tat werden wir ihm so am besten gerecht werden. Und bewundernswert muß uns die Seelengröße erscheinen, mit der er sich aus allen Wirrnissen doch immer zu reinen und gesunden Anschauungen durchgerungen hat.

An genaueren biographischen Daten über Beethovens Kindheit fehlt es fast gänzlich. Nicht einmal der Tag der Geburt hat sich mit Bestimmtheit ermitteln lassen. Wir wissen nur, daß er am 17. Dezember 1770 getauft ist; der Geburtstag kann sowohl der 15. wie der 16. gewesen sein. Beide Annahmen stützen sich auf Zeugnisse, und es fragt sich nur, ob man einer gelegentlichen Bemerkung des Neffen in den Konversationsheften oder der Notiz eines im Simrockschen Geschäfte Angestellten auf der Rückseite von Beethovens Todesanzeige mehr Gewicht beilegen will. Wie am Rhein vielfach gebräuchlich, war der Rufname des Kindes im elterlichen Hause Louis. Später vertauschte Beethoven die französische Form mit der deutschen. Der Familienname erscheint bisweilen „Beethofen" geschrieben. Der Meister selbst schrieb sich bis in die neunziger Jahre mit einem „w"; erst von der Zeit ab, wo er sich im Gegensatz zu früher in seinem Namenszug der lateinischen Buchstaben bedient, bürgert sich die richtige Schreibart mit „v" ein. Der Akzent wurde übrigens in Wien nicht immer, wie es sich gehört, auf die erste Silbe verlegt.

Bedauerlicher noch als die Dürftigkeit und Unsicherheit der biographischen Anhaltspunkte ist für uns das Dunkel, das über Beethovens musikalischer Erziehung und Entwicklung liegt. So viel erscheint sicher, daß der Vater, der als Musiker die Anzeichen einer ungewöhnlichen Begabung natürlich frühzeitig merkte, mehr an ihre praktische Ausnutzung, als an ihre liebevolle Pflege gedacht hat. Daher die Härte, mit der er Fleiß und Fortschritte gelegentlich erzwingen wollte; daher andererseits das Unstete, Planlose der Unterweisungen, die Gewissenlosigkeit, mit der er eine harmonische Ausbildung des Menschen und Künstlers dem Zufall überließ. Das Beispiel Mozarts, der in jungen Jahren Ruhm und Geld geerntet hatte, wirkte gar zu verlockend. Aber wie anders war Vater Mozart sich der Verantwortung für das ihm anvertraute Gut bewußt! Außerdem war der kleine Ludwig kein „Wunderkind" im landläufigen Sinne, wenn er auch bereits im achten Jahre bei Hofe und in Köln sogar öffentlich in einem Konzert vorgeführt wurde. Er war einer von denen, die langsam reifen. Eine ausbildungsfähige Stimme besaß er nicht, obwohl er aus einer Sängerfamilie stammte, und seine Fertigkeit auf der Violine blieb gering. Sein später so bewundertes Klavierspiel war wohl das Ergebnis beharrlicher eigener Studien und Versuche und daher eine ganz individuelle Ausdrucksform, vom Standpunkte technischer Virtuosität keineswegs unanfechtbar. Das Erwachen seiner Phantasie wurde zu Hause anfangs vielleicht kaum beachtet, geschweige denn gefördert. So blieben die musikalischen Eindrücke, die ihm aus seiner Umgebung allerdings reichlich zufließen konnten, alles, was er an Wertvollem in sich aufnahm. Die Folgezeit lehrt, wie schon das Kind sie in sich verarbeitet haben muß.

Unter solchen Umständen gehörte die ganze, ununterdrückbare Musikliebe des Knaben dazu, um ihm seine Kunst nicht zu verleiden. An mißmutigen Stunden wird es nicht gefehlt haben, und die Unlust, auf Verlangen zu musizieren, die schon das Kind gleichgültig gegen das Lob von Besuchern machte und beim Manne sich oft in rücksichtslos schroffer Form äußerte, war nur die natürliche Folge der Freudlosigkeit, mit der Beethoven in seinen Beruf trat. Die Lehrer wechselten schnell und häufig. Von systematischem Unterricht war nicht die Rede; wie die Gelegenheit sich bot, wurde die Gefälligkeit von Kollegen vom Vater in Anspruch genommen. Etwa 1778 übernahm den Kleinen kurze Zeit der Hoforganist van den Eeden, der Amtsvorgänger Neefes. An seine Stelle trat dann Tobias Pfeiffer, der als Tenorist und Hoboist mit der Großmannschen Theatergesellschaft 1779 nach Bonn gekommen war. Mit Pfeiffers ungeregelter Lehrtätigkeit brach für Ludwig eine wahre Schreckenszeit an. Nachts, wenn der Lehrer mit dem Vater in trunkenem Zustande aus der Schenke kam, wurde der Knabe aus dem Schlaf gerüttelt und bis zum Morgen beim Klavier festgehalten. Trotzdem hat Beethoven seinem Lehrer ein dankbares Andenken bewahrt. Als Pfeiffer aus Bonn verschwinden mußte, wurde Franz Georg Rovantini, ein tüchtiges Mitglied der Hofkapelle, sein Lehrer, der als Verwandter im Beethovenschen Hause wohnte, aber schon 1781 starb. Die unter ihm betriebenen Studien im Violin- und Bratschenspiel setzte Ludwig später bei Franz Ries fort. Daneben beschäftigte er sich sehr eifrig mit dem Orgelspiel. Auf der Orgel soll er sich zuerst ausgezeichnet haben, und eine Vorliebe für dies Instrument hat er zeitlebens behalten, obwohl er keine einzige Orgelkomposition geschrieben hat. Als Organisten, die sich seiner annahmen, werden, außer van den Eeden, der Franziskanerbruder Willibald und der Minoritenpater Hanzmann genannt. Von nachhaltigem Einfluß aber auf die Entwicklung des Komponisten ist wahrscheinlich erst Christian Gottlob Neefe gewesen. Beethoven hat ihm

2*

später brieflich mit den Worten gedankt: „Werde
ich einst ein großer Mann, so haben auch Sie Theil
daran."

Im Oktober 1779 war Neefe als Musikdirektor der Großmannschen Operntruppe, die als Teil der Seylerschen
Theatergesellschaft schon seit einem Jahre in Bonn
spielte, in die rheinische Residenz gekommen. Ein guter
Ruf ging ihm voraus; wahrscheinlich hatte man ihm die
Stelle des Hoforganisten in Aussicht gestellt, die er dann
auch nach van Eedens Tode (1782) neben seinem Kapell-
meisteramt bekleidete. Zu dieser Zeit oder kurz vorher
mag Beethoven sein Schüler geworden sein. Über die
Dauer wie über die Art des Unterrichtes fehlt es an jeder
Angabe. Wir sahen aber aus den ersten Publikationen,
daß Neefe bereits kurz darauf die lebhafteste Teilnahme
für seinen Schüler an den Tag legte. Um das elfte Jahr
scheint bei Beethoven die schöpferische Begabung zum
Durchbruch gekommen zu sein. Er wurde aus der Schule
genommen: sein Beruf als Musiker war entschieden. Anfang Winters 1781 begleitete Ludwig mit der Mutter die
Schwester Rovantinis, die Gouvernante in Rotterdam war,
auf ihrer Rückreise nach Holland. Das scheint zugleich
eine Art Konzertreise gewesen zu sein; er spielte zwar
nicht öffentlich, aber, wie es heißt, mit viel Beifall in
vornehmen Häusern.

Über das Verhältnis zwischen Neefe und Beethoven sind
wir also auf Vermutungen angewiesen. Neefe selbst war
kein Meister des polyphonen Satzes, sondern suchte im
Sinne Philipp Emanuel Bachs nach Ausdruck in der
Musik. Er war einer von den „Modernen" seiner Zeit, ein
feiner, kritischer Kopf, und wird wohl vor allem den Geschmack des Knaben beeinflußt haben, dem er andererseits, wie wir von ihm selber hörten, Seb. Bachs Wohl-
temporiertes Klavier in die Hand gab. Er wird es gewesen sein, der ihm die dreisätzige Sonatenform Philipp
Emanuels vermittelte und ihn damit als Klavierkomponist
auf eine neue, aussichtsreiche Bahn wies. Betrachtet
man, was von Neefes eigenen Werken vorhanden ist, so

zeigt sich unverkennbar, daß sogar manches in der Behandlung der Klaviertechnik und in der Art der Melodie-
bildung wie der Begleitungsfiguren den Schüler bis in
spätere Jahre hinein unmittelbar zu Nachahmung und
Weiterführung angeregt hat. Das wichtigste Vorbild aber
gab ihm Neefe durch seine Auffassung der Musik als
Ausdruck des Seelenlebens. Wenn Beethoven später
diese Auffassung stärker als andere betonte, ja gerade
von ihr aus als Tonpoet den mächtigsten Aufschwung
über seine Zeit hinaus nahm, so dürfen wir dies wohl
dem Einfluß eines Mannes wie Neefe zuschreiben. Aber,
wie gesagt, das alles sind nichts als Vermutungen. Sicher
ist nur, daß dieser Lehrer ihn in die musikalische Praxis
eingeführt hat. Als bei Abwesenheit des Kapellmeisters
Luchesi seine Obliegenheiten im Hof- und Kirchendienst
sich häuften, bedurfte er eines Gehilfen und Stellvertre-
ters. So wurde der noch nicht zwölfjährige Ludwig sein
Vikar und vertrat ihn wahrscheinlich schon selbständig
während einer Reise, die Neefe mit der Großmannschen
Gesellschaft nach Pyrmont, Münster und Frankfurt unternahm. Später half er auch im Theater, wo er als Cemba-
list und Bratschist mitwirkte, indem er seinem Lehrer die
Klavierproben abnahm. Er war nun nicht mehr auf Ge-
fälligkeiten angewiesen, sondern verdiente sich gewissermaßen seinen Unterricht durch Gegenleistungen. Das
war vom Jahre 1784 ab.

Wir treten damit in die Zeit jener ersten Kompositions-
versuche, die der Veröffentlichung wert erschienen. Ein
Blick auf diese Arbeiten gibt in mehr als einer Hinsicht
zu denken. Was mußte der Knabe gehört und in sich aufgenommen haben, um so zu schreiben! Wie eine Vor-
bedeutung fast will es erscheinen, daß Beethoven mit
Variationen begonnen hat, d. h. mit der Form, die ihn bis
ans Ende immer wieder gelockt hat, der Urform aller musikalischen Arbeit, die durch ihn eine so wesentliche Erneue-
rung und Vertiefung erfahren sollte. Indessen war das
wohl nur Zufall und in der Methode Neefes begründet, der
wahrscheinlich, wie heute noch viele Lehrer, die jugend-

liche Phantasie zuerst auf diese natürlichste und leichteste Art zu schulen pflegte. Das hübsche Thema, ein Marsch des Kasseler Opernsängers Ernst Christoph Dreßler, wird von dem Knaben in der damals üblichen Weise figuriert, und Neefe läßt die neun Veränderungen „zur Ermutigung" stechen. Nichts fällt an dieser korrekten Studienarbeit auf, als etwa die Vertrautheit mit den Klaviermanieren und das Maß an Technik, das der kleine Pianist besessen haben muß. Die in der „Blumenlese" veröffentlichten Stücke zeigen dagegen schon individuellere Züge. Die beiden Rondos sind nicht ohne Anmut. Das neuerdings von Friedlaender im Petersschen Jahrbuch mitgeteilte in C ist glatter, abgeschliffener als das in A; in seinem dünnen, vorsichtigen Klaviersatz hebt es sich von den übrigen Arbeiten ab, hat aber auch die eigenwillig schroffen Gegensätze von f und p, die dem Vortrag noch etwas Steifes geben. Technisch unfertiger und von weniger reifem Geschmacke sind die beiden Gesangsstücke „Schilderung eines Mädchens" und „An einen Säugling".

Was der Dreizehnjährige konnte und wollte, ersieht man am deutlichsten aus den drei Kurfürsten-Sonaten, die aus früheren Gesamtausgaben allgemeiner bekannt geworden sind. Die erste in Es-Dur besteht aus Allegro, Andante und Rondo. Ihr Charakter hat, der Tonart entsprechend, etwas Glänzendes und setzt eine geläufige Technik voraus. Der Durchführungsteil des ersten Satzes begnügt sich nicht mit Verschiebungen des Themas, sondern birgt schon in der kurzen C-Moll-Episode:

1.

den Keim einer thematischen Verarbeitung. Im Andante
fällt die Verwandtschaft des Hauptgedankens mit dem des
ersten Satzes auf, ein schüchternes Zeichen der erwachenden spekulativen Veranlagung, die nach neuen
Kombinationsmöglichkeiten trachtet. Das Rondo schließt
sich den schon besprochenen Arbeiten in dieser
Gattung an. Die dritte Sonate in D-Dur ist heiter und
lebendig. Wie in der ersten zeigt die formale Anlage
volle Beherrschung der Mittel. Als zweiten Satz bringt sie
ein variiertes Menuett, in dem das figurative Element
wieder vorwaltet. Den Abschluß macht ein Allegro
„scherzando“, das zwanglos die Sonaten- mit der Rondoform verbindet. Hier äußert sich ein Humor, der schon

2.

prägnante Gestalt annimmt. Zwischen diesen beiden Sonaten steht als merkwürdigste die zweite in F-Moll. Die
düstere Stimmung beherrscht den Komponisten und drängt
ihn zu leidenschaftlicherem Ausdruck. Er beginnt mit der
Form zu experimentieren. Dem Allegro, das mit Skalen
durch zwei Oktaven sich in das Thema stürzt, setzt er ein
kurzes, feierliches Larghetto vor, das, als die Durchführung
auf einer Fermate stockt, den Fluß unterbricht und, nach

der Unterdominante transportiert, wiedererscheint, um in
die Reprise hinüberzuleiten. Dieses Spiel der Stimmungsgegensätze war von neuer und großer Wirkung. Dem jungen
Komponisten genügt nicht mehr das Ausdrucksmittel der
Dynamik; er muß sich ausbreiten, muß den Wechsel des
Tempos zu Hilfe nehmen, um seine Empfindungen innerhalb der geschlossenen Form stärker akzentuieren zu
können. Dafür faßt er das, was er zu sagen hat, um so
mehr in bewundernswürdige Knappheit. Denken wir
nun vorausblickend daran, daß Beethoven fünfzehn Jahre
später in seiner „Pathétique“ das gleiche Gestaltungsprinzip befolgt hat, daß er auch dort das stürmische
Allegro con brio mit einem Grave in derselben Weise und
Wirkung verquickt, so muß uns dieser Satz um so merkwürdiger erscheinen, als obendrein das Thema selbst:

3a.

3b.   *(rhythmisch zum alla breve verkürzt)*

in beiden Werken dieselbe ungestüme, aufstrebende Haltung zeigt. In dem Jugendwerk kündigt sich also eines der
Grundelemente Beethovenschen Wesens an, ein Stim-

mungskomplex, der ihn geleitet und wiederkehrt, bis er in größerem Maßstab erschöpfenden Ausdruck gefunden. Ernster ist auch das Andante gehalten mit seinem auf singenden Vortrag berechneten Thema, und selbst das Schlußpresto mit den unheimlichen Unisonogängen fügt sich, entgegen der Sitte, in den düsteren Rahmen des Ganzen.

Trotz solcher Eigenheiten sind natürlich auch die Sonaten noch nicht selbständig, sondern durchaus Musik im Stil der Zeit. Was Neefe daran gebessert und ausgeglichen hat, bevor er sie in Stich gab, wissen wir nicht. Aber selbst wenn er hie und da mit Rat oder Tat geholfen haben sollte, so bleibt doch der Gedankenreichtum erstaunlich, den keine Lehrerhand hervorzaubern konnte, und der diesen ersten Dokumenten Beethovenscher Schaffenslust ihren historischen Wert sichert.

Wir begreifen, daß bei einem Knaben, der mit solchen Leistungen aufwarten konnte und schon das Amt eines Organisten versah, alles Interesse sich auf die Musik konzentrierte. Leider fehlte das Gegengewicht einer vorsorglichen Erziehung. So konnte sich zwar sein Talent um so schneller entfalten, aber seine allgemeine Bildung wurde arg vernachlässigt. Kaum daß Beethoven sich auf der Schule die nötigsten Elementarkenntnisse aneignete und ein wenig Latein lernte. Der Mann war dann später ehrgeizig genug, die Lücken, so gut es ging, auszufüllen; ganz gelungen ist ihm das nie. Im Rechnen blieb er schwach, seine Briefe verraten eine erschreckende Unkenntnis der Grammatik und Orthographie, sein Französisch soll sehr mangelhaft gewesen sein, und nicht viel besser wird es um das Italienische, dessen er sich manchmal bediente, gestanden haben. Auch äußerlich wuchs er als verwahrlostes Musikantenkind auf. Der kleine Ludwig wird uns als ein ziemlicher Schmutzfink geschildert, der, von Hausgenossen zur Reinlichkeit ermahnt, sich mit einem „Was liegt daran?" tröstete. Auch darin ist der Mann das Opfer seiner Jugend geworden. Wenn wir später hören, daß Beethoven gelegentlich statt zum Fenster hinaus in den danebenhängenden Spiegel spuckte,

daß er unmanierlich aß, daß er sich in jedem Aufzug vor
Besuchern und auf der Straße sehen ließ und kein Bedürfnis nach einer anmutigen häuslichen Umgebung kannte,
so müssen wir eben an die grundlegenden Schäden seiner
Erziehung denken.

Das Schlimmste aber war, daß in ihrer Folge auch der
Sinn für feinere Lebensart unentwickelt blieb. Im Umgang mit anderen ließ es der Meister nur zu oft am nötigen
Takte fehlen, ja gefiel sich in absichtlich plebejischem Benehmen. Das war's, was Goethe von ihm abstieß. Welche
Tragik im Leben eines Menschen, der im Grunde fein
organisiert war und sich dem Guten nachzustreben be-
mühte! Beethoven schätzte den Wert der Freundschaft
und hatte das Glück, wahre, anhängliche und nachsichtige
Freunde zu finden; aber seine Unfähigkeit und Unlust, die
wilden Ausbrüche seines Temperaments zu zügeln, ließen
kaum eines dieser Verhältnisse auf die Dauer ungetrübt.
Er überwarf sich mit allen, ob es Gönner, Verleger, Haus-
wirte, Dienstboten oder Verwandte waren. Was half es
da, daß er hinterher das begangene Unrecht bereute und
gewöhnlich über alles Maß des Verschuldens hinaus gut-
zumachen suchte? In welche Stimmung er dann geraten
konnte, bezeugt ein rührender Brief an seinen Jugendfreund Franz Gerhard Wegeler, den dieser nach einem
voraufgegangenen Zwist in Wien (zwischen 1794 und 96)
empfing. Das für die Kenntnis des Menschen überaus
wichtige Dokument läßt wie wenige andere einen Blick
in Beethovens Seele tun und ist der schönste Beweis für
seine Herzensgüte und freimütige Offenheit gegen sich
selbst. Es lautet:

„Liebster, bester! in was für einem abscheulichen
Bilde hast du mich mir selbst dargestellt! o ich er-
kenne es, ich verdiene deine Freundschaft nicht, du
bist so edel, so gutdenkend, und das ist das erstemal,
daß ich mich nicht neben dir stellen darf, weit unter
dir bin ich gefallen, ach ich habe meinem Besten, edelsten Freund 8 wochen Lang Verdruß gemacht, du
glaubst, ich habe an der Güte meines Herzens ver-

lohren, dem Himmel sey dank; nein. — es war keine
absichtliche, ausgedachte Boßheit von mir, die mich so
gegen dich handeln ließ, es war mein unverzeihlicher
leichtsinn, der mich die Sache nicht in dem Lichte
sehen ließ, wie sie wirklich war. — o wie schäme ich
mich für dir, wie für mir selbst — fast traue ich mich
nicht mehr, dich um deine Freundschaft wieder zu
bitten. — Ach Wegeler nur mein einziger Trost ist,
daß du mich fast seit meiner Kindheit kanntest, und
doch o laß mich's selbst sagen, ich war doch immer
gut und bestrebte mich immer der Rechtschaffenheit
und Biederkeit in meinen Handlungen; wie hättest
du mich sonst lieben können? — sollte ich den jetzt
seit der Kurzen Zeit aufeinmal mich so schrecklich, so
sehr zu meinem Nachtheil geändert haben — unmöglich, diese Gefühle des Großen, des Guten sollten alle
aufeinmal in mir erloschen seyn? mein Wegeler lieber
bester, o wag es noch einmal, dich wieder ganz, in
die Arme deines B. zu werfen baue auf die guten Eigenschaften, die du sonst in ihm gefunden hast, ich stehe
dir dafür, den neuen Tempel der heiligen Freundschaft,
den du darauf aufrichten wirst, er wird fest, ewig
stehen, kein Zufall, kein Sturm wird ihn in seinen
Grundfesten erschüttern können — fest, — Ewig —
unsere Freundschaft. Verzeihung — Vergessenheit
wieder aufleben der sterbenden sinkenden Freundschaft — o Wegeler verstoße sie nicht diese Hand zur
aussöhnung, gib die deinige in die meine — ach Gott.
— doch nichts mehr — ich selbst komm zu dir, und
werfe mich in deine Arme, und bitte um den ver-
lohrenen Freund, und du giebst dich mir, dem reue-
vollen, dich liebenden, dich nie vergeszenden

Beethoven

wieder."

Es waren nicht eben erquickliche Dinge, die wir hier
berühren mußten; aber eine getreue Schilderung soll und
braucht derlei Flecken auf dem leuchtenden Bilde eines

Mannes wie Beethoven nicht zu vertuschen. Die Wahrheit muß bestehen, aber sie wirkt durchaus nicht immer gleichartig auf die Beurteilung menschlicher Charaktere. Selbst wenn Beethovens Leben uns keine Aufschlüsse böte über die mannigfachen Nöte und Bedrängnisse, unter denen er gelitten, und nicht Mitleid mit seinem Schicksal „wissend" machte — die Ehrfurcht vor dem Genie müßte uns hindern, ihn in Reih und Glied zu stellen. Es geht nicht an, den in einer anderen als der realen Welt lebenden Meister, dessen zartes Gewissen ihn in allen wichtigen Entscheidungen edelstes Menschentum hat bewähren lassen, nach gewöhnlichem Maßstab zu messen. Die Fehler und Schwächen, wie wirken sie hier so ganz anders! — Um so leichter kann man davon sprechen.

Wird der heranwachsende Knabe als launisch, fast störrisch geschildert, schlummerte in ihm schon jene Glut, die sich später nicht selten zur Flamme der Leidenschaft entfachte, so erschien doch zu anderen Zeiten sein Wesen zerstreut und träumerisch. Das frühe Aufsichselbstgestelltsein, das ihn bald scheu, bald achtlos gegen seine Umgebung machte, hatte eben Gutes wie Schlimmes im Gefolge. Dem Künstler stärkte es das Selbstvertrauen, ohne das kein Genie seinen Weg findet, und im Menschen entwickelte es mit aller Einseitigkeit rein sachlichen Interesses den Schaffenstrieb und die Gabe der Sammlung. Es wird erzählt, daß Beethoven viel und gern im Freien umhergestreift sei und die Umgebung der Stadt durchwandert habe. Die Liebe zur Natur, die ihm treu blieb, war wohl ererbt, denn in den Erinnerungen der Bonner Freunde heißt es ausdrücklich: „Beethovens liebten den Rhein." Wie schade, daß wir im übrigen über die nun folgenden Jahre wieder so wenig unterrichtet sind! Blieb Neefe sein Freund und Förderer? Wie verliefen seine weiteren Studien, wie reifte sein schöpferisches Vermögen heran? Unter welchen bestimmten Eindrücken und Erlebnissen gelangte er im entscheidenden Jünglingsalter zur künstlerischen Selbständigkeit? Das alles und vieles andere sind unbeantwortete Fragen. Wir können uns höchstens davon eine ungefähre Vorstellung machen, was nach dem Stand der damaligen Bonner Musikverhältnisse wohl am stärksten auf seine Aufnahmefähigkeit gewirkt haben mag.

Seit 1784 war Ludwig als zweiter Organist (Hilfsorganist) bestätigt. Schon anfangs des Jahres hatte er, gestützt auf die Empfehlung des Oberhofmeisters Grafen Salm-Reifferscheid, ein Bittgesuch um Anstellung eingereicht. Eine Besoldung aber — sie war gering genug und betrug noch 1788 nicht mehr als 100 Taler — erhielt er erst unter dem neuen Kurfürsten. Am 15. April 1784 starb Max Friedrich, und Max Franz, ein Habsburger, folgte ihm auf dem erzbischöflichen Stuhl. Der Regierungswechsel brachte mancherlei Veränderungen, die auch in das Bonner Kunstleben eingriffen. Die Theatergesellschaft wurde aufgelöst, die Ausgaben für die Kapelle wurden eingeschränkt. Der reichbegabte, auch kunstsinnige Max Franz hatte vorläufig andere Ziele. Erst 1789 errichtete er in Bonn ein Nationaltheater, an dem Joseph Reicha Direktor, Neefe wieder Pianist und Musikdirektor wurde. Beethoven tritt nun als Kammermusikus auch in die Kapelle ein und zwar als Bratschist, um Geld zu verdienen, aber wohl auch, um die Orchestertechnik praktisch zu erlernen. Diese Beschäftigung am Theater erscheint wichtig, weil sie ihn mit der damaligen Opernliteratur vertraut machte. Schon bei der Großmannschen Truppe hatte der Knabe die gangbarsten italienischen, französischen und deutschen Opern und Singspiele, sicherlich auch Gluck und Mozarts „Entführung" kennen gelernt. Jetzt wurde diese Kenntnis noch vertieft und erweitert, denn der Spielplan des Nationaltheaters umfaßte, wie wir wissen, die besten Werke der Zeit.

Daß Beethoven nicht einseitig aufs Theater hingewiesen wurde, dafür sorgte die Kammermusik, die sich am Hofe Max Franzens besonderer Begünstigung erfreute. Der Kapelle gehörten eine Reihe hervorragender Musiker an. Die Kapellmeister Lucchesi und Reicha, dessen Neffe Anton Reicha, der als Flötist im Orchester saß, ferner Neefe,

Franz Ries (Beethovens Lehrer im Violinspiel), die Brüder Bernhard und Andreas Romberg (der Komponist der Schillerschen „Glocke"), lauter Männer, die auch schöpferisch tätig waren, konnten einen jungen Künstler wohl anregen und zum Wettstreit anspornen. Mit ihnen hatte Beethoven Jahre hindurch, zum Teil sogar freundschaftlichen Umgang. Auf allen Gebieten der Vokal- und namentlich der Instrumentalmusik konnte er sich versuchen, auf allen seine Beobachtungen und Studien machen. Ganz besonders das Vorbild Mozarts war ihm von Jugend an nahegerückt, im Elternhause, wo die Bedeutung des Wiener Meisters frühzeitig gewürdigt wurde, beim Unterricht, im Theater und in den Hofkonzerten, und Mozart ist es denn auch, der auf unsern Ludwig am nachhaltigsten gewirkt hat.

Unter diesen Umständen mußte seinem einmal erwachten Schaffenstriebe immer neue Nahrung zugeführt werden, und wir haben uns die nächsten Jahre als von einer regen und stetig sich steigernden schöpferischen Tätigkeit erfüllt zu denken. Ob dieser Trieb des inzwischen immer mehr bewunderten Klaviervirtuosen sich nicht zum guten Teil in Improvisationen erschöpft, ob Beethoven all die Zeit seine Einfälle verarbeitet und zu Papier gebracht hat, können wir freilich nicht wissen. Nach jenen von Neefe veröffentlichten ersten Arbeiten erscheint erst 1791 wieder etwas im Druck. Die Werke der Zwischenzeit sind Manuskript geblieben, zum Teil weit über Beethovens Tod hinaus. Mit dem Herausgeben hatte es schon damals der junge Meister nicht eilig. Vieles von dem, was in Bonn entstanden, hat er später durch Umarbeitung oder Benutzung von Themen verwertet; wahrscheinlich weit häufiger noch, als sich nachweisen läßt. Denn Beethoven vernichtete nicht so leicht und hielt Haus mit seinen Gedanken. Einiges ließ er bestehen, veröffentlichte es aber erst viel später. Andere Jugendwerke sind aus dem Nachlaß bekannt geworden. Was aber mag verloren gegangen sein? Die eifrigste Forschung hat weder die mutmaßlichen Lücken füllen, noch mit Bestimmtheit die ganz oder teilweise in die Bonner Periode fallenden Werke oder ihre zeitliche Folge feststellen können.

Überblicken wir das Wenige, was sich erhalten hat, so sind die Fortschritte in geistiger und technischer Hinsicht unverkennbar. Ein Klavierkonzert in Es-Dur ist in das Jahr 1784 zu setzen, denn auf dem Titelblatt steht (wieder fälschlich): „composé par Louis Beethoven âgé de douze ans." Die Abschrift, eine Klavierstimme, in die die Vor- und Zwischenspiele des Orchesters (Streichquintett, Flöten und Hörner) eingezeichnet sind, ist im Besitz von Dr. Erich Prieger in Bonn. Man sieht, wie sich der junge Komponist an die Mozartsche Form hält und wie er bemüht ist, den Solopart für den Spieler möglichst wirkungsvoll zu gestalten. Sicherlich hat er dabei an sich selbst gedacht. Im Finale begegnen wir einem Thema, auf das Beethoven später zurückgekommen ist. Nur wenig verändert erscheint es als Seitenthema der G-Dur-Romanze op. 40 für Violine. In dieselbe Zeit fällt das Claudiussche Lied „Wenn jemand eine Reise tut", ein einfaches Strophenlied von mäßigem Humor mit Chorrefrain, das als „Urians Reise um die Welt" erst 1805 in op. 52 erschien; vielleicht auch ein Bruchstück für Klavier und Violine, dessen Echtheit jedoch nicht feststeht.

Fesselnder als diese Arbeiten sind die drei Klavierquartette (in Es, D und C) vom Jahre 1785. Es sind die einzigen Versuche in dieser Gattung; merkwürdigerweise hat sich Beethoven später nie wieder der Klavierquartettform bedient. Die Beherrschung der Mittel ist hier noch nicht frei geworden, das Klavier dominiert, die Streichinstrumente treten mehr begleitend und verstärkend hinzu. Aber die musikalischen Gedanken zeigen bereits selbständige Prägung. Diese Quartette, alle noch dreisätzig, schlagen die Brücke in die erste Wiener Schaffenszeit hinüber. Beethoven selbst verwarf sie als unreif — sie erschienen erst aus dem Nachlaß 1832 bei Artaria in Wien —, aber die guten Einfälle darin hielt er für wert der Aufnahme in spätere Werke. Vielleicht entwarf er schon bald darauf die Klaviertrios und Sonaten, mit denen er ein Jahrzehnt später in Wien als Komponist debütierte. Tatsache ist, daß der erste Satz des C-Moll-Trios op. 1 und der erste Satz der C-Dur-Sonate op. 2 Motive aus den Quartetten bringen, und daß die Melodie des Adagios der F-Moll-Sonate op. 2 gleichfalls schon von dem erst Fünfzehnjährigen erfunden worden ist. Die Phantasie war bereits erstarkt, als das Können noch auf schwanken Füßen stand. Wie anders stellt sich uns Mozart im gleichen Alter dar! Auffallend an den Jugendwerken beider Meister ist übrigens das Fehlen jeglichen Überschwanges, jeglicher Willkür und Originalitätssucht. Wie Böcklin und Lenbach mit dem Kopieren alter Gemälde begannen, so sind beide zunächst nur beflissen, Überkommenes nachzubilden, und vorsichtig, Beethoven fast übervorsichtig, suchen sie erst ganz allmählich den Boden zu erobern, auf dem sie sich als Herrscher aufzuschwingen und der Welt ihre Gesetze zu diktieren gedenken.

Aus dem Dunkel, das mehr oder weniger über Beethovens Jugend gebreitet liegt, leuchten, neben dem Neefes, noch die Namen Breuning und Waldstein hervor. An sie knüpfen sich für den Jüngling wichtige Begebenheiten.

Nicht gar weit von der Bonngasse, auf dem Münsterplatze gegenüber der Kirche stand noch zu Beginn dieses Jahrhunderts ein Haus, an dem als Hinweis auf seinen Erbauer, den Kardinal Burmann, ein in Stein gehauener Kardinalshut zu sehen war. Hier wohnte der Kanonikus und Scholaster beim Archidiakonalstift Abraham von Kerich mit dem Kanzler des Stiftes Lorenz von Breuning und der Familie seiner Schwester Helene, der Witwe des 1777 beim Brande des kurfürstlichen Palastes umgekommenen Hofrates Emanuel Joseph von Breuning und ihren Kindern. In diesem Hause hat Beethoven die glücklichsten Tage seiner Jugend verlebt. Die Hofrätin war der Mittelpunkt eines feingebildeten, geistig vielfach angeregten Kreises. Um 1785 durch seinen Freund Wegeler eingeführt, genoß der Knabe und Jüngling den Vorteil, in dieser angesehenen Familie liebevollste Aufnahme zu finden. Namentlich nach dem Tode der Mutter wurde ihm hier eine zweite Heimstätte, die seine Sitten milderte, seinen Geist befruchtete und ihm Einblick in eine bessere Welt gewährte, als sie den früh Verbitterten zu Hause umgab. Hier fühlte er sich verstanden, hier durfte er freudigeren Lebensregungen folgen. Und gewiß ist die Berührung mit Männern wie dem Onkel Kanonikus und dem Vormund Lorenz von Breuning, denen sich häufig ein in Kerpen ansässiger Onkel der Familie, Johann Philipp von Breuning gesellte, von Einfluß auf seinen Geschmack und Bildungstrieb gewesen.

Durch seinen Lehrer Neefe war Beethoven mit musikalischem auch der erste literarische Bildungsstoff zugeflossen. Aber erst in dem kunstliebenden Hause der Breunings wurde der Sinn für Poesie in ihm geweckt. Er lernte Hölty und Goethe, Klopstock, Schiller und Bürger kennen, wurde in die antike und ausländische Literatur eingeführt. Wenn er später für englisches Wesen viel übrig hatte, wenn nach Ausweis seiner Handbibliothek und manchem seiner Aussprüche neben Goethe, Homer, Plutarch auch Shakespeare zu seinen Lieblingsdichtern gehörte, so ist gewiß der Grund dazu in jenem Bonner Freundeskreis gelegt worden. Was solch Erschließen für ihn bedeutete, dessen war sich der junge Musikus wohl bewußt. Daraus erklärt sich, mehr noch als aus erwiesenen Annehmlichkeiten — dergleichen pflegte Beethoven nie allzu hoch einzuschätzen — die tiefe Dankbarkeit, die er, wie mehrere Briefe aus der ersten Wiener Zeit bezeugen, der Familie Breuning bewahrt hat. Damals ging ihm Klopstock über alles. „Ich habe mich jahrelang mit ihm getragen; wenn ich spazieren ging, und sonst! Ei nun: verstanden hab' ich ihn freilich nicht überall. Er springt so herum; er fängt auch immer gar zu weit von oben herunter an; immer Maestoso! Des-Dur! Nicht? Aber er ist doch groß und hebt die Seele. Wo ich ihn nicht verstand, da riet ich ihn doch — so ungefähr." Später hat dann, wie er Rochlitz gestand, Goethe den Klopstock bei ihm „tot gemacht".

Beethoven genoß mit dem zweiten Sohn der Hofrätin, Stephan, der nur vier Jahre älter war als er, zu gleicher Zeit Violinunterricht bei Franz Ries und war selbst der Klavierlehrer des jüngsten Sohnes Lorenz und der einzigen Tochter Eleonore. Bald verband ihn eine herzliche Freundschaft mit allen Geschwistern, deren Zahl der älteste Sohn, Christoph, vervollständigte. Mit Stephan von Breuning (dem Vater Dr. Gerhards von Breuning, des Verfassers der bekannten Beethoven-Erinnerungen „Aus dem Schwarzspanierhause") nahm Beethoven den Verkehr in Wien wieder auf; allerdings mit Unterbrechungen, die nicht sowohl dem Freunde, als seinem eigenen unglücklichen Temperamente zuzuschreiben waren. Lenz starb früh. Eleonore („Lorchen") wurde die Gattin Franz Gerhard Wegelers, der zu den Vertrauten des Breuningschen Hauses und etwa seit 1792 zu Beethovens Freunden gehörte.

Wegeler, später Professor an der Bonner Universität und dann Geheimer Medizinalrat in Coblenz, hat sich durch seine mit Ries herausgegebenen „Biographischen Notizen" um die Beethovenforschung die größten Verdienste erworben. Er war der Sohn eines aus dem Elsaß eingewanderten einfachen Handwerkers und wurde 1765 in Bonn geboren. Durch Bildung und edlen Charakter tat er sich frühzeitig hervor, und Beethoven, der sich triebhaft zu vornehmen und verläßlichen Naturen hingezogen fühlte, schloß sich dem um fünf Jahr Älteren aufs vertraulichste an. Auch als Wegeler 1794—96 in Wien lebte, dauerte das Verhältnis fort, wenngleich, wie wir aus Beethovens Brief sahen, nicht immer ungetrübt; daß aber die Erinnerung an den Jugendfreund in Wegeler und seinem Lorchen trotz jahrzehntelanger Trennung nicht erlosch, davon gibt ein prachtvoller Brief der beiden vom 29. Dezember 1825 Kunde. Sein Anfang führt uns wieder in die Bonner Zeit zurück:

„Mein lieber alter Louis!" (so beginnt Wegeler, der zuerst schreibt)

„Eines der 10 Riesschen Kinder kann ich nicht nach Wien reisen lassen, ohne mich in dein Andenken zurückzurufen. Wenn du binnen den 28 Jahren, daß ich Wien verließ, nicht alle 2 Monate einen langen Brief erhalten hast, so magst du dein Stillschweigen auf meine ersten als Ursache betrachten. Recht ist es keineswegs, und paßt um so weniger, da wir Alten doch so gerne in der Vergangenheit leben und uns an Bildern aus unserer Jugend am meisten ergötzen. Mir wenigstens ist die Bekanntschaft und die enge, durch eine gute Mutter gesegnete Jugendfreundschaft mit dir ein sehr heller Punkt meines Lebens, auf den ich mit Vergnügen hinblicke, und der mich vorzüglich auf Reisen beschäftigt. Nun sehe ich an dir wie an einem Heros hinauf, und bin stolz darauf sagen zu können: ich war nicht ohne Einwirkung auf seine Entwicklung, mir vertraute er seine Wünsche und Träume, und wenn er später so häufig mißkannt ward, ich wußte wohl, was er wollte. Gottlob, daß ich mit meiner Frau und nun später mit meinen Kindern von dir sprechen darf; war doch das Haus meiner Schwiegermutter mehr dein Wohnhaus als das deinige, besonders nachdem du die edle Mutter verloren hattest. Sage uns nur noch einmal: ja, ich denke Eurer in heiterer, in trüber Stimmung! Ist der Mensch, und wenn er so hoch steht wie du, doch nur einmal in seinem Leben glücklich, nämlich in seiner Jugend; die Steine von Bonn, Kreuzberg, Godesberg, die Baumschul etc. haben für dich Haken, an welche du manche Idee froh anknüpfen kannst."

Im Breuningschen Hause war es auch, daß Beethoven den Grafen Waldstein kennen lernte. Ferdinand Graf Waldstein, aus Dux in Böhmen gebürtig, ist wahrscheinlich schon um die Mitte der achtziger Jahre nach Bonn gekommen; 1787 trat er sein Noviziat als Ritter des Deutschen Ordens an, dessen Großmeister Max Franz war. Wegeler nennt ihn den „Liebling und beständigen Gefährten" des jungen Kurfürsten. Wie so viele Mitglieder des österreichischen Hochadels war Waldstein ein Kenner und Liebhaber der Musik, und versuchte sich sogar in eigenen Kompositionen. Über eines seiner Themen hat

Beethoven vierhändige Variationen geschrieben. Der seltsame junge Musiker mußte dem Grafen bald auffallen. Er schenkte ihm einen Flügel, musizierte mit ihm, unterstützte ihn zartfühlend in Zeiten der Not und würdigte den um 8 Jahre Jüngeren seiner Freundschaft. Das war für Beethoven eine glückliche Fügung. Denn der Kurfürst hatte für die Familie des Trunkenbolds Johann begreiflicherweise keine Sympathien; das wenige, was bei Hofe für Ludwigs Fortkommen geschah, ist wohl dem Einfluß Waldsteins zuzuschreiben. Waldstein ist einer der ersten, die das junge Genie erkannten; in einem Stammbuchwort bezeichnet er den scheidenden Freund geradezu als Haydns und Mozarts berufenen Nachfolger. Zugleich gibt er das erste Beispiel eines Aristokraten, der Beethoven als seinesgleichen behandelt. Trotzdem scheint später zwischen beiden eine Entfremdung eingetreten zu sein. Die Widmung der großen C-Dur-Sonate, durch die der Name Waldstein in der Geschichte weiterlebt, spricht zwar von dankbarer Gesinnung des Meisters. Im übrigen aber verschwindet der Graf aus Beethovens Gesichtskreis, obwohl er erst 1823 in Wien gestorben ist.

Das Jahr 1787 bringt uns das nächste greifbare Ereignis: eine Reise Beethovens nach Wien. Freilich fehlt es auch hier wieder, außer der Tatsache selbst, an allen sicheren Überlieferungen. Wir wissen nur, daß der Zweck der Reise war, bei Mozart Unterricht zu nehmen. Das Mißverhältnis zwischen Wollen und Können war also dem Siebzehnjährigen klar zum Bewußtsein gekommen. In Bonn aber war niemand, der ihm imponierte, seiner Umgebung war er bereits über den Kopf gewachsen. So zog es ihn nach Wien, an den Urquell aller Offenbarung, zu seinem über alles verehrten Vorbild Mozart. Vermutlich verschaffte ihm Freund Waldstein die Mittel und die Gelegenheit diesen Plan, in dem ihn andere bestärkt haben mögen, zur Ausführung zu bringen.

Im Frühjahr, wahrscheinlich im März, sah Beethoven zum erstenmal die Stätte seines späteren Lebens und Wirkens. Wie gern erführen wir etwas von dem Eindruck, den die Kaiserstadt auf den rheinischen Provinzler gemacht hat, von seinen menschlichen und künstlerischen Erlebnissen aus dieser Zeit! Wie interessant wäre es, Genaueres über jene Momente zu wissen, in denen sich Mozart und Beethoven persönlich gegenüberstanden! Mit einer Anekdote müssen wir uns begnügen. „Auf den gebt acht," soll Mozart ausgerufen haben, „der wird in der Welt von sich reden machen." Aber merkwürdigerweise hat er später nie von seinem genialen Schüler gesprochen, und auch in den Erinnerungen der Familie wird Beethovens Besuch nicht erwähnt. Mozart, der damals gerade den Plan zum „Don Juan" im Kopfe hatte, scheint dem Unterricht nicht viel Interesse gewidmet zu haben. Beethoven beklagte sich bei Ries, daß in den wenigen Stunden, die er erhalten, der Meister ihm nie etwas vorgespielt habe. Da er aber bei anderer Gelegenheit (in einem Gespräch mit Czerny) Mozarts Spiel „fein aber zerhackt" nannte und ihm Mangel an legato vorwarf, muß er ihn wohl öffentlich oder in Gesellschaften gehört haben. Bei der aufrichtigen Verehrung, die Beethoven zeit seines Lebens für seinen großen Vorgänger an den Tag legte, muß es auffallen, daß er von einer Episode, die wie man meinen sollte, voll unvergeßlicher Erlebnisse gewesen, so wenig zu sprechen pflegte, daß, wie die Konversationsbücher ausweisen, sein eigener Neffe, der bei ihm groß geworden, ihn fragen konnte, ob er Mozart überhaupt gekannt und wo er ihn gesehen habe. Man gewinnt fast den Eindruck, daß dieser erste Wiener Aufenthalt ziemlich spurlos an ihm vorüberging, vielleicht ihm eine Enttäuschung brachte. Übrigens wurde er jäh, und früher als beabsichtigt, abgebrochen. Die Nachricht von der ernstlichen Erkrankung seiner Mutter rief ihn nach Bonn.

Den Rückweg nahm Beethoven über Augsburg, möglicherweise um die berühmte Klavierfabrik von Stein zu besuchen. Hier lernte er einen Advokaten Dr. von Schaden kennen, der ihm das Geld zur weiteren Fahrt nach Bonn lieh. Diesem Umstand verdanken wir den ersten noch erhaltenen Brief Beethovens. Er ist an den Augsburger

Freund gerichtet und vom „15 Herbstmonat 1787" datiert. Wir erfahren aus ihm, daß Beethoven die Mutter noch lebend angetroffen, aber bald darauf (17. Juli) an der Schwindsucht verloren hat; daß er sich krank und elend fühlt, und daß ihm das Schicksal in Bonn nicht günstig ist. Er muß um Nachsicht bitten, denn er hat nicht einmal so viel, um die geliehenen „drei Karolin" zurückzuzahlen. Tiefe Niedergeschlagenheit spricht aus dem Schreiben und zeugt von der trübsten Zeit, die nun über den jungen Künstler hereinbrach und die er ohne die Hilfe von Franz Ries kaum überstanden hätte. Eine Bittschrift Johanns blieb vom Kurfürsten unberücksichtigt. So mußte die Familie von 200 Talern, die der Vater bekam, Ludwigs Organistengehalt und dem Ertrag von Unterrichtsstunden leben. Nach dem Tode der Mutter wurde eine Haushälterin angenommen. Der ältere Bruder Karl sollte Musiker werden, der jüngere Johann kam als Lehrling in die Hofapotheke. Das jüngste Schwesterchen Margarete starb, anderthalb Jahr alt, am 25. November 1787. Mit der Gattin hatte Johann den letzten moralischen Halt verloren. Immer tiefer sank er, seinem Laster hingegeben, und es kam der Tag, wo Beethoven den betrunkenen Vater gewaltsam den Händen der Polizei entreißt. Welch herbes Geschick für einen so feinfühligen und von Grund aus ehrbaren Charakter! Um Johanns Stellung ist es nun geschehen. Er wird vom Dienst entbunden, bleibt aber in der Familie wohnen. Ludwig muß es noch als Gnade betrachten, daß ihm auf sein Bittgesuch die Hälfte des väterlichen Gehaltes überwiesen wird, und, kaum neunzehnjährig, wird er Oberhaupt der Familie und trägt die Last der Verantwortung und Sorge nicht nur für die Brüder, sondern auch für den entmündigten Vater.

Doch es ist Zeit, daß wir uns wieder nach dem Komponisten umschaun und den schöpferischen Ertrag der letzten Bonner Jahre um Aufschluß über die Entwicklung Beethovens befragen. Da nur ein Variationenwerk im Druck erschien und manches erst später veröffentlicht wurde, ergibt das wenige, dessen Entstehungszeit verbürgt ist, kein zutreffendes Bild von seinem damaligen Schaffen. Wir dürfen als ziemlich sicher annehmen, daß mancherlei Pläne und Entwürfe zu größeren Arbeiten schon in Bonn gereift sind und später nur eine von der ersten abweichende Ausführung erfahren haben. War doch das Leben, das er dort führte, ganz danach angetan, ihn immer mehr in sein Inneres zurückzuweisen, in dem vulkanische Kräfte gärten und ungestüm zu freier Entfaltung drängten.

Hart war das Ringen Beethovens um technische Meisterschaft. Sie ist ihm nicht in den Schoß gefallen. Das erklärt auch die langsame Art seines Schaffens. In der Reihe seiner Arbeiten ist hinter die zuletzt besprochenen Klavierquartette vom Jahre 1785 wohl als nächste das 1836 aus dem Nachlaß gedruckte kleine Klaviertrio in Es zu setzen, ein noch tastender Versuch. Es ist dreisätzig, ohne, Adagio. Der erste Satz ist das erste Beispiel für Beethovens Neigung, die Coda länger als bis dahin üblich auszuspinnen und ihr eine selbständige Bedeutung zu geben. Als Mittelsatz begegnet zum erstenmal ein „Scherzo"; am gehaltvollsten ist das hübsche Schlußrondo. Wenngleich die Streicher hier schon selbständiger an der Thematik teilnehmen als in den Klavierquartetten, ist das Ganze doch noch etwas dürftige Dreiklangsmusik, der Klaviersatz stellenweise leer. Bemerkenswert ist die Gegenüberstellung derselben Motive in Dur und Moll; aber was später bei Schubert zu einem so wichtigen Stimmungsmittel wird, erscheint hier noch als technische Spielerei. Früchte der Bachstudien bei Neefe sind das F-Moll-Präludium und die zwei „Präludien durch alle zwölf Dur-Tonarten" für Klavier, zwischen 1787—89 entstandene Studienarbeiten ohne persönliches Gepräge. Beethovens Ehrgeiz, den strengen Stil zu beherrschen, erwacht, aber er fühlt noch kein festes Fundament unter den Füßen.

Am frühesten entwickelt zeigte sich die Kunst zu variieren, die mit seiner Gabe der freien Phantasie zusammenhängt. Sicher sind die vierhändigen Variationen über ein Thema des Grafen Waldstein in Bonn komponiert, obwohl sie erst 1794 bei Simrock erschienen. Beethoven

schrieb nie ohne besondere Veranlassung für vier Hände;
in jener Zeit aber musizierte er viel mit dem Grafen gemeinsam. Die vierundzwanzig Variationen über Righinis
Ariette: „Venni amore“, mit denen er sich als Pianist in
Wien einführte, erschienen 1791 in Mannheim mit einer
Widmung an die Gräfin Hatzfeld. Dieser Tatsache gegenüber ist der Schluß erlaubt, daß Beethoven um 1790, wie
wir gleich auch aus einem andern Werke sehen werden,
plötzlich zu einer künstlerischen Individualität herangereift war. Von der Unselbständigkeit und der vorsichtigen
Zurückhaltung der früheren Jugendwerke ist nichts mehr
zu spüren. Das hübsche Thema Righinis wird von der
ersten Variation im gebundenen Stil an mit völliger Freiheit glänzend und geistreich behandelt. Die typischen Manieren der Figuration sind durch eine Fülle neuer Einfälle ersetzt, die dem Komponisten nur so zuströmen. Die
Beethovenschen Triller erscheinen, das Wesen der Variation, wie es Beethoven erkannte, ist in den Grundzügen
bereits festgelegt, der Vortrag ist aufs sorgfältigste bezeichnet, die letzte Veränderung wächst sich zu einer
langen Koda voll pikanter Überraschungen aus. Bevor
das Thema wie in der Ferne nach der Tiefe verschwindet,
erscheint es nach einem Abschluß auf dem Grundton D
und spannenden Pausetakten noch einmal in B-Dur, um
mit kühnem Übergange:

nach G-Dur und gleich darauf nach As-Dur zu gleiten.
Man kann sich vorstellen, wie diese Variationen, die 1801
noch einmal bei Traeg in Wien verlegt wurden, auf die

Zeitgenossen wirken mußten, um so mehr, als die Klaviertechnik darin virtuoser und zum Teil ganz persönlicher Art war. Wir können daraus zugleich entnehmen, welche Stufe der Klavierspieler Beethoven inzwischen erreicht hatte.

Bei einigen Kompositionen kann man aus der Wahl der Instrumente auf ihre mutmaßliche Veranlassung und insofern auf ihre Entstehungszeit schließen. So werden wohl das Oktett op. 103 und ein Rondino in Es für Blasinstrumente, beide nach dem Tode herausgegeben, für die Tafelmusik des Kurfürsten geschrieben sein, bei der die Besetzung mit zwei Oboen, zwei Klarinetten, zwei Hörnern, zwei Fagotten das Übliche war. In diesen Werken lernen wir Beethoven von einer neuen Seite kennen: sonnige Heiterkeit liegt über sie gebreitet und eine Klangschönheit, die nur sichere Kenntnis der Instrumente erreichen konnte. Es ist nicht anzunehmen, daß dies Beethovens erste Versuche in der Gattung waren. Daß es ihm damals an Lust und Gelegenheit, für Bläser zu schreiben, nicht fehlte, zeigen ein Flötenduett, drei Duos für Klarinette und Fagott, ein Marsch für zwei Klarinetten, zwei Hörner und zwei Fagotte, ein Trio und Variationen über Mozarts „La ci darem“ für zwei Oboen und Englisches Horn. Da Beethoven nach 1800 außer einem Equale für vier Posaunen nichts mehr für Blasinstrumente gesetzt hat, stehen möglicherweise auch das Klavierquartett op. 16 und das Es-Dur-Sextett op. 71, vielleicht sogar das Septett op. 20 mit Bonner Arbeiten oder Entwürfen in Zusammenhang. Die Aufführung seiner „Partie in Es“ — so hieß das Oktett ursprünglich — hat Beethoven, wie aus seinem Briefe an Simrock hervorgeht, in Bonn nicht mehr erlebt; er muß sie kurz vor der Abreise beendet haben. In Wien hat Beethoven das Oktett zu einem Streichquintett umgearbeitet und in dieser Gestalt als op. 4 herausgegeben. Es fehlte ihm dort für die Originalbesetzung an passender Verwendung, wogegen nach Kammermusik starke Nachfrage war.

Auf den Verkehr in befreundeter Familie scheint ein dreisätziges Trio für Klavier, Flöte und Fagott hinzudeuten, dessen Stil noch auf die Frühzeit verweist. In das Haus des Oberstallmeisters von Westerholt lockte den jungen Musiker das „schöne und artige" Töchterlein Wilhelmine, zu der er nach Bernhard Romberg in wahrer „Werther-Liebe" entbrannte. Sie war seine Schülerin, eine begabte Klavierspielerin; der Vater hielt sich eine Hauskapelle und spielte selbst das Fagott. Die Vermutung liegt also nahe, daß das Trio den Beziehungen zu Westerholts seine Entstehung verdankt.

Von einer Reihe anderer Werke kann man nur sagen, daß sie mehr oder minder noch im Stil der ersten Periode gehalten sind. Dazu gehören die Klavier-Variationen über ein Thema aus Dittersdorfs Oper „Das rote Käppchen", und die zwölf Variationen für Klavier und Violine über Mozarts „Se vuol ballare", das erste Werk, das von Beethoven in Wien (1793 bei Artaria) mit einer Widmung an Eleonore von Breuning herauskam. Dazu gehören ferner die leichte, gleichfalls seiner Jugendfreundin gewidmete C-Dur-Sonate, die ohne dritten Satz, im zweiten von Ries vervollständigt, als Torso auf uns gekommen ist, die Sonatinen in G und F, und die 1804 als op. 44 erschienenen Variationen für Klavier, Violine und Cello über ein eigenes Thema in Es-Dur, in denen der Humorist Beethoven behaglich zeigt, was sich aus einfachen Dreiklangharmonien alles machen läßt. Daß diese Werke in Bonn geschrieben sind, ist möglich, aber nicht erwiesen. Man muß sich hüten, alles weniger Bedeutende in die Frühzeit zu verweisen; Beethoven hat durchaus nicht immer sich auf Höhen bewegt und bis in die letzten Jahre es nicht verschmäht, zwischen seinen gewaltigen Schöpfungen kleinere und harmlosere Dinge zu Papier zu bringen. Andererseits darf man in dem, was man dem zwanzigjährigen Beethoven zutraut, nicht zu weit gehen. Wenn sein Biograph Thayer auch das Es-Dur-Streichtrio op. 3, das 1797 bei Artaria erschien, in die Bonner Periode versetzt, so verhindert, mehr als die innere Reife des Werkes, die überlegene Meisterschaft, mit der die drei Instrumente verwendet sind, ihm darin beizupflichten. Die Kunst, im dreistimmigen Satz bei vollster Freiheit der Stimmenführung immer vollklingend zu bleiben, gehört bekanntlich zu den heikelsten Kompositionsproblemen. Beethoven stellt schon mit diesem op. 3 ein unübertreffliches Muster auf. Dazu kommt, daß wir hier in Erfindung und Art der Verarbeitung des Stoffes bereits den echten, fertigen Beethoven sehen. Der erste und letzte Satz stellen den Hauptgedanken in der knappen und gedrängten Form hin, die für unsern Meister typisch ist. Das folgende Andante bringt das rhythmische Motiv:

das später in der C-Moll- und D-Moll-Symphonie eine so wichtige Rolle spielt; im Trio des ersten Menuetts und im Adagio blüht warm und innig die Beethovensche As-Dur-Kantilene auf. Unverkennbar hat auch der Komponist in der Entwicklung der Gedanken wie in der thematischen Durchführung seinen eigenen Weg gefunden. Dies Trio mag in Bonn entworfen sein; seine Ausarbeitung konnte erst unter dem Einfluß der Wiener Studien erfolgen.

Für die in Frage kommende Vokalmusik wie für einige dramatische Arbeiten haben wir sicheren Anhalt. Eine Anzahl Lieder zu geselligen Zwecken, darunter ein ungedrucktes „Punschlied" (im Nachlaß Dr. Priegers), verraten deutlich die frühe Herkunft durch ihre Faktur. Die Aufnahme solcher Gesänge in eine viel spätere Publikation (op. 52, 1805) fiel schon den Zeitgenossen auf. „Alle Kleinigkeiten", so erklärt dies sein Schüler Ferdinand Ries, „und manche Sachen, die er nie herausgeben wollte, weil er sie nicht seines Namens würdig hielt, kamen durch seine Brüder heimlich in die Welt. So wurden Lieder, die er jahrelang vor seiner Abreise nach Wien noch in Bonn komponiert hatte, dann erst bekannt, als er schon auf einer hohen Stufe des Ruhmes stand. So wurden sogar kleine Kompositionen, die er in Stammbücher geschrieben hatte, in dieser Art entwendet und gestochen." Zwei Baßarien mit Orchester stammen der Handschrift nach aus dem Jahre 1790. Sie sind offenbar von dem jungen Konzertmeister des kurfürstlichen Nationaltheaters für praktische Zwecke geschrieben, so gut wie das Lied des Marmottenbuben (aus dem „Jahrmarktsfest zu Plundersweilern"), das in op. 52 steht. In der ersten Arie „Prüfung des Küssens" ist, etwas leporellomäßig, der Buffoton, in der zweiten „Mit Mädeln sich vertragen" (aus Goethes „Claudine") der Charakter des jugendlichen Draufgängers Rugantino ganz ausgezeichnet getroffen. Man sieht, Beethoven war mit den Erfordernissen der Bühne wohlvertraut. Auf die Orchesterstelle der zweiten Arie, die einen Vorklang des Terzetts aus Fidelio „Euch werde Lohn in bessern Welten" bringt, hat Max Friedlaender im „Jahrbuch (1912) der Musikbibliothek Peters" aufmerksam gemacht.

Am 6. März 1791 wurde von Mitgliedern des Bonner Adels im Redoutensaal ein Ritterballett in altdeutscher Tracht aufgeführt. Die Musik war von Beethoven, aber Waldstein, der Verfasser des Textbuches, galt als ihr Komponist. Der Graf scheint diesen Dienst seines Freundes unbedenklich angenommen zu haben. Vielleicht war er aber auch an den musikalischen Entwürfen beteiligt, und Beethoven hat sie nur ausgeführt. Bedeutend sind die acht kurzen Stücke nicht, die den Krieg, die Jagd, die Liebe und das Zechen charakterisieren, aber ein gewisses Bühnengeschick verleugnet sich auch hier nicht. Beethoven hat diese Musik nie herausgegeben.

Erwähnt sei noch, daß sich im Nachlaß Bruchstücke von Konzerten gefunden haben. Es wäre auch merkwürdig, wenn sich Beethoven gerade in der Form des Konzertes nicht versucht haben sollte, da er ja oft genug in Bonn und wohl auch in Köln als Klavierspieler aufgetreten ist. Ob jedoch der erste Satz eines Klavierkonzertes in D, dessen Original verlorengegangen, echt ist, wird angezweifelt. Bei der starken Anlehnung an Mozart müßte er aus früher Zeit stammen. Von dem Manuskript eines Violinkonzertes in C hat sich nur ein Bruchstück erhalten. Man darf aber wohl annehmen, daß auch auf diesem Gebiete manches in Bonn entstanden ist, was Beethoven bei späteren Arbeiten in seiner Weise verwertet hat.

Wir kommen nun zu den beiden größten und zum Teil
auch wichtigsten Schöpfungen des jungen Meisters: den
Kantaten vom Jahre 1790. Beide waren verschollen, und
so hatte man sich von dem Jugendschaffen Beethovens ein
falsches Bild gemacht. Als sie 1884 in Wien aufgefunden
wurden, warfen sie ein neues Licht auf diese ganze
Periode. Trotz mancher Mängel in technischer Hinsicht,
der nicht gerade kunstvollen Führung der Singstimmen,
der nicht immer korrekten Deklamation und gelegentlicher
jugendlicher Überschwänglichkeit des Ausdrucks sind sie
mit den Righini-Variationen das Bedeutendste und Persön-
lichste, was sich als beglaubigt aus der Bonner Zeit erhalten hat.

Die ungefähren Daten ihrer Entstehung ergeben sich
aus ihrer Bestimmung. Die eine Kantate war „auf den
Tod Josefs II." (20. Februar 1790), die andere „auf
die Erhebung Leopolds II. zur Kaiserwürde" (9. Oktober 1790) komponiert. Beide waren also amtliche Gelegenheitsarbeiten des kurkölnischen Hoforganisten; da
jedoch beide in Bonn nicht aufgeführt worden sind, wird
wohl Beethoven — wie ihm das später noch öfter geschah — weder zur Trauerfeier am 19. März, noch zur
Krönung am 9. Oktober fertig geworden sein. Der Dichter
war beidemal Averdonk. Gegenüber der schwülstigen,
nicht immer geschmackvollen Sprache seiner Texte erscheint Beethovens Musik natürlich und wahr empfunden.
Der jeweiligen Stimmung entsprechend hat sie verschiedenen Charakter. Die Krönungskantate strebt nach fest-
lichem Glanz; in einer Arie mit obligater Flöte und Cello
verwendet sie noch die konventionellen Koloraturen, die
Chöre und ein melodisch hübsches Terzett sind einfacher
gehalten, dringen aber auch nicht in die Tiefe. Anerken-
nenswert sind der geschickte Aufbau und die Fertigkeit
namentlich in der Handhabung des Orchesters.

Weitaus bedeutender, von stark persönlichem Gepräge
ist die Trauerkantate. Mit Recht hat Brahms von ihr
gesagt: „Es ist alles und durchaus Beethoven, man könnte,
auch wenn kein Name auf dem Titelblatt stände, auf

keinen andern raten." Man fühlt, wie sich der Komponist
für seinen Gegenstand erwärmt hat und zum erstenmal, soweit unsere Kenntnis reicht, offenbart sich hier der Geist
der spezifisch Beethovenschen Kunst. Das machte dieses
Stück, das seiner Bedeutung wie der ihm auch jetzt noch
innewohnenden Wirkungskraft nach wohl kaum genügend
geschätzt wird, so merkwürdig.

Es bestätigt die immer wieder gemachte Erfahrung, daß
in jedem Künstler, dem eine eigene Sprache gegeben ist,
der die Welt auf seine Weise sieht, gewisse Züge sich nicht
erst herausbilden, sondern von Anfang an vorhanden sind.
Wir entdecken sie, von der Kenntnis seines Gesamt-
schaffens ausgehend, wenn oft auch nur angedeutet, stets
schon in den Jugendwerken.

Was hinzukommt, ist nächst dem Handwerklichen
die menschliche Entwicklung, der Zuwachs an Dar-
stellungsstoff, die Technik der Verwertungen. Aber
der Kern der Persönlichkeit findet frühzeitig seine
unveränderliche künstlerische Ausdrucksform. In diesem
Sinne enthüllt sich uns Beethoven in der Trauerkantate. Und seltsam: er, der dann vornehmlich der
instrumentalen Musik sich zuwendet und anfangs ausschließlich in ihr entscheidende Taten vollbringt, schafft
das Eigenartigste und Tiefste seiner Jugend in einem
Vokalwerk!

Die Trauerkantate zerfällt in fünf Abschnitte. Dem Ein-
leitungschor (C-Moll — Es-Dur) mit Soloquartett folgen
Rezitativ und Arie für Baß in D-Dur; dann ergreift der
Sopran das Wort, erst in einem F-Dur-Satz, den der Chor
wiederholt, darauf in einer Soloarie in Es-Dur mit vor-
aufgehendem Rezitativ; den Abschluß bildet die Reprise
der Einleitung mit entsprechender Wendung nach der
Grundtonart C-Moll.

Das Orchester ist bereits mit sicherer Hand entworfen
und wird zum selbständigen Ausdrucksmittel und zur Tonmalerei herangezogen, es verzichtet auf Trompeten und
Pauken. Gleich die ersten Takte machen uns aufhorchen.
Das Emporspringen aus dem Grundton in höhere, macht-

volle Akkorde, ist es nicht wie in der Coriolan-Ouvertüre?
Zu demselben Mittel greift der gereifte Mann, als ihm
darum zu tun ist, stolz sich aufbäumenden Schmerz zu
malen. Auf diesen Akkorden klagt zweimal der Chor sein
erschütternd trostloses „Tot!“ und dehnt das drittemal,
als ob er sich nicht genug tun könnte, den Ruf über drei
wie in wilder Verzweiflung aufsteigende Noten hin. In
beschleunigtem Zeitmaß geht es weiter in diesem hoch-
pathetischen Stil. Mit der „öden Nacht“ und den „wei-
nenden Felsen“ kommt Bewegung in die Klage; Solostimmen lösen sich ab in der Beethovenschen Art, die sich
bis in die große Messe verfolgen läßt, rauschende Sechzehnteltriolen malen das Wogen des Meeres, die den
Namen des Entschlafenen „durch die Tiefen heulen“. Mit
überlegener Kunst ist nach solchen Steigerungen die
Kadenz vorbereitet, die pianissimo und im leeren Einklang
der Stimmen von der Quinte in den langgehaltenen Grundton fällt und den Satz in der Paralleltonart Es zum Abschluß bringt. Hier wie am Ende des Werkes folgt noch
ein fünftaktiges, versöhnliches Orchesternachspiel.

Mit jähem Ruck von Es zu D reißt uns das Rezitativ des
Solobasses in eine völlig andere Empfindungswelt. Die
anschließende Arie „Da kam Josef“ schildert den Kampf
des kaiserlichen Helden mit dem Ungeheuer Fanatismus.
Dem Text entsprechend sucht die Musik nach möglichst
kraftvollem, bildhaftem Ausdruck; das Orchester malt in
lebhafter Bewegung und grellen Farben die Vorgänge des
Kampfes. Der Stil wird opernhaft, aber das ist nicht verwunderlich in einer Zeit, die Oper und Oratorium noch

nicht grundsätzlich geschieden hatte. Für einen geeigneten Sänger mußte dieses Stück, das in einer Siegesfanfare
endet, allerdings auch einen großen Umfang der Stimme
und großes Ausdrucksvermögen verlangt, dankbar sein.
In Bonn aber fühlte man das neue Wesen dieser Musik
wohl nicht heraus und schrak vielmehr vor ihrem ungestümen Betätigungsdrang zurück, der über alles damals
übliche Maß hinausging. Und nun kommt als Wunder-
samstes das F-Dur-Andante für Sopran und Chor. Hier
erklingt bereits jene Melodie:

6.

die Beethoven im zweiten Finale des „Fidelio" an bedeu-
tungsvoller Stelle („O Gott, welch ein Augenblick!") noch
einmal verwendet hat. Sie klingt wie ein persönliches
Bekenntnis, wie ein Symbol der edlen, tiefinnerlichen und
himmlisch verklärten Empfindungsart des Meisters. Beethoven hat diese Melodie mit ins Leben genommen, und
was sie ihm war, beweist am besten, daß sie wieder in
ihm auflebte, als es den Ausdruck reinster Güte und
Menschenliebe galt. Auch die Fortführung:

7.

findet sich schon genau so in der Kantate. Die spätere Fassung zeigt nur eine geniale Zusammenziehung des Gedankens und spinnt den dort matten Schluß wirksamer und glücklicher aus. Der wohllautende Eindruck des Satzes hängt nicht zum wenigsten mit der Verwendung der obligaten Bläser zusammen.

Die Sopranarie „Hier schlummert seinen stillen Frieden" ist schön und edel gehalten, bedeutender noch das Rezitativ „Er schläft". Wie hier die Singstimme natürlich und ausdrucksvoll deklamiert, wie das Orchester das „schauernde Lüftchen" schildert, zeigt bereits den seiner Mittel sicheren Tonpoeten. Die Wiederholung des ersten Chores rundet das Ganze formell zu einem geschlossenen Ganzen ab. Und solch ein Werk konnte so völlig in Vergessenheit geraten, daß es fast ein Jahrhundert als verschollen galt! Die Mängel jugendlicher Unausgereiftheit, die ihm hie und da noch anhaften, können es für sich allein kaum erklären; vielmehr war es wohl der auf eine besondere Gelegenheit zugeschnittene Text, der nach damaligen Gepflogenheiten der Arbeit ihre anderweitige Verwendbarkeit raubte, ihre Weiterverbreitung verhinderte.

Vieles deutet darauf hin, daß die letzte Zeit in Bonn, in die die eben besprochenen Werke fallen, für Beethoven eine glücklichere war. Seine Stellung als Künstler war geachtet, durch den Grafen Waldstein hatte er Zutritt zu den Adelskreisen, und der Unterricht in vornehmen Häusern verbesserte seine Einkünfte. Zwar hatte Beethoven nach Wegeler schon damals — für einen schaffenden Künstler nur zu natürlich! — eine fast unüberwind-

liche Abneigung gegen das Unterrichterteilen. Er gab die
Stunden widerwillig, oft nur auf Ermahnung seiner mütterlichen Freundin, der Hofrätin, die am besten sein unwirsches und launisches Wesen zu sänftigen verstand. Aber
er war nicht mehr so scheu und verschlossen, fand Gefallen am geselligen Leben und bei aller Beschäftigung
Zeit genug, in Feldern und auf Bergen, wie es sein Hang
war, umherzuschweifen. Der Verkehr mit Breunings dauert
fort, die Freundschaft mit Steffen wird immer intimer, es
wird viel gemeinsam musiziert; nur kurz vor der Abreise
von Bonn scheint es zu einem bösen Zerwürfnis gekommen zu sein, auf das Beethoven noch in Briefen aus Wien
in seiner reuigen Weise zurückkommt. Auch von allerlei
Liebschaften wird berichtet. Von seiner Schülerin Wilhelmine von Westerholt, einer späteren Frau von Bever-
förde, hörten wir schon. Eine andere Flamme seines Herzens war Jeannette d'Horvath aus Köln, die zuweilen
einige Wochen bei ihrer Freundin Eleonore von Breuning
zubrachte, eine „schöne, lebhafte Blondine, von gefälliger
Bildung und freundlicher Gesinnung, welche viele Freude
an der Musik und eine angenehme Stimme hatte". Nicht
weniger durfte sich die schöne Barbara Koch, die Tochter
der Wirtin vom „Zehrgarten" am Markt, in dem Beethoven abends zu verkehren pflegte, seiner Neigung er-
freuen. Man sieht, der junge Künstler war nicht un-
empfänglich für weibliche Reize, aber nicht eben beständig.
Mit Eleonore verband ihn eine fast zärtliche Freundschaft.
So fehlte es also Beethoven um diese Zeit in keiner Hinsicht an Anregungen. Von seiner wahren Bedeutung jedoch hatte seine Umgebung, mit Ausnahme vielleicht des
Grafen von Waldstein, keine Ahnung. Man schätzte ihn
in der Hauptsache doch nur als ungewöhnlich genialen Klavierspieler. Seine Technik muß damals schon sehr
entwickelt gewesen sein, und die musikalische Überlegenheit seines Spieles mochte sich in Auffassung und Vor-
tragsart deutlich genug ankündigen. Im besonderen wird
die Gabe des freien Phantasierens, wie später in Wien,
auch von seinen Jugendgenossen gerühmt. Sie trug ihm

nicht nur im Breuningschen Hause, wo er sie glänzen ließ und auf Verlangen bekannte Persönlichkeiten auf dem Klaviere charakterisierte, sondern auch im Kreise der musikalischen Kollegen Bewunderung ein. Dabei war Beethoven ohne eigentliches Vorbild darin groß geworden.

Die Gelegenheit, zum erstenmal einen Klaviervirtuosen von Ruf kennen zu lernen, bot sich auf einer Reise, die ihn an das Hoflager des Kurfürsten nach Mergentheim, dem Hauptsitz des Deutschen Ordens, führte. Dorthin fuhr Beethoven im Herbst 1791 mit Ries, Simrock, den beiden Rombergs und anderen Kapellmitgliedern und Bühnenkünstlern zu Schiff den Rhein und Main hinauf, und die landschaftlichen Reize, das Besteigen des Niederwalds, nicht weniger die lustigen Ereignisse dieser in echt rheinländischer Fröhlichkeit unternommenen Fahrt blieben in seiner Erinnerung „eine fruchtbare Quelle der schönsten Bilder". Das nahe Aschaffenburg wurde von den Freunden aufgesucht, und hier war es, wo Beethoven den Abbé Sterkel hörte. Die elegante, aufs Glänzende gerichtete Spielart Sterkels soll auf ihn großen Eindruck gemacht haben, so daß er, aufgefordert nun seinerseits zu spielen, sich hinsetzte und, halb aus Übermut, halb aus Ehrgeiz, seine Variationen über „Venni amore" in derselben Manier vortrug. In Mergentheim fand er in dem als Schriftsteller angesehenen Kaplan Junker, der von Kirchberg herübergekommen war, um die Bonner Hofmusiker zu hören, einen warmen Bewunderer. Ein in Boßlers Musik-Correspondenz veröffentlichter Brief des Kaplans vom 23. November 1791 enthält interessante Bemerkungen über den Klavierspieler Beethoven. Noch ganz erfüllt von den empfangenen Eindrücken, schreibt Junker, nachdem er das Spiel der Kapelle unter Ries gelobt hat:

„Noch hörte ich einen der größten Spieler auf dem Klavier, den lieben, guten Bethofen; von welchem in der speierischen Blumenlese vom Jahr 1783 Sachen erschienen, die er schon im 11. Jahr gesetzt hat. Zwar ließ er sich nicht im öffentlichen Konzert hören; weil

vielleicht das Instrument seinen Wünschen nicht entsprach; es war ein spathischer Flügel, und er ist in Bonn gewohnt, nur auf einem Steinischen zu spielen. Indessen, was mir unendlich lieber war, hörte ich ihn phantasiren, ja ich wurde sogar selbst aufgefordert, ihm ein Thema zu Veränderungen aufzugeben. Man kann die Virtuosengröße dieses lieben, leisegestimmten Mannes, wie ich glaube, sicher berechnen, nach dem beinahe unerschöpflichen Reichthum seiner Ideen, nach der ganz eigenen Manier des Ausdrucks seines Spiels, und nach der Fertigkeit, mit welcher er spielt. Ich wüßte also nicht, was ihm zur Größe des Künstlers noch fehlen sollte. Ich habe Voglern auf dem Fortepiano (von seinem Orgelspiel urtheile ich nicht, weil ich ihn nie auf der Orgel hörte) gehört, oft gehört, und Stundenlang gehört, und immer seine außerordentliche Fertigkeit bewundert, aber Bethofen ist ausser der Fertigkeit sprechender, bedeutender, ausdrucksvoller, kurz, mehr für das Herz: also ein so guter Adagio- als Allegrospieler. Selbst die sämmtlichen vortrefflichen Spieler dieser Kapelle sind seine Bewunderer und ganz Ohr, wenn er spielt — — — — Sein Spiel unterscheidet sich auch so sehr von der gewöhnlichen Art das Klavier zu behandeln, daß es scheint, als habe er sich einen ganz eigenen Weg bahnen wollen, um zu dem Ziel der Vollendung zu kommen, an welchem er jetzt steht."
In Mergentheim wurde, so wird weiter berichtet, eine Kantate von Beethoven probiert, aber ihrer ungewöhnlichen Schwierigkeiten wegen als unaufführbar von den Musikern beiseite gelegt. Wenn es, wie anzunehmen, die Trauerkantate war, der dies Schicksal widerfuhr, so würde das nicht gerade für die Tüchtigkeit der Kapelle sprechen. Vielleicht war aber auch Neid der lieben Kollegen mit im Spiele. Dieselbe Kantate wurde vermutlich auch Haydn vorgelegt, als dieser im Juli 1792 auf der Rückreise von London durch Bonn kam und die Hofkapelle ihm ein Frühstück in Godesberg gab. Schon auf der Hinreise, im Dezember 1790, hatte Haydn mit seinem

Impresario Salomon die kurfürstliche Residenz berührt. Ob Beethoven schon damals unter den „geschicktesten Musikern" war, die nach der Messe in der Hofkirche dem Altmeister vorgestellt wurden, wissen wir nicht. Diesmal aber lernte er ihn kennen, und Haydn schenkte der vorgelegten Arbeit, obwohl manches darin schwerlich nach seinem Sinne war, Beachtung und munterte den jungen Verfasser auf, seine Studien in Wien fortzusetzen. Man kann sich denken, wie gern Beethoven dem Winke folgte. Sehnte er sich doch wahrscheinlich schon lange aus dem engen Kreise, dem er entwachsen war, hinaus. Seine erste Pilgerfahrt nach Wien war resultatlos verlaufen; Mozart war inzwischen (am 5. Dezember 1791) gestorben, und Haydn stand als höchste Autorität in der Musikwelt da. Sein Schüler zu werden, mußte jedem jungen Künstler verlockend erscheinen. Zudem mußte ein Urteil aus solchem Munde auf den Kurfürsten Eindruck machen. Aber es vergingen noch Monate, ehe der Plan einer zweiten Wiener Studienreise beschlossene Sache wurde. Der Kurfürst weilte zur Krönung seines Neffen, des Kaisers Franz, in Frankfurt, und nach seiner Rückkehr hieß es wohl für Freund Waldstein, noch im Interesse seines Schützlings tätig zu sein. Anfang November endlich konnte Beethoven Bonn verlassen. Der Abschied mag ihm nicht leicht geworden sein. Indessen nach vollendeten Studien wollte er ja zurückkehren; der Hofkapellmeisterposten war ihm in Aussicht gestellt. Seine Beziehungen zum Hofe wurden auch zunächst nicht gelöst; der Kurfürst wollte die Kosten der Ausbildung bestreiten, und bis ins Jahr 1794 hinein bezieht Beethoven auch sein Gehalt. Dann freilich sah er sich auf die eigenen Füße gestellt, da inzwischen die kriegerischen Ereignisse alle Verhältnisse umgestürzt hatten. Im Oktober 1792 rückte die französische Revolutionsarmee in das Rheinland ein. Max Franz floh nach Kleve und mußte seinen Hofstaat auflösen. Auch sonst kam alles anders, als man gedacht hatte. Beethoven wurde ein freier Musikant, ein Bürger Wiens und hat den Rhein und seine Vaterstadt, wohin er sich oft zurücksehnte, nie wiedergesehen. Am 2. oder 3. November machte er sich auf die Reise, die ihn mitten durch die Truppen nach Koblenz und Frankfurt und dann, wahrscheinlich über Nürnberg, Passau und Linz, nach Wien brachte. Gegen den 10. November traf Beethoven in der österreichischen Hauptstadt ein.

Die Jugend lag nun hinter ihm. Der Zweiundzwanzigjährige ist keine fertig abgeschlossene Individualität, aber auf dem Wege, sich zu finden. Sein Selbstvertrauen, das Bewußtsein seiner Kraft und Eigenart sind stark entwickelt; auf der anderen Seite ist er unsicher und mißtrauisch, gehemmt durch den Mangel absoluter Meisterschaft. Bedeutsames ist ihm schon gelungen, aber es befriedigt ihn nicht; er sieht die Bahn vor sich, die ihm zu wandeln bestimmt ist. So geht er, der seine Umgebung schon überragte, im Grunde kaum mehr fähig, sich zu verleugnen, noch einmal in die Schule. Diese Demut vor dem Ideal, diese unersättliche Lernbegier und kluge Zurückhaltung bei überschäumendem Temperament, dieses Fernsein von jeder leichtbefriedigten Künstlereitelkeit sind das Charakteristische bei Beethoven. Mit einem Koffer voll fertiger, halbfertiger und erst entworfener Arbeiten kommt er nach Wien. Noch voller sind ihm Kopf und Herz von drängenden Gedanken und wogenden Empfindungen, die eine Welt sich erobern möchten. Er beeilt sich nicht, er will sich nichts verderben. Sein Tag wird kommen.

Das ist das Bild des jungen Meisters um die Zeit, wo er auf fremdem Boden in ein neues Stadium seiner Entwicklung tritt.

II.

Im Sommer 1795 — als Beethoven schon zweieinhalb Jahre in Wien lebte — erschienen in der Verlagshandlung Artaria & Co. die drei Klaviertrios op. 1. Sie waren nicht die erste Wiener Publikation, denn bereits 1794 ist ein Variationenwerk gestochen worden, dem 1795 eine Reihe anderer sowie deutsche Tänze und Menuette für Orchester folgten. Aber mit den Trios beginnt ein neuer Abschnitt in Beethovens Schaffen. Indem er sie als „op. 1" bezeichnete, brach er mit der Vergangenheit und verleugnete alle früher veröffentlichten Arbeiten. Er wußte selbst am besten, daß er jetzt erst zur Reife und Selbständigkeit gelangt war, zu jener Meisterschaft, nach der er sich in zweiflerischer Selbstkritik gesehnt, die zu erwerben es ihn nach Wien in die Lehre zu andern getrieben hatte. Nun fühlte er sich frei von Hemmungen, von jener Unsicherheit, die den Schaffenstrieb des Künstlers lähmt und seinen Gedankenflug so leicht an das Stoffliche fesselt. Mit diesem denkwürdigen op. 1 sehen wir ihn seinen eigenen Pfad beschreiten, wenn auch noch ahnungslos, wie weit ihn dieser von seinen Zeitgenossen abseits führen sollte.

Vergleicht man diese Trios mit Werken der Bonner Periode, so springt der Abstand in die Augen. Das Handwerkliche, die Grundlage aller Kunst, ist hier in ganz anderer Weise beherrscht. Beethoven — und das kennzeichnet den Künstler in ihm und macht ihn zum Vorbild für alle, die Großes wollen — hat nie versucht, um das Handwerk herumzukommen. Er, der sich mehr als andere seiner glühenden und üppigen Phantasie hätte überlassen können, hat das Handwerk nie unterschätzt, hat es mit heißem Bemühen bis an sein Ende treu und liebevoll gepflegt. Auf der Grundlage absoluter Stoffbeherrschung hat sein Genie sich zu eigener Gesetzmäßigkeit durchgerungen und jene Neuerungen legitimiert, die seiner Zeit zunächst noch als Willkür erschienen. Zugleich aber weisen diese Trios neben technischer Meisterschaft in der Glätte der Faktur eine Plastik und Originalität der Gedanken auf, die für die innere Reife des Komponisten nicht weniger bezeichnend sind. Keineswegs frei von Anklängen an die Werke seiner Vorgänger, in ihrem Gesamtstil durchaus dem Geschmack der Zeit gefällig sich anpassend, kündigen sie bereits in vielen Zügen die neuartige Persönlichkeit ihres Schöpfers an. Den Mitlebenden mochte dies noch entgehen; wir Rückschauenden gewahren darin die Spuren des erwachenden Beethovenschen Geistes.

Am meisten Zusammenhang mit der zeitgenössischen Musik zeigen die beiden ersten Trios (in Es- und G-Dur). Beethoven wagt, auch klavieristisch, nicht recht über Mozart hinauszugehen, von dessen Melodik und Spielmanieren er sich noch abhängig macht. Und ist doch in vielem einzelnen, vor allem in der weiteren formalen Anlage und dem eindringlicheren Empfindungsausdruck, schon selbständig. Er bringt Zwischenglieder und nach Abschlüssen unvermutete Nachsätze. Die selbständige Behandlung des Cellos fällt auf, das bei Haydn noch eng am Klavierbaß klebt, und gibt dem Klangcharakter mehr Fülle und Farbe. An Stelle des üblichen Menuetts ist das Scherzo getreten. Heftige Akzente auf schlechten Taktteilen begegnen, mit denen Beethoven später nur ihm eigentümliche Wirkungen erzeugt. Die Harmonik ist von dem Streben nach überraschenden Wendungen, nach ungewohnten Kombinationen beeinflußt. Man merkt, hier spricht jemand, der entschlossen ist, sich bemerkbar zu machen. Neu ist vor allem die Fortspinnung der Themen und ihre motivische Verarbeitung. In ihr zeigt sich der Komponist von seiner stärksten Seite; wie er jeden Satz dadurch zu einem einheitlichen Organismus von zwingender musikalischer Logik gestaltet, das sind die Anfänge einer Kunst, in der er später seine größten Triumphe zu feiern berufen war. Bewundernswert endlich ist die feine Abwägung in der Verteilung der Themen auf die drei Instrumente. In ihrem Wechsel wie in ihrem Zusammenschluß ergeben sie Klangbilder von ungezwungener, reizvollster Wirkung.

In den beiden ersten Trios ist inhaltlich manches noch leicht gewogen, die Freude am Musizieren herrscht hier vor. Der Eingangssatz des Es-Dur-Trios beginnt mit einem energisch im Dreiklang aufsteigenden Thema, das in seiner knappen Gedrängtheit echt beethovensch ist. Dem Trio in G-Dur geht eine langsame Einleitung voraus, die das Thema des Allegros, frei phantasierend, vorausnimmt. Bedeutsamer sind die beiden langsamen Sätze. Hier schlägt Beethoven so innige und ernste Töne an, wie sie vor ihm in der Kammermusik nicht gerade heimisch waren. Besonders das Largo des G-Dur-Trios, in romantisches E-Dur getaucht, ist von tiefer Empfindung getragen. Die Scherzi gleichen sich in der von wirksam kontrastierenden Mittelteilen unterbrochenen Durchführung ihrer keck hingeworfenen, kurztaktigen Motive. Das Es-Dur-Scherzo erscheint als das eigenartigere von beiden, fesselnd durch die leis huschende Heimlichkeit, in die es mit seinem Alternativ gehüllt ist. Das Finale des ersten Trios setzt mit übermütigen Dezimensprüngen ein, aus denen sich ein munteres Tonspiel entwickelt. Gegen den Schluß hin überrascht eine kühn eingeführte E-Dur-Episode, und geistvoll ist die Coda gestaltet, in die, gewiß nicht zufällig, das aufsteigende Motiv des ersten Satzes wieder hineinklingt. Noch ausgelassener gibt sich das G-Dur-Finale mit seinen kichernden Trillern schon in dem nacheinander von Violine, Klavier und Cello gebrachten drastischen Hauptthema.

Gegenüber diesen beiden, untereinander verwandten Werken kommt dem dritten Trio eine noch höhere Bedeutung zu. Es steht in der spezifischen Beethoventonart C-Moll und versetzt uns in eine ganz andere Empfindungswelt. Für Beethoven verbanden sich mit der jeweiligen

Tonart eines Stückes bestimmte, scharf ausgeprägte Begriffe. Ob es, wie bei so vielen Musikern, Farbenvorstellungen waren, die ihn beherrschten, darüber hat er sich nicht ausgesprochen; sicher ist, daß jede Tonart für ihn ihren besonderen Charakter, ihren besonderen Stimmungsgehalt hatte. Deshalb wollte er auch nichts von Transpositionen wissen. Wir können verfolgen, wie sorgsam er in der Auswahl verfährt, und daß für gleichen Empfindungsausdruck fast immer auch dieselbe Tonart erscheint. C-Moll dient ihm zur Darstellung des Großen, Männlich-Kraftvollen, Heroischen, der ungebändigten Leidenschaft, des titanisch sich auflehnenden Trotzes (drittes Klavierkonzert, Pathetische Sonate, C-Moll-Variationen, fünfte Sinfonie, Coriolan-Ouvertüre u. a.). Er verwendet es mit Vorliebe und in charakteristischen Werken: diese Tonart entspricht einem wesentlichen Zuge seiner eigenen Natur. Durch sie trägt auch das C-Moll-Trio schon persönliches Gepräge. Mit ihm eroberte er sich gleichsam sein eigenstes Gebiet. Themen wie das folgende, mit dem der erste Satz beginnt:

8.

und die Antwort mit dem rhythmischen Motiv der C-Moll-Sinfonie:

9.

sind bereits echtester Beethoven. In wilder Erregung geht es weiter, aber der Satz zeigt auch die knappe, konzise Fassung, wie sie nur eine ehern gestaltende Hand sich erzwingt. Nach dem Abschluß auf Es nimmt die Durchführung das erste Thema in Moll auf, um — wieder charakteristisch für Beethoven — sich nach H-Dur und dann nach F-Moll zu wenden. Von starker Gegensätzlichkeit ist das Andante in Es, das eine einfache, schön empfundene Melodie mehrmals variiert und in eine Coda ausklingt, die schon etwas von der originellen, geistvollen Art unseres Meisters vorausahnen läßt. An dritter Stelle steht diesmal ein Menuett von ernster Haltung, nur in dem frischer gefärbten C-Dur-Trio vorübergehend aufgehellt. Mit energischen Schlägen setzt dann das Finale (Prestissimo) ein. Ein weit sich spannender, unruhvoll bewegter Gedanke übernimmt die Führung und lenkt, ohne daß ein tröstliches Seitenthema es zu hindern vermöchte, in die Grundstimmung des Werkes zurück. Nach der Reprise wendet sich der Satz mit einer plötzlichen, schmerzlich berührenden Zuckung nach H-Moll, um bald darauf in mildem C-Dur, nach und nach sich beruhigend, fast geheimnisvoll leise abzuschließen.

Die Möglichkeit, daß die Trios op. 1 zum Teil schon in Bonn entworfen, vielleicht sogar in eine erste Fassung gebracht waren, ist nicht von der Hand zu weisen. Bei der Art zu arbeiten, die Beethoven sich frühzeitig zueigen gemacht hatte, dürfen wir annehmen, daß in noch viel späteren Werken die erste Konzeption auf die Bonner Periode zurückgeht. Die ziemlich plötzlich einsetzende Fruchtbarkeit der Produktion nach langer Zurückhaltung spricht eher dafür als dagegen. Indessen, auf erste Konzeption kommt es bei Beethoven am wenigsten an. Selten oder nie haben wir es in seinen Publikationen mit der ersten Niederschrift, mit der ursprünglichen Fassung des Werkes zu tun. Die Skizzenbücher, die Beethoven nebst einem großen Zimmermannsblei zur Notierung von Ideen und Plänen bei sich zu führen pflegte, haben uns, soweit sie erhalten sind, einen tiefen Einblick in seine geistige Werkstatt gestattet. Weit war oft schon der Weg, den der spontane Einfall bis zur endgültigen Fassung durchzumachen hatte; war dann, meist langsam und mit Unterbrechungen, während deren der Meister an andern Sachen arbeitete, eine Komposition entstanden, so wurde daran gefeilt und gebessert, ja es folgten völlige Umformungen, mitunter ihrer mehrere, bevor das Resultat dem strengen Urteil des unermüdlich Prüfenden genügte. Größere Werke hat Beethoven nicht selten jahrelang liegen lassen, ehe sie ihm zur Vollendung reiften.

Die 1795 erschienenen Trios müssen schon 1793 in Wien bekannt gewesen sein. Sie wurden zum ersten Male auf einer Soirée beim Fürsten Lichnowsky vorgetragen. Beethovens Schüler Ries berichtet darüber: „Die meisten Künstler und Liebhaber waren eingeladen, besonders Haydn, auf dessen Urteil alles gespannt war. Die Trios wurden gespielt und machten gleich ungeheueres Aufsehen. Auch Haydn sagte viel Schönes darüber, riet aber Beethoven, das dritte in C-Moll nicht herauszugeben. Dieses fiel Beethoven sehr auf, indem er es für das beste hielt, sowie es denn auch noch heute immer am meisten gefällt und die größte Wirkung hervorbringt. Daher machte diese Äußerung Haydns auf Beethoven einen bösen Eindruck und ließ bei ihm die Idee zurück: Haydn sei neidisch, eifersüchtig und meine es mit ihm nicht gut. Ich muß gestehen, daß, als Beethoven mir dieses erzählte, ich ihm wenig Glauben schenkte. Ich nahm daher Veranlassung, Haydn selbst darüber zu fragen. Seine Antwort bestätigte aber Beethovens Äußerung, indem er sagte, er habe nicht geglaubt, daß dieses Trio so schnell und leicht verstanden und vom Publikum so günstig aufgenommen werden würde." Vom Standpunkt der Zeit und ihrer Kunstauffassung kann man die Bedenken des älteren Meisters verstehn. Es war gewiß bei einem so reinen Charakter wie Haydn nicht Neid auf den Erfolg des Jüngeren. Nicht das musikalisch Neue, das sich ja auch hier noch gar nicht revolutionär gebärdete, schreckte Haydn, sondern das zügellose Temperament Beethovens, die unverhüllte Aussprache seiner Empfindungen, die in die beschauliche, spielerische, die menschlichen Leidenschaften nur leichthin andeutende Musik jener Tage einen neuen und aufrüttelnden Ton trug. Gerade aber dieser freigewordene Subjektivismus, der Bekenntnisdrang zu inneren Offenbarungen, vor denen die Ästhetik bisher sich gescheut hatte, sie waren das Lebenselement, dessen Beethoven zum Schaffen bedurfte, die Quelle seiner stärksten und eigentümlichsten Kraft.

Beethoven hat sein Opus 1 dem Fürsten Karl Lichnowsky gewidmet, seinem treu ergebenen Gönner, dem ersten Aristokraten, zu dem er in Wien in nähere Beziehungen trat. Nicht lange nach seiner Ankunft finden wir ihn nicht nur unter den ständigen Gästen des Hauses, sondern er wohnt auch eine Zeitlang im Palais des Fürsten und wird von ihm mit Aufmerksamkeiten überhäuft. Die Dedikationen Beethovens verfolgen fast immer praktische Ziele. Kaum jemals leiten ihn dabei sentimentale Erwägungen oder der Wunsch, geistige Übereinstimmung zum Ausdruck zu bringen. Die mit Widmungen bedachten Persönlichkeiten haben ihm entweder recht reale Dienste geleistet, oder er will sie dazu verpflichten. Auch bei der Widmung des op. 1 an Karl Lichnowsky ist das Motiv der Dankesschuld leicht zu erkennen. Der Fürst hatte übrigens nicht nur die Publikation bei Artaria angeregt, sondern auch das dem Komponisten überwiesene Honorar (ohne dessen Wissen) aus seiner Tasche bezahlt. Die Herausgabe der Trios erfolgte dann auf Subskription, so daß Beethoven außer dem künstlerischen einen beträchtlichen, für einen jungen Autor ungewöhnlichen pekuniären Erfolg zu verzeichnen hatte.

Überraschend schnell hatte der scheue, wie wir wissen ziemlich kulturlose Musikersohn aus Bonn Eintritt in die Kreise des österreichischen Hochadels gefunden, in dessen Wiener Winterpalästen, sei es um des gesellschaftlichen Ansehens willen, sei es aus wirklicher Kunstbegeisterung, viel und gut musiziert wurde. Manche Aristokraten wie die Esterhazys oder der prunkliebende Fürst Lobkowitz hielten sich ganze Privatkapellen, andere zum mindesten eine eigene Kammermusik. Man darf wohl annehmen, daß es Beethovens kühnes, faszinierendes, in mancher Hinsicht neuartiges Klavierspiel gewesen ist, was ihm die Türen der vornehmen Häuser öffnete. Von der Orgel herkommend, pflegte er das gebundene Spiel, die Kunst der Kantilene in ganz anderer Weise, als es die unter dem Einfluß Mozarts entwickelte, mehr auf das Flüssige und Elegante, auf perlendes Figurenwerk gerichtete Art des Klavierspiels kannte. Der Ausdruck war ihm die Hauptsache, und übereinstimmend wird bekundet, daß er mit dem seelenvollen Vortrag eines Adagio die Hörer am tiefsten ergriff. Dazu kam die sprühende Genialität seines Musikertums, die sich auch in seinem Spiel nicht verleugnete. Es war noch die Zeit, in der nur wirkliche, schöpferisch veranlagte Musiker sich hören ließen, wo das bloße technische Virtuosentum noch keine selbständigen Triumphe feierte; die Zeit, in der die Improvisation über gegebene oder selbstgewählte Themen — ihr letzter großer Vertreter in der Öffentlichkeit war Karl Maria von Weber — zu den Gepflogenheiten der Pianisten gehörte. In der freien Phantasie aber vollbrachte Beethoven nach dem Zeugnis aller, die ihn erlebt haben, Wunderdinge. Ob er nun privatim oder öffentlich musizierte, sein Spiel aus dem Stegreif bildete immer den Höhepunkt. Da riß er alles mit sich fort, da strömten ihm die Ideen in einer Fülle und formte sich ihm der Stoff mit einer Leichtigkeit, daß man getrost behaupten kann: von allem, was sein Geist hervorzubringen vermochte, ist uns in den fertiggestellten und aufgezeichneten Werken nur der kleinere Teil erhalten.

Es ist begreiflich, daß eine solche Erscheinung selbst in dem musikgesättigten Wien der neunziger Jahre nicht geringes Aufsehen erregte, und daß sich die tonangebende Gesellschaft beeilte, den neuen Ankömmling in ihre Kreise zu ziehen. Zur ersten Anknüpfung mögen Empfehlungsschreiben des habsburgischen Kurfürsten und des Grafen Waldstein dem Bonner Schützling gedient haben. Unter den frühesten Wiener Bekanntschaften wird der kunstverständige Baron van Swieten genannt, der auch in Haydns und Mozarts Leben eine Rolle spielt. Bald tauchen erlauchte

und adlige Namen auf, die ihre Unsterblichkeit den Titel-
blättern Beethovenscher Werke verdanken: Fürst Karl
Lichnowsky und seine Gemahlin Christiane geb. Komtesse
Thun, sein Bruder Graf Moritz Lichnowsky, Graf
Apponyi, Fürst Nikolaus Esterhazy, Komtesse Fries, Graf
und Gräfin Browne, Komtesse Keglevich (spätere Fürstin
Odescalchi), Komtesse Guicciardi, Graf Brunswick, Frei-
herr von Gleichenstein, Baron Zmeskall von Domanowecz
u. a. In den Salons dieser Herrschaften verkehrte der junge
Beethoven als Gast, als Lehrer, als Berühmtheit des Tages
und Mitwirkender bei musikalischen Veranstaltungen. Er
fühlte sich wohl in diesen Kreisen und er empfand das Harmonische ihrer Lebensführung um so stärker, als das
Schicksal ihn bisher nicht auf Rosen gebettet hatte.
Aber auch das Gebot der Klugheit hieß ihn, sich gegen
den Verkehr mit der vornehmen Welt nicht abzuschließen
und ihre Huldigungen sich gefallen zu lassen. Der Künstler,
der sich Geltung verschaffen wollte, konnte sie nicht entbehren. Ein öffentliches Musikleben in unserem Sinne
gab es nicht, auch keine Konzertsäle. Die Kunstpflege lag
vorwiegend in privaten Händen. Die wenigen öffentlichen
Konzerte, zu denen es allwinterlich kam, die sogenannten
Akademien fanden an spielfreien Abenden im Theater und
meist zu wohltätigen Zwecken statt. So sah sich der Musiker auf die Salons der Aristokraten angewiesen. Auch
der Komponist bedurfte eines Kreises reicher Anhänger,
um bei dem noch schwach entwickelten Verlagsgeschäfte
und Notenhandel seine Werke „auf Subskription" herausgeben und auf den Markt bringen zu können.
Der Verkehr in den Häusern der Großen und Vornehmen übte auch auf Beethovens Lebensweise einen tief-
greifenden Einfluß. Mit seinem äußeren Menschen war
eine vollständige Umwandlung vorgegangen. Aus dem
„kleinen Igel" von einst, der noch als Jüngling sich nur
zu leicht vernachlässigte und auf gepflegte Lebensformen
wenig ·Wert legte, war ein Mann geworden, der den gesellschaftlichen Erfordernissen in seiner Weise Rechnung
trug. Er hält auf elegante, standesgemäße Kleidung, trägt

seidene Strümpfe und Schnallenschuhe. „Ich muß mich vollständig neu equipieren" schreibt er 1792 in sein Tage- und Ausgabenbuch. Er hält sich einen Bedienten, zeitweise sogar ein Reitpferd. Er nimmt Unterricht bei einem Tanzmeister, um sich mehr äußeren Schliff anzueignen; er besucht im Fasching Bälle und Redouten, obwohl er ein zwar leidenschaftlicher, aber schlechter Tänzer ist. (Wie die meisten Musiker: es scheint, daß das Mechanische des Taktes denen widerstrebt, die in feineren rhythmischen Vorstellungen leben und weben.) Die Triebfeder zu alledem war, wie man annehmen darf, weniger das eigene Bedürfnis als der Ehrgeiz, hinter seiner Umgebung nicht zurückzustehen. Beethoven wollte als Gleicher unter Gleichen auftreten in einer Gesellschaft, der er sich geistig ebenbürtig, ja bald genug überlegen fühlte. Deutlich läßt sich die Linie in seinem Verhalten zur Außenwelt verfolgen: erst der Wunsch nach Gleichstellung, dann stolzes Selbstbewußtsein, dann souveräne Geringschätzung, gesteigert bis zu einer Überheblichkeit, die mit Vorliebe und geflissentlich gesellschaftliche Formen und hochgestellte Personen brüskiert Dem Bruder Johann, der sich auf einem Neujahrsglückwunsch „Gutsbesitzer" nennt, antwortet er schlagfertig als „Hirnbesitzer". Dem Fürsten Lichnowsky schreibt er nach einer heftigen Szene: „Fürsten gibt es viele, aber nur einen Beethoven." Auf diesem Punkt der Entwicklung ist auch die Sorge um sein Äußeres längst von ihm abgefallen. Beethoven mutet sich den Leuten zu, wie es ihm gerade paßt oder wie es die Umstände mit sich bringen. War also die Neigung, den Kavalier zu spielen, seine Person den Lebensformen der besseren Gesellschaft anzupassen, bei Beethoven nur kurz und vorübergehend, und saß sie auch nie sonderlich tief, so ist sie doch im Bilde der ersten Wiener Jahre ein nicht zu übersehender, wesentlicher Zug. Beethoven lebt für gewöhnlich in unserer Vorstellung als Jupiter tonans oder als der weltfremde, unwirsche und schwer zugängliche Sonderling der späteren Jahre. Demgegenüber ist es wichtig, daß wir uns den jungen Meister als eine

scheinbar gesundheitstrotzende, im Innersten frohe Natur zu denken haben, als einen Mann, der mit vollen Segeln in eine vielverheißende Zukunft steuerte. Die durch eine kümmerliche Jugend langverhaltene Daseinsfreude brach, als er Wiener Boden betreten hatte, um so ungestümer hervor und ließ ihn auch die materiellen Genüsse des Lebens nicht verschmähen. Möglich sogar, daß die Folgen allzu sorglosen Sichhingebens den Grund zu seinem späteren schweren Leiden gelegt haben. Es bedurfte harter Schicksalsschläge, um so hohen Mut zum Sinken zu bringen und den Liebebedürftigen, der im Grunde nach Menschen und ihrer Geselligkeit verlangte, auf sich selbst zurückzuweisen.

Die unbekümmerte Wirtschaftsführung, die Beethoven sich in Wien gestatten konnte, zeigte sich auch in der Behandlung der Wohnungsfrage. Es waren einfache, meist recht bescheidene Quartiere, die er sich wählte, aber er wechselte sie häufig. Immer auf der Suche nach einer behaglichen und ruhigen Arbeitsstätte, fühlte er sich nirgends wohl. Bald war es dieser, bald jener Mangel, der ihn zum Ausziehen bewog. Es gab Streitigkeiten mit Wirten und Nachbarsleuten; vor allem wollte er ungestört und, später, als er berühmt geworden, vor der Zudringlichkeit Neugieriger geschützt sein. Auch im Sommer, den er irgendwo auf dem Lande in der Umgebung Wiens zuzubringen pflegte — in Mödling, Döbling, Heiligenstadt, Baden — fand er selten etwas, das ihm auf die Dauer zusagte. Bei diesem ewigen Wechsel kam es vor, daß er eine neue Wohnung mietete, ohne die alte zu kündigen, so daß er zu gleicher Zeit zwei, auch drei Wohnungen auf dem Halse hatte. Diese Wohnungsmisere wie mancherlei Nöte mit den Dienstboten, von denen noch die Rede sein wird, fesselten den Phantasiemenschen nur allzuhäufig an das Irdische und trugen viel dazu bei, ihn in grantige oder derb-sarkastische Laune zu versetzen.

Das gastliche Obdach beim Fürsten Lichnowsky gab Beethoven schon sehr bald wieder auf. Der Zwang, die Tischzeiten einzuhalten oder sonstwie auf die Hausgenossen

Rücksicht zu nehmen, war ihm unerträglich. Lieber begnügte er sich mit einem einfachen Quartiere, wo er sein eigener Herr war, und speiste im Gasthof. Über Beethovens finanzielle Lage in jener ersten Zeit sind wir ziemlich unterrichtet. Noch stand er im Solde des Kurfürsten Maximilian, der ihm außer der Weiterzahlung des Gehaltes eine Unterstützung von 100 Dukaten zugesagt hatte.

Aber infolge der politischen Wirren stockten die Zahlungen, und er erhielt im Herbst 92 nur 25 Dukaten, sein Vierteljahrsgehalt erst im Februar 93. In Bonn war inzwischen (am 18. Dezember) der Vater gestorben. Ludwig reichte ein Bittgesuch ein, auf das hin ihm auch weiter die für den Unterhalt der Brüder bestimmte Hälfte des väterlichen Einkommens bewilligt wurde; im März 1794 aber hörte jegliche Unterstützung von seiten des Kurfürsten auf, obwohl Beethoven noch immer in der Liste der Hofmusiker weitergeführt wurde.

Mittlerweile hatte, wie wir sahen, der junge Meister sich andere Hilfsquellen erschlossen und stand bereits auf eigenen Füßen. Sein Klavierunterricht und seine Mitwirkung bei musikalischen Veranstaltungen wurden ihm sicherlich gut bezahlt; schon begann er auch von seinen Kompositionen Nutzen zu ziehen, und sein Gönner Lichnowsky setzte ihm einen Ehrensold von jährlich 600 Gulden aus. Briefe jener Zeit lassen denn auch deutlich die gehobene Stimmung erkennen. An Wegeler schreibt Beethoven nach Bonn: „Mir geht's gut und ich kann sagen immer besser", und in einem Briefe an den Bruder Johann heißt es: „Für's Erste gehts mir gut, recht gut. Meine Kunst erwirbt mir Freunde und Achtung. Was will ich mehr. Auch Geld werde ich diesmal ziemlich bekommen."

Während er sich so von dem munteren und anregenden Leben der Großstadt treiben läßt, oft mitten im Strudel der Geselligkeit, verliert er doch sein Ziel nicht aus den Augen. Mit den Studien, um derentwillen er ja nach Wien gekommen war, nimmt er es ernst. Der schon von Erfolgen Verwöhnte vertieft sich noch einmal in die Anfangsgründe der Satzkunst und wird nicht müde, Versäumtes nachzuholen. Nicht sehr methodisch geht er vor, nicht immer bleibt er Herr seines ungestümen Temperamentes. Um so rührender ist die Bescheidenheit, die in der Lernbegier eines an Jahren schon gereiften Künstlers liegt, das Instinktmäßige des Genies, das nicht ruht, bis es seinen Weg gefunden. Das Anerbieten Haydns hatte ihn der Wahl eines Lehrers überhoben. Leider nur gestalteten sich die Beziehungen der beiden Männer nicht recht nach Wunsch. Haydn war zu ausschließlich praktischer Musiker, um in der Theorie der Komposition ein guter Lehrer zu sein; vielleicht auch nahmen die eigenen Arbeiten sein Interesse zu sehr in Anspruch. Beethoven wiederum war wohl schon damals ein schwer zu behandelnder Charakter. Haydn fand ihn „eigensinnig und selbstwollend" und nannte ihn seines Benehmens wegen den „Großmogul". Leicht empfindlich und von Natur zu Mißtrauen geneigt, glaubte sich Beethoven von seinem Lehrer vernachlässigt und wandte sich, noch während er bei Haydn studierte, um Rat und Hilfe an den ihm befreundeten Johann Schenk, den Komponisten des „Dorfbarbiers". Als dann Haydn wieder nach London ging, lösten sich die Beziehungen von selbst; Beethoven setzte seine Studien bei Albrechtsberger fort. Äußerlich blieb das Verhältnis zwar ungetrübt, und Haydn wollte den Jüngeren, den er kurz zuvor schon beim Fürsten Esterhazy in Eisenstadt eingeführt hatte, sogar mit sich nach England nehmen. Bei Beethoven blieb indessen immer eine gewisse Gereiztheit zurück und machte sich in gelegentlichen Ausfällen anderen gegenüber Luft. Der Bedeutung Haydns als Vorbild war er sich trotzdem vollauf bewußt; widmete er ihm doch in aufrichtiger Verehrung die Erstlinge seiner Sonaten. Die Verschiedenheit der beiden Naturen begründete jedoch einen inneren Gegensatz, und man begreift, daß Haydn, einst selber einer der genialsten Neuerer, nun aber am Ende einer langen und erfolggekrönten Laufbahn stehend, sich in die Art dieses kühnen, vorahnenden Geistes nicht mehr einzuleben vermochte.

Johann Georg Albrechtsberger, Kapellmeister am Stephansdom, galt als ein besonders gelehrter Theoretiker. Es ist charakteristisch, daß Beethoven gerade ihn aufsuchte. Anregungen der Phantasie, Rechtleitung des Formgefühls brauchte er nicht; die fand er in sich selbst Was er erlernen wollte, war die strenge Satzweise der großen Altmeister, waren die Künste des Kanons und der Fuge. Dazu war Albrechtsberger der rechte Mann, bei ihm konnte es Beethoven nicht, wie bei Haydn, geschehen, daß verbotene Quinten und Querstände in vorgelegten Arbeiten unverbessert stehen blieben. Ob diese trockenen Studien ihm viel Freude bereitet haben, ist mehr als zweifelhaft. Aus Pflichtgefühl, mit der Starrköpfigkeit, die ihn ein Ziel verfolgen ließ, setzte er sie durch — bis zu einem gewissen Punkt. Ohne rechten Abschluß hörten sie etwa im April 1795 auf. Aber wenn wir an Beethovens Vorliebe für den Kanon (auch als humoristische Spielerei) denken, wenn wir ihn in der letzten Schaffensperiode zu streng kontrapunktischen Formen zurückkehren sehen, so dürfen wir darin die Einwirkungen Albrechtsbergers erkennen.

Ein vierter Lehrer Beethovens in Wien war der Hofkapellmeister Antonio Salieri. Doch war dieser Unterricht nicht systematisch und wurde nicht in Form von Stunden, sondern zwanglos, wohl bei gelegentlichen Besuchen, genossen. Von dem erfahrenen Opernkomponisten wollte Beethoven in der Kunst, gesanglich zu schreiben, profitieren, da er wohl fühlte, daß seine natürliche Begabung ihn mehr auf das Instrumentale hinwies. Im besonderen wollte er sich eine genaue Kenntnis der italienischen Sprache und der italienischen Gesangskomposition aneignen (deren damals auch ein deutscher Tonsetzer nicht entraten konnte). Der Rat Salieris, der etwa bis 1802, mit Unterbrechungen vielleicht sogar bis 1809 eingeholt wurde, griff also schon mehr in die musikalische Praxis über. So streckte der werdende Meister seine Fühlhörner nach allen Seiten aus, immer bemüht, sich alle Quellen der Erfahrung zunutze zu machen. Und immer hatte er dabei in erster Linie das Handwerkliche seiner

Kunst im Auge. Zu dem Hornisten Punto ging er in die Lehre, um das Instrument und seine Leistungsfähigkeit gründlicher kennen zu lernen, von dem gefeierten Virtuosen Dragonetti, als dieser nach Wien kam, ließ er sich in die Geheimnisse des Kontrabasses einweihen und fühlte sich dadurch ermutigt, die unerhört kühne Stelle im dritten Satz der C-Moll-Sinfonie den Kontrabässen anzuvertrauen.

Verhältnismäßig spät erst, als er von Menschen nichts mehr zu lernen wußte, hat Beethoven sein eigenes Urteil als einzige und höchste Instanz aufgestellt. Er, der intensivste aller Ausdruckskünstler, duldete nichts technisch Unfertiges, weder an sich noch an anderen. Daher konnte er gegen jede Unzulänglichkeit in künstlerischen Dingen von ätzender Schärfe sein. Aber auch als er mit sich ins reine gekommen war, hörte er nicht auf, an sich zu arbeiten. Nur daß seine Lehrmeisterin hinfort die Natur war, oder die Kunst der Vergangenheit in den Werken ihrer großen Meister. Von Einflüssen Mitlebender, wie wir sie bei Bach und Mozart finden, ist bei Beethoven wenig zu spüren, obwohl er zum Beispiel Cherubini sehr hoch schätzte und für Weber Sympathie bezeugte. Dagegen sog sein Geist Nahrung aus Geschichte und Religion, aus Philosophie und Dichtkunst. Soweit ihm die Literaturen zugänglich waren. Der Autodidakt, der Mann mit der lückenhaften Bildung entwickelte sich zu einem eminent klaren, selbständig denkenden Kopfe, der souverän erhebt und ablehnt. Homer, Plutarch, Klopstock, Kant sind Leitsterne auf seinem Lebenswege. Für die Größe Napoleons, für den tatkräftigen, freiheitlichen Geist der Engländer zeigt er Verständnis und Bewunderung. Und ist doch im tiefsten Grunde ein glühender Patriot, der seine deutsche Heimat über alles liebt. Der erste Musiker, der die Bedeutung Goethes erkennt und sie für die Musik einzuschätzen weiß. Ein Mann der seelischen Tiefgründe, ein Abseitiger, dem Liebe, Religion und — die Gesetze der Harmonie Mysterien sind, die mit Worten nicht entweiht werden dürfen.

* * *

Um 1794 etwa, also zwei Jahre nach seiner Ankunft, gehört
Beethoven schon zu den bewunderten Größen und gilt als der
interessanteste Klavierspieler Wiens. Seine Erfolge blieben nicht auf die Salons der musikalischen Gesellschaft beschränkt; auch in öffentlichen Konzerten übte seine Mitwirkung ihre Anziehungskraft. In einer von der Wiener
Tonkünstlergesellschaft im k. k. National-Hoftheater zum
Besten ihrer Witwen und Waisen veranstalteten „großen
musikalischen Akademie" hat Beethoven wohl zum erstenmal öffentlich gespielt. Das war am 29. und 30. März 1795.
„Ein neues Konzert auf dem Piano-Forte, gespielt von
dem Meister Herrn Ludwig van Beethoven und von seiner
Erfindung" lautete die Ankündigung. Welches Konzert
dies war, wissen wir nicht. Auch in der von Haydn vor
seiner Abreise nach London im Dezember gegebenen
Akademie wirkte Beethoven mit. Wieder wartete er mit
einem eigenen Konzert auf, vermutlich mit dem in C-Dur
op. 15. Dann finden wir ihn wieder als Mitwirkenden in
einem Konzert der Sängerin Maria Bolla am 8. Januar
1796. Gelegentlich gab es auch Wettspiele mit der Kon-
kurrenz, mit dem Abbé Gelinek, dem Mozartschüler
Wölffl oder dem durch neue technische Effekte glänzenden Virtuosen Steibelt. Beethoven schlug sie alle aus dem
Felde kraft seiner musikalischen Genialität und geistigen
Überlegenheit.

Mit diesen Erfolgen des ausübenden Musikers konnten
die des schaffenden vorläufig noch nicht Schritt halten.
Um die Bedeutung des Komponisten zu erkennen, bedurfte es naturgemäß einer längeren Zeit. Ob nun der
junge Meister an der pianistischen Betätigung mit ihren
Augenblickserfolgen und ihrer unmittelbaren Genugtuung
wirkliche Freude empfand, ob er sie, im Innersten seiner
wahren Sendung schon bewußt, nur als Sprungbrett für
den Komponisten betrachtete, als das beste Mittel, sich
zunächst eine Existenz zu sichern — so viel scheint fest-
zustehen, daß er damals ernstlich an die Laufbahn des
Virtuosen gedacht hat. So erklärt sich auch eine Reise, die
er, wie es heißt mit dem Fürsten Lichnowsky, zu Konzert-

zwecken im Jahre 1796 unternahm. Sie sollte ein Anfang sein und blieb Beethovens einzige Künstlerfahrt! In Prag, wo der Sechsundzwanzigjährige nachweislich gespielt hat, wurde ihm bewundernde Anerkennung; dann ging es weiter nach Nürnberg und, vermutlich über Dresden und Leipzig, nach Berlin.

Nach einem im Archiv der Berliner Singakademie erhaltenen Dokumente fällt Beethovens Besuch der preußischen Residenz in den Juni 1796. Sonst ist Näheres über Zeit und Umstände der Reise nicht bekannt. Die Zeitungen nahmen seltsamerweise weder in Berlin noch in den sächsischen Städten von der Anwesenheit des immerhin schon namhaften Künstlers irgendwelche Notiz. Am Berliner Hofe herrschte unter der Regierung Friedrich Wilhelms II. ein reger Musikeifer. Der König war ein leidenschaftlicher Freund der Tonkunst und spielte selbst passabel das Cello. Wie Friedrich der Große in dem Flötenmeister Quanz, so besaß er in dem Cellisten Duport einen musikalischen Vertrauensmann. Seine Vorliebe galt der Kammermusik.

Wir wissen, daß Beethoven in Berlin des öfteren bei Hofe musiziert und auch hier alle Welt ganz besonders durch seine Improvisationen hingerissen hat. Ob ihm der König ein Anerbieten gemacht hat, in seinen Dienst zu treten, ist fraglich; jedenfalls wurde er mit Auszeichnung behandelt, und in der Umgebung des Monarchen begegnete er zuerst dem Prinzen Louis Ferdinand, zu dem er dann später in Wien in nähere Beziehung trat. Der Prinz war schöpferisch begabt und ein guter Pianist. Beethoven schätzte ihn und meinte in seiner offenherzigen Weise, er spiele gar nicht königlich oder prinzlich, sondern wie ein echter, tüchtiger Klavierspieler.

Zu den Persönlichkeiten, die der Meister in Berlin kennen lernte, gehörte, außer Duport und Reichardt, auch der Hofkapellmeister Himmel, der einst gefeierte Komponist der Oper „Fanchon". Einmal fügte es sich, daß beide Unter den Linden spazieren gingen und auf Himmels Veranlassung in das ehemals Jagorsche Lokal traten. Dort,

in einem Hinterzimmer, in dem ein Klavier stand, soll sich
die oft überlieferte Geschichte zugetragen haben, die
ihrem freundschaftlichen Verkehr ein jähes Ende setzte.
Zu einer freien Phantasie herausgefordert, hatte Himmel
schon längere Zeit gespielt, als sein jüngerer Kunstgenosse
ihn mit der Frage unterbrach: „Aber lieber Himmel,
wann werden Sie endlich anfangen?" Entschuldigend
meinte Beethoven später zu Ries: „Ich glaubte, er habe
nur so ein bißchen präludiert".

Auch die Singakademie ließ es sich nicht nehmen, den
berühmten Gast zu einer ihrer regelmäßigen Übungen,
die damals noch in einem Saale der Akademie der Künste
abgehalten wurden, einzuladen. Der Chor sang ihm u. a.
die zehnstimmige Messe und den 119. Psalm von Fasch
vor, und Beethoven setzte sich dann ans Klavier und
phantasierte über das letzte Fugenthema. Die Wirkung
auf die Hörer war wieder ungeheuer. Bei dieser Gelegenheit entfuhr ihm, in seiner Abneigung gegen jede sentimentale Verhimmlung, das charakteristische Wort: „Die
Musik soll keine Tränen hervorlocken, sie soll dem
Manne Feuer aus dem Geist schlagen." Er hat dann noch
einmal bei der nächsten Versammlung der Singakademie
am 28. Juni gespielt.

Das künstlerische Ergebnis des Berliner Aufenthaltes
sind die Friedrich Wilhelm II. gewidmeten, in ihren technischen Schwierigkeiten auf Duport berechneten Violon-
cellsonaten op. 5. Beim Abschied erhielt Beethoven als
Ehrengeschenk des Königs eine goldene, mit Louisdors
gefüllte Dose. Voll Stolz legte er noch später Besuchern
gegenüber Wert darauf, daß es keine „gewöhnliche" Dose
war, sondern eine „von der Art, wie sie den Gesandten
gegeben wurde". — Das ist alles, was wir von Beethoven
in Berlin wissen.

*　*　*

Aus vorstehenden Tatsachen und den spärlichen Überlieferungen, die, hie und da den Mann und die Verhältnisse
blitzartig beleuchtend, sich über etwa ein Jahrzehnt ver-
teilen, läßt sich immerhin ein ungefähres Bild von dem

Beethoven der ersten Wiener Periode gewinnen. Wenigstens von dem äußeren Menschen und seinem Lebensgang. Wie aber sah es um den Künstler in ihm aus? Welchen Weg hatte die Entwicklung des Komponisten inzwischen genommen? Seit jenem op. 1, den Klaviertrios, war Beethoven zur Selbständigkeit erwacht. Als Maßstab kennt er hinfort nur noch sein eigenes Urteil. Auch hat er sich auf dem Boden, auf dem er wirken will, genügend zur Geltung gebracht und braucht um Hörer, die sich für seine Werke interessieren, um Verleger, die sie ihm abnehmen und gut bezahlen, nicht mehr besorgt zu sein. An Gelegenheiten, neue Werke vor der Herausgabe auszuprobieren, fehlte es ihm ohnehin nicht. Das Schuppanzigh-Quartett, das jeden Freitag bei Lichnowsky zusammenkam, und später das Privatorchester des Fürsten Lobkowitz standen ihm für solche Zwecke zur Verfügung. So konnte er sich ungehemmt seinem Schaffensdrange überlassen, und wir sehen, wie nach langem Zögern klug im Pult Zurückgehaltenes und Neuentstandenes in rascher Folge an die Öffentlichkeit gelangt: Die ersten Klavier-, Violin- und Cellosonaten; die Kammermusik bis zu dem von den Zeitgenossen besonders geschätzten Septett op. 20; die ersten Klavierkonzerte und Streichquartette; die ersten beiden Sinfonien; Vokal- und Theatermusik. Der Dreißigjährige stand mit einem Schlage auf einer Höhe, die alles um ihn herum — mit Ausnahme der Haydnschen Alterswerke „Die Schöpfung" und „Die Jahreszeiten" — bereits überragte.

In den als op. 2 veröffentlichten drei Werken hat Beethoven sich seinem eigensten Gebiet, der Klaviersonate zugewendet. Wir alle, die wir uns zu ihm bekennen, sein Wesen liebe- und verständnisvoll in uns aufgenommen haben, sind mehr oder minder durch seine Sonaten zu ihm gekommen. Beethovens Klaviermusik gehört zu den unverwischbaren Jugendeindrücken des musikalischen Menschen. Andererseits ist Beethovens tondichterische Persönlichkeit so ganz in diese Sonaten eingeschlossen, daß — wäre alles andere verlorengegangen — sie allein schon

uns einen Begriff von dieser Persönlichkeit geben würden.
Beethoven war der erste große Komponist, der vom
Klavier ausging. (Von Mozart kann man das trotz seiner
Virtuosenlaufbahn eigentlich nicht sagen, von Haydn und
den Früheren ganz gewiß nicht.) Das Klavier war sein
natürliches Ausdrucksmittel, das Instrument, das er souverän beherrschte, für das er sich technisch und geistig seinen eigenen, nur ihm gehörenden Stil schuf. Deshalb ist
er in seiner Klaviermusik auch am persönlichsten, am
freiesten von allen Hemmungen und Rücksichten auf das
Darstellungsmaterial. Weit freier und persönlicher als
selbst in seiner Sinfonik, in der er sich immerhin von dem
Orchester seiner Zeit bis zu einem gewissen Grade abhängig zeigt.

Was in der Form der Sonate zu sagen, mit ihr zu erreichen war, das hat in vollem Umfange erst Beethoven
erkannt. Hier hat er denn auch am ehesten und nachhaltigsten in die Entwicklung eingegriffen, er, der, von
Natur durchaus kein Umstürzler, das Neue nie um seiner
selbst willen, sondern immer nur dann aufsuchte, wenn er
sich bewußt war, mit den überlieferten Mitteln nicht auskommen zu können. Die Gattung der Sonate ist das geworden, was er aus ihr gemacht hat, und alle Versuche
der Späteren sind nicht darüber hinausgelangt. Im einzelnen hat wohl die Romantik noch Werke von Eigenart
und Bedeutung hervorgebracht; aber die Entwicklung als
solche war mit Beethoven abgeschlossen, die Klaviersonate nach ihm eine künstliche Nachblüte, innerlich ab-
gestorben. Das fühlte auch Brahms und ließ es bei seinen
Jugendschöpfungen bewenden.

Die Vorgänger Beethovens auf dem Gebiete der Solo-
sonate sind Philipp Emanuel Bach, Haydn und Mozart.
Bekanntlich war die Sonate ursprünglich (seit Giovanni
Gabrieli) ein mehrstimmiges Instrumentalstück, dann eine
Form der Violinmusik (seit Corelli, ausgangs des 17. Jahr-
hunderts). Johann Kuhnau, der Amtsvorgänger Sebastian
Bachs im Leipziger Thomaskantorate, gilt als der Erste,
der den Versuch machte, sie auf das Klavier zu über-

tragen. In der Vorrede zu seiner „Klavierübung" (1635)
heißt es: „Ich habe auch hinten eine Sonate aus dem B
mit beigefügt, welche gleichfalls dem Liebhaber anstehen
wird. Denn warum sollte man auf dem Klavier nicht eben,
wie auf andern Instrumenten, dergleichen Sachen traktie-
ren können? Da doch kein einziges Instrument dem Klavier die Präzedenz an Vollkommenheit jemals disputierlich
gemacht hat." Kuhnau zeigt das Bestreben, die Zu-
sammengehörigkeit der verschiedenen Sätze musikalisch
zum Ausdruck zu bringen und zugleich den einzelnen Satz,
dem er eine dreiteilige Gliederung gibt, logischer auszu-
bauen. In abweichender Art griff in Italien Domenico
Scarlatti, dessen Sonaten wir noch heut auf den Konzert-
programmen unserer Pianisten finden, den Faden der Entwicklung auf. Er bediente sich ausschließlich der ein-
sätzigen Form, bildet sie aber innerlich weiter, indem er
das modulatorische Prinzip von Tonika und Dominante
aufstellt. Der erste Teil schließt auf der Dominante oder
Paralleltonart und wendet sich bei seiner teilweisen
Wiederholung wieder zur Tonika. Damit ist das Grund-
schema des Sonatensatzes gefunden; nur kennt Scarlatti
noch nicht die Gegenüberstellung zweier Themen und arbeitet mit zwar (namentlich rhythmisch) prägnanten, aber
meist kurzatmigen Motiven. Bei ihm zeigt sich auch zuerst
eine freiere, nicht mehr kontrapunktische Schreibweise.
Scarlatti hat als stilistische Eigenart die im Grunde zwei-
stimmige Natur des Klaviersatzes erkannt.
Die weitere Entwicklung führte dann zur Mehrsätzig-
keit der Sonate. Bedeutungsvoll ist hier das Eingreifen
Philipp Emanuel Bachs, weil dieser Meister auch sonst
den Ausbau der Sonate bis zu einem Punkte förderte, wo
sie unter den Händen der Wiener Klassiker die geeignete
Form zur Aufnahme eines individuellen geistigen Inhalts
werden konnte. Wie Scarlatti pflegt auch Bach vorzugsweise die homophone Schreibart, geht aber in anderen,
wesentlichen Dingen über seine Vorgänger hinaus. Seine
musikalischen Gedanken sind nicht mehr lose aneinander-
geknüpfte spielerische Motive, sondern wohlgebildete,

richtige Themen, die an sich interessieren und zur Verarbeitung herausfordern. Ferner hat Bach nicht nur die
Dreisätzigkeit zur Regel erhoben, sondern auch dem
ersten Satz prinzipiell eine dreiteilige Gliederung gegeben.
Deutlich scheiden sich bei ihm Exposition, Durchführung
und Reprise. Was noch fehlt, ist das zweite, das kon-
trastierende Seitenthema, das später eine so große Rolle
im Aufbau spielt. Dagegen findet sich schon der langsame Satz in einfacher Liedform und an dritter Stelle
wieder ein Satz in Sonatenform oder ein Rondo. Endlich
hat der Verfasser des „Versuchs über die wahre Art, das
Klavier zu spielen" es sich angelegen sein lassen, den Vortrag seiner Werke durch Vorschriften über Tempo, Dynamik, Phrasierung und Verzierungen selber zu regeln, und
hat dadurch der fortschrittlichen Bewegung nach seiten
des musikalischen Ausdrucks zum mindesten vorgearbeitet.

Die Klaviersonaten Philipp Emanuels erregten allge-
meines Aufsehen und haben alle, die nach ihm kamen,
vorbildlich beeinflußt. Mozart soll gesagt haben: „Er ist
der Meister, wir sind die Buben; wer von uns was Rechtes
kann, hat von ihm gelernt." Und Haydn bekannte noch
im Alter: „Wer mich gründlich kennt, der muß finden,
daß ich dem Emanuel Bach viel verdanke, daß ich ihn verstanden und fleißig studiert habe."

Daß auch Beethoven den Philipp Emanuel gekannt und
studiert hat, ist außer Zweifel. Schon der Unterricht
Neefes, der selber von dem Hamburger Bach stark beeinflußt war, mußte den Jüngling auf dieses Vorbild weisen.
Spuren der Einwirkung finden sich nicht nur in Bonner
Jugendwerken, sondern auch in charakteristischen Zügen
und Manieren, die an Beethovens Klaviermusik haften
blieben. Unmittelbarer jedoch und tiefer hat er wohl aus den
Werken Mozarts und Haydns geschöpft. Die Sonaten
Friedrich Wilhelm Rusts († 1796), die sich durch Selbständigkeit der Erfindung auszeichnen und in der Vor-
geschrittenheit der formalen Ausgestaltung und des Klaviersatzes zum Teil selbst die Arbeiten der genannten
Meister auf diesem Gebiet übertreffen, wie diejenigen

Christian Bachs, des jüngsten Sohnes Johann Sebastians und Schülers Philipp Emanuels (mit dem der junge Mozart in London in Berührung kam), mag Beethoven kaum gekannt haben.

An der Entwicklung der Sonatenform und der Vertiefung ihres Gehaltes hat Mozart den geringsten Anteil genommen. Ausscheiden müssen für unsere Betrachtung die Werke, die bloße Gelegenheitsarbeiten oder für Unterrichtszwecke geschrieben sind. Aber auch was er sonst in der Klaviersonate schuf, gehört, wie überhaupt seine Musik für Klavier allein, nicht zu den bedeutsamen Offenbarungen seines Geistes. Der Hauptwert liegt, abgesehen von der Glätte und Meisterlichkeit seiner Faktur, in der Klaviermäßigkeit seines Stils, in der unvergleichlichen Anmut mancher Sätze. Mozart verzichtet auf die Wirkungen der Polyphonie noch mehr als andere Zeitgenossen, führt aber ein neues Prinzip in die Klaviermusik ein, das Prinzip einer mehr melodiösen Schreibart. Seine Perioden sind breiter ausgesponnen und klarer umrissen, erfüllt von einer Innigkeit und gesanglichen Schönheit, wie sie so ganz dem Wesen seiner künstlerischen Natur entsprachen. Damit förderte er wohl die Thematik, nicht aber die Sonate als Kunstform. Trotz der die anderen an Bedeutung überragenden C-Moll-Sonate stand Mozart als Sonatenkomponist abseits, eine in sich abgeschlossene Erscheinung, und blieb, wie sein Rivale Muzio Clementi, auf den weiteren Verlauf der Entwicklung höchstens indirekt von Einfluß.

Ganz anders Haydn. Auch er nahm sich zunächst die Errungenschaften Philipp Emanuels zum Muster, und seine ersten Sonaten unterscheiden sich in der Form durch nichts von denen des älteren Meisters. Aber er durchleuchtete diese Form mit seiner genialen schöpferischen Kraft und hauchte ihr individuelles Leben ein. Und da er auf das Heitere, Witzige, anderseits aufs schlicht Sinnige und Beschauliche gestellt war, entstand jener Grundcharakter, der für die Sonate der älteren klassischen Periode typisch geworden ist. Gleichzeitig mit Haydn waren zahlreiche andere Männer wie Georg Benda, Christoph Friedrich, Johann Ernst und Johann Christian Bach, Gottfried Eckert, Ernst Wilhelm Wolf, Carl Friedrich Fasch, Fr. Wilhelm Rust, Wilhelm Häsler, die Italiener Galuppi, Paradies, Sacchini usw. am Werke, die gemeinsame Grundlage zu schaffen. Aber Haydn überragte sie alle, zumal er später, als er Mozart kennen und lieben gelernt hatte, von dem Jüngeren befruchtet, auch das kantable Element in seine Sonaten aufnahm.

Stilistisch ging Haydn in beträchtlichen Punkten über das Bachsche Vorbild hinaus. Seine Überlegenheit zeigt sich nicht nur in der Erfindung prägnanter, entwicklungsfähiger Themen; er kennt bereits das selbständig eingeführte Gegenthema, wenn er es auch noch nicht konsequent, als obligatorischen Bestandteil der Sonatenform verwendet und meist sich mit der motivischen Fortführung des Hauptthemas begnügt. Ferner ist der Klaviersatz freier und reicher und hat alles Steife und Zopfige, das bei Bach noch vorkommt, abgestreift. Vereinzelt findet man bei Haydn schon eine länger ausgeführte Koda oder die Anknüpfung des zweiten Satzteiles mittels des Schlußmotives des ersten; beides später bei Beethoven charakteristisch hervortretende Momente. Die Anlage der Haydnschen Sonate ist zwei- oder dreisätzig (wobei in der Mitte nicht immer ein langsamer Satz zu stehen braucht). Nur einmal, in der G-Dur-Sonate Nr. 31 (Peters) erweitert sich die Form durch Aufnahme eines Menuetts neben dem Adagio zur viersätzigen. Die wichtigste und folgenreichste Neuerung aber ist die Art der Durchführung, die kunstvolle Verarbeitung des thematischen Materials, die er von seinen Sinfonien und Quartetten in die Sonate herübergenommen hat. In der Zerlegung und Kombination der Motive, in ihrer sequenzenartigen Fortführung, in den Mitteln der Modulation, der Rhythmisierung, des Kontrapunktes zeigt sich Haydn als Meister und weiß seine Themen, denen er immer noch neue Seiten abgewinnt, erschöpfend zu verwerten. Darin, in dieser Kunst der Durchführung, ist er der unmittelbare Vorgänger Beethovens und hat ihm zweifellos von allen die stärksten Anregungen gegeben.

Beethoven wußte also, warum er dem Verlangen Haydns willfahrte und sein op. 2, die Sonaten in F-Moll, A-Dur und C-Dur, dem Altmeister widmete. Er stellte sich damit an seine Seite; aber was für Haydn ein Endziel gewesen, wurde für Beethoven ein Ausgangspunkt. Mit ihm trat die Klaviersonate in ein neues Stadium ihrer Entwicklung. Zuerst mußte die Form gefunden werden, ihre musikalische Gesetzmäßigkeit, die Ordnung und organische Eingliederung ihrer einzelnen Teile. Dann folgte die seelische Durchdringung und Belebung, erst in den Grenzen des Typischen und Allgemeinen, dann bis zur Steigerung zum individuellen Empfindungsausdruck. Mit ihrer unbeschränkten Darstellungsfähigkeit, mit der errungenen Freiheit und Vielseitigkeit ihres Ausdrucksvermögens hatte die Sonate das Ziel ihrer Entwicklung erreicht. Als bloße Kunstform hätte sie einen Musiker wie Beethoven auf die Dauer nicht interessieren können. Aber er sah die Möglichkeiten, die hier noch verborgen lagen, und er machte sie sich zunutze. Vergessen wir nicht, daß Beethoven der vielbewunderte Improvisator am Klaviere war, der die Gabe und das Bedürfnis hatte, seine Empfindungen unmittelbar in Klangbildern ausströmen zu lassen. In der freien Phantasie ruhten die Wurzeln seiner Kunst. Indem er die Regungen seines Ausdrucksverlangens mit der überkommenen Form in Beziehung brachte, beides miteinander in Einklang zu setzen versuchte, entstand die Beethoven-Sonate. Bedächtig, seiner Gewohnheit gemäß zögernd ging er dabei vor, um dann den einmal beschrittenen Weg um so entschlossener zu verfolgen. Auch hier darf man es sich nicht so vorstellen, als ob Beethoven Neues geplant, über sein Schaffen reflektiert, sozusagen Kunstphilosophie getrieben hätte. (Was an Bekenntnissen und Aussprüchen über sich und seine Kunst überliefert ist, betraf konkrete Fälle oder war a posteriori gesammelte Weisheit.) Sicherlich ganz naiv, nur von dem Instinkt des Künstlers getrieben, der aus unbewußtem Drange schafft, hat er in der

Sonate das ihm adäquateste Darstellungsmittel ergriffen. Es fügte sich, daß zu der Fülle seines inneren musikalischen Gefühls sich die Fähigkeit gesellte, mit Themen, die kontrastieren, mit ihrer motivischen Verarbeitung und Entwicklung, dem logischen Aufbau und sinnvollen Abschluß des Satzes alles, was er zu sagen hatte, so zum Ausdruck zu bringen, wie es vollkommener gar nicht möglich gewesen wäre. Wir rühren da an das Geheimnis des oft verkannten Beethovenproblems. Beethoven „wollte" nichts, er dachte nicht an die Zukunft, verfolgte nicht die teleologischen Zwecke, die man so gern ihm unterschiebt. Er bildete, wie jeder echte Künstler, seinen Stoff, nicht leichtfertig, sondern so gut er es nur irgend vermochte, und ließ die Natur in sich walten. Diese Erkenntnis kann unsere Bewunderung angesichts dessen, was er vollbracht hat, nur noch steigern, nicht sie dämpfen.

Der Weg, den Beethoven in der Sonate durchmessen hat, ist der Weg seines Lebens. Die Klaviersonaten op. 2 bis op. 111 spiegeln das Werden und Wachsen seiner Individualität, nichts Wesentliches vollzieht sich außerhalb ihres Kreises. Die großen sinfonischen Werke sind nur die Exponenten einer Entwicklung, die von der Kammermusik ausging und an deren Grundformen erstarkte. Beethoven übernahm die Weiterbildung der Sonate, indem er aus ihrer Gesetzmäßigkeit, der Logik ihrer Ordnung die letzten Konsequenzen zog, die in ihr ruhenden Probleme in aller Mannigfaltigkeit aufdeckte und sie zugleich mit romantischen Elementen durchsetzte, die ihre Tonsprache in deutlichere und engere Beziehungen zu poetischen Vorstellungen brachte.

Die ersten Versuche auf diesem Gebiete sind unbedeutende Jungendarbeiten und kommen hier nicht in Betracht. Die beiden kleinen Sonaten in G- und F-Dur, wenn sie überhaupt von Beethoven sind, fallen in eine sehr frühe Zeit. Der Torso einer von Ries ergänzten Sonate in C (Leonore von Breuning gewidmet) wäre, dem Briefwechsel nach, ins Jahr 1792 zu verlegen, steht aber inhaltlich und formell hinter den schon erwähnten Kurfürsten-Sonaten

(1783) zurück. Die Entwicklung eines Künstlers geht eben nicht immer in gerader Linie vor sich. Auch in den Kurfürsten-Sonaten zeigt sich der Dreizehnjährige noch ganz im Banne der Mannheimer Komponistenschule, in deren Stilprinzipien ihn einst in Bonn sein Lehrer Neefe eingeweiht hatte. Immerhin entdecken wir, rückschauend, schon persönliche Züge, wie im ersten Satz der F-Moll-Sonate die Übereinstimmung in Anlage und Thematik mit der „Pathétique", oder (in der D-Dur) das Auftauchen eines später in der Einleitung zur A-Dur-Sinfonie verwendeten musikalischen Gedankens, und innerhalb der damaligen Literatur nehmen diese Sonaten eine nicht zu unterschätzende Stufe ein. Aber erst in Wien, mit dem Joseph Haydn gewidmeten op. 2 beginnt die bewußte Selbständigkeit Beethovens als Sonatenkomponist. Mit einem Schlage steht da ein neuer Meister vor uns, der in durchaus eigenem Geiste schafft. Wohl hängt dieses Opus, wie wir gleich sehen werden, noch mit den 1785 in Bonn geschriebenen Klavierquartetten zusammen; aber wie anders ist jetzt alles gestaltet, wie zielbewußt Neues mit längst Geplantem vermischt und in die rechte Form gegossen! Zum erstenmal bedient sich Beethoven der erweiterten viersätzigen Anlage. An dritter Stelle aber erscheint bei ihm nicht mehr das eingeschobene, der Suite entnommene typische Menuett, sondern ein Satz individuelleren Charakters, der sich durch Haltung und Stimmung als wesentlicher Teil des Ganzen erweist. Das Allegretto der ersten Sonate trägt nur noch den Namen „Menuetto"; die beiden anderen Sätze sind richtige „Scherzi", Nr. 3 besonders originell durch seine geheimnisvoll leise verklingende Koda. Von wunderbarem, neuartigem Ausdruck sind die langsamen Sätze, zwei Adagios (1 und 3) und ein Largo appassionato. Hier haben wir einen wesentlichen Eingriff in die innere Gestaltung. Für die Sonate der Vorgänger war das Andante der typische Mittelsatz. Beethoven bringt die breitere, gefühlvollere Kantilene, einen Überschwang der Empfindung, der sich in dem Largo der A-Dur-Sonate bis zu orgel-

mäßigem, fast religiösem Ausdruck steigert. In der
Folge hat Beethoven die Feierlichkeit des Largo zwar
wieder aufgegeben (in der Klaviersonate von op. 10
ab), aber eigentümlich blieb ihm die Vertiefung, das
oft Schwelgerische der Gefühlsäußerung, das an die
Stelle eines mehr anmutig-maßvollen Tonspiels trat,
und man kann es sich vorstellen, wie er gerade dadurch
auf seine Zeitgenossen wirken mußte. Die Schlußsätze sind
voll sprühenden Lebens, das F-Moll-Finale von herber
Entschlossenheit und fast dramatischer Spannung, das A-
Dur graziös spielerisch, das C-Dur virtuos glänzend. Die
C-Dur-Sonate ist überhaupt in dem Grade auf konzertie-
renden Stil angelegt, daß es im ersten und letzten Satz
sogar zu richtigen Kadenzen kommt. In diesem op. 2
treffen wir schon auf konstruktive Züge, die vom Normalen abweichen. Im ersten Satz der A-Dur-Sonate tritt
das Seitenthema in der Molltonart der Dominante auf,
und die Durchführung springt unvermittelt auf C-Dur
über. Der erste Satz der C-Dur-Sonate bringt das zweite
Thema gleichfalls in der Molldominante, und das Adagio
steht in dem leiterfremden E-Dur. Die späterhin auch auf
das zweite Thema z. B. der Waldsteinsonate angewandte
Verlegung in die Tonart der großen Oberterz (C-Dur —
E-Dur) ist spezifisch beethovensch. Zu den in den Werken
der früheren Periode nicht seltenen Anklängen an Mozart
gehört die notengetreue Übereinstimmung des Kopfthemas
der F-Moll-Sonate mit dem Final-Gedanken der Mozartschen G-Moll-Sinfonie.

Den Bonner Klavierquartetten ist folgendes entnommen:
Das F-Dur-Adagio der ersten Sonate, (eine Überarbeitung
des Adagios des dritten Quartetts in C-Dur) und der
erste Satz der C-Dur-Sonate, der aus einer Umschmelzung
des ersten Satzes jenes selben Quartetts hervorgegangen
ist. Wie aber der Mozart-Anklang bei gänzlich veränder-

ter Stimmung nur äußerlich im Notenbild geblieben ist, so
hat die unermüdlich arbeitende Phantasie des jungen
Meisters aus dem Material des Jugendwerkes fast etwas
Neues gemacht. In einem der regelmäßigen Freitags-
Konzerte des Fürsten Lichnowsky spielte Beethoven seinem Lehrer Haydn die drei ihm gewidmeten Sonaten
vor. Handschriftlich sollen sie schon im Frühjahr 1795
in Wien bekannt gewesen sein; erschienen sind sie im
März 1796.

Es würde den Rahmen dieser Darstellung überschreiten,
wollten wir die Sonaten Beethovens im einzelnen durch-
gehen und analysieren. Hier genügt es, uns die Merkmale seines Entwicklungsganges zu vergegenwärtigen.
Schon die nächste Sonate, Es-Dur op. 7, zeigt, wie der
junge Meister bedacht ist, den Stimmungskreis zu er-
weitern. Die Herrschaft über die Form ist gewonnen;
das Technisch-Musikalische allein reizt ihn nicht mehr, er
sucht nach neuen Zielen, denen es als Mittel dient. Beethoven fängt an, für das Klavier zu dichten. Die Es-Dur-
Sonate wurde in Wien die „verliebte" genannt, wohl infolge gewisser liebenswürdiger Züge, vor allem des
schmeichlerischen Rondo-Themas wegen. Der erste Satz
zeigt auch die nun häufiger zu beobachtende breitere
Anlage. In das Spiel der beiden Themen werden motivische Zwischenglieder aufgenommen.

Die Absicht, jeder Sonate einen einheitlichen, besonderen
Charakter zu geben, enthüllt noch deutlicher die der
Gräfin Browne gewidmete Trias op. 10. Da tritt uns
zuerst die markige C-Moll-Sonate entgegen. Gleich aus
ihrem lapidaren Kopfthema und seiner Antithese:

spricht vernehmlich und bestimmt der C-Moll-Beethoven der
fünften Sinfonie und des dritten Klavierkonzertes. Dem ersten Satz voll Kraft und Entschlossenheit folgen das schwär-

merische As-Dur-Adagio und das energische Finale, dessen aufstrebender Figur in der Durchführung geradezu ein Vorklang der C-Moll-Sinfonie, das rhythmische Motiv:

antwortet. Ganz anderen Charakters ist die F-Dur-Sonate Nr. 2. Sie schlägt zunächst den Ton geschäftigen Frohsinns an. Aber in dem folgenden F-Moll-Allegretto werden wir in eine eigenartige, völlig neue Klangwelt versetzt. Es ist einer jener in Dämmer gehüllten Sätze, die später bei Beethoven wiederkehren. Das gespenstisch leise schleichende Unisono-Thema hat einen Nachfolger im dritten Satz der C-Moll-Sinfonie. Kurz und bündig führt das humoristisch angehauchte Presto-Finale mit seinen eigensinnigen Staccato-Rhythmen in helle Wirklichkeit zurück. Und wiederum andere Stimmungskomplexe umschließt die D-Dur-Sonate, die dritte der in op. 10 vereinigten Klavierdichtungen. Sie ist die am größten angelegte und inhaltlich wohl auch bedeutendste. Dem aus dem Piano glanzvoll aufsteigenden Hauptgedanken gegenüber setzt das gesangliche Seitenthema in klagendem H-Moll ein, und seiner Auswirkung schließen sich, bis es zu der üblichen Wiederholung kommt, nicht weniger als vier weitere ungemein geistreich entwickelte Motive an. Das Largo e mesto ist der Ausdruck tiefer, von wilden Verzweiflungsausbrüchen in Resignation versinkender Melancholie. Beethoven schwelgt hier in übermächtigen Septimenakkorden, die zu seiner Zeit, noch nicht durch Mißbrauch entwertet, die höchste Steigerung des Affektes bedeuteten. Ihre Anwendung an richtiger Stelle bezeichnete er einmal einem Schüler gegenüber als das Geheimnis jeglicher Wirkung. Den freundlichen Gegensatz bringt ein im Allegrocharakter gehaltenes Menuetto von liebenswürdiger Munterkeit. Die Krone aber ist das Schlußrondo. Seine erst schüchterne, dann drängendere Frage:

13.

wird erst nach heftigem Aufbegehren beschwichtigt und
ist das treibende, den Satz beherrschende Motiv. Der
Ausdruck ist hier von geradezu sprechender Ge-
bärde und zeigt, bis zu welchem Grad der Mitteilungs-
fähigkeit Beethoven in der Sonate bereits vorgedrungen
war. In formaler Beziehung ist an den Werken op. 10
zweierlei zu bemerken: die Rückkehr zur Dreisätzigkeit
in Nr. 1 und 2 und der Zuwachs an thematischem Material. Das Wichtigere ist die Freiheit der inneren Gestaltung. Beethoven hält sich nicht mehr an das Schema
gebunden; er arbeitet von nun an statt mit zwei, mit
drei, gelegentlich auch mit vier und mehr Themen. Die
Fülle seiner Phantasie sprengt zwar nicht die Form, aber
sie lockert den Aufbau, dehnt und bereichert ihn durch
Einfügung von Mittelgliedern, ohne seine Einheitlichkeit und
Logik im mindesten zu gefährden. Als demonstrative Neuerung taucht in op. 10 die Verwendung eines besonderen,
in der Exposition nicht enthaltenen Gedankens für die
Durchführung auf. Dadurch wurden Zweck und Wesen
dieses Satzteiles verändert, der nun bewirkt, daß die
anderen Themen bei ihrer Wiederkehr um so frischer erscheinen. Nur ein Genie durfte sich eines solchen Eingriffes
in den Organismus unterfangen. Bewundernswert ist der
Instinkt, mit dem Beethoven dies Mittel nur im geeigneten
Falle anwendet und mit dem er das Durchführungsthema
zu den Hauptthemen doch irgendwie in Beziehung setzt.

Es folgt nun die C-Moll-Sonate op. 13, der Beethoven
selbst den Namen „Pathétique" gegeben hat. Gleichfalls
dreisätzig, ohne Menuett. Ihre ausdrucksgewaltige, dabei
so einfache, nicht mißzuverstehende Tonsprache hat sie
frühzeitig populär gemacht. An ihr hat man Beethovens
Art am leichtesten erkannt. Sie drang zuerst in die Kreise
der Dilettanten und gilt heute als so „abgespielt", daß die
Konzertpianisten auf ihre Vorführung fast gänzlich ver-

zichten. Gerade ihre Verbreitung aber hat eine etwas ein-
seitige Auffassung von der Persönlichkeit des Komponisten
zur Folge gehabt. Das Beiwort „Pathétique" charakte-
risiert nicht einmal eine Schaffensperiode des Meisters.
Sein op. 13 ist von einer Reihe ganz anders gestimmter
Werke umgeben. So wenig wie die zweite und dritte Sonate aus op. 10 tragen die lyrische E-Dur-Sonate mit dem
melodiösen, für Beethoven typischen Rondo und die sich
harmlos, zum Schluß humorvoll gebende G-Dur-Sonate
op. 14 oder die von frischer Lebenskraft geschwellte B-Dur
op. 22 (von der Beethoven sagte, daß sie sich „gewaschen
hat") irgendwelche pathetische Züge. Das Pathos, allerdings unter vielen ein hervorstechendes Merkmal namentlich des jüngeren Beethoven, verteilt sich über das Schaffen
etwa zweier Jahrzehnte. Beethoven war keineswegs
immer pathetisch. Neben dem Leidenschaftlichen steht
oft genug das Lebensfrohe, Heitere und Anmutige, und
nicht im Wandel abgrenzbarer Perioden, sondern im
Durcheinander. Es war eben alles in ihm. Seine Persönlichkeit ist viel zu reich, als daß sie sich auf eine Formel
bringen ließe.

Die Entwicklung, die wir bis hierher verfolgt haben, hatte
der Sonate einen immer weiteren Stimmungskreis erobert
und in der Anordnung ihrer Sätze zu einer freieren, vom
Schema unabhängigen Disponierung geführt. Neben die
viersätzige tritt, zeitweise mit Vorliebe, die dreisätzige
Form. Der C-Moll-Sonate op. 10 und der „Pathétique"
fehlt das Menuett, der F-Dur und der E-Dur-Sonate der
langsame Satz. In der G-Dur op. 14 steht an Stelle des
üblichen Finales ein Scherzo, aber nicht, wie gewöhnlich,
in der Menuett-Anlage (mit Trio), sondern verquickt mit
der Form des Rondos. Diese neue, mehrmals wiederkehrende Scherzo-Art war Beethovens eigenste Erfindung.
Nun geht der Meister einen Schritt weiter: er ändert, um
der Stimmung einen immer bestimmteren Ausdruck zu
geben, den Charakter der Sätze selbst. In der As-Dur-
Sonate op. 26 ist der langsame Teil ein „Trauermarsch"
(sulla morte d'un eroe). In op. 27 ist am ersten Satz, dem

Grundpfeiler des Sonatenbaues, gerüttelt. An seine Stelle tritt in der Es-Dur-Sonate eine freie Fantasie, die uns ein Beispiel gibt von der Art, wie Beethoven zu improvisieren pflegte. Sie zerfällt in ein Andante, ein Allegro molto e vivace (gleichsam Scherzo) und ein Adagio. Der langsame Teil ist aber nur die Einleitung zum Finale, in dem nun endlich wieder die Sonatenform in Erscheinung tritt. In der Schwestersonate (Cis-Moll) steht zuerst das wundervolle, romantische Adagio sostenuto (in freier Liedform), um dessentwillen man dem Werk törichterweise den Namen „Mondscheinsonate" gegeben und es mit einer Liebesaffäre in Verbindung gebracht hat. Beide Sonaten tragen den Untertitel „quasi una fantasia". Noch so manche andere Klavierdichtung mag ihren Ursprung einer gelegentlichen Improvisation verdanken. Hier ist die freie, phantastische Gestaltung bewußt zum Formprinzip erhoben. Aber Beethoven blieb dabei nicht stehen, sah in ihr nicht die endgültige Lösung des Problems. In der rauschenden D-Dur-Sonate op. 28, die er selbst besonders gern spielte, nahm er zunächst die viersätzige Form wieder auf und begnügte sich, neue Ideen in den überkommenen Formen zu verarbeiten. Bedeutsam aber ist op. 31, in dem das bisher Erreichte gewissermaßen zusammengefaßt erscheint. Das Improvisatorische steht nicht mehr wie in den Fantasiesonaten für sich, als Gegensatz zur satzförmigen Arbeit, sondern ist aufgenommen in den streng sonatenmäßigen Aufbau. Weniger in der vorzugsweise auf rhythmische Wirkungen gestellten G-Dur-Sonate, die in ihrem Finalrondo schon ein typisches Beispiel des Beethoven eigentümlichen Verfahrens bringt, das Thema kurz vor dem Schluß langsam in seine Teile zu zerlegen. Wohl aber in der grandiosen, gespenstischen D-Moll-Sonate mit ihren epochemachenden Rezitativen und in der Es-Dur, die so seltsam fragend beginnt und in einer übermütigen Tarantella endigt.

Ein Wort ist noch zu sagen über die Bedeutung, die Beethovens Sonaten für die Ausbildung der Klaviertechnik gehabt haben. Ähnlich wie Muzio Clementi und Emanuel

Aloys Förster hat unser Meister bahnbrechend gewirkt. Vor allem unterscheidet er sich von den Vorläufern dadurch, daß er das Klavier nicht mehr als Diskantinstrument behandelt. Die Fortschritte im Klavierbau sich zunutzemachend, verwendet er die tieferen Lagen und erreicht allein schon durch den Registerwechsel Wirkungen, die vordem nicht bekannt waren. An Tongebung und Technik stellt er völlig neue Anforderungen. Mit Hilfe der beiden Pedale erzielt er Abschattierungen eigener Art und beginnt ‚una corda' oder ‚tre corde' vorzuschreiben. Auch sonst ist er auf Klangeffekte bedacht, die freilich bei ihm nie äußerlicher Natur sind, sondern dazu dienen, die jeweils gewollte Stimmung zu erzeugen. Genial ist die Art, wie Beethoven sich durch Umbiegung der musikalischen Ideen zu helfen weiß, wo (bei der im Verlauf eines Satzes bedingten Transposition des Themas) der Umfang der damaligen Instrumente nicht ausreichte. Man soll deshalb solche Stellen auf dem modernen Flügel, obwohl er es gestatten würde, nicht ändern. Ein besonderes Kapitel bildet Beethovens Dynamik, die ausgeprägter, eigenwilliger ist als die seiner Vorgänger und feiner differenziert. Charakteristisch sind die vielen heftigen Akzente (sforzati) und plötzlichen Wechsel von höchsten und niedrigsten Stärkegraden. Was die Spielart betrifft, so ist Beethoven einerseits für das gesangvolle Legato, andererseits für das Staccato in all seinen Formen Vorkämpfer gewesen. Mit dem Staccato nahm er Klangwirkungen des alten Cembalo in die für die Hammerklaviere geschriebene Musik herüber. Aus alledem ergab sich eine Fülle technischer Probleme, die erst in der Folgezeit von seinen Interpreten nach und nach gelöst wurden.

Mit den Sonaten op. 31 sind wir in das Jahr 1802 getreten, eine Zeit, in der Beethoven auf orchestralem Gebiete über die Sinfonien in C- und D-Dur noch nicht hinausgekommen war, auf dramatisch-oratorischem erst den Prometheus und den Christus geschaffen hatte. Man darf also sagen, daß seine Entwicklung sich zunächst in der Musik vollzog, die er für das ihm vertraute Tastinstrument schrieb. Das ist auch im weiteren Verlaufe so geblieben und läßt sich bis zu den letzten Sonaten verfolgen, die vor Abschluß der Neunten Sinfonie und früher als die letzten Quartette entstanden sind.

Gleich allen konstruktiv veranlagten Naturen wie Bach, Brahms, Reger war Beethoven ein Freund der Variationen. Mit Variationen trat er zuerst als Klavierspieler in Wien hervor, und mit Variationen endete er seine letzten großen Werke. Die Variation, die Urform aller musikalischen Bildungen, umschloß so gewissermaßen sein gesamtes Schaffen. Aber wie alles, was er ergriff, hat auch sie sich in seiner Hand zu etwas Neuem, Bedeutenderem gewandelt. Die alte Kunst des Variierens bestand in der Figuration, in der Umspielung und Zerlegung des Themas in kleinere Notenwerte. Beethoven faßte die Aufgabe tiefer, er variierte nicht die Form des Themas, sondern seinen geistigen Gehalt. Er erschöpfte alle Möglichkeiten: versetzte das Thema in andere Rhythmen und Tonarten, zerlegte es in seine Motive, benutzte die Baßführung und Harmonie oder auch nur den Rhythmus, entwickelte aus den ursprünglichen neue Gedanken. So ist er der Vater der modernen Variation geworden. Allmählich gelangt er von schüchternen Anfängen zu souveräner Beherrschung der Materie. Die ersten Werke, die sich von der zeitgenössischen Produktion abheben, sind die Variantenhefte op. 34 und 35. Beethoven selbst hat ihnen besondere Bedeutung beigelegt. „Da diese Variationen sich merklich von meinen früheren unterscheiden", heißt es im Vorbericht, „so habe ich sie, anstatt wie die vorhergehenden nur mit einer Nummer (nämlich z. B. Nr. 1, 2, 3 usw.) anzuzeigen, unter die wirkliche Zahl meiner größeren musikalischen Werke aufgenommen, um so mehr, da auch die Themen von mir selbst sind." Die Veränderungen op. 34 über das hübsche F-Dur-Thema waren schon insofern etwas Neues, als jede von ihnen in eine andere Tonart versetzt ist. In den Variationen op. 35, denen das später für die Eroica verwendete Prometheus-Thema zugrundeliegt, tritt der „merkliche Unterschied" noch klarer hervor. Sie gipfeln

— wohl ein erstes Beispiel solchen Abschlusses — in einer regelrecht durchgeführten Fuge.

Vieles von dem, was über die Klaviersonaten gesagt wurde, gilt natürlich auch für die Sonaten mit Violine (op. 12, op. 23 und 24, op. 30), mit Cello (op. 5) und mit Horn (op. 17). Nur daß Beethoven hier zuweilen einen leichteren, für die Dilettanten berechneten Ton anschlägt, nicht gerade die tiefsten Probleme löst. Neuland hat er sich doch vorzugsweise immer in der Klaviersonate erobert. Auf höherer Stufe steht dagegen schon ein Teil der Ensemble-Kammermusik aus jener Frühzeit. Beethoven war in der Vertrautheit mit der erweiterten, auf mehrere Instrumente übertragenen Sonatenform aufgewachsen. Schon in Bonn hatte er, wie wir wissen, Trios, Quartette und ein Oktett geschrieben. In Wien beginnt auch auf diesem Gebiete ein gereiftes, selbständiges Schaffen. Den Klaviertrios op. 1 folgten das Es-Dur-Trio op. 3 für Violine, Bratsche und Cello, das Streichquintett in derselben Tonart op. 4, die Streichserenade in D op. 8 und die Streichtrios op. 9, das B-Dur-Klaviertrio op. 11, das Quintett für Klavier und Bläser op. 16, das (zu Beethovens Ärger) allseitig bevorzugte und noch heut so populäre Septett op. 20, die Flötenserenade op. 25 und das herrliche Streichquintett in C-Dur op. 29, die Krone der Kammermusikwerke aus dieser Periode, das Vorbild für so manche Meister der Folgezeit, im besonderen Schubert und die Romantiker.

Während wir so Beethoven an allen möglichen Zusammenstellungen in der Kammermusik sich versuchen, dann sie wieder aufgeben sehen, ist er einer Gattung sein Leben hindurch treu geblieben: dem Streichquartett für zwei Violinen, Bratsche und Cello, das schließlich allein noch ihn fesselte und seiner Phantasie genügende Anregungen bot. Deshalb ist auch die Entwicklungsgeschichte seines Quartetts von besonderer Wichtigkeit. Nicht eben schnell hat sich Beethoven zu dieser in der Satzkunst schwierigsten aller Gattungen durchgerungen, und wie Mozart ließ er dabei das leuchtende Vorbild Haydns nicht unbeachtet.

Aber schon die ersten sechs Quartette op. 18 aus dem Jahre 1800 zeigen, mit welcher Sicherheit er auch diese Form sich angeeignet hatte, und wie selbständig er sich darin von vornherein zu bewegen vermochte. Was er um jene Zeit erkannt, gewollt, gefunden, das spiegelt sich in diesem op. 18 in reinster, vollkommenster Weise. Die Quartette erschienen in zwei Lieferungen zu je drei Werken; ihre Anordnung entspricht aber nicht der Entstehungsfolge. In klanglicher Hinsicht erfüllen sie grundlegende Bedingungen: die Schönheit der Zusammenwirkung ist gleichermaßen gewahrt wie die Freiheit der Bewegung, die individuelle Führung der einzelnen Stimmen. Formell betrachtet, offenbaren sie in allen Teilen den schon erreichten Grad der Meisterschaft. Inhaltlich geben sie den Beethoven der in Rede stehenden Periode in seiner ganzen Frische und Natürlichkeit, in der Mannigfaltigkeit der wechselnden Stimmungen, in der Ideenfülle, in der bald schwärmerischen, bald lebensfrohen, bald zu ausgelassenem Humor sich steigernden Empfindungsweise. Wie sorgfältig und überlegsam unser Meister an den Quartetten gearbeitet hat, geht aus einer Bemerkung an seinen Freund Amanda hervor, dem er das F-Dur-Quartett in einer ersten Fassung schon 1799 geschenkt hatte, und den er dann brieflich bittet: „Dein Quartett gib ja nicht weiter, weil ich es sehr umgeändert habe, indem ich erst jetzt recht Quartette zu schreiben weiß."

*   *
*

Beethovens Entwicklung ist gekennzeichnet durch das allmählich, man möchte fast sagen planmäßig Fortschreitende des Aufstiegs. Nichts vollzieht sich in ihr sprunghaft oder voreilig, in wiederholten Ansätzen. Wie er nicht von vornherein auf Originalität ausgeht — trotz der Fülle der inneren Gesichte —, sondern erst nach und nach sich von den Vorbildern loslösend zur schöpferischen Selbständigkeit erwacht, so erobert er sich mit kluger Zurückhaltung die darstellerischen Mittel und macht sich ein Gebiet nach dem andern zu eigen. Er geht vom Klavier aus, dem

Instrument, das er als Virtuose beherrscht, dem er seine Gedanken anzuvertrauen von Jugend auf gewohnt ist. Er bemächtigt sich der Variationenform, der Sonate, in der er zuerst als Neuerer auftritt, zu einer individuellen Gestaltungsart gelangt. Dann wendet er sich, schon in Bonn angesponnene Fäden wieder aufgreifend, der Kammermusik zu. Aber auch hier bleibt zunächst der Hauptfaktor das Klavier, dem er in den Trios op. 1 die Streicher, in dem Quintett op. 16 die Bläser gesellt. Erst mit op. 18 wagt er sich an die schwierigste Form, an das reine Streichquartett. Das Vokale ferner war ein Gebiet, das unser ganz im Instrumentalen wurzelnder Musiker nur zögernd, gewissermaßen unsicher beschritt. Auf ihm hat er sich auch am schwersten und langsamsten zur Meisterschaft durchgerungen. Einige Lieder und andere Gesangsstücke sind zwar schon in der Frühzeit entstanden. Aber was wollen selbst „Adelaide", das „Opferlied" und die Arie „Ah perfido" gegenüber dem besagen, was Beethoven zur gleichen Zeit schon an instrumentalen Werken geschaffen hatte? Sein „Christus am Ölberg", nach den Bonner Kantaten das erste größere Chorwerk, ist sein einziger und wenig glücklicher Versuch auf oratorischem Gebiet. Am längsten endlich hat Beethoven mit seinem sinfonischen Schaffen zurückgehalten. Er, der in der Sinfonie sein Höchstes geben sollte, beeilte sich nicht, und man kann das verstehen, wenn man die stetige, von strenger Selbstkritik geleitete Art seiner Entwicklung erkannt hat. Beethoven hatte sich in fast allen andern Zweigen der Tonkunst versucht und war bereits ein Mann von dreißig Jahren, als er mit seiner ersten Sinfonie vor die Öffentlichkeit trat.

Das Orchester erscheint in Beethovens Musik zuerst als Begleitkörper, in den Konzerten. Die notwendigen Kenntnisse und genügende Vertrautheit mit dem Apparat brachte er schon von Bonn mit, wo er sich die Anweisungen Neefes zunutzegemacht, selber als Geiger im Orchester mitgewirkt und eigene praktische Versuche angestellt hatte. Die Zusammensetzung und Verwendung unterscheidet sich noch nicht von der damals üblichen; in den ersten Wiener

Konzerten ist, wie überhaupt, auch bei der Instrumentation unverkennbar Mozart (mehr als Haydn) das Vorbild gewesen. Hier sei gleich einiges über Beethovens spätere Art zu instrumentieren eingeschaltet. Beethoven gehörte zu den Musikern, in deren Phantasie sich das reale Klangbild sofort einstellt, d. h. der Tongedanke und das Kolorit zugleich. Kaum jemals hat er an der Wahl der Instrumente etwas geändert, sie ergab sich ihm aus der musikalischen Idee von selbst. Er hat also nicht eigentlich „instrumentiert", nicht nachträglich für die Klavierskizze nach Farben gesucht, sondern bei der Übertragung in die Partitur nur innerlich längst Gehörtes zu Papier gebracht. Daher hat seine Instrumentation etwas so Natürliches, so Überzeugendes, daß man sie sich anders gar nicht vorstellen könnte. Trotzdem ist die Beethovensche Orchestermusik im einzelnen nicht frei von kleinen Mängeln, die moderne Dirigenten (seit Wagner) veranlaßt haben, sie durch diese oder jene Retouche zu beseitigen. Der Grund liegt einmal in der Unvollkommenheit der Blechinstrumente zu Beethovens Zeit, die, noch vor der Erfindung der Ventile, nur einen beschränkten und deshalb stereotypen Gebrauch gestatteten. Beethoven würde heute für Hörner und Trompeten manches anders geschrieben haben. Aber auch abgesehen davon gibt es merkwürdigerweise in den Sinfonien Stellen, wo Licht und Schatten nicht richtig verteilt sind und die Absicht des Komponisten nicht rein in die Erscheinung tritt. Ob und inwieweit hierfür die spätere Taubheit des Meisters zur·Erklärung dienen muß, sei dahingestellt, da andererseits Beweise genug vorliegen, daß seine inneren Klangvorstellungen von dem Gehörleiden unangetastet und bis in die letzte Zeit hinein außerordentlich klar und lebendig geblieben sind. Vielleicht erklären sich die angedeuteten Mängel daraus, daß Beethoven die klangliche Wirkung mitunter geringschätzen konnte. Ist doch seine Kunst der Instrumentierung ihrem ganzen Wesen nach auf das Spirituelle gerichtet. Man braucht sein Orchester nur mit dem der Modernen zu vergleichen, um das zu empfinden. Bei allem Sinn für Wohlklang, bei aller

Schönheit, mit der er uns zuweilen berauscht, ist es ihm nie um die materielle Wirkung zu tun. Was dem Ohre Härten, Unebenheiten bedeutet, will geistig gehört sein. Nie auch ist Beethoven auf neue Effekte und neue Kombinationen aus. Wo er Neues bringt, geschieht es aus für ihn zwingenden technischen oder poetischen Gründen. Wenn er in das Orchester das Kontrafagott einführt, im „Fidelio", der C-Moll- und D-Moll-Sinfonie (wo auch die kleine Flöte erscheint), so bedarf er gegenüber den gesteigerten Klangmassen einer Verstärkung des Basses oder entlockt dem Instrument charakteristische Sonderwirkungen. Verwendet er die Pauke, in damals origineller Weise, so ist sie nicht mehr das lärmende, rhythmusgebende Schlaginstrument, sondern nimmt in unheimlich düsterer oder humorvoller Art an dem thematischen Gewebe des Ganzen teil. Für die Neunte Sinfonie notiert er sich schon in den Skizzen die „türkische Musik", weil sie ihm geeignet scheint, den bacchantischen Taumel einer freudig bewegten Menschheit zum Ausdruck zu bringen. Wie bahnbrechend Beethoven mit alledem gewirkt hat, wie anregend, in mancher Hinsicht unübertrefflich er auch als Instrumentator gewesen, zeigt am besten der Einfluß, den er bis in die Neuzeit hinein, im besonderen auf Berlioz, Liszt und Wagner geübt hat.

Das erste Klavierkonzert, das Beethoven in Wien wiederholt öffentlich vortrug, war das in B (Nr. 2, op. 19). Es ist, 1795 entstanden, 1798 umgearbeitet, also früher fertig geworden als das in C-Dur, das Beethoven vermutlich in seinem ersten eigenen Konzert am 2. April 1800 spielte und ein Jahr darauf als Nr. 1 (op. 15) herausgab. Beide Konzerte sind noch im Stil der Jugendwerke geschrieben, wenn auch schon reicher, bedeutsamer ausgestaltet. Beide waren praktischen Zwecken bestimmt, für den eigenen Konzertvortrag, und wurden deshalb vom Verfasser wohlweislich zurückgehalten. Im Charakter herrscht noch das Spielerische vor, ihr thematischer Gehalt ist leichtgewogen; der spätere Meister kündet sich höchstens in kleinen, ihm eigentümlichen Zügen an. Sie könnten allenfalls von einem anderen Zeitgenossen der Mozartepoche stammen, und man erfährt aus ihnen mehr über den Klavierspieler als über den Komponisten Beethoven.

Für uns Heutige beginnt das Klavierkonzert Beethovens mit seinem op. 37 in C-Moll. Das dritte Konzert, das nach einer handschriftlichen Bemerkung im Sommer 1800 geschrieben ist, bedeutet einen gewaltigen Schritt vorwärts. Die Form ist, im einzelnen wie im ganzen, noch die überkommene, aber es spricht ein neuer Geist in ihr, eine zu selbständiger Eigenart gereifte Persönlichkeit. Da ist nichts mehr von der harmlosen Spielseligkeit der früheren Zeit, ernstes Pathos und tiefe Empfindung kommen zum Wort, und man fühlt den Künstler heraus, der innere Erlebnisse und seelische Erschütterungen hinter sich hat. Die Form ist nur noch das notwendige Gefäß der musikalischen Gedanken, die kühn und kraftvoll zum Ausdruck drängen. Die Thematik zeigt echt Beethovensches Gepräge. Wie aus Stein gemeißelt steht gleich das Hauptthema des ersten Satzes:

da! Und dabei stützt sich Beethoven, immer wenn es sich ihm darum handelt, den Charakter des Ganzen zu bestimmen, das Wesentliche in einem Gedanken zusammenzufassen, auf die Intervalle des Dreiklangs. Aus ihnen lediglich bestehen oft, wie wir sehen werden, die wichtigsten seiner Themen. Ein Beweis, daß Originalität in der Anordnung und in der rhythmischen Erfindung liegt (nicht, wie man heute glaubt, in der Erweiterung des Tonmaterials). Von zwingender Logik ist die Durchführung, der Abschluß keine Coda in gewöhnlichem Sinne, sondern die notwendige Krönung des Tongebäudes. Eine Neuerung war es, daß Beethoven den zweiten Satz in der Tonart der Dur-Terz (E-Dur) bringt. Solche Gegenüberstellungen liebte er auch später. Dadurch tritt eine neue Farbengebung, ein starker Stimmungswechsel ein, und in wundervoller Schönheit und mit schwärmerischem Empfindungsausdruck zieht das Adagio an uns vorüber. In dem keck mit dem veränderten Septimenakkord einsetzenden Finalrondo spielen alle Kobolde eines übermütigen, geistreichen Humors. Technisch stellt das Konzert dem Solisten damals ungewohnte, aus Beethovens persönlicher Spielart herzuleitende Aufgaben, und die neuartige Teilnahme des Orchesters an der thematischen Verarbeitung verrät, daß im Komponisten inzwischen der Sinfoniker erwacht war.

Auf einer anderen Stufe·bereits als die ersten beiden Klavierkonzerte stehen auch die Konzertstücke für Violine und Orchester, die Romanzen op. 40 und op. 50. Die knappere, lyrische Form duldete keine virtuosen Ausschmückungen und drängte zu mehr gefühlsmäßigem Ausdruck. In der F-Dur-Romanze begegnet uns eine echt Beethovensche, empfindungsvolle, aber in ihrer vornehmen Haltung keineswegs sentimentale Melodie. Die solistisch beginnende G-Dur-Romanze ist im gleichen guten Sinne volkstümlich erfunden, nicht weniger meisterlich in der Form, im Ausdruck mehr männlichen Charakters. Beide Stücke sind außerordentlich dankbar für das Instrument geschrieben und stellen mehr Anforderungen an die Tongebung und den musikalischen Geschmack des Spielers als an seine Bravour. Immerhin zeigen sie, daß auch die Technik der Geige für Beethoven keine Geheimnisse mehr hatte. Seitdem er für Solovioline zu schreiben begonnen, läßt er sich, seiner gewohnten Gewissenhaftigkeit gemäß, das Studium des Instrumentes angelegen sein. Wir wissen, daß er es nicht verschmähte, bei seinem jungen Freunde Krumpholz, den er eine Zeitlang sogar bei sich beherbergte, erneut im Violinspiel Unterricht zu nehmen. Das ist nicht das einzige Beispiel seines nie erlahmenden Interesses für technische Dinge, seines Strebens nach Aneignung nützlicher Fachkenntnisse. Das oft zitierte Wort „Glaubt er, ich denke an seine elende Geige, wenn der Geist über mich kommt und ich komponiere?" war, wenn er nicht apokryph ist, sicherlich nur eine brummige Abfertigung, aber kein Bekenntnis. Von dem böhmischen Hornisten Punto, mit dem er die Sonate op. 17 spielte, profitierte er in der Kenntnis des Hornes und seiner Natur; der Virtuose Dragonetti, der ob seiner Kunststücke in Wien Aufsehen erregte, weihte ihn in neue Möglichkeiten auf dem Kontrabaß ein, und zu Mälzel, dem Erfinder des Metronoms und des Orchestrions, brachte ihn das lebhafte Interesse für mechanische Instrumente und ihre Konstruktion in nähere Beziehungen. Auch sonst ließ er sich keine Gelegenheit entgehen, von anderen zu lernen, um dann das Gelernte in seiner Weise zu verwerten. Wie unermüdlich erst muß dieser Mann alles Kompositionstechnische studiert haben auf Sondergebieten, auf denen er große Vorgänger, aber auch Zeitgenossen (Haydn, Cherubini) sich überlegen fühlte, in Dingen, die ihm zur Ausführung seiner Ideen notwendig oder nützlich erschienen! Wirkungen, wie sie Beethoven erreicht hat, wären ja auch unmöglich bei bloßer Hingabe an den Instinkt und ohne das Fundament einer ungewöhnlichen, durch Beobachtung und Erfahrung erworbenen Sachkenntnis.

Noch etwas anderes muß uns an den Romanzen bemerkenswert sein. Beethoven war keineswegs gesonnen, den Weg des Alltäglichen zu gehen; er fühlte in sich die Kraft zum Höchsten, zum Besonderen, Unerhörten. Er war jung, voll überschäumenden Temperaments, und er hatte die Jugend für sich, die zuerst, ahnungsvoll, mit einer gewissen Begeisterung sich ihm anschloß. Und doch sehen wir schon 1802, dem Entstehungsjahr der Romanzen, jenen ruhig ordnenden Geist am Werke, der sich weder durch Bewunderung noch Schöpferdrang aus seinen Bahnen lenken läßt; dem Klarheit und Ebenmaß natürliches Bedürfnis sind, der seine Ziele nicht erst auf Irrwegen sucht und wie Leidenschaftlichkeit, so Kraft und Tiefe des Ausdrucks nicht auf Kosten der Schönheit erstrebt. Seine Zeit sah freilich vorerst nur das Neuartige der Erscheinung und nahm für Willkür und Originalitätssucht, was einer noch unerkannten Gesetzmäßigkeit entsprang.

Unter den Gesängen des jungen Beethoven nimmt die „Adelaide" eine besondere Stelle ein. Sie ist ein Typus, weniger für den Komponisten, der sich bald nach einer ganz anderen Richtung hin entwickelte, als für den Charakter ihrer Entstehungszeit. Sie spiegelt die überzarte Empfindsamkeit, die Gefühls- und Naturschwärmerei, die den Schöngeistern des ausgehenden achtzehnten Jahrhunderts eigen war. Fast klingt noch etwas Wertherstimmung mit hinein. Die „Adelaide" entsprach also einem Ausdrucksbedürfnis, und sicher hat sich Beethoven damit in die Herzen vieler Zeitgenossen gesungen. Unserer realistischer gearteten Epoche erscheint sie reichlich sentimental; wir schätzen nur noch die musikalische Vollendetheit, die Naturpoesie des Mittelteiles mit ihren zierlichen Tonmalereien. Beethoven widmete die „Adelaide" ihrem Dichter Matthisson, den er aufrichtig verehrte und mit dem er sich auch im „Opferlied" verband. Das „Opferlied" ist schlichter, weniger subjektiv, aber nicht weniger tief empfunden, in seiner Einfachheit von weihevoller Größe. Auch hier konnte er sich so recht aussingen, und das Stück beschäftigte ihn so anhaltend, daß er es zu verschiedenen Lebenszeiten noch zweimal (die Begleitung auch für Orchester) umarbeitete. Von einer ganz anderen Seite zeigt sich der Vokalkomponist Beethoven in der Szene „Ah perfido". Mit ihr bemächtigt er sich des dramatischen Stils der italienischen Oper, ohne ihn noch persönlich zu färben. Es ist die Konzert-Arie, wie sie Mozart schrieb, wahrscheinlich für dessen Freundin Mme. Duschek in Prag komponiert, wo Beethoven auf seiner Reise 1796 sich in den Häusern des Adels als Klavierspieler hören ließ. Nach dem wirkungsvollen Stück greifen noch heute unsere Konzertsängerinnen gern. Die Gliederung in erregtes Rezitativ, langsamen Teil und Hauptallegro zeigt den fertigen Meister, und bemerkenswert ist ein gewisser männlicher Ernst, mit dem hier das Gefühl des Schmerzes und der Erbitterung über die Untreue des Geliebten zu ergreifendem Ausdruck gebracht worden ist.

Das erste größere Vokalwerk, das Beethoven in Wien
(1801) vollendete, war das Oratorium „Christus am Ölberg", (erst 1811 im Druck erschienen). Die Zeit hatte
begonnen, wo Beethoven allsommerlich auf dem Lande
an größeren Werken arbeitete. Der „Christus" ist, wie
der „Fidelio" in Schönbrunn bei Wien entstanden. Der
Dichter war Fr. X. Huber; er hatte als Verfasser des Textbuches zu Winters „Unterbrochenem Opferfest" die Aufmerksamkeit der musikalischen Kreise auf sich gelenkt.
Beethoven nahm die Aufgabe sehr ernst, vermochte
sich jedoch über den Geschmack der Zeit und das Niveau
ähnlicher Schöpfungen nicht zu erheben. Man darf bei der
Beurteilung nicht vergessen, daß Bach und Händel in
Deutschland verhältnismäßig wenig bekannt waren. Das
italienische Oratorium (wie es Beethoven kannte) schloß
sich stilistisch noch eng an die Oper, mit der es aus einer
Wurzel, der Monodie, entsprossen war. Mit den von Koloraturen verbrämten Arien, den strengerer Polyphonie ent-
behrenden Chören und der Verwendung des üblichen
Opernorchesters konnte Beethoven dem Stoff nicht gerecht
werden, was er selber übrigens erkannt und zugegeben
hat. Der Umstsand aber, daß dies Werk der Vergessenheit anheimgefallen ist und uns als kein echter Beethoven
gilt, darf nicht übersehen lassen, daß es für seine Zeit
etwas bedeutet hat, wie es denn des öfteren, auch noch in
späteren Jahren, erfolgreiche Aufführungen erlebte.
Mit dem Plan, eine Sinfonie zu schreiben, hat sich Beethoven schon in Bonn getragen, aber erst in Wien ging er
ernstlich an die Ausführung. Wie und wann die erste
Sinfonie entstanden ist, dafür fehlen alle Anhaltspunkte,
da sich weder das Manuskript, noch die Vorarbeiten erhalten haben. Skizzen dazu gehen bis in den Winter 94/95,
als Beethoven noch bei Albrechtsberger arbeitete, zurück.
Fertig wurde die Sinfonie, die er dem Baron van Swieten
widmete, nicht vor dem Sommer 1799. In einem eigenen
Konzert am 2. April 1800 führte er sie den Wienern
zum ersten Male vor. Mit welchem Erfolg, lesen wir
in öffentlichen Besprechungen. Man nannte sie „einen

bis zur Karikatur hinaufgetriebenen Haydn" und sprach
von den „ziemlich konfusen Explosionen dreisten Über-
mutes eines jungen Mannes von Talent". Also schon bei
diesem uns so harmlos dünkenden Werke setzte die Oppo-
sition gegen Beethoven ein. Wir heute interessieren uns
am meisten gerade für diese „Explosionen" und das über
Haydn „Hinaufgetriebene". „Jugendwerke von großen
Meistern", sagt Schumann einmal, „muß man mit ganz
anderen Augen betrachten als die, die, an sich ebenso
gut, nur versprachen und nicht hielten." Die Erste Sinfonie
gehört wie die Zweite zu den Werken, in denen Beethoven
sich noch nicht von der Tradition losgesagt hat; die Vorbilder Haydns und Mozarts sind unverkennbar. Aber das
macht die persönlichen Züge, die uns Rückschauenden die
künftige Entwicklung ankündigen, nur um so markanter.
Als Ganzes geht dieser Erstling in Erfindung und Gestaltung schon erheblich über die sinfonische Literatur der
Zeit hinaus.

Was war es nun, das den Widerspruch weckte? Wie der
Zweiten, Vierten und Siebenten Sinfonie läßt Beethoven
der Ersten eine langsame Einleitung vorausgehen, und
gleich in dieser Einleitung (für die ihm hier zwölf Takte
genügen) fordert er keck die engherzigen Anschauungen
der Zeitgenossen heraus, indem er ein in C-Dur stehendes
Werk mit dem Septimenakkord von F, der Unterdominante beginnt! Wir lächeln — aber den guten Leuten von
damals fuhr der Schrecken in die Glieder. Solche Kühnheit war ohne Vorbild und rief einen Sturm der Ent-
rüstung hervor. Es kam zu theoretischen Auseinander-
setzungen mit dem Abbé Stadler und Dionys Weber, die
bis zu persönlicher Feindschaft führten. Auch die Pizzicati der Streicher zu den gehaltenen Bläserakkorden
waren ein neuer, befremdlicher Instrumentaleffekt. Am
meisten Anstoß aber erregte der Beginn des Finales.
Sechs Takte Adagio (C-Dur, $^2/_4$) bilden da eine Einführung
seltsamster Art, ebenso reizvoll spannend wie originell
humoristisch. Der Schelm regt sich im Komponisten, und
zögernd, brockenweise, immer wieder auf der Dominante

ansetzend, verabfolgt er uns die aufsteigende Skala, mit der er dann, plötzlich und unvermutet, graziös in das Hauptthema des Allegro molto e vivace gleitet. Diese Einleitung wurde lange nicht verstanden, und noch Jahrzehnte später ließ sie beispielsweise der Musikdirektor Türk in Halle aus Furcht, damit anzustoßen, einfach weg.

Dem Allegro con brio des ersten Satzes gibt das Hauptthema den Charakter der Lebensfrische und regsamer Triebkraft:

15.

Wir haben wieder die Entwicklung aus dem Dreiklang und die energische Feststellung der Tonart. Nicht weniger beethovensch ist die von heftigen Akzenten unterstützte rhythmische Verschiebung im fünften und sechsten Takt des Seitenthemas:

16.

das regelrecht in G-Dur einsetzt und den melodiösen Gegensatz zum ersten Thema bringt. In die Stimmführung teilen sich Oboe und Flöte, später auch die Geigen, und an das liebliche Wechselspiel schließt sich ein fröhliches Nachwort an, das notengetreu mit einer Stelle in Mozarts Jupiter-Sinfonie übereinstimmt. Dann aber geschieht etwas Ungewöhnliches. Mit einer plötzlichen Wendung vom fortissimo zum pianissimo und von Dur zu Moll greifen die Bässe wie sinnend das Motiv 16 auf, und in düsteren Harmonien, über denen die später vom Fagott unterstützte Oboe schwebt, geht es von G-Moll nach B-Dur und in höchst origineller Weise wieder zurück nach G-Dur, worauf mit einer aus dem Motiv:

gebildeten neuntaktigen Coda der erste Teil in der Dominantentonart abschließt.

Der Durchführungsteil zeigt Haydnsche Motivarbeit, in einer Reihe von Nachahmungen aber auch den Einfluß der Schule Albrechtsbergers. Flatternd huscht der Ansatz des Hauptthemas wie aufgescheucht durch alle Lagen. Entschlossen wehren sich die Streicher gegen das klagende Motiv der Holzbläser. Dann kommt es kurzerhand zur Reprise, die den ersten Teil des Satzes mit Kürzungen und mancherlei Abweichungen in der Instrumentation bringt. Eine vierzig Takte umfassende Coda nimmt zunächst das Motiv 17 auf und vereinigt dann die in halben Noten herabsteigende modulierende Figur der Bläser mit dem von den Violinen gebrachten Hauptthema. Ein frühes Beispiel von Themenkombination, der Beethoven später so bedeutende Wirkungen abzugewinnen wußte.

Das Andante cantabile con moto (F-Dur, ³/₈) mit seinem fugiert durchgeführten Thema ist ein schlicht melodischer Satz voll poetischer Stimmung. Der Hauptgedanke:

18.

obgleich in seiner siebentaktigen Periode vom Normalen abweichend, wirkt durchaus natürlich und findet in dem folgenden eine ebenso anmutige Fortsetzung. Weiterhin geben Triolen der Geigen und Flöten, unter denen die Pauke ihren punktierten Rhythmus festhält, dem Satz bewegteren Charakter. Diese Paukenstelle, die nicht nur am Schlusse, sondern auch bei der Überleitung zur Reprise wiederkehrt, ist sehr bemerkenswert. Beethoven, angeregt durch Haydn, hat später noch öfter (in der Vierten, Fünften und Neunten Sinfonie, im G-Dur-Klavierkonzert und

im Violinkonzert) der Pauke originelle Aufgaben zuge-
wiesen. Hier ist, nebenbei bemerkt, ausnahmsweise
nicht die Haupttonart, sondern die Tonart der Dominante
(C—G) vorgezeichnet. In der kurzen Durchführung, zu
der eine plötzliche Wendung von C- nach Des-Dur leitet,
unterhalten Flöte, Oboe und Fagott ihren motivischen
Dialog. Dann kehrt die Hauptmelodie wieder, umspielt
von bewegterem Kontrapunkt der Streicher. Einen besonderen Reiz erhält gegen den Schluß hin das Thema
durch das Gegenmotiv der Oboe.

Das Menuetto (Allegro molto vivace C-Dur, $^3/_4$) hat von
allen Sätzen am meisten eigenartig-beethovenschen Charakter. Hier weht eine neue Luft. Das ist kein Tanz mehr,
kein Menuett, weder das graziös-höfische, noch das
haydnsch-volkstümliche, das ist trotz des beibehaltenen
Namens ein ausgesprochenes Scherzo, wie es in den späteren Sinfonien (mit Ausnahme der Achten) vorkommt.
Schon das Tempo und das mit beethovenschem Ungestüm
aufsteigende Thema:

19.

läßt keinen Zweifel darüber. Seine Fortsetzung nimmt
gewissermaßen das Scherzo der A-Dur-Sinfonie voraus.
Ein Beweis, wie Beethoven schon hier das Typische getroffen hat. Nach dem Doppelstrich gibt es viel Farben-
wechsel mit Überraschungen (auch die für Beethoven charakteristischen jähen Sforzati), bis nach der Reprise eine
launige Coda den Hauptsatz abschließt. Wie muß damals
eine Modulation wie diese:

20.

gewirkt haben! Das Trio ist sehr einfach, mehr figurativ
als thematisch gehalten. Sanft sich wiegende Bläserhar-
monien wechseln mit einer ruhig gleitenden Geigen-
melodie und verbinden sich mit ihr am Schlusse in vollem
Fortissimo. Nach diesem idyllischen Gegensatz beginnt
aufs' neue das impulsive Treiben des Hauptteiles. Haydn
hatte einmal im Streit über theoretische Fragen geäußert:
wichtiger dünke ihm, daß jemand „einen neuen Menuett"
erfände. Hier war sein Wunsch in Erfüllung gegangen.

Das Finale, Allegro molto e vivace (C-Dur, $^2/_4$), mit der
schon gekennzeichneten Einleitung, das am meisten haydnschen Charakter zeigt, sprudelt tolle, ausgelassene Lebensfreude. Kein Schatten trübt das sonnige Tonbild. Ungemein knapp sind Form und Gedanken; erstaunlich ist
die Fülle der witzigen Kombinationen, von blendender
Helle das Orchesterkleid. Die Fortführung des Themas:

21

bringt in den Bässen den einleitenden Lauf in verlängerten
(Achtel-)Werten und im doppelten Kontrapunkt eine
Gegenstimme, woraus sich allerlei Satzkunststückchen er-
geben. Daran knüpft sich eine wieder an Mozarts Jupiter-
Sinfonie gemahnende Figur und die Überleitung zum zwei-
ten Thema mit seinen kräftig ausschreitenden Bässen:

22.

dessen Abschluß in G-Dur von dem synkopierten Nachsatz noch bekräftigt wird. Der Durchführungsteil setzt sich zunächst in B-Dur fort, und es beginnt ein lustiges Spiel, das schließlich wieder in den Anfang einmündet. Bei der Wiederholung fällt auf, daß das zweite Thema diesmal in der Tonart der Unterdominante (F-Dur) erscheint. Nach zwei Fermatetakten tritt (rondoartig) noch einmal das Hauptthema auf; kurz nach seiner Abwandlung leitet eine fanfarenmäßige Umbildung die eigentliche Coda ein, die dem Satz seinen kräftig glanzvollen Abschluß gibt.

Zwischen der Ersten und Zweiten Sinfonie liegt die Musik zu dem Ballett „Die Geschöpfe des Prometheus", die später als op. 43 veröffentlicht wurde. Salvatore Vigano, der Verfasser des Librettos, war 1799 von Paris nach Wien zurückgekehrt und an die Hofoper engagiert worden. Er galt als erfindungsreich und war der Vertreter einer neuen Geschmacksrichtung. (Unter Beethovens Klaviervariationen finden sich solche über ein „Menuett à la Vigano".)

Mit dem neuverfaßten Ballett sollte die Kaiserin gefeiert werden; Grund genug für Beethoven, der auch für die Redouten und Bälle der „Gesellschaft der bildenden Künstler" wie früher Haydn, Dittersdorf und andere berühmte Männer Wiens die Tanzmusik geschrieben hatte, den Auftrag nicht abzulehnen. Genaue Einzelheiten über den Verlauf dieser Arbeit sind nicht bekannt. Die Erstaufführung fand am 18. März 1801 im Hoftheater statt. Der allegorische Stoff hatte den Komponisten angeregt; die Partitur enthält einige sehr charakteristische Nummern, vor allem ist die Ouvertüre ein des jungen Meisters durchaus würdiges Stück.

Daß die Ouvertüre zur gleichen Zeit wie die C-Dur-Sinfonie entstanden, zeigt die Verwandtschaft ihres Hauptgedankens mit dem ersten Thema der Sinfonie in seinem sequenzenartigen Aufbau. In der Prometheus-Musik taucht auch zum erstenmal jenes Thema auf, das in Beethovens Schaffen weitere Bedeutung erhalten sollte. Es ist dasselbe Thema, das Beethoven noch zweimal, in den

Klaviervariationen op. 35 und im Schlußsatz der Eroica,
bearbeitet hat:

Nachdem einmal Beethoven die Sinfonie erobert hatte und
sich in ihrer technisch-formalen Beherrschung sicher fühlte,
schritt er rüstig auf der zögernd betretenen Bahn weiter.
Der produktive Strom fließt über ein Jahrzehnt fast ununterbrochen.

Drei Jahre nur trennen Beethovens Zweite Sinfonie
von der Ersten, und schon ein Jahr später schrieb
er die Eroica. Nach weiteren drei Jahren entstehen beinahe gleichzeitig die Vierte und die Fünfte und bald darauf
die Pastorale. Nach einer Pause von vier Jahren folgt
wieder ein Zwillingspaar: die Siebente und Achte (1812).
Dann aber vergehen etwa zehn Jahre, bevor das letzte
sinfonische Werk, die gewaltige Neunte, seiner Vollendung
entgegenreift.

Die dem Fürsten Carl Lichnowsky gewidmete Zweite
Sinfonie in D ist im Herbst 1802 beendet worden, hat aber
den Meister — die Skizzenbücher weisen es aus — schon
viel früher beschäftigt. In einem Brief vom 29. Juni 1800
schreibt Beethoven an seinen Freund Wegeler: „Ich lebe
nur in meinen Noten; und ist das eine (Werk) kaum da,
so ist das andere schon angefangen. So wie ich jetzt
schreibe, mache ich oft drei, vier Sachen zugleich." Wir
dürfen uns deshalb auch nicht wundern, daß die D-Dur-
Sinfonie nichts von den traurigen Eindrücken des 1802
in Heiligenstadt verlebten Sommers spiegelt. Das Werk,
mit dem sich der Künstler trug, atmet eitel Freudigkeit
und Lebenslust.

Die Einleitung, Adagio molto (D-Dur, ³/₄), stellt zunächst
die Tonart fest und bringt dann ein melodiöses, vierstim-
mig gesetztes Thema, das den Oboen und Fagotten, bei
der Wiederholung den Streichern zuerteilt ist:

24.

Diese präludierenden Takte geben sich bedeutsamer als die Einleitung zur Ersten Sinfonie und markieren von vornherein den Fortschritt, der in den größeren Maßen, der breiteren Melodik und inhaltlichen Vertiefung der Zweiten Sinfonie liegt. Freilich ist auch sie noch im Geiste der alten Schule gestaltet, und es ist die Welt Haydns und Mozarts, in der Beethoven sich mit wachsender Selbständigkeit bewegt. Bei der Wendung nach B-Dur wird die Stimmung leidenschaftlich. Scharfe Akzente, bewegte Skalen führen zu einem Abstieg in D-Moll und einem Orgelpunkt auf der Dominante, über dem Staccato-Sextolen und eine abwechselnd der Flöte und der ersten Geige anvertraute Trillerfigur alle trüben Schatten verscheuchen, bis das sonnig-klare Hauptthema des Allegro con brio (D-Dur, $^4/_4$):

25.

das muntere Spiel in Fluß bringt. Bald meldet sich ein neuer Gedanke und leitet zum zweiten Thema über, das in seiner straffen, in der zweiten Hälfte sehr energischen Haltung einen keineswegs lyrischen Gegensatz bringt:

26.

Charakteristisch sind die trillernden Sechzehntelfiguren
der Violinen, die überhaupt in dieser Sinfonie eine Rolle
spielen. Die Abwandlung des zweiten Themas endet mit
dem verminderten Septakkord auf gis, und nun wird ver-
mittels des aus dem pp mächtig aufstrebenden Motivs 25
und des schon aus der Einleitung bekannten energischen
Unisono-Abstiegs der erste Teil ohne Aufbietung eines
neuen Gedankens zum Abschluß gebracht. Die Durchführung
ist meisterhaft gearbeitet und mit feiner Berechnung instrumentiert. Als sie in ihrer Entwicklung nach Cis-Dur
gelangt ist, genügt dem Komponisten ein einfacher Domi-
nantakkord, um zum Anfang und damit zur Reprise zu
kommen, der eine nicht lange, aber glänzende, den Hauptgedanken bekräftigende Coda angehängt ist.

Der langsame Mittelsatz, Larghetto (A-Dur, ³/₈), ist einer
der innigsten Sätze Beethovens und hat sich seit jeher besonderer Beliebtheit erfreut. Sein erstes, breit ausgeführ-
tes Thema:

27.

wird zuerst von den Streichern und dann von den zärtlich
umspielten Bläsern vorgetragen. Ein in derselben Tonart
stehendes Seitenthema und einige heftige Akzente, die
ganz vorübergehend die idyllische Stimmung unterbrechen,
bereiten das graziöse zweite Thema vor, das eine ganze
Themengruppe in E-Dur nach sich zieht. Von ihnen sei
die behaglich-fröhliche Cello-Melodie:

28.

erwähnt. Nach Art der Ecksätze hat dies Larghetto einen richtigen Durchführungsteil. Reizend ist es, wie nach der Wiederholung das Thema Abschied nimmt, in schlichtester Fassung, von einer Solofigur der Flöte lieblich zur Schlußkadenz geleitet.

Im dritten Satz, Allegro (D-Dur, $^3/_4$), begegnet uns zum erstenmal die Bezeichnung Scherzo. Aber es ist noch keines der ausgeführten Stücke dieser Gattung, denen Beethoven später seinen Stempel aufgedrückt, mit denen er etwas absolut Eigenes, Neues geschaffen hat. (Beethoven war übrigens nicht der Erste, der das Scherzo in die Sinfonie einführte; er hat es nur in Mode gebracht.) Wie das Menuett der Ersten Sinfonie eigentlich schon ein Scherzo ist, so könnte man hier von einem verkappten, im Tempo beschleunigten Menuett sprechen. Aber erstaunlich viel Geist und Lebendigkeit steckt in dem Hauptteil und dem ebenso knapp gehaltenen Trio. Echt beethovensch ist der beständige, schroffe Wechsel der Tonstärke (pp — ff und umgekehrt), mit dem ein ebenso auffallender Wechsel der Harmonien wie der Instrumentalfarben Hand in Hand geht. Gleich das stürmisch vorwärts eilende Hauptthema:

29.

zeigt, daß sich hier Beethoven von den Fesseln der haydnschen Tradition bereits völlig befreit hat. Und welch kraftvoller Humor liegt in diesem Thema und seiner pikanten Umbildung! Das Trio:

30.

ist merkwürdig durch das nach dem Doppelstrich plötzlich, ohne jede Vorbereitung eintretende Fis-Dur. Ein kräftiges Unisono der Bläser und Pauken auf a, und wir sind mit einem Ruck wieder in der Haupttonart.

Der keck wie ein Fehdehandschuh hingeworfene Eingang und das erste Thema des Finales (Allegro molto, D-Dur) mit den beiden trotzig herausfordernden Schlußnoten:

31.

lassen keinen Zweifel darüber, daß es nun etwas derb zugehen soll. Das vibriert förmlich vor Leben und kündigt tolle Laune und Ausgelassenheit an. Dem frohlockenden Ruf der Holzbläser werden wir später in anderem Zusammenhang begegnen. Nachdem die Dominante gewonnen ist, tritt das ruhige imitatorische Seitenthema (wieder in der Haupttonart) ein. Kontemplativeren Charakters ist vollends das zweite Thema, in das die Violinen zuweilen ungeduldig hineinfahren.

32.

Das Finale ist in einer Art (freier) Rondoform geschrieben. Nach der erreichten Wiederkehr des Hauptthemas setzt der mit dem Einleitungsgedanken übermütig spielende Durchführungsteil ein. Dann folgt die Reprise, bei der diesmal das zweite Thema in D-Dur erscheint. Und abermals behauptet das erste Thema den Platz, um als dritten Teil eine langausgesponnene Coda einzuleiten.

Auf dem Quintsextakkord der Dominante kommt es zu einem Halt. Wie traumverloren antworten die Streicher mit einer Fermate auf dem Sextakkord von Fis-Dur. Die Beleuchtung hat plötzlich gewechselt, der wahre Beethoven zeigt für Momente sein Gesicht und führt uns in das Land der Romantik. Die Stelle, wo die Bässe hinabsteigen, während die Bläser gehaltene Noten haben, die übrigen Streicher in Vierteln nachschlagen und der Lockruf (31) der Flöte und der ersten Geige hineintönt, gehört zu den allermerkwürdigsten; besonders wo sie pianissimo in unheimlichen Halb- und Ganztaktschritten verklingt. Sie kehrt noch einmal wieder, nachdem im weiteren Verlauf der Coda Thema 31 in der Umbildung erschienen ist und alle Instrumente fortissimo sich auf Fis geeinigt haben. Doch nur als kurzes Bruchstück. Lachend, als wollte es sagen: „Es war nur Spaß", greift das Orchester das Einleitungsmotiv wieder auf und beschließt den Satz in hellem Jubel.

Die erste Aufführung der Sinfonie fand in der Karwoche 1803 in einem von Beethoven im Theater an der Wien gegebenen Konzerte statt, in dem die Erste Sinfonie wiederholt wurde und außerdem das Oratorium „Christus am Ölberge" und das Klavierkonzert in C-Moll zum Vortrag kamen. Die Partitur erschien, wie die der Ersten Sinfonie, erst 1820.

Was Beethovens Zweite besonders auszeichnet, ist der ihr innewohnende fortreißende Zug. Sie hat offenbar auch auf die Zeitgenossen einen stärkeren Eindruck gemacht als die Erste Sinfonie. Den ersten Satz fand man „kolossal", „gewaltig", das Finale freilich „grell" und „bizarr", auch tadelte man den „Mangel an gefälliger Form" und die für die damaligen Orchesterspieler ungewohnten technischen Schwierigkeiten. Das melodiöse Larghetto, das später so populär wurde, daß ihm Silcher einen Text unterlegen und es als Gesangsstück bearbeiten konnte, fand nicht überall gleich das rechte Verständnis. So erzählte Berlioz, daß es in Paris bei der Erstaufführung durch das Allegretto der A-Dur-Sinfonie (!) ersetzt wurde. Merkwürdigerweise faßte auch Beethoven eine Abneigung dagegen. Wie seinen „Christus", die „Adelaide" und das schnell in Aufnahme gekommene Septett op. 20, konnte er die D-Dur-Sinfonie in späteren Jahren nicht mehr recht leiden. „Das ist verfluchtes Zeug, und ich möchte, daß es verbrannt würde." Und offen bekannte er: „Den Teufel auch! Gar manches möchte ich gerne zurücknehmen, wenn ich könnte!"

*   *   *

Die Betrachtung all der vorgenannten Werke gewährt den Anblick eines imponierenden Schaffens, wie es in so rascher Entwicklung (1795—1802) die Musikgeschichte wohl nicht zum zweitenmal zu verzeichnen hat. Es war nur natürlich, daß Beethoven sich innerlich mächtig gehoben fühlte. Trotz seines cholerischen Temperaments, das im Verkehr mit den Menschen zu mancherlei Reibungen führte, trotz der gelegentlichen kritischen Anfeindungen und des noch mangelnden Verständnisses für das Neue in seiner Musik, waren die bis dahin abgelaufenen Jahre für Beethoven eine zweifellos glückliche Zeit, in der er die Genugtuung des zur Anerkennung gelangenden Künstlers genoß und die Welt offen vor sich liegen sah. Die Worte eines Zeitgenossen mögen das bestätigen. „Man hat mehrmal im Auslande gesagt, daß Beethoven in Wien mißachtet und unterdrückt worden sei. Das Wahre ist, daß er schon als Jüngling von unserer hohen Aristokratie alle mögliche Unterstützung und eine Pflege und Achtung genoß, wie nur je einem jungen Künstler zuteil geworden. Auch später, als er durch seine Hypochondrie sich viele entfremdete, wurde seinen oft sehr auffallenden Eigenheiten nie etwas in den Weg gelegt; daher seine Vorliebe für Wien, und man darf bezweifeln, ob er in irgendeinem anderen Lande so unangefochten geblieben wäre." „Daß er als Künstler auch mit Kabalen zu kämpfen hatte, ist richtig, aber das Publikum war daran unschuldig. Er wurde immer als ein außerordentliches Wesen angestaunt und geachtet, und seine Größe auch von jenen geahnt, die ihn nicht verstanden. Es lag nur an ihm, auch wohlhabend zu sein, aber für häusliche Ordnung war er nicht geschaffen." Hierzu vergleiche man die Bemerkung des Musikers Dolezalek: „Die Komponisten waren damals gegen Beethoven, den sie nicht verstanden, und der ein böses Maul

hatte", und Beethovens eigene Worte in einem Brief an
den Verleger Hofmeister: „Ich bin ein unordentlicher
Mensch und vergesse bei meinem besten Willen auch alles".
Wie das skeptische Verhalten der Kritik gegen ein Genie
von so unerhörter Urwüchsigkeit nur natürlich war, so
reagierte auch Beethoven auf Lob und Tadel mit der ver-
ständlichen Naivität des schaffenden Künstlers. Er war
keineswegs darüber erhaben. Lobende Artikel sammelte
er und bewahrte sie auf; gegen kritische Ausfälle zeigte er
sich namentlich anfangs empfindlich. Später, als sein
Selbstgefühl erstarkt war, pflegte er über die Kritiker zu
lachen oder (in Verlegerbriefen) in groben Schimpfworten
seinem Unmut Luft zu machen. Im allgemeinen fanden
neue Werke von ihm zunächst immer eine kühle Aufnahme
bei den Rezensenten. Im Oratorium gab man die Schönheit
einzelner Stellen zu, doch sei das Ganze „zu gedehnt, zu
kunstreich im Satz und ohne gehörigen Ausdruck, vorzüglich
in den Singstimmen". Merkwürdig ist die wiederkehrende
Erscheinung, daß nächst dem neuen Melos, das einem Komponisten eigen ist, immer die zunehmende Ausdehnung der
Musikformen, von den Zeitgenossen als „Längen" empfunden, zunächst beanstandet wird! Von den beiden Sinfonien
zogen die Kritiker die erste vor, „weil sie mit ungezwungener Leichtigkeit durchgeführt ist, während in der zweiten
das Streben nach dem Neuen und Auffallenden schon mehr
sichtbar ist". „Weniger gelungen war das folgende Konzert aus C-Moll, das auch Herr v. B., der sonst als ein vor-
züglicher Klavierspieler bekannt ist, nicht zur vollen Zufriedenheit des Publikums vortrug." Späterhin änderte sich
der Ton namentlich in der seit 1798 bei Breitkopf & Härtel
erscheinenden „Allgemeinen Musikalischen Zeitung", in
der Rochlitz das Wort führte. Hatte man Beethoven anfangs Mangel an Ökonomie und eine Überfülle von Ideen
vorgeworfen, die ihn veranlaßte, „Gedanken wild aufeinander zu häufen", so machten dergleichen Ausstellungen
den Bekenntnissen größter Verehrung Platz, zumal nachdem E. Th. A. Hoffmann, einer der ersten, die Beethovens
Größe zu ahnen begannen, 1810 seine bewundernde und

geistreiche Besprechung der C-Moll-Sinfonie veröffentlicht hatte.

Wie wir aus den zitierten Kritiken ersehen, wurde auch
der Klavierspieler Beethoven nicht ohne Einschränkungen
anerkannt. Sein Spiel war ungleich und stark von Stimmungen abhängig. In öffentlichen Konzerten hat Beethoven
schwerlich sein Bestes gegeben; spielte er doch schon in
größeren Gesellschaften und gar auf Aufforderung höchst
ungern. Am liebsten ließ er sich in engerem Kreise, vor
wenigen vertrauten Menschen hören, vor Menschen,
denen er sich mitteilen wollte. Dann wuchsen auch dem
Pianisten die Flügel. Dazu kam, daß ihm der Ausdruck
alles, die Technik — so sehr er sie gepflegt hatte und
noch um diese Zeit zu fördern strebte — nur Mittel zum
Zweck war. Das führte mehr und mehr zur Vernachlässigung des rein Mechanischen. Zweifellos hat auch die
zunehmende Taubheit ihren Einfluß geübt. Cherubini, der
ihn 1806 bei seinem Besuch in Wien hörte, fand sein Spiel
„rauh", Cramer nannte es unzuverlässig. „Heute geistreich und voll charakteristischen Ausdrucks, morgen aber
launenhaft bis zur Unklarheit, oft verworren." Später, wo
sein Gehör gänzlich versagte, lauten die Urteile noch ganz
anders. „Ein Genuß war's nicht", schreibt Spohr, „denn
erstlich stimmte das Pianoforte sehr schlecht, was
Beethoven wenig kümmerte, da er ohnehin nichts
davon hörte, und zweitens war von der früher so bewunderten Virtuosität fast gar nichts übrig geblieben. Im forte
schlug der arme Taube so darauf, daß die Saiten klirrten,
und im piano spielte er wieder so zart, daß ganze Ton-
gruppen ausblieben, so daß man das Verständnis verlor,
wenn man nicht zugleich in die Klavierstimme blicken
konnte."

Daß Beethoven kein Pädagoge war, ist bei seinem Charakter und seiner Lebensart selbstverständlich. Er hat
auch nie gern und nur aus äußeren Rücksichten Unterricht erteilt, im Klavierspiel und in der Komposition dem
Erzherzog Rudolph, seinem Gönner und einflußreichen
Protektor. Von Fachmusikern gestattete er nur dem jun-

gen Ferdinand Ries, dessen er sich aus Dankbarkeit gegen
den Vater annahm, sich seinen „Schüler" zu nennen.
(Franz Ries hatte ihm, wie wir uns erinnern, einst in
Bonn geholfen.) Im übrigen ließ er zuweilen sich etwas
vorlegen und erteilte wohl hie und da einen Ratschlag.
Die Klavierlektionen, die er jungen Aristokratinnen
und wenig andern gab, waren Broterwerb und hörten mit
der Zeit ganz auf. Beethoven benahm sich auch als Klavierlehrer launenhaft und ungebärdig, schlug auf die Finger
usw. Carl Czerny, Sohn eines böhmischen Musikers aus
der Leopoldstadt, der im Herbst 1800 durch Krumpholz
zu Beethoven kommt, bezeugt, daß sein Unterricht im
wesentlichen auf den Vortrag gerichtet war und daß er
alles Theoretische ablehnte. Dabei hielt er (auch bei sich
selbst) besonders auf ruhige Handhaltung.

Bedenkt man, daß Beethoven in so hohem Maße die
Gabe der freien Improvisation besaß und sie von Jugend
auf zu betätigen gewohnt war, so muß seine Art zu komponieren doppelt merkwürdig erscheinen. Sicherlich war
der Kern so mancher seiner Werke nichts anderes als solche
festgehaltene Improvisation. Aber der Leichtigkeit der Konzeption entsprach nicht eine gleiche Leichtigkeit der künstlerischen Ausgestaltung. Nicht wie Mozart arbeitete Beethoven das Werk im Kopfe aus, um es dann in einem Zuge
niederzuschreiben. Er ist der erste Musiker, der mit dem
Stoffe ringt, schwankt, ändert, sich nicht genug tun kann,
im Gegensatz zu der spontanen Produktionsweise der
Italiener an jede neue Arbeit besondere Anforderungen
stellt. Langsam entsteht das Werk, zunächst in Skizzen,
niedergeschrieben in wenigen, für andere unverständ-
lichen Takten. Fehlt es ihm an Notenpapier, so
mußten die Speisezettel der Wirtschaften, die Kloset-
tür oder was sich sonst seinen Blicken bot, dazu
herhalten, später auch die Konversationsbücher, deren
sich der Taube von 1819 ab im Verkehr mit anderen bediente. Weiterhin wurden die Motive in die Skizzenbücher übertragen, wo sie dann mannigfache Umformungen erfuhren. In diesen Skizzenbüchern, die uns Notte-

bohm erschlossen hat, und in denen zuweilen Gedanken,
die den Einsamen heimsuchten, die Notenschrift unterbrechen, finden sich namentlich zu den Instrumental-
werken die verschiedensten Ausführungen und vorberei-
tenden Studien. Von den größeren Vokalwerken sind nur
wenige Skizzen vorhanden; sie wurden meist für sich
getrennt entworfen. Den Text bezeichnete sich Beethoven
zuweilen metrisch, bevor er ihn setzte, ein Beweis, daß
er auf sinngemäße musikalische Deklamation hielt und die
organische Verbindung von Wort und Musik anstrebte.
Besondere Sorgfalt wendete er auf die Ausgestaltung der
Melodie. Oft arbeitet er einen Gedanken so stark um (verändert ihn auch rhythmisch), daß beinahe etwas Neues
daraus entsteht. Die uns bekannten, so natürlich schei-
nenden Themen sind nicht selten in ihrer ersten Gestalt
viel weniger charakteristische, ja nichtssagende Einfälle
gewesen und die Frucht langwieriger Überlegung. Aber
Beethoven ruhte nicht, bis er den richtigen, ihm jeweils
notwendigen Ausdruck gefunden. Und merkwürdig: jede
Veränderung ist bei ihm auch eine Verbesserung! Nie
verliert der Gedanke durch die Arbeit an Frische, er wird
immer origineller, immer prägnanter.
War so nach mancherlei Vorbereitungen das Einzelne
wie die Form und der Charakter des Ganzen festgesetzt,
dann folgte erst die Niederschrift im Zusammenhang. Aber
auch dann noch wurden nachträglich zahlreiche Veränderungen vorgenommen. Es kam auch vor, daß nach Fer-
tigstellung dem Meister die ganze Arbeit nicht gefiel.
Dann korrigierte er nicht, sondern formte das Werk zum
Teil oder völlig von neuem um. Die Leonoren-Ouvertüren
sind ein bekanntes Beispiel dafür. Von der D-Dur-Sinfonie
hatte er drei Partituren angefertigt, die leider alle drei
verloren gegangen sind. Vielleicht war es mit anderen
Werken ebenso, ohne daß wir es wissen, denn so manches
ist bei der Unordnung seines Haushaltes und dem häufigen
Wohnungswechsel sicher abhanden gekommen. Beinahe
auch ein Teil der Missa solemnis, der durch das Verschul-
den der Dienstmagd als Einwickelpapier zum Schuster

wandertel Nicht immer übrigens folgte die schriftliche
Ausführung unmittelbar den Vorarbeiten. Oft vergingen
Jahre darüber, während deren unser Meister die Arbeit
liegen ließ und sich mit anderen Plänen beschäftigte.

Bearbeitungen im gewöhnlichen Sinne (für andere Instrumente) liebte Beethoven nicht. In einem Brief
an Breitkopf & Härtel wendet er sich gegen die damals
(1802) herrschende Wut zu „übertragen", um Musik den
Dilettanten zugänglicher zu machen. Dergleichen, meinte
er, müsse der Komponist selber machen, und voll Stolz
äußerte er, als er die Sonate op. 14 Nr. 1 in ein Quartett
umgewandelt hatte: „Das macht mir nicht so leicht ein
anderer nach." Die nötigen Klavierbearbeitungen dagegen
von Orchester- und sonstigen Instrumentalsachen hielt er
für unwichtig und ließ sie vom Verleger besorgen oder von
irgendeinem jungen Musiker anfertigen und sah sie nur vor
der Veröffentlichung durch. Genial und sehr lehrreich soll
nach Czernys Zeugnis die Art gewesen sein, wie er selbst
aus Partituren spielend Instrumentalmusik auf dem Klavier
wiedergab.

*   *   *

Im Jahre 1794 (nicht erst 1795, wie allgemein angenommen) waren Karl Kaspar und Johann van Beethoven ihrem
Bruder nach Wien gefolgt. Der Sorge um ihren Unterhalt
sah sich Ludwig bald enthoben. Karl wurde Praktikant,
dann „Kassa-Offizier" bei der K. u. K. Universal-Schulden-
kasse und erteilte nebenbei weiterhin Klavierunterricht.
Er soll, gleich seinem berühmten Bruder, unbändigen
Wesens und leicht auffahrend gewesen sein. Johann blieb
Apotheker, machte sich bald selbständig und kaufte sich,
zu Vermögen gekommen, eine Apotheke in Linz. In Wien
spielte er später eine einigermaßen lächerliche Figur; er
wird als gutmütig aber borniert und protzig geschildert.
Beethoven verspottete ihn ob seines „unglücklichen
Hanges d'être riche". Wie im Charakter waren die
Brüder auch im Äußern sehr verschieden: Karl klein, rot-
haarig, häßlich, Johann groß, schwarz, ansehnlich. Karl

hat dem Meister in den ersten Jahren gute Dienste geleistet. Ludwig brauchte immer jemanden, der ihm den
Verkehr mit der Außenwelt abnahm. Ungewandt in allen
Dingen des praktischen Lebens, hatte er deshalb auch
immer eine Art Faktotum um sich, um ungestört seinen Arbeiten leben zu können. Bald war es sein treuer Freund
Baron Zmeskall v. Domanovecz, bald Krumpholz, Ries,
später Oliva, Schindler und der seines Vertrauens nicht
ganz würdige Karl Holz. Bruder Karl nun nahm ihm vor
allem die Korrespondenz mit den Verlegern ab, führte eine
Zeitlang die geschäftlichen Verhandlungen, sorgte für Ko-
pisten und Korrekturen. Es scheint jedoch, daß er sich
mehr, als gut war, in Ludwigs Angelegenheiten mischte;
jedenfalls kam es zu einer Entzweiung, und der Meister
suchte fortab seine Hilfe bei anderen. 1806 verheiratete
sich Karl mit der Tochter eines wohlhabenden Tapezierers,
und aus der nicht glücklichen Ehe ging der Neffe Karl
hervor, der in Beethovens Leben eine so verhängnisvolle
Rolle spielen sollte. Trotz der sich wiederholenden
Zwistigkeiten wahrte Beethoven seinen Familiensinn und
war bestrebt, das Band mit den Brüdern nicht zu zerreißen. Als Karl tödlich erkrankt, springt er ihm in jeder
Weise helfend bei. „Ich muß nun einmal so und nicht
anders handeln!" Und dem Magister Brauchle schreibt
er, als der Kranke Pferde zur Reise braucht: „Scheuen Sie
keine Unkosten, ich trage sie gern. Es ist nicht der Mühe
wert, wegen lumpigen einigen Gulden, jemanden leiden zu
lassen." Auch Johann sucht er später wieder an sich zu
fesseln, obwohl er dem „Bruder Kain" Rücksichtslosig-
keiten, Egoismus und eigenmächtige Einmischung in seine
Verlegergeschäfte vorzuwerfen hat. Der Hauptgrund, daß
es zu erquicklichen Verhältnissen nicht kommen konnte,
war Beethovens begründete Abneigung gegen seine Schwä-
gerinnen. Beide Brüder — Johann heiratete 1812 seine
Wirtschafterin Therese Obermeyer („eine schandvolle Verbindung") — hatten keine einwandsfreien Ehen geschlossen. Karls Frau und Therese samt ihrer mitgebrach-
ten Tochter kamen durch ihren unsittlichen Lebenswandel

in üblen Ruf. Zum Entsetzen unseres Meisters, der
schwer darunter litt. Beethoven huldigte streng moralischen Grundsätzen und verstand in diesen Dingen keinen
Spaß. Und da er seiner Gewohnheit gemäß kein Blatt vor
den Mund nahm, waren die beiden Frauen bald seine ge-
schworenen Feindinnen. Die Briefe, die davon handeln,
gewähren den Einblick in überaus trübe, zum Teil recht
unsaubere Verhältnisse und erklären den tiefen Abscheu
und die zornigen Aufwallungen des Meisters. Und bei alledem (an Johann): — „Laß nicht ein Band zerreißen, welches nicht anders als ersprießlich für uns beide sein kann
— und weßwegen? um nichtswürdiger Ursachen willen!!!"
Welch ein Mensch offenbart sich da!

Um 1800 sehen wir Beethoven in regem Verkehr; er ist
noch nicht der Sonderling, der sich leidend und
verdrossen von der Welt zurückzieht. Mit Kunstgenossen kam er jetzt und später oft in dem Kontor
der Verlagshandlung Steiner & Co. in der Paternoster-
gasse zusammen. Vormittags zwischen 11 und 12 Uhr
trafen sich dort Komponisten, Virtuosen und andere
Musikinteressenten. Man tauschte seine musikalischen
Ansichten aus, besprach die neuesten Vorkommnisse
und weidete sich an den kernigen und sarkastischen
Bemerkungen Beethovens. Auch Bonner Beziehungen
knüpften sich wieder an. Wegeler hatte zwar schon 1796
nach kurzem Besuch Wien wieder verlassen, aber 1801
kamen Ludwigs Jugendfreunde Reicha und Stephan von
Breuning, mit dem er zusammen eine Wohnung im „Roten
Hause" bezog. Neue Wiener Bekanntschaften traten hinzu, ihm das Leben angenehmer zu gestalten. Leider blieb
kaum eine dieser Beziehungen ungetrübt; selbst mit seinem
alten „Steffen" entzweite und versöhnte er sich zu wiederholten Malen, bis das Ende sie noch einmal treulich
zusammenführte.

Beethovens Wesen und Persönlichkeit aus jenen Jahren
werden uns übereinstimmend so geschildert, wie sie sich
bei seinen Jugendschicksalen, den Mängeln der Erziehung
und der Charakteranlage entwickeln mußten. Was ihm

dauernd versagt blieb, war das innere Gleichgewicht. Daraus erklären sich die Schatten auf seinem Bilde bei so viel Licht, die Schwächen bei so ungewöhnlichen Kräften. Auch das Leben lehrte ihn nicht, sein ungestümes Empfinden zu beherrschen. Aber so mußte er wohl sein, um so schaffen zu können. Ein zum Kämpfen und Leiden Geborener. Nirgend verraten die Werke die Schwächen seines Charakters. Drum wird wohl umgekehrt sein Leben, sein Menschentum der notwendige Reflex seines Künstlertums gewesen sein.

In Wien haben Ruhm und Erfolge sein angeborenes Selbstgefühl noch erheblich gesteigert. Wo er Widerstand fühlte oder vermutete, konnte Beethoven anmaßend werden. Vor sich selbst war er der Bescheidensten einer. „Es scheint mir", äußerte er noch gegen Ende seines Lebens, „daß ich erst angefangen habe zu komponieren!" Wir stoßen auch sonst auf Gegensätze in seinem Charakter, die mit den Jahren immer unüberbrückbarer klaffen. Er, der die Humanitätsideen seiner Zeit so ganz in sich aufgenommen, der für Nächstenliebe, Menschlichkeit und Wohltun schwärmte, konnte mitunter überraschend hart urteilen. „Ich taxiere sie (die Menschen) nur nach dem, was sie mir leisten, ich betrachte sie als bloße Instrumente, worauf ich, wenn's mir gefällt, spiele", lautet ein Ausspruch von ihm. Sicherlich war es mehr die Idee „Menschheit" als der einzelne Mensch, was sein Gemüt bewegte, sobald er philosophierte und komponierte. In mancher Handlung, manchem Verhalten Freunden gegenüber, auch in seinem Liebesleben erkennen wir den natürlichen und berechtigten Eigennutz des Genies. In solchen Momenten ist die Welt dazu da, daß sie die Werke des Künstlers empfängt. Aber auch das waren schließlich nur abstrakte Empfindungen, die in ihm lebten. Im konkreten Fall — sein Benehmen den Brüdern, dem Neffen, Ries, Schindler und vielen anderen, selbst Karls gehaßter Mutter gegenüber liefert die Beweise — ist Beethoven niemals gegen irgend jemanden hart gewesen. Überhebung und Menschenverachtung hatten, unter dem Eindruck bitterer Erlebnisse, nur gelegentlich in seinen Gedanken, in seinen brieflichen und mündlichen Ergüssen Platz. In Wirklichkeit war er der Mann, der in dem reizenden Brief an ein kleines Mädchen, das ihn einst mit einer Handarbeit beschenkt hatte, von sich sagen durfte: „Ich kenne keine anderen Vorzüge des Menschen, als diejenigen, welche ihn zu den besseren Menschen zählen machen; wo ich diese finde, dort ist meine Heimat." Vergessen wir auch nicht, daß Beethoven ein Einsamer war. Keine liebende Hand sänftigte ihn und schützte ihn vor den Dornen des Lebens. Bei den vielen Freunden hatte er keinen Freund. Vergessen wir vor allem nicht, daß er in der zweiten Hälfte seines Lebens ein kranker Mann war. Beständig hören wir von Koliken, Katarrhen, Magen- und anderen Leiden. Und dabei keine Pflege, keine geregelte Lebensführung, wie ihrer gerade ein solcher Kranker so dringend bedurft hätte!

Ein hervorstechender Zug an Beethoven war von Jugend auf seine Liebe zur Natur. Das romantische Gefühl, mit der er sie betrachtete, ist ein der Zeit vorauseilender Zug. Das Landleben hatte es ihm angetan, im Freien, zwischen Wäldern und Wiesen (die Gebirge suchte man noch nicht auf) fühlte er sich am glücklichsten, am meisten zum Schaffen aufgelegt. Andererseits sog er viel Nahrung aus Literatur und Dichtung. Sein Geschmack war auf das Ernste gerichtet, er war ein Bewunderer des klassischen Altertums. Hat doch seine eigene Größe im Tragen der Leiden fast etwas Antikes! Wie er stets bereit war, sich an den Vorbildern der alten Meister aufzurichten, von ihnen zu lernen, ihnen nachzueifern, davon ist hier schon die Rede gewesen. Zu Mozart, Bach und Händel blickte er voll Ehrfurcht auf. Die Verdienste Lebender ließ er neidlos gelten; über Weber, auch Schubert, soweit er von ihm Kenntnis erhielt, hat er sich anerkennend geäußert. Tagesgrößen imponierten ihm nicht; das wahrhaft Bedeutende wußte er zu schätzen. Daß er die leichten Erfolge der Italiener bespöttelte, wie alle deutsch fühlenden Musiker einen Groll gegen das „Welschtum" empfand, ist

begreiflich. Aber selbst an Rossini, der ihn zeitweise aus
der Gunst der Wiener verdrängte, vermißte er nur den
künstlerischen Ernst, nicht die Begabung. Unerschütter-
lich war seine Pflichttreue gegen das, was er als seine Sendung erkannt hatte. (Ein Zug, den er mit allen Großen
gemein hat.) Seine Kunst besaß ihn ganz; ihr opferte er
Wohlleben, Gesundheit und Glück.

Was sonst noch über Beethovens Eigentümlichkeiten
und Gewohnheiten berichtet wird, ist mehr um der Persönlichkeit willen als an sich selbst interessant. Das
Kavaliertum der ersten Wiener Zeit, die freudige Teilnahme
am geselligen Treiben der vornehmen Kreise war nur eine
vorübergehende, verhältnismäßig kurze Episode. Später
war seine Lebensweise zwar immer ungeregelt, aber einfach. In materiellen Genüssen hielt er auf Mäßigkeit. Seine
Mahlzeiten, die er meist im Wirtshaus einnahm, waren fru-
gal, obwohl er ein gutes Gericht (wie alle Musiker) zu schätzen wußte; auch die Vorliebe für geistige Getränke tritt erst
ganz gegen Ende seines Lebens in die Erscheinung. Daß
ihn jemand nach dem Essen eine Pfeife rauchen sah, wird
nur gelegentlich einmal erwähnt. Hazard- und Kartenspiele
lockten ihn nicht. Seine Unterhaltung bildeten Musik und
Lektüre und Plaudereien mit Freunden auf Spaziergängen
und im Gasthaus. Solange er noch einigermaßen hören
konnte, besuchte er wohl auch gern das Theater. Ein
Phantasiemensch und eine Kraftnatur wie Beethoven war
natürlich nicht spröde und enthaltsam. Aber auch im
Punkte der Liebe hatte er seine Grundsätze. Ausschwei-
fungen, im besonderen das Zusammenleben mit einer Ver-
heirateten verurteilte er. Das führt uns auf das Verhältnis
Beethovens zu den Frauen.

„Beethoven war nie ohne eine Liebe und meistens in
hohem Grade von ihr ergriffen." Diese oft zitierte Stelle
aus Wegelers „Erinnerungen" spricht eigentlich alles aus
und kommt wahrscheinlich der Wahrheit näher als die Flut
von Schriften und Untersuchungen, die sie hervorgerufen
hat, und die sich oft bis ins Romanhafte verlieren.
Beethoven kam als genialer, vielbewunderter junger Künst-

ler in die Häuser der Wiener Aristokraten; kein Wunder, daß sich ihm so manches Herz erschloß, daß junge Mädchen, Schülerinnen ihm Verehrung und persönliches Interesse entgegenbrachten. Liebebedürftig, leicht entzündbar, fing der Angeschwärmte dann Feuer und machte alle Wonnen und Qualen des Verliebten durch. Kann man sich einen Künstler denken, der nicht verliebt ist? Hätte Beethoven von Liebe singen können, wenn er sie nicht an sich erlebt, empfunden hätte? Das berechtigt aber noch nicht, diesen Dingen eine Bedeutung beizumessen, die sie sicher nicht gehabt haben. Gewöhnlich war Beethoven in Liebesangelegenheiten gar nicht poetisch oder sentimental (Thayer). Was hat man nicht alles aus seiner Liebe zu der schönen Schülerin Komteß Giulietta Guicciardi geschlossen und aus der Tatsache, daß ihr die Cis-Moll-Sonate — die später den lächerlichen Namen „Mondscheinsonate" erhielt — gewidmet ist! Dabei war diese Sonate ursprünglich gar nicht für die Guicciardi bestimmt, die Widmung rein zufällig. Seine Neigung zu Giulietta mag tief und ernst gewesen sein und noch lange in ihm nachgezittert haben; einen Einfluß auf sein Leben oder gar sein Schaffen hat sie nicht gehabt. Als das Liebesverhältnis in die Brüche gegangen war (Giulietta heiratete bald darauf den Grafen Gallenberg) äußerte Beethoven trocken zu Zmeskall: „Was nicht zu ändern ist, darüber kann man nicht zanken." Gräfin Guicciardi war nicht die einzige Aristokratin, zu der Beethoven in Beziehungen trat. Er konnte sich vieler Eroberungen rühmen, und meist gehörten seine Geliebten der höheren Gesellschaft an. Wir wissen aber auch, daß er oft für Sängerinnen schwärmte, ja daß er der hübschen Tochter eines Schneiders den Hof machte und sich nach jedem schönen Gesicht auf der Straße umdrehte. Interessanter als das ist es zu erfahren, daß Beethoven nach der Wahrnehmung seiner Freunde namentlich für die Reize anmutiger aber schwächlicher Frauen empfänglich war.

Für den gereiften Mann hätten solche seelischen Erschütterungen weit eher eine Gefahr, ein Unglück bedeu-

ten können. In der Tat sehen wir Beethoven mehr als einmal in heftige Wallungen, schwere Seelenkämpfe und tiefe
Melancholien verfallen. „Schreiben Sie ja nicht mehr ‚der
große Mann' über mich — — denn nie habe ich die Macht
oder die Schwäche der menschlichen Natur so gefühlt
als jetzt" bekannte er dem Freunde Zmeskall in einer solchen Situation. Aber es scheint, daß er sich immer ziemlich schnell wieder zurückfand und sich in die Arme seiner
Kunst rettete. Mehr als einmal auch trug er sich ernstlich mit Heiratsgedanken. Schon als junger Mann war er
mit solchen Plänen leicht bei der Hand, wie der Antrag,
den er der ihm von Bonn her bekannten Sängerin Magdalena Willmann schon bald nach seiner Ankunft in Wien
machte, und sein Werben um Therese Malfatti, die Tochter
seines Freundes und Arztes, beweisen. Später klagte er
bitter, daß das Schicksal ihm keine Lebensgefährtin be-
schieden habe. Ob aber für einen Künstler wie Beethoven
die Ehe ein Glück bedeutet hätte, darf mehr als fraglich
erscheinen. Warum übrigens aus der Sache nie etwas
wurde, warum bei dem unbestrittenen Zauber seiner geistigen Persönlichkeit seine Anträge abgelehnt wurden, ist
nicht schwer zu verstehen. Nicht, weil er „kein Adonis"
war. Aber Beethoven stellte in seiner Wahl begreifliche
Ansprüche an Schönheit und Jugend, Bildung und höhere
gesellschaftliche Stellung. Er richtete seine Blicke auf
Mädchen, denen er seinerseits nicht viel Verlockendes zu
bieten hatte, nicht dorthin, wo ihm vielleicht das Glück
eines auf menschliches und künstlerisches Verständnis ge-
gründeten harmonischen Zusammenlebens erblüht wäre. In
jüngeren Jahren war er ohne Vermögen, Rang und Stellung; später machten ihn die zunehmende Taubheit, sein
ungepflegtes Äußere, die Eigenheiten seines Charakters
und seiner Lebensweise zu keinem wünschenswerten Ehe-
kandidaten. So blieb er trotz aller Sehnsucht unvermählt.
Erhalten aber blieb ihm die Empfänglichkeit für weibliche
Reize. Bei Bettina Brentano, die ihn umschmeichelt, fängt
der Alternde Feuer, eine Teplitzer Badebekanntschaft, die
hübsche Berlinerin Amalie Sebald, weckt in ihm die zärt-

lichste Neigung, und den Solistinnen seiner Großen Messe und der Neunten Sinfonie, den feschen Wienerinnen Henriette Sontag und Caroline Unger, wollte er lieber den Mund als die Stirn zum Kusse reichen.

Viel ist in der Beethovenliteratur über den Brief geschrieben worden, den man nach seinem Tode in einem Fache seines Schrankes fand, den Brief „an die unsterbliche Geliebte“. Es schwebt ein Geheimnis über ihm. Es hat sich weder ergründen lassen, an wen dieser Brief gerichtet ist, noch wann und von wo aus er geschrieben worden. Man hat sich den Kopf darüber zerbrochen, wer diese Dame gewesen, der Beethoven durch den glühendsten seiner Ergüsse Unsterblichkeit verlieh, und man hat sich in Hypothesen erschöpft. Die meiste Wahrscheinlichkeit spricht für Therese Brunswick, mit der Beethoven um 1809 in innigem Verkehr stand, der er die wundervolle Fis-Dur-Sonate gewidmet, und die ohne Zweifel von ihm geliebt wurde. Aber vielleicht war es auch weder die eine noch die andere der uns aus Beethovens Leben bekannten Frauen, sondern eine, von der wir zufällig nichts wissen. Gleichviel — der Wert des Briefes liegt für uns in seiner Bedeutung als Dokument des Beethovenschen Seelenlebens, in der ungewöhnlichen poetischen Kraft und Leidenschaftlichkeit, mit der darin der Meister seine Gefühle zum Ausdruck gebracht hat. Beim Lesen der in nächtlicher Stunde mit Bleistift hingeworfenen Zeilen des dreiteiligen Briefes empfindet man wie eine Bestätigung dessen, was seine Musik schon vermuten läßt: daß die Intensität des Gefühles, die schrankenlose Hingabe an Freud und Leid die wahre Größe Beethovens ausmachen. Die zufälligen Begebnisse und Persönlichkeiten, die ihn dazu befähigten, sein Inneres aufwühlten, waren in diesem Lebensprozeß an sich recht gleichgültige Faktoren; sie mögen der banalen Neugierde, die an einem großen Manne nichts Interessanteres kennt, als seine Liebesgeschichten, und die Rolle, die sie im Leben des Genies spielen, beharrlich überschätzt, willkommenen Unterhaltungsstoff bieten. Nur insofern sie dem Musiker Anlaß geben, das Leid im

Kunstwerk zu verklären, und den Willen zur Erlösung in ihm stärkten, kommen sie für eine der inneren Entwicklung geltende Darstellung in Betracht.

An dem mysteriösen Liebesbriefe muß noch etwas anderes auffallen. Wie kam es, daß er in den Händen des Schreibers verblieb? Hat Beethoven ihn gar nicht abgesendet? Hat er ihn zurückerhalten? Hat er ihn, wie im Selbstgespräch, nur für sich geschrieben? Seine Neigung, in einsamen Stunden ernste Gedanken zu Papier zu bringen, erweisen ja die Tage- und Skizzenbücher des Meisters zur Genüge. Dann würde sich auch erklären, daß er entgegen aller Gewohnheit, bei aller Unordentlichkeit und Unachtsamkeit und trotz des häufigen Wohnungswechsels, das Schriftstück bis zu seinem Tode aufbewahrt hat. Jedenfalls besitzen wir hinsichtlich des Inhaltes und Stils kein ähnliches Dokument von ihm. Beethovens Briefe tragen durchweg einen ganz anderen Charakter. Die Korrespondenz eines Künstlers ist oft das wichtigste Material zu seiner Lebensgeschichte. Das kann man bei Beethoven nur bedingt sagen. Aber auch seine Briefe spiegeln innere und äußere Erlebnisse, Stimmungen und Motive seines Handelns; für den, der sie zu lesen versteht, das ganze Wesen, wenn auch mehr des Menschen als des Künstlers.

Beethoven war kein Briefschreiber im gewöhnlichen Sinne. Wie den meisten schaffenden Künstlern, die nicht zugleich literarische Interessen haben, war ihm die Nötigung zu schriftlichen Äußerungen lästig, ja verhaßt. „Das verfluchte Schreiben, daß ich mich darin nicht ändern kann," heißt es einmal in einem Briefe an seinen Freund und Verleger Simrock; und ein anderes Mal: „Ich schreibe lieber 10 000 Noten als einen Buchstaben." Muß er doch zur Feder greifen, so geschieht es meist unwillig; man merkt die Hast und Ungeduld, die Gleichgültigkeit gegen alles Formale. Bezeichnend ist die häufig wiederkehrende Unterschrift „in Eil". Das Schreiben war ihm ein Notbehelf, ein Mittel, die unerläßliche Verbindung mit der Außenwelt aufrecht zu erhalten. Daher das Flüchtige, Ungepflegte seiner Auslassungen. Aber bei aller Unbeholfenheit in Form und Ausdruck — welche Treffsicherheit und Originalität! Oft sind diese Briefe wie hingehauen in der jeweiligen Laune des Augenblicks, Ausbrüche eines ungezügelt temperamentvollen, vulkanischen Geistes. Höchstens, wo Beethoven seinen Humor spielen iassen kann, wird er zuweilen behaglich. Dann tritt auch die ihm mit Mozart gemeinsame Neigung zu Wortspielen und derben Späßen in die Erscheinung. An Witzeleien und Verdrehungen kann er sich nicht genug tun, und besonders auf die Namen, Titel und Würden seiner Adressaten hat er es abgesehen. Die Zettel an den Baron Zmeskall und den Verleger Tobias Haslinger allein geben davon genügende Kunde. Aber auch ernsthaft hat Beethoven in brieflichen Äußerungen über Welt und Menschen manch schlagendes Wort geprägt.

Verhältnismäßig nur wenige Briefe des Meisters sind aus innerem Drange, aus stärkerem Mitteilungsbedürfnis oder unter dem Eindruck tiefbewegender Erlebnisse geschrieben. Sie fallen fast ausnahmslos in die frühere Zeit. Hierher gehören die Briefe an Jugendfreunde wie Wegeler, Breuning, Amenda, der Brief an Bettina, an Goethe. Sie sind nicht nur inhaltlich bedeutender, sondern muten auch stilistisch ganz anders an. Sie zeigen, wie Beethoven schreiben konnte, wenn er mit dem Herzen dabei war, wenn ihm der Schwung, die Liebe die Feder führte. Die Sprache solcher Briefe erhebt sich nicht selten zu dichterischem Schwunge und schöpferischer Kraft des Ausdrucks. Manches hat den Charakter von Selbstgesprächen.

Hinsichtlich ihres Inhaltes zerfallen Beethovens Briefe in verschiedene Gruppen, je nachdem sie an Familienmitglieder, Freunde, Verleger oder offizielle Persönlichkeiten gerichtet sind. Das Schicksal hat es gefügt, daß Beethoven in den Familienbriefen meist nur unerquickliche Dinge berühren konnte. Zeigen die mit der Mutter des Knaben, der „Königin der Nacht" geführten Prozesse die ganze Zähigkeit und unbeugsame Willenskraft seines Charakters, so enthüllt das starke Verantwortlichkeitsgefühl, die väterliche Zärtlichkeit, mit der er sich der Erziehung Karls auf Kosten der eigenen Interessen widmet, aufs schönste sein wahres, innerstes Menschentum. Man kann nicht leicht etwas Rührenderes lesen als Beethovens Briefe an seinen Neffen. Sie sind der psychologisch vielleicht wertvollste Teil seiner brieflichen Hinterlassenschaft. Freunden gegenüber gab sich Beethoven auch in seinen schriftlichen Äußerungen völlig zwanglos. Nie hat er aus seinem Herzen eine Mördergrube gemacht, überschwänglich in seinen Sympathiebeweisen, rückhaltslos offen bis zur Grobheit, wo er sich zu Vorwürfen berechtigt glaubte. Andererseits war er nur zu bereit, ein in der Heftigkeit begangenes Unrecht, oft über alles Maß hinaus, wieder gut zu machen.

Abgesehen von der schon erwähnten geringen Anzahl bedeutsamerer Dokumente beschränkt sich Beethovens brieflicher Verkehr mit Freunden auf mehr oder weniger kurze und eilige Mitteilungen. Man darf dabei nicht außer acht lassen, daß es sich um Freunde handelt, die in Wien wohnten, und daß diese Korrespondenz meist nur die Ergänzung des mündlichen Verkehrs bildete. Inhaltlich herrscht da durchaus das Alltägliche vor. Die kleinen Ereignisse und Sorgen des Lebens werden gestreift, seltener Fragen von allgemeinerer Bedeutung, und so gut wie nichts erfahren wir aus diesen Briefen über das, was uns am meisten interessieren würde: über Beethovens Kunst. War nun auch Beethoven im Gespräch zugeknöpft, sobald die Rede auf Musik und gar auf seine Musik kam, so sind uns immerhin eine Reihe Aussprüche überliefert, die durch die Prägnanz des Urteils ihren Wert haben. Das Bedürfnis, sich als Künstler seinen Freunden mitzuteilen, hat Beethoven — im Gegensatz zu andern Meistern, z. B. Wagner — offenbar nicht gehabt. Ebensowenig empfand er das Verlangen, sich etwa von andern „anregen" zu lassen. Die wenigen Stellen, die sich auf seine Werke beziehen oder Ansichten über künstlerische Fragen aussprechen, finden sich in einigen Verlegerbriefen und in einem Brief an Carl Czerny aus der Zeit, wo dieser den Klavierunterricht des Neffen übernommen hatte. Musikhistorische Dokumente also, die über sein Schaffen

Aufschluß gäben, sind Beethovens Freundesbriefe nicht. Wohl aber spiegeln sie in großen Zügen den Ablauf seines Lebens, das manche mehr oder minder deutliche Spur darin zurückgelassen hat.

Ein Kapitel für sich ist Beethovens Verkehr mit seinen Verlegern. Beethoven war früh ein gesuchter, aber in mancher Hinsicht gefürchteter Autor. Seine Unbekümmertheit, sein selbstbewußtes, auffahrendes Wesen, doppelt rücksichtslos, wo es seine Kunst galt, gestalteten wie den gesellschaftlichen auch den geschäftlichen Verkehr mit ihm nicht gerade leicht und angenehm. Dazu kam seine wilde, schwer leserliche, oft unsaubere Notenschrift, die Quelle unaufhörlicher Ärgernisse, Scherereien, Satzfehler und Verbesserungen. Auch war der sonst so weltfremde Musiker in Verlagsangelegenheiten keineswegs ein Idealist. Die verschiedenen Verlagshäuser, die zu Beethoven in Beziehung standen, haben seine Briefe als Geschäftskorrespondenz aufbewahrt, so daß wir hier über ein vermutlich ziemlich vollständiges Material verfügen. Ton und Inhalt dieser Briefe richten sich nach dem Grad der Einschätzung und Vertraulichkeit. Die Abstufungen gehen von wirklicher Freundschaftlichkeit bis zu unverhohlener Mißachtung. Im allgemeinen hatte Beethoven von den Verlegern keine allzu hohe Meinung. Er versäumt denn auch nie, ihnen gegenüber die Würde und Überlegenheit des schaffenden Genies zu wahren. Solange die Sachen glatt gehen, ist sein Ton höflich, unter Umständen sogar verbindlich. Hat er sich über säumige Drucklegung oder fehlerhafte Ausgaben zu beklagen, so äußert sich sein Unmut bald in grimmigem Humor, bald in heftigen Zornesausbrüchen. „Der Erzflegel Diabelli" und die „Mainzer Gassenbuben" (Schott Söhne) sind nur Beispiele dafür, welch schmeichelhafte Titel der verstimmte Meister für seine Geschäftsfreunde in Bereitschaft hatte. Zu den originellsten Erzeugnissen der Beethovenschen Feder gehören die Briefe an die „Paternostergäßler". So nannte der Meister die Verleger Steiner & Haslinger, zu denen er in eine Art freundschaftlicher Beziehungen trat. Auch diese Briefe sind meist sehr kurz und wunderlich. Beethoven hatte sich einen Spaß ausgedacht, an dem er festhielt, indem er das Verhältnis ins Militärische übersetzte. Dabei erscheint er selbst bezeichnenderweise als „Generalissimus", Steiner ist der „Generalleutnant", Haslinger der „Adjutant". Das Geschäft ist das Generalleutnantsamt, die Honorare sind die „geharnischten Männer", die zu dem Generalissimus zu marschieren haben. Dementsprechend äußert Beethoven seine Wünsche in Form militärischer Befehle. Da steht dann der Beethovensche Humor wieder in voller Blüte und treibt sein Wesen in allerhand Wortspielen und derben Neckereien, zumal wenn es Satzfehler oder andere Nachlässigkeiten zu ahnden gilt. Die Delinquenten können noch von Glück sagen, wenn sie mit scherzhaften Anzüglichkeiten davonkommen. Diese humoristischen Brieflein sind im Leben Beethovens gleichsam Wetterzeichen. Erscheinen sie (und dann gewöhnlich gleich in größerer Anzahl), so ist nach sorgenvollen oder schmerzlich bewegten Tagen die gute Laune des Meisters siegreich wieder zum Durchbruch gekommen.

Wesentlich anders als in den bisher besprochenen Gruppen gibt sich Beethoven in Briefen an hochstehende, offizielle Persönlichkeiten. Da wahrt er die Form und ist sich des Schicklichen wohl bewußt. An einem kurfürstlichen Hofe und in kurfürstlichen Diensten groß geworden, kannte er die Art, in der man sich an hohe Herrschaften wendet, und beobachtet sie genau wie andere Zeitgenossen. Die etwa hundert Briefe an den Erzherzog Rudolf sind der Beweis dafür. Daher ist auch die Erzählung von dem absichtlich brüsken Benehmen, das Beethoven zur Schau getragen haben soll, als er mit Goethe auf der Karlsbader Promenade den zur Kur weilenden Fürstlichkeiten begegnete, in den Bereich der Legende zu verweisen.

Wir kommen zu dem Äußeren der Beethovenbriefe. Wie oft ihr Ton und ihre Ausdrucksweise, so hat auch die Handschrift etwas Unwirsches. Auf Uneingeweihte wirkt sie zunächst beinahe unästhetisch. Man muß sich in diese

ungefügen und doch so charaktervollen Zeichen hinein-
lesen, um etwas von der Größe des Mannes zu spüren.
Dann freilich geben sie vieles zu denken. Das Unortho-
graphische der Schreibweise ist natürlich nicht vom heutigen Standpunkt aus zu beurteilen. Beethoven teilte diese
Unkultur mit vielen Zeitgenossen, wenn er darin auch
weiter ging als die Mehrzahl der Gebildeten, deren Kreisen er angehörte. Nicht zu vergessen ist ferner, daß er als
geborener Rheinländer in seiner Jugend französischem Einfluß unterlag. Das erklärt die (allerdings nicht konse-
quente) Neigung für kleine Anfangsbuchstaben. Da seine
Handschrift schwer zu entziffern ist und zuweilen un-
lösbare Rätsel aufgibt, so ist zwar die Frage, ob mancher
Buchstabe groß oder klein gedacht war, nicht mit Sicherheit zu entscheiden. Schwierigkeiten bereitet auch die Gewohnheit Beethovens, Namen und wiederkehrende Worte
abzukürzen.

Daß ihm aus der Unleserlichkeit seiner Handschrift gelegentlich selbst Verdrießlichkeiten erwuchsen, bezeugt
ein an den Baron Zmeskall gerichtetes Billettchen:

„Lieber guter Z., werden Sie nicht unwillig, wenn ich
Sie bitte, auf beiliegenden Brief beiliegende Adresse zu
schreiben. Derjenige beklagt sich immer, an welchen
der Brief ist, warum keine Briefe von mir ankommen.
Gestern brachte ich einen Brief auf die Post, wo man
mich fragte, wo der Brief hin soll? — Ich sehe daher,
daß meine Schrift vielleicht ebenso als ich selbst miß-
deutet werde. —

Daher meine Bitte an Sie. —"
Sieht man von dem rein äußerlichen Eindruck der
Schriftbilder ab, so ist die graphische Eigenprägung dieser
Briefe von ergreifender Ausdrucksgewalt. Auch sie spiegelt Charakter und Lebensschicksale des Mannes, der mit
zunehmendem Alter diese Zeichen immer flüchtiger, immer
rücksichtsloser gegen alles Unwesentliche aufs Papier ge-
worfen hat.

Eines stellen die Briefe untrüglich fest: daß Beethoven
im Leben nicht so düster und melancholisch war, wie

man ihn sich zuweilen vorstellt. Zwischen dem weihe-
vollen Ernst der künstlerischen Persönlichkeit und dem
Menschen, wie er sich im alltäglichen Verkehr gab,
herrschte, ähnlich wie bei Brahms, ein Unterschied, der
sich wohl aus dem Bedürfnis nach Entspannung her-
schreibt. Im Durchschnitt, wenn nicht Grund zu besonderen Verstimmungen vorlag, war Beethoven heiteren Temperaments, humorvoll, ein Freund von derben Witzen,
von Scherzen und Mystifikationen. Das Leben mußte ihm
arg mitspielen, bevor — nur ganz zuletzt — die Elastizi-
tät seines Geistes nachließ.

Um die Zeit, in der wir uns befinden, ist Beethovens Erscheinung schon — ein Zeichen seiner wachsenden Berühmtheit — im Bilde festgehalten. Nach Schilderungen
haben wir ihn uns als klein und schmächtig vorzustellen.
(Später scheint die Gestalt mehr einen massiven, gedrunge-
nen Eindruck gemacht zu haben.) Das Gesicht voll und derb-
knochig; die Haut dunkelfarbig und pockennarbig. Durch
die Art seiner Gaumenbildung standen die Vorderzähne vor,
wodurch die Lippen etwas aufgeworfen waren. Die Nase
breit und platt. Das Schöne an diesem Kopf war die runde
und volle Stirn, die sein Porträtist Mähler eine „Kugel"
nannte. Ein echter Musikerschädel! Vor allem fällt ferner eine Anomalie der beiden Kinnhälften als charakteristisch auf. Die Haare waren schwarz. Beethoven ließ sie
wild um den Kopf herum wachsen und gab damit (noch
vor Liszt) den Anstoß zu der späteren Mode der „lang-
mähnigen" Musikanten. Über die Farbe der Augen schwanken die Angaben; bald werden sie als schwarz, bald als
graublau bezeichnet. Der Blick dieser Augen war meist
träumerisch, konnte aber in Momenten der Erregung
blitzen und imponieren. Beethoven war übrigens kurz-
sichtig und, namentlich später, beim Dirigieren und auf
der Straße, auf den Gebrauch von Augengläsern angewiesen. Die Haltung des Hauptes war beim Gehen ein
wenig nach hinten geneigt.

*   *   *

Wir haben unsern Meister bis in sein zweiunddreißigstes Jahr geleitet. Die Zahl seiner Werke, von den ersten Klaviertrios bis zur Zweiten Sinfonie, hatte bereits ein halbes Hundert erreicht, für die kurze Spanne von sieben Jahren der Beweis von einer beinahe einzig dastehenden Produktivität. Und doch war darin nur ein Bruchteil der Gedanken, die ihm zuströmten, verwertet! Noch reichen sich Vergangenheit und Zukunft in seiner Musik die Hände. Halb ist sie noch abhängig von den Einflüssen der Vorläufer und den Forderungen des Zeitgeschmacks, halb prägt sich in ihr schon die eigene Persönlichkeit aus. Durchweg aber sind diese Werke aus einer Schaffenslust geboren, wie sie Kraft, Gesundheit und Lebensfreudigkeit dem Künstler verleihen. Selbst aus den langsamen Sätzen spricht nur eine gleichsam poetische Melancholie, kein grüblerischer Ernst, kein unstillbarer, hoffnungberaubter Schmerz. Nichts deutet darauf hin und läßt den Hörer ahnen, welch trübe Schatten inzwischen auf das Leben des jungen Meisters gefallen waren.

III.

Für meine Brüder Carl und   Beethoven.

„O ihr Menschen, die ihr mich feindselig, störrisch
oder misantropisch haltet oder erklärt, wie unrecht tut
ihr mir, ihr wißt nicht die geheime Ursache von dem,
was euch so scheinet. Mein Herz und mein Sinn waren
von Kindheit an für das zarte Gefühl des Wohlwollens;
selbst große Handlungen zu verrichten, dazu war ich
immer aufgelegt. Aber bedenket nur, daß seit 6 jahren
ein heilloser zustand mich befallen, durch unvernünftige
Aerzte verschlimmert, von Jahr zu Jahr in der Hoffnung
gebessert zu werden, betrogen, endlich zu dem Ueber-
blick eines d a u e r n d e n U e b e l s (dessen Heilung vielleicht Jahre dauern oder gar unmöglich ist) gezwungen;
mit einem feurigen, lebhaften Temperamente geboren,
selbst empfänglich für die Zerstreuungen der Gesellschaft,
mußte ich früh mich absondern, einsam mein Leben zu-
bringen; wollte ich auch zuweilen mich einmal über alles
das hinaussetzen, o wie hart wurde ich durch die verdop-
pelte traurige Erfahrung meines schlechten Gehörs dann
zurückgestoßen, und doch war's mir noch nicht möglich,
den Menschen zu sagen: sprecht lauter, schreit, denn ich
bin taub. Ach wie wär's möglich, daß ich die Schwäche
e i n e s S i n n e s angeben sollte, der bei mir in einem
vollkommenerem Grade sein sollte, einen Sinn, den ich
einst in der größten Vollkommenheit besaß, in einer Vollkommenheit, wie ihn wenige von meinem Fache gewiß

haben noch gehabt haben — o ich kann es nicht; drum verzeiht, wenn ihr mich da zurückweichen sehen werdet, wo ich mich gerne unter euch mischte; doppelt wehe thut mir mein Unglück, indem ich dabei verkannt werden muß, für mich darf Erholung in menschlicher Gesellschaft, feinern Unterredungen, wechselseitigen Ergießungen nicht statthaben; ganz allein fast, und so viel als es die höchste Nothwendigkeit fordert, darf ich mich in Gesellschaft einlassen, wie ein Verbannter muß ich leben; nahe ich mich einer Gesellschaft, so überfällt mich eine heiße Aengstlichkeit, indem ich befürchte, in Gefahr gesetzt zu werden, meinen Zustand merken zu lassen — so war es denn auch dieses halbe Jahr, was ich auf dem Lande zubrachte; von meinem vernünftigen Arzte aufgefordert, so viel als möglich mein Gehör zu schonen, kam er fast meiner jetzigen Disposizion entgegen, obschon, vom Triebe zur Gesellschaft manchmal hingerissen, ich mich dazu verleiten ließ; aber welche Demütigung, wenn jemand neben mir stand und von weitem eine Flöte hörte, und i c h n i c h t s hörte, oder jemand den H i r t e n s i n g e n h ö r t e , und ich auch nichts hörte; solche Ereignisse brachten mich nahe an Verzweiflung, es fehlte wenig, und ich endigte selbst mein Leben — nur sie, d i e K u n s t , sie hielt mich zurück. Ach es dünkte mir unmöglich, die Welt eher zu verlassen, bis ich das alles hervorgebracht, wozu ich mich aufgelegt fühlte, und so fristete ich dieses elende Leben — wahrhaft elend, einen so reizbaren Körper, daß eine etwas schnelle Veränderung mich aus dem besten Zustande in den schlechtesten versetzen kann. — G e d u l d — so heißt es, sie muß ich nun zur Führerin wählen, ich habe es — dauernd hoffe ich, soll mein Entschluß sein, auszuharren, bis es den unerbittlichen Parzen gefällt, den Faden zu brechen, vielleicht geht's besser, vielleicht nicht, ich bin gefaßt. — Schon in meinem 28. Jahre gezwungen, Philosoph zu werden! Es ist nicht leicht, für den Künstler schwerer als für irgend jemand. — Gottheit, du siehst herab auf mein Inneres, du kennst es, du weißt, daß Menschenliebe und Neigung zum Wohltun drin hausen;

o Menschen, wenn ihr einst dieses leset, so denkt, daß ihr
mir unrecht getan, und der Unglückliche, er tröste sich,
einen seines Gleichen zu finden, der trotz allen Hinder-
nissen der Natur doch noch alles getan, was in seinem
Vermögen stand, um in die Reihe würdiger Künstler und
Menschen aufgenommen zu werden. — Ihr meine Brüder
Carl und   sobald ich tot bin und Professor
Schmidt lebt noch, so bittet ihn in meinem Namen, daß
er meine Krankheit beschreibe, und dieses hier geschriebene Blatt füget ihr dieser meiner Krankengeschichte bei,
damit wenigstens so viel als möglich die Welt nach meinem Tode mit mir versöhnt werde. — Zugleich erkläre ich
Euch beide hier für die Erben des kleinen Vermögens
(wenn man es so nennen kann) von mir. Teilt es redlich
und vertragt und helft Euch einander; was Ihr mir zu-
wider getan, das, wißt Ihr, war Euch schon längst ver-
ziehen; Dir, Bruder Carl, danke ich noch insbesondere für
Deine in dieser letzten spätern Zeit mir bewiesene An-
hänglichkeit. Mein Wunsch ist, daß Euch ein besseres,
sorgenloseres Leben, als mir, werde; empfiehlt Euren Kindern T u g e n d , sie nur allein kann glücklich machen,
nicht Geld, ich spreche aus Erfahrung; sie war es, die
mich selbst im Elend gehoben, ihr danke ich nebst meiner
Kunst, daß ich durch keinen Selbstmord mein Leben
endigte, — lebt wohl und liebt Euch — allen Freunden
danke ich, besonders Fürst Lichnowski und Professor Schmidt. — Die Instrumente von Fürst L.
wünsche ich, daß sie doch mögen aufbewahrt werden bei
einem von Euch, doch entstehe deswegen kein Streit
unter Euch; sobald sie Euch aber zu was Nützlicherm
dienen können, so verkauft sie nur; wie froh bin ich,
wenn ich auch noch unter meinem Grabe Euch nützen
kann. —

So wär's geschehen — mit Freuden eile ich dem Tode
entgegen. — Kömmt er früher als ich Gelegenheit gehabt
habe, noch alle meine Kunstfähigkeiten zu entfalten, so
wird er mir trotz meinem harten Schicksal doch noch zu
frühe kommen, und ich würde ihn wohl später wünschen.

— Doch auch dann bin ich zufrieden, befreit er mich
nicht von einem endlosen leidenden Zustande? — Komme
wann du willst, ich gehe dir mutig entgegen. — Lebt wohl
und vergeßt mich nicht ganz im Tode, ich habe es um
Euch verdient, indem ich in meinem Leben oft an Euch
gedacht, Euch glücklich zu machen, seid es —

Heiglnstadt   Ludwig van Beethoven.
am 6ten Oktober   (Schwarzes Siegel)
1802.

Für meine Brüder Carl und ... nach meinem Tode zu lesen und zu vollziehen —

Heiglnstadt am 10ten Oktober 1802. So nehme
ich denn Abschied von dir — und zwar traurig;
— ja die geliebte Hoffnung — die ich mit hieher
nahm, wenigstens bis zu einem gewissen Punkt
geheilet zu sein, sie muß mich nun gänzlich verlassen; wie die Blätter des Herbstes herabfallen,
gewelkt sind, so ist — auch sie für mich dürr geworden; fast wie ich hieher kam, gehe ich fort
— selbst der hohe Mut, der mich oft in den
schönen Sommertagen beseelte, — er ist verschwunden. — O Vorsehung, — laß einmal
einen reinen Tag d e r F r e u d e mir erscheinen
— so lange schon ist der wahren Freude inniger
Widerhall mir fremd! — O wann, o wann o
Gottheit — kann ich im Tempel der Natur und
der Menschen ihn wiederfühlen. — Nie — nein
— es wäre zu hart —"

Im Sommer 1802 ging Beethoven auf den Rat der Ärzte
nach Heiligenstadt, um die dortigen Bäder zu gebrauchen
und durch Ruhe und Zurückgezogenheit seine angegriffene
Gesundheit wiederherzustellen. Er wohnte in einem noch
jetzt vorhandenen Bauernhause, das, hochgelegen, außer-

halb des Dorfes auf dem Wege nach Nußdorf steht. Von seinem Zimmer aus genoß er den Blick über das Marchfeld und die Donau bis zu den Karpathen hin. (Unweit davon liegt das Tal, in dem die Pastoral-Sinfonie entstanden ist.) Dort, kurz vor seiner Abreise im Herbst, hat er das merkwürdige „Testament" geschrieben, das niemand ohne tiefe Ergriffenheit lesen wird. In der Hoffnung auf Genesung war er nach Heiligenstadt gekommen; mit der Gewißheit der Unheilbarkeit seines Leidens verläßt er es, ein Verzweifelter, der sich des Selbstmordgedankens kaum noch erwehren kann. Aus dem lebensfrohen, unternehmungslustigen Künstler war über Nacht ein gebrochener Mann geworden, der von der Welt, die er liebte und an der er so gern teilgenommen hätte, diesen rührenden Abschied nimmt.

Die ersten Anzeichen eines Gehörleidens hatten sich vor Jahren, nach Beethovens eigenen Wahrnehmungen seit etwa 1798 gezeigt. Mit wachsender Beunruhigung verfolgte er die Symptome der Krankheit, zunächst noch immer auf Heilung hoffend. Anfangs verbirgt er das Übel vor den Menschen; bis 1802 vertraut er sich nur in Briefen den nächsten Freunden an, vor allem Wegeler, dem er in seiner Angst ein ergreifendes Bekenntnis schreibt. Nicht leicht ergibt er sich in sein Schicksal. Unruhig wechselt er die Ärzte, klammert sich an jeden Hoffnungsschein, versucht es mit immer neuen Kuren und Heilmitteln. Was konnte ihn, den Musiker, auch Schwereres treffen als die Ertaubung! Das war ein Schlag, der sein Dasein in eine Tragödie wandeln mußte, in eine Kette von Bitternissen, in die man sich kaum hineinzuversenken vermag. Und seltsam, daß später noch andere Meister der Tonkunst (Robert Franz, Smetana) von dem gleichen Schicksal ereilt wurden! Beethovens Laufbahn in der Öffentlichkeit war damit vernichtet. Schon 1800 war er genötigt, geplante größere Konzertreisen aufzugeben. Sein Auftreten als Virtuose, eine Tätigkeit als Kapellmeister wurden nach und nach ganz unmöglich. So sanken Hoffnungen ins Grab, an denen Beethoven immerhin nicht wenig gehan-

gen hatte. Geschah es auch zum Heil der Welt, daß er
sich nun ganz auf das Komponieren zurückzog — welch
bitterer Gedanke für ihn, daß er es aus solchem Grunde
mußte.

Nach neueren ärztlichen Forschungen ist Beethovens
Gehörleiden zweifellos eine Erkrankung des inneren Ohres
(Neuritis acustica) gewesen, die wohl die Wahrnehmungs-
organe ergriffen, nicht aber — wie sein musikalisches
Schaffen beweist — das Zentrum der Klangvorstellungen
im Gehirn zerstört hat. Über die vermutliche Ursache vergleiche man Schweisheimers Schrift „Beethovens Leiden".

Die Krankheit nahm einen langsamen Verlauf und trat
in den ersten Stadien bald stärker, bald schwächer auf.
Schon 1801 mußte er im Theater sich dicht ans Orchester
setzen, um den Schauspieler zu verstehen. 1804 hörte er
in der Probe zur „Eroica" manche Instrumente nicht.
Aber noch 1812 korrigierte er, nach Czernys Aussage,
Musik, die er hörte, mit größter Genauigkeit. Oft klagte
er über Ohrensausen und andere störende Geräusche;
auch Ohrenschmerzen traten zeitweise ein. In Heiligenstadt bemächtigte sich seiner die Gewißheit, daß sein Leiden unheilbar sei. Aber er gab den Kampf nicht auf, zog
auch später noch Ärzte aus Wien und der Umgebung zu
Rate, suchte sich durch den Gebrauch von Gehörinstru-
menten zu helfen und beim Musizieren durch einen von
dem Klavierbauer Streicher für ihn konstruierten Schall-
deckel über dem Flügel. Bald nach 1800 war sein Zustand
kein Geheimnis mehr. Man mußte sehr laut zu ihm
sprechen, später sich des Gehörrohrs bedienen, und schließlich blieb nur noch die Möglichkeit der schriftlichen Ver-
ständigung übrig. Seine Gesichtszüge nahmen im Gespräch
etwas Gespanntes, Lauerndes an, und nicht nur die Melancholie, sondern auch das natürliche Mißtrauen des
Schwerhörigen ließen gewisse Seiten seines Charakters
noch schärfer hervortreten.

Für die Unabhängigkeit des Künstlers vom Menschen
ist gerade jene Heiligenstädter Episode ein schlagender
Beweis. In der Zeit tiefster Gemütsdepression ist die

heitere, gänzlich katastrophenlose D-Dur-Sinfonie vollendet worden! Beethovens musikalische Phantasie arbeitete noch weiter in den alten Bahnen, unberührt von
den Eindrücken und Stimmungen, die bald genug seinem
Schaffen ihre Spuren aufdrücken und ihm eine neue Richtung geben sollten. Auch der Mensch riß sich mit be-
wundernswerter Energie empor und befreite sich von den
Gespenstern, die ihn verfolgten, wenigstens so weit, daß
er „dem Schicksal in den Rachen greifen" und sein Leben
auf eine neue Basis stellen konnte. Nach Wien zurückgekehrt, nimmt er zunächst seine Berufstätigkeit und den
Verkehr mit Freunden in der gewohnten Weise wieder
auf. Sein kräftiges Naturell sorgte für die nötige Reaktion.
Die Briefe an Zmeskall um jene Zeit sind sogar besonders
übermütig und voll guter Laune und ganz im alten Ton
gehalten.

Das „Testament" ist an beide Brüder gerichtet, aber Johanns Name ist, ungewiß ob absichtlich (eines Streites
wegen) oder aus Flüchtigkeit, fortgelassen. Es wurde erst
nach dem Tode gefunden. Der Verleger Artaria kaufte
1827 das Manuskript aus dem Nachlaß; später ging es in
den Besitz von Otto und Jenny Lind-Goldschmidt in
London über.

*   *
*

Die Wandlung, die im Innern Beethovens vorgegangen
war, beginnt erst in der Folge sich künstlerisch auszu-
wirken. Das Jahr 1803 ist die Scheidegrenze, von der ab
wir in der Tat, ohne systematisierende Willkür, eine neue
Periode seines Schaffens datieren dürfen. Mit ihr rückt
das eigentliche Beethoven-Problem in die Erscheinung.
Nicht vorsichtig genug kann man ihm nahetreten.

Der starke Subjektivismus der Beethovenschen Musik
hat nur zu leicht dazu verleitet, die Quellen der künstle-
rischen Manifestation von äußeren Lebensumständen,
Charaktereigenschaften, seelischen Erlebnissen, kurz vom
Menschen herzuleiten. Mit einem verschwenderischen
Aufwand von poetisierenden Umschreibungen und Deu-

tungsversuchen, die einer vorwiegend sentimentalen Auffassung bedenklichen Vorschub leisteten, haben sich zahllose Schriften über Beethovens Werke verbreitet. Eine andere Gefahr lag in dem Reichtum des absolut Neuen, für die Zukunft Richtunggebenden seines Schaffens. Auch die sich auf den rein ästhetischen und kunsthistorischen Standpunkt stellten, entgingen deshalb nicht der Versuchung, dem Wesen des Meisters Gewalt anzutun, indem sie ihm Absichten unterschoben, an die er gewiß nie gedacht hat, und sich von seiner Musik als einer bewußt tendenziösen Kunst eine Auffassung konstruierten, die schließlich, auf das sozialpolitische Gebiet übergreifend, zu Schlagworten wie der „gesellschaftbildenden Kraft" führte. Mit der Kunst kommt man am besten zurecht, wenn man sie wie die Natur, zu der sie ja gewissermaßen als ein Teil gehört, nur betrachtet, sie als etwas Gegebenes, organisch Gewachsenes bewundernd hinnimmt und alle schematischen Abgrenzungen, alle Untersuchungen über angebliche kulturelle Endzwecke beiseite läßt. Beide Methoden, Beethoven zu erklären, treffen nicht den Kern der Sache und konnten kein einwandfreies Resultat ergeben.

Daß Beethoven ein stark bewegtes Innenleben führte, daß ihm selber die Zusammenhänge zwischen Mensch und Künstler voll bewußt waren, hat unsere eigene Darstellung wohl schon genugsam erwiesen. Das Zusammentreffen der seelischen Erschütterungen des ersten Heiligenstädter Sommers, die ihn zu einem reifen, in sein Schicksal ergebenen Manne machten, mit der Abkehr von der bisherigen Art seines Schaffens ist sicherlich kein Zufall gewesen. Solche inneren Katastrophen bedeuten natürlich für den Künstler zugleich Marksteine auf seinem Schaffenswege. Es fragt sich nur, ob sie es auch sind, die Beethovens neue Art begründet haben, und inwieweit sie zur Erklärung der künstlerischen Wandlung herangezogen werden dürfen. Die Krisis seines Seelenlebens hatte Beethoven aufgerüttelt, hatte ihm Kräfte in seinem Innern zum Bewußtsein gebracht, die bis dahin schliefen, die vielleicht ohne das Unglück seiner Ertaubung erst viel später, vielleicht nie in diesem Umfang freigeworden wären, und die nun von äußerem Ungemach, von dem härtesten aller Schicksalsschläge nicht mehr gelähmt werden konnten. Darüber hinaus werden wir gut tun, psychischen Einwirkungen keinerlei ursächliche Bedeutung beizumessen. Die Kräfte, die sich regten, mußten vorhanden sein, und Beethovens Entwicklung bestimmte sich letzten Grundes nach rein musikalischen Gesetzen. Er war — daran gilt es festzuhalten — immer und in erster Linie der eminente Musiker. Ein Musiker, wie ihn die Welt nicht wiedergesehen hat. Darauf beruht seine Größe, nicht auf den poetischen und ethischen Wirkungen, die seine Musik nebenher auszulösen vermag. Nur wenn wir uns dessen bewußt bleiben, können wir ihn in Wahrheit verstehen und deuten. Wer da weiß (weil er es an sich selbst erfahren hat), daß die Musik eine Welt für sich ist, die nicht nur das Schöne, sondern auch das Sittlich-Gute in ihrer Art umschließt, wird auch in solcher Auffassung Beethovens nichts Herabminderndes erblicken. Man denke sich die gleiche Mentalität bei geringerer spezifisch musikalischer Schöpferkraft, und man gelangt zu etwas absolut Unbeethovenschem. Es hieße im Gegenteil seine Musik herabsetzen, wollte man lediglich die Spiegelungen seelischer Erlebnisse in ihr suchen. Dies armselige Leben — wie hätte es einem Schaffen Inhalt geben sollen, zu dem es sich doch nur wie der Schatten zu einem mächtig strahlenden Lichte verhält! Nicht das Leben formte den Künstler, sondern dieser, seine Entwicklungsart, seine Notwendigkeiten gestalteten sein Leben. In der Jugend führt ihn sein Betätigungsdrang nach Wien, auf Konzertreisen, in die Kreise der Künstler und der vornehmen Gesellschaft; nachdem ihn die Wendung seines Schicksals ganz auf sich selbst gewiesen, wird er ein innerlich Einsamer, dessen Dasein — von einer zweimaligen Badereise und dem verhängnisvollen letzten Ausflug abgesehen — sich im Wechsel zwischen Stadt- und Landwohnungen unter verdrießlichen Verhältnissen ab-

spielt. Und wie im Großen, so ist es auch im Kleinen, mit
Verkehr und Freundschaften, Lebensweise und den Beziehungen zur Öffentlichkeit. Erinnern wir uns, daß
Beethoven (der mitunter sehr tiefblickend sprechen
konnte) selbst gesagt hat: „Ich lebe nur in meinen Noten."
Hinsichtlich des zweiten Punktes, in dem die Beet-
hoven-Exegese, insonderheit die neuere, meiner Meinung
nach gefehlt hat, wäre folgendes zu bemerken. Beethoven
war kein naiv schaffender Musiker, wie etwa Haydn und
zum Teil noch Mozart. Er dachte nach über das, was er
wollte, auch mehr als irgendeiner seiner Vorgänger (mit
Ausnahme Glucks) über das Wesen und die Ziele seiner
Kunst. Ohne Zweifel haben ihn nicht etwa nur bei Tonmalereien bestimmte Absichten geleitet. Überhaupt wird ja
das Verstandesmäßige im Wirken des Genies von den
meisten gewaltig unterschätzt. Neben der künstlerischen
Intuition steht immer der kontrollierende Verstand, und
große Meisterwerke erfordern stets eine außergewöhnlich
konzentrierte Gehirntätigkeit. Es ist ein Unsinn, sich
Beethoven als einen Träumer vorzustellen, als einen Musiker, der im Zustand der Ekstase, in einer Art Rausch
oder wie durch höhere Eingebung seine Noten zu Papier
gebracht hat. Wer einen Begriff davon hat, wie ein Kunstwerk entsteht, kann die Märchen nicht glauben, die gerade
über das scheinbar rätselhafte Schaffen der großen Musiker so gern erzählt werden. Auch bei Beethoven also
werden wir einen stark verstandesmäßigen Einschlag von
vornherein als vorhanden annehmen. Damit ist aber nicht
gesagt, daß er nun alle die Absichten verfolgt hätte, die
man ihm später angedichtet, daß er seine Sonaten planmäßig, gewissermaßen nach Gattungen geschaffen, im
„Fidelio" das Wagnersche Drama vorausgeahnt, mit der
Neunten Sinfonie den Bankerott der reinen Instrumentalmusik proklamiert, daß er überhaupt immer etwas
„gewollt", seine Entwicklung gleichsam klaren Auges über-
wacht, dieses und jenes im gegebenen Moment für
„notwendig" befunden hätte. Nicht nur in den Stunden
der Konzeption, sondern auch im Aufbau seines ganzen

Lebenswerkes ist Beethoven genau so naiv gewesen, hat genau so unbewußt geschaffen wie alle Großen vor und nach ihm. Das verkennen die Leute, die überall ihre konstruierten „Absichten" hineintragen und glauben, Beethoven unserem Verständnis näher zu bringen, wenn sie sein Schaffen vom Standpunkt der heutigen Entwicklung erklären und rückwärts ihre Fäden in die Vergangenheit spinnen. Gelegentliche reflektierende und spekulative Äußerungen des Meisters stehen unserer Auffassung nicht entgegen, da sein Verhalten ihnen nicht entsprochen hat. Solche Widersprüche finden sich oft. Zum Glück können wir uns auch hier auf ihn selber berufen. „Ach Unsinn, ich habe nie daran gedacht, für den Ruf und die Ehre zu schreiben. Was ich auf dem Herzen habe, muß heraus, und darum schreibe ich."

War nun Beethoven der Mann, der weder in schrankenlosem Subjektivismus das eigene Ich zum einzigen oder auch nur bestimmenden Gegenstand seiner Darstellung machte, noch seine Kunst in spekulativ umgestaltender Absicht betrieb —: wie kam es, daß seine Weise so neu erschien und seine Werke, der Zukunft die stärksten Impulse vermittelnd, eine neue Epoche in der Musik bedeuten? Kein Künstler ist allein aus sich selber erklärbar. Das Glied einer Kette, in der sich Ring an Ring schließt, ist er zugleich ein Neues und eine Erscheinung, in der die Vergangenheit nachwirkt, eine Individualität und ein Kollektivum. In Beethoven gipfelten die Strebungen und Ergebnisse einer ununterbrochen fruchtbaren halbhundertjährigen Entwicklung; kraft seiner überragenden Persönlichkeit faßte er sie in einer Weise zusammen, aus der etwas Neues hervorging, dem er den Stempel seines Geistes aufdrückte. So bedeutete sein Wirken einen Abschluß und einen Anfang. Die Zeit, in der er lebte, hatte den Formalismus noch nicht überwunden, aber sie sah ihn zur Vollendung gediehen, seine Möglichkeiten erschöpft. Das empfanden mit Beethoven viele Zeitgenossen, aber ihm war es gegeben, die Richtung zu finden, in der der Fortschritt lag. Was ihn bewegte, was ihn trieb, nach einer neuen Art des Schaffens zu suchen, war das Verlangen nach Verdeutlichung des Ausdrucks. In dieser Richtung lag die Entwicklung des ganzen 19. Jahrhunderts; eingeleitet wurde sie durch die Romantik, und in der Musik führte sie schließlich zum sogenannten „Programm“, mit dem, wie wir sehen werden, auch Beethoven schon geliebäugelt hat. Seinem intensiven Mitteilungsbedürfnis konnten die allgemeinen Stimmungsgegensätze der früheren Musik nicht mehr genügen. Es ließ ihn nach bestimmten poetischen Vorwürfen greifen, nach konkreten Vorstellungen und Beziehungen zur Umwelt. Nicht um diese „darzustellen“, sondern aus ihnen die Intensität des musikalischen Ausdrucks zu gewinnen, den er, wo es irgend geht, ins Große, Leidenschaftliche steigert. Als Persönliches kam hinzu, daß es sich ihm um die Empfindungen des unglücklichen, leidenden Menschen handelte, um die Kämpfe mit den Hemmungen der Welt und im eigenen Innern und um die Kraft, die sich durch Verzicht und Glauben an den endgültigen Sieg des Guten zur Befreiung durchringt. Beethoven war vor allem eine männliche, wenn man will, eine tragische Persönlichkeit. Betrachtet man sein Werk auf die musikalische Gestaltung hin, so hat er nicht eigentlich Neues geschaffen. Man trifft auf für ihn typische Wendungen, Melodiebildungen, Stimmungskomplexe; aber nicht auf typische Formen oder Gattungen. Die Fülle der Gedanken drängte ihn höchstens zur Erweiterung der Form. Er brauchte größere Dimensionen, um das, was ihn bewegte, auszudrücken. Das Neue an ihm ist aber immer der Inhalt, die Art des musikalischen Empfindungsausdrucks. Darin, und nicht in irgendeiner Willkür, liegt der „Subjektivismus“ Beethovens, der seinerzeit an ihm auffiel, ihn noch heute als eine Individualität ausgeprägtester Eigenart kennzeichnet und durch seinen Einfluß auf Spätere der musikalischen Entwicklung neue Bahnen gebrochen hat.

Beethoven gehörte nicht zu denen, die den Fortschritt um jeden Preis anstreben, und hat das Neue nicht um seiner selbst willen (wie Richard Wagner) den Jüngeren ans

Herz gelegt. Wohl hat er gegen Ende seines Lebens gesagt:
„Mir schweben ganz andere Dinge vor" und: „Allein Freiheit, weitergehen, ist in der Kunstwelt wie in der ganzen
großen Schöpfung Zweck." Aber den ersten Ausspruch
tat er, wohlgemerkt, als er den Kreis des Bestehenden
durchmessen und bereits ein überreiches Schaffen hinter
sich hatte, und dem zweiten fügte er hinzu: „Und sind
wir Neueren noch nicht ganz so viel als unsere Altvorderen
in Fertigkeit, so hat doch die Verfeinerung unserer Sitten
auch manches erweitert." Ausdrücklich also beruft er sich
hier auf die Vergangenheit und ihre Traditionen und zeigt,
welche Art von Freiheitsdrang er meint. Gerade dies
Maßvolle und Vorsichtige im Beschreiten neuer Wege,
diese Sorge, den erworbenen Besitz an Schönheit und
Können dabei nicht über Bord zu werfen, dieser glückliche Ausgleich zwischen Treue gegen die natürlichen Gesetze der Kunst und selbständiger Initiative müssen uns
Beethoven, dessen Vorbild in der Folge leider mehr gerühmt als befolgt wurde, besonders teuer und verehrungs-
würdig machen. Sein Doppelgesicht spiegelt sich auch im
Urteil der Zeiten: einst war er der Brecher geheiligter Traditionen, heut ist er der Hort des klassischen Schönheitsideals. Die einen sahen an ihm das Neue, die anderen
sahen das Alte oder das, was selbst inzwischen längst zur
Tradition geworden ist. Man hat davon gesprochen, daß
Beethoven in den letzten Werken die Form zerbrochen
habe. Auch das ist nicht wahr. Gerade in den letzten Ouvertüren, Sonaten und Quartetten ist er zur kontrapunktisch
strengeren Formensprache zurückgekehrt. Das Außerordentliche ist bei ihm stets durch den Zweck und die Veranlassung gerechtfertigt, und selbst dann hat er über alle
Gestaltungsprinzipien immer das rein musikalische gestellt. Auf dieser Grundlage sind seine gesamten Werke
erwachsen, von der Eroica bis zur Neunten, vom Fidelio
bis zur Messe und den letzten Schöpfungen der Klavier-
und Kammermusik.

*　　*
*

Bald nach Beendigung der Es-Dur-Sonate op. 31 äußerte Beethoven im Jahre 1802 zu seinem Freunde Krumpholz: „Ich bin mit meinen bisherigen Arbeiten nicht zufrieden; von nun an will ich einen neuen Weg betreten." Der erste Schritt auf diesem Wege war die „Eroica". Sieht man von einzelnen Sonatensätzen ab, so hatte Beethoven bis dahin auf dem Boden einer Zeit gestanden, die in der Instrumentalmusik noch keine tieferen Probleme löste. In der Dritten Sinfonie ist er plötzlch ein anderer. Schon in den letzten Klavier- und Violinsonaten hatte sich wohl eine Wandlung angekündigt, aber erst in der Eroica erkennen wir so recht, was es mit dem „neuen Wege" auf sich hatte. Das ist nicht mehr ein Spiel in Tönen, das ist eine Musik, die gebieterisch nach Deutung verlangt. Hier sehen wir deutlich das Walten einer dichterischen Idee. Von nun an zeigt sich der Sinfoniker Beethoven in seiner vollen Bedeutung. Keine Sinfonie ähnelt der andern. Was hätte es ihn, dem die Erfindung nur so zuströmte, gekostet, weitere Werke im Geschmack der C-Dur- oder D-Dur-Sinfonie und später der erfolgreichen C-Moll zu schreiben und so sich leichter und schneller die Sympathie seiner Landsleute zu verschaffen! Aber Beethoven wiederholte sich nicht. Jede einzelne seiner Sinfonien behandelt ein Problem für sich, und war es bewältigt, so wendete der Meister sich einem anderen zu.

Nach dem, was Schindler erzählt, muß der Plan zur Es-Dur-Sinfonie schon ziemlich früh in Beethoven gekeimt haben. Sie ist ein Beispiel dafür, wie Unberechenbares bei ihm aus ersten Ideen hervorgehen konnte. Im Jahre 1798 kam General Bernadotte als Gesandter der französischen Republik an den Wiener Hof. In seiner Gesellschaft war der Violinist Kreutzer, mit dem, wie wir wissen, unser Meister gemeinschaftlich musizierte und durch den er vermutlich auch den General kennen gelernt hat. Bernadotte soll ihm den Gedanken nahegelegt haben, ein sinfonisches Werk für Napoleon zu verfassen, zu einer Zeit, wo solche Anregung aus begreiflichen Gründen auf fruchtbaren Boden fiel.

Der junge Beethoven stand mit seinen Sympathien ganz
auf republikanischer Seite. Als Sohn des Rheinlandes, wo
die Ideen der französischen Revolution zuerst Wurzel gefaßt
hatten, schwärmte er für die Lehre von den Menschheits-
rechten, für Schlagworte wie „Freiheit", „Gleichheit", „Brü-
derlichkeit". Damals dachte man bei dem Namen Napoleon
ja weniger an den siegreichen Feldherrn und Eroberer,
als an den Mann, der in Frankreich nach den Gräueln der
Revolution mit ungeheuerer Energie wieder geordnete
Zustände schuf. Man blickte hoffend auf ihn, man sah in
ihm den Beglücker der Menschheit, den Erfüller dessen,
was die Revolution an idealen Gütern verheißen hatte.
Beethoven bewunderte in ihm Charaktergröße und Willenskraft; das war der „Held", wie er ihn sich dachte.
Ihn zu verherrlichen, war also eine künstlerische Aufgabe,
die ihn lockte. So ging er daran, nicht für, sondern über
Napoleon eine Sinfonie zu schreiben. Langsam nur reifte
das Werk heran. Die ersten Entwürfe, soweit sie erhalten
sind, stammen aus dem Jahre 1802, folgten also unmittelbar der Beendigung der Zweiten Sinfonie. An die Ausarbeitung scheint Beethoven im Sommer 1803 gegangen zu
sein, während des Aufenthaltes in Ober-Döbling und
Baden. Im Herbst spielte er das Finale einigen Freunden in
Wien vor. Im Frühjahr 1804 wurde dann für die französische Gesandtschaft eine schöne Reinschrift der Partitur
angefertigt, auf deren Titelseite nur zwei Worte zu lesen
standen: oben „Bonaparte", unten „Luigi van Beethoven".
Ehe sie noch abgeschickt wurde, hatten sich aber die politischen Verhältnisse mittlerweile wesentlich geändert. Der
erste Konsul der Republik war, wie Hans v. Bülow einmal
sagte, „in schlechte Gesellschaft gekommen" und setzte
sich im Mai des Jahres die Kaiserkrone aufs Haupt. Der
Freiheitsheld war zum Usurpator geworden. Als Ries in
Wien diese Kunde überbrachte, soll Beethoven in heftige
Wut geraten sein und ausgerufen haben: „Ist der auch
nichts anderes als ein gewöhnlicher Mensch? Nun wird
er auch alle Menschenrechte mit Füßen treten, nur seinem
Ehrgeize fröhnen; er wird sich nun höher als alle anderen

stellen, ein Tyrann werden!" In seiner Enttäuschung ra-
dierte er auf dem Titelblatt den Namen Bonaparte aus
und widmete später die Sinfonie seinem Gönner, dem
Fürsten Lobkowitz, der sie ankaufte und bei dem sie
auch zuerst probiert wurde. Die erste Aufführung
war privat im Hause des Wiener Bankiers Würth am
3. Januar 1805. Öffentlich erschien die Sinfonie zuerst am
7. April desselben Jahres in dem Konzert, das Beethoven
im Theater a. d. Wien gab.

Mit einem Titel also tritt diese Sinfonie auf. Das war
an sich nichts Neues. Von Haydn kennen wir einen
„Schulmeister", „Le midi", die „Militärsinfonie" u. a. m.
Beethoven hat nur noch einmal, in der „Pastorale",
die Phantasie in eine bestimmte Richtung gelenkt.
Aber wie anders waren Zweck und Bedeutung, die
bei ihm solch ein Titel hatte! Die früheren Komponisten
gaben nichts als äußere Charakteristik und Tonmalerei;
Beethoven ist es um die Erweckung einer Vorstellung allgemeiner Natur — hier das Heldenhafte — zu tun. Und
nicht das Porträt eines Helden, etwa Napoleons will er
schildern oder seinen Lebenslauf; er will überhaupt nichts
schildern, sondern — wie wir noch deutlicher bei der
Pastorale sehen werden — lediglich Empfindungsausdruck
geben. Deshalb ist auch die Beziehung auf den großen
Korsen unwesentlich. Handelte es sich doch bei Beethoven nur um die abstrakte Idee menschlichen Helden-
tums, das von der Person, von jeder zufälligen Verkörpe-
rung unabhängig besteht. Deshalb konnte er das Werk
kurzweg „Eroica", Heldengedicht nennen.

Betrachtet man die Sinfonie in Es (in Wien sagte man
damals einer aufgekommenen Gewohnheit zufolge „in
Dis"), so hält es trotz alledem schwer, sie im einzelnen,
gewissermaßen programmatisch zu erklären. Eine zwin-
gende, einwandfreie Erklärung ist ja bei der Vieldeutigkeit jeder Musik von vornherein ausgeschlossen. Aber
selbst mit jener allgemeinen Idee, die Beethoven offenbar vorgeschwebt hat, den ganzen Verlauf der Sinfonie in
Einklang zu bringen, ist schlechterdings unmöglich. Nur

in den ersten beiden Sätzen ist sie deutlich erkennbar. Das Allegro con brio wird ohne weiteres auch in jedem Unbefangenen die Vorstellung von heldischer Größe und Kampf erwecken. Beim zweiten Satz lassen uns schon Titel und Stimmungsgehalt an den Tod des Helden denken. Was aber ist mit dem Scherzo? Ist der Held wieder auferstanden? Oder ist es ein Leben nach dem Tode? Und nun gar das Finale, ein rechter, gänzlich unprogrammatischer Variationensatz! Alle Deutungen, wie der Hinweis auf das mit der Vorstellung der Prometheus-Idee entstandene Thema, sind gezwungen und unnatürlich. Wohl oder übel müssen wir uns eingestehen, daß Beethoven an der Durchführung eines einheitlichen poetischen Gedankens in der Eroica nicht festgehalten hat und daß auch hier, wie immer bei ihm, das Schaffen nach musikalischen Prinzipien ausschlaggebend gewesen ist.

Was uns, die wir vor allem den Künstler ergründen möchten, deshalb am meisten interessiert, ist die Frage nach den Mitteln, die Beethoven anwendet, um den Begriff des Großen, Heldenhaften musikalisch zu fassen, und was es an dem Werke sonst etwa noch an Neuem oder Eigenartigem zu bemerken gibt. Ist freilich auch darin manches Empfindungssache und nicht eigentlich beweisbar, so läßt sich doch einiges Positive aussagen. Die Wahl der Tonart, die eine kennzeichnende Thematik, die Energie der Rhythmik, die Instrumentation, und die Weite der formalen Anlage: das sind die Mittel, deren sich der Tondichter für seine Zwecke bedient.

Die Tonart Es-Dur hat — wohl weil zu den für die Blechbläser günstigen Tonarten gehörend — den Komponisten von jeher als glänzend, kriegerisch, heroisch gegolten. In der Opern- wie in der Instrumentalliteratur kann man sich bis in die neueste Zeit (R. Strauß: „Ein Heldenleben") an vielen Beispielen davon überzeugen. Die Themen der Eroica atmen, bis auf die gewollten mehr lyrischen Gegensätze, durchweg Kraft und Größe. Gleich im ersten Satz tritt uns tonangebend das lapidare Heldenthema entgegen, wie so viele beethovensche Hauptgedanken aus den Elementen des Dreiklangs gebildet. Wesentlich gefördert wird der Eindruck der Kraft durch die rhythmische Frequenz nicht nur der Themen, sondern der ganzen musikalischen Diktion, und zwar in allen vier Sätzen. Um sie aufs äußerste zu steigern, kann sich Beethoven nicht genug tun in heftigen und plötzlichen Akzenten und Synkopen (Akzentverschiebungen), die schon an sich das rhythmische Element in den Vordergrund rücken. Durch die Schärfe der Rhythmik gewinnt auch das muntere und geschäftige Treiben des Scherzos den Charakter der Größe, nicht minder das Finale, das in Form und Inhalt weit über das gewohnte Maß hinausgeht. In ihm hat die Variationskunst einen Gipfel erreicht. Das ist nicht mehr eine Figuration des Themas, sondern eine musikalisch-poetische Ausdeutung im modernen Sinne.

Die Instrumentation der Eroica ist voller als in Beethovens ersten beiden Sinfonien (die schon Anstoß erregten!) und sichtlich auf das Glänzende angelegt. Zum ersten Male ist hier dem Sinfonieorchester ein drittes Horn einverleibt. Nur im zweiten Satz, dem Trauermarsch, sind dem Charakter des Tonstückes entsprechend die Farben weicher und dunkler. In diesem ergreifenden Gemälde kommen Trauer und Schmerz mit einer Weihe und Größe zum Ausdruck, die sich weit über das Maß des kleinlichen Menschenleides erhebt. Nur Richard Wagner in dem Trauermarsch seiner „Götterdämmerung" hat es noch einmal vermocht, eine so von jeder Sentimentalität freie, wahrhaft heroische Totenklage anzustimmen. Anstelle des langsamen Teiles einen Trauermarsch zu setzen, war eine kühne, von Beethoven nur in der As-Dur-Sonate op. 26 schon einmal unternommene Neuerung. Ungewohnt war auch die Ausdehnung des Ganzen wie der einzelnen Teile. („I gäb no a Kreuzer, wann's nur aufhört" rief bei der ersten Aufführung, die Beethoven selbst dirigierte, eine Stimme von der Gallerie herab.) Der Meister wußte, warum er andere Dimensionen brauchte. Neu war die organische Verbindung der Themen, wie sie der erste Satz zeigt, neu waren die Einführung von Episoden in der Durchführung und der Nachdruck, der auf die Entwicklung der Coda gelegt ist.

Den guten Wienern von anno 1805 mag auch sonst noch so manches befremdlich in die Ohren geklungen haben. Die berühmte Übergangsstelle im ersten Satz, wo zu der Dominantharmonie der Geigen das Horn, den Tuttieinsatz vorausnehmend, das Thema in der Haupttonart bringt, stieß begreiflicherweise auf völliges Unverständnis. In der Probe rief selbst Ries, der neben Beethoven stand: „Der verdammte Hornist, kann der nicht zählen? Es klingt ja infam falsch!" — was dem Schüler beinahe eine Ohrfeige vom Meister eingetragen hätte. Aber dürfen wir uns wundern, wenn wir sehen, daß nach Jahrzehnten die Stelle noch für einen Irrtum gehalten wurde? Es gab berühmte Dirigenten, die das as der zweiten Geige in g „verbesserten", andere, die in der Meinung, es sei ein falscher Schlüssel vorgezeichnet, das zweite Horn um eine Quinte höher transponierten und so, den Witz zerstörend, der Stelle ihren ganzen Sinn und Reiz raubten!

Das Hauptthema des ersten Satzes,

das nach zwei FF-Schlägen des vollen Orchesters Allegro con brio (Es-Dur ^{3}/$_4$) in den Celli einsetzt, ist zufälligerweise dasselbe Thema, mit dem der Knabe Mozart seine Ouvertüre zu „Bastien und Bastienne" begann. Aber wie anders wirken hier die gleichen Tonschritte als in dem harmlosen Mozartschen Pastorale, das übrigens Beethoven schwerlich gekannt hat. Wie originell und geistreich ist mit ihrem schmerzlich elegischen Zug (Takt 5—8 des Themas) die Fortführung! Reicher bedacht als sonst ist die Überleitungsgruppe. Beethoven bringt erst zwei Nebenthemen, das motivartige:

und das energische:

bevor er, ungewöhnlich spät, das in B-Dur stehende Seitenthema einführt. Holzbläser und Streicher teilen sich in die wehmütige Weise:

Im weiteren Verlaufe des Satzes, der zunächst den Rhythmus des Hauptthemas wieder aufnimmt, sind die wuchtigen Akkorde des ganzen Orchesters auf leichten Taktteilen und die Akzentverschiebungen charakteristisch, in denen sich vorläufig vornehmlich heldenhafte Größe aufreckt. Damit ist das thematische Material des ersten Satzteiles vervollständigt. Kurz vor dem Doppelstrich deutet der Komponist flüchtig die große Coda an, die später den ganzen Satz beschließt.

Die Durchführung beginnt im geheimnisvollen pianissimo. Vom Hauptthema erscheinen in ihr nur die ersten vier (oft auch nur zwei) Takte; das zweite Thema wird überhaupt nicht benutzt. Dagegen bringt Beethoven, von jeder Gepflogenheit abweichend, eine neue, im Vordersatz nicht aufgestellte Episode in der Durchführung.

Nach schroffen Dissonanzen beschwichtigt sich decrescendo das in Aufruhr geratene Orchester, und dann singt die Oboe zu einem schönen Kontrapunkt der Celli die kla-

gende E-Moll-Melodie, die, vom Heldenthema unterbrochen, noch einmal in Es-Moll (in der Klarinette) wiederkehrt.

Über kraftvoll ausschreitenden Bässen meldet sich
der Hauptgedanke: man fühlt, daß es zur Reprise geht.
Aber noch hat der Komponist eine Überraschung aufge-
spart. In raschen Modulationen ist mit Ces-Dur der
Gipfel des Aufstieges erreicht. Weiche Bläserakkorde besänftigen nach und nach die noch immer aufbegehrenden
Streicher, bis sie nur noch pizzicato antworten. Da läßt
in das pianissimo vibrierende b und as der Geigen wie von
ferne das Horn die ersten vier Noten des Heldenthemas
hineintönen. Das ist jene berühmte Stelle, wo die Sep-
timenharmonie der Dominante und der tonische Dreiklang
zusammentreffen. Man muß die Genialität und Sicherheit
der orchestralen Klangvorstellung bewundern, die hier
einer gewagten Kombination eine unbeschreiblich poetische Wirkung abgewonnen hat. Ein Forte und Fortissimo
des ganzen Orchesters, und das Cello nimmt wieder das
Hauptthema auf, das aber diesmal nach F-Dur moduliert
und vom Horn, dann, mit einer plötzlichen Rückung nach
Des-Dur, von der Flöte angestimmt wird.

Die Wiederholung des ersten Teiles geht mit geringen
Änderungen weiter; nur die Instrumentation gewinnt
noch an Fülle. Die ungewöhnlich lange Coda — sie umfaßt nicht weniger als 140 Takte — ist kein formales
Anhängsel, sondern ein aus dem Vorhergehenden organisch herausgewachsener Bestandteil des Ganzen. Ihre
bedeutsame Ausgestaltung und der Umstand, daß außer
den bis dahin verwendeten noch ein neues Motiv zu Hilfe
genommen wird, zeigen, welchen Wert Beethoven auf
einen besonderen Ausklang des Satzes gelegt hat.

Der langsame Satz, Adagio assai (C-Moll $^2/_4$) trägt wie
in der As-Dur-Klaviersonate op. 26 die Bezeichnung marcia
funebre. Sein erster Teil entspricht auch dem Charakter
eines Trauermarsches; das Ganze jedoch geht weit über
die Marschform hinaus. Sotto voce bringen zuerst die Violinen die dumpfe Totenklage:

38.

Die Oboe wiederholt sie eine Oktave höher über zittern-
den Streicher-Akkorden. Unmittelbar schließt sich ein
zweites Thema an, das schmerzlich, doch weniger düster
klingt:

39.

Aber eine Figur der Celli leitet zu der vorigen Stimmung
zurück. In reicherer Ausführung füllen diese Themen den
ersten Abschnitt. Mit dem Eintritt des C-Dur wechselt
die Stimmung. In einem lieblichen von Triolen bewegten
Gesang scheinen Oboe und Flöte, denen sich später das
Fagott gesellt, Licht und Trost zu spenden:

40.

Der Schmerz löst sich gleichsam in Tränen auf. Der Satz
wird immer bewegter und mündet in rauschende C-Dur-
Akkorde, von denen ein Abstieg wieder zu dem ersten
Thema erfolgt. Aus der Umkehrung von 39 und einem
neu hinzutretenden Motiv entspinnt sich ein Fugato. Es
ist, als ob von allen Seiten Leidtragende zur Totenfeier
des Helden zusammenströmten. Nach einem Orgelpunkt
auf D kehrt in G-Moll die Trauerweise wieder, um nach
wenigen Takten jäh auf dem hohen as abzubrechen. Ein
erschütternder Ausbruch des Schmerzes, ein Aufschrei
(FF), und im festgehaltenen Triolenrhythmus führen jam-
mernde Klagerufe zum Thema 39 hinüber. Erneut
klingt die Trauerweise, doch diesmal in F-Moll und
in immer reicherer rhythmischer Gestaltung. Mit dem
Trugschluß nach As-Dur tritt die Coda ein. Das Schreiten

wird fester, ruhiger. Wie die Achtelbewegung in synkopierte Rhythmen übergeht, ertönt in den ersten Geigen eine himmlische, tröstliche Melodie:

Die Tränen sind getrocknet. Oboe und Klarinette winken noch einmal letzte Abschiedsgrüße. Stockend, dumpf und leise geht mit dem Hauptthema der Satz zu Ende.

Im dritten Satz der Eroica, Allegro vivace (Es-Dur $^3/_4$) stellt Beethoven das Prototyp seiner Scherzi auf, mit denen er der Sinfonie ein neues Element zugeführt hat. Hier erscheint er zum erstenmal in seiner großangelegten Form, den anderen Sätzen ebenbürtig. Das rastlos Dahinstürmende, Phantastische ist gleich durch die pianissimo einsetzende Staccato-Motiv der Streicher gegeben:

über dem sich in den Bläsern das Hauptthema wiegt:

Aber erst nach 92 Takten tritt das Thema aus mystischem Dunkel in die glänzende Beleuchtung des vollen Orchesters, zum erstenmal die Haupttonart bekräftigend. Fortbildende Elemente sind im weiteren Verlaufe das Motiv:

und die scharf gegen den Takt akzentuierte Unisonostelle:

Im Trio konzertieren die drei Hörner, von Zwischenspielen der übrigen Instrumente unterbrochen. Mit ihren fröhlichen Klängen:

stehen sie in wohligem Gegensatz zu dem geschäftigen Treiben des Scherzos. Der Hauptteil wird dann in verkürzter Form wiederholt und mit ein paar kurz abschließenden Takten (Motiv 42) versehen.

Finale, Allegro molto (Es-Dur, ²/₄). Eine stürmische Einleitung gipfelt in einer Fermate auf dem Dominant-Septakkord von Es. Dann intonieren die Streicher pizzicato-unisono das lapidare Thema des Satzes. Es ist, wie wir schon wissen, das gleiche wie in den Klaviervariationen op. 35:

und kommt latent in der Prometheus-Musik, ferner in einer Sammlung von Kontertänzen vor. Beethoven bedient sich in der Eroica der für das Finale in der Sinfonie sonst nicht üblichen Variationsform mit einer Neuheit und einer Kunst, die zwar keine greifbare Beziehung zur dichterischen Idee herstellt, wohl aber dem Satz das Gepräge des Großartigen gibt. In der dritten Variation tritt zu dem ersten, von den Hörnern und Baßinstrumenten übernommenen Thema in der Oboe ein zweites, jene Melodie von sonderlicher Schönheit und schwärmerischem Aus-

druck (Notenbeispiel 23), die im Prometheus in derselben
Kombination erscheint, so daß das erste Thema vielleicht
nur das zufällige Ergebnis der Baßführung ist. Nach einem
kurzen, modulierenden Zwischensätzchen reiht sich
als vierte Variation ein kunstreiches, sehr durchsichtig gehaltenes Fugato in C-Moll an, verteilt unter Streicher
und Holzbläser. Mit überraschendem Harmoniewechsel
folgt in H-Moll (das aber bald dem D-Dur weicht) als
fünfte Variation wieder Thema 23. Die sechste in G-Moll
hat leidenschaftlichen, ein wenig slavischen Charakter und
wird deshalb meist auch etwas schneller genommen. Über
dem gehaltenen G der Hörner bringen nun Geige und
Flöte Thema 23 dolce im freundlichen C-Dur. Daran
knüpft sich ein zweites Fugato der Streicher mit der Umkehrung von 47, in das Bläser das Thema 47 in
synkopiertem Rhythmus werfen. An seinem freien Ausklang beteiligt sich das ganze Orchester; die Bewegung
wird nach und nach energischer und führt zu einer Fermate auf der Dominantseptime von Es. So ist die Haupttonart wiedergewonnen. Das nun folgende wunderbar aus-
drucksvolle Poco Andante ist eine Variation von 23;
aber diesmal reiht sich ein neues Seitenthema an:

48.

Mit dem Einsetzen der Triolenbewegung nimmt der Ausdruck etwas Erhaben-Pathetisches an. In Klarinette, Fagott und Bässen schreitet Thema 23 in gewaltiger
Tonfülle daher. Nach dieser Apotheose des Leitgedankens
sinkt die Stimmung vorübergehend noch einmal ins Me-
lancholische; wie unterdrückte Seufzer klingt es in den
zwischen Holzbläsern und Geigen wechselnden Sechs-
zehnteln. Dann setzt fortissimo in einem Unisono, ähnlich
dem der Einleitung, das Presto der Coda ein. In verkürzter Form intonieren Hörner und Trompeten nochmals
das Hauptthema 23, und in raschem Zuge findet
der Satz seinen rauschenden Abschluß.

Das Grundthema des Variationensatzes weist mit seinen Pausen und der einer Baßführung ähnlichen Intervallfolge so eigentümliche Züge auf, daß eine Anekdote, die sich an seine Entstehung knüpft, wahr sein mag. In einer Gesellschaft, in der auch Steibelt war, soll Beethoven, zum Phantasieren aufgefordert, in seiner gewöhnlichen, sozusagen ungezogenen Art, halb wie hingestoßen zum Instrument gehend, die Cellostimme eines Quartetts seines Konkurrenten vom Pult gerissen, sie verkehrt aufgelegt und ihr mit einem Finger das fragliche Thema entnommen haben. Für seine Art zu schaffen, wäre der Vorfall durchaus charakteristisch. Das Einfachste, an sich Nichtssagende war ihm gerade recht, um daran seine Kunst zu zeigen. Das Thema hat ihn dann nicht wieder losgelassen. Wir sahen, was seine Phantasie daraus zu machen wußte, bis es in der Eroica seinen Platz und ein unvergängliches Leben erhielt.

*　*　*

Am 29. Juni 1803 berichtete die „Zeitung für die elegante Welt": „Beethoven schreibt eine Oper von Schikaneder." Eine günstige Konstellation versprach, den Meister, der vielleicht schon lange sich gern auch einmal als Dramatiker betätigt hätte, mit dem Theater in engere Fühlung zu bringen. Es waren die Tage, als in Wien der Stern Cherubinis aufging. Im März hatte das Theater „auf der Wieden" seine „Lodoiska" aufgeführt, der im August der „Wasserträger", im Dezember „Elisa ou le mont St. Bernard" folgte. Ganz Wien bewunderte Cherubini, und namentlich der „Wasserträger (Les deux journées)", die einzige seiner Opern, die sich dauernd in Deutschland hielt, stellte damals alles in den Schatten. Auch Beethoven schätzte Cherubini und im besonderen den „Wasserträger", dessen Text er mit dem der „Vestalin" für die besten Opernbücher erklärte, ungemein hoch. Als ihn der französische Meister 1805 in Hetzendorf besuchte, wo Beethoven in stiller Zurückgezogenheit am „Fidelio" arbeitete, war er voller Aufmerksamkeit und Verehrung gegen ihn. Inzwischen hatte im November 1803 das Hoftheater die „Medea" mit glänzendem Erfolge aufgeführt, und der Intendant Baron Braun war nach Paris gefahren, um Cherubini zu einer neuen, eigens für Wien bestimmten Oper zu verpflichten. Um nicht ins Hintertreffen zu geraten, machte Direktor Schikaneder besondere Anstrengungen und verpflichtete gleichzeitig zwei Männer von klangvollem Namen, Beethoven und den Abt Vogler (den späteren Lehrer Meyerbeers und Webers), als Komponisten für das Theater an der Wien. Beide erhielten freie Wohnung im Theater und die Zusicherung von zehn Prozent von der Einnahme der ersten zehn Vorstellungen jeder neuen Oper. So sah Beethoven plötzlich einen heimlichen Wunsch erfüllt. Er bezog die Theaterwohnung mit seinem Bruder Karl und machte sich auch, wie es scheint, an die Arbeit. Aber aus dem Plane wurde nichts. Ein Fragment, ein Terzett aus einer Oper „Alexander" (?) und die Musik, die er später für das Duett „O namenlose Freude" im „Fidelio" benutzte, mögen in jener Zeit entstanden sein. Vorläufig hatte er nur den Vorteil, daß ihm das Theater für eigene Konzertzwecke zur Verfügung stand.

Der Kontrakt mit Schikaneder wurde dadurch gelöst, daß dieser seinen Posten an den bisherigen Sekretär des Hoftheaters Joseph von Sonnleithner abtrat, und beide Opernbühnen einer Leitung, der des Barons von Braun unterstellt wurden. Das war zu Beginn des Jahres 1804. Schon Ende August jedoch zieht sich Sonnleithner von der Direktion zurück, und Schickaneder übernimmt wieder das Theater an der Wien. Inzwischen hatte Beethoven ausziehen müssen, aber man verlor den Meister trotzdem nicht aus dem Auge. Noch vor Ablauf des Jahres machte ihm Baron Braun ein neues Anerbieten, und Sonnleithner wurde beauftragt, für Beethoven und Cherubini nach Stoffen zu suchen. Er wählte „L'amour conjugal" (Leonore) und „Faniska". Es ist möglich, daß Beethoven beide Textbücher vorgelegen haben, bevor er sich für die „Leonore" entschied. Die „Faniska" ist dann von Cherubini 1805/6 für Wien komponiert worden.

Das Buch „Léonore ou l'amour conjugal“ hat J. N. Bouilly, den Librettisten des „Wasserträgers“ zum Verfasser Die erste Musik dazu schrieb Gaveaux, ein Sänger des Théâtre Feydeau, der sich als Komponist von Opern und Operetten auch in Deutschland einen Namen machte. 1804 erschien „Leonora“, auf italienischen Text von Paër gesetzt, in Dresden. Der Stoff ist eine jener Rettungsgeschichten, jener Verherrlichungen von Edelmut und Menschenliebe, denen man, nicht zufällig, auf der damaligen Bühne häufiger begegnet. Noch lebte die Schreckenszeit der französischen Revolution in so frischer Erinnerung, daß Bouilly sich sogar veranlaßt fühlte, den Schauplatz seiner auf einer wahren Begebenheit fußenden Handlung nach Spanien zu verlegen. Die Leiden unschuldig Verfolgter, die Befreiung aus Kerker und Todesgefahr bildeten den Inhalt beliebter Theaterstücke, und Cherubinis „Wasserträger“ verdankte nicht zum wenigsten dieser Gefühlsrichtung seinen sensationellen Erfolg. Wir dürfen annehmen, daß auch Beethoven davon beeinflußt war, als er sich an die Komposition der „Leonore“ machte.

Mitte Juni 1805 war die Oper im Entwurf beendet, und zwar Stück für Stück so ziemlich der Reihenfolge nach. Die Skizzen zum „Fidelio“ sind besonders interessant, weil sie Beethovens Art, ursprüngliche Gedanken zu verwerfen und umzuwandeln, an vielen Beispielen zeigen. Thayer hat allein für die Florestan-Arie 18, für den Chor „Wer ein holdes Weib errungen“ 10 verschiedene Anfänge festgestellt. Auch zu dem Duett „O namenlose Freude“ finden sich zahlreiche Vorstudien. Wie schon erwähnt, hat Beethoven die ersten Takte einem älteren Opernfragment entnommen — ein schlagender Beweis für die Vieldeutigkeit des musikalischen Ausdrucks. In Hetzendorf, während des Sommers, erfolgte die Ausarbeitung der Partitur; im Herbst, nach der Rückkehr vom Lande, begannen die Proben im Theater.

Sofort lernte Beethoven die Leiden des dramatischen Autors kennen: die aus Unlust oder Unfähigkeit sich herschreibende Resistenz der Mitglieder, den Mangel an zu-

reichenden Proben, an passender Besetzung der Rollen.
Da nun seine Kenntnis des vokalen Satzes nach den damaligen Begriffen nicht hervorragend war und ihm jede
Theaterroutine fehlte, hatte er besonders mit den
Sängern zu kämpfen. Der Milder-Hauptmann, für die
er die Partie der Leonore geschrieben, fielen die Pas-
sagen im Adagio der E-Dur-Arie schwer, aber der
Eigensinn des Komponisten willigte hier wie überhaupt in keine Änderungen. Infolgedessen weigerte
sich 1814 die Milder zuerst, bei der Wiederaufnahme
der Oper mitzusingen. Später gehörte die Leonore,
mit der sie auch in Berlin Triumphe feierte, zu ihren
Glanzrollen, und Beethoven war ihr ergebenster Verehrer.
Der Darsteller des Pizarro, Sebastian Mayer, war ein
mäßiger Sänger, aber stolz auf seine Verwandtschaft mit
Mozart. In einer Probe, wo er in seiner Arie den Einsatz
nicht traf, rief er ärgerlich aus: „Solchen verfluchten Blöd-
sinn hätte mein Schwager nicht geschrieben.“ Nur die
weiblichen Rollen waren einigermaßen genügend besetzt;
die Vertreter der männlichen ließen nach Treitschkes Ver-
sicherung um so mehr zu wünschen.

So nahte der Tag der Aufführung, der 20. November,
heran. Infolge der politischen Ereignisse ein ungünstiger
Zeitpunkt. Nach der Einnahme von Ulm war Bernadotte
mit seinem Heere in das nahe Salzburg eingerückt. Am
13. November wurde Wien von den Franzosen besetzt,
und Napoleon schlug sein Hauptquartier im Schlosse
Schönbrunn auf. Schon vorher hatten die Kaiserin, der
ganze Hof und die vornehme Gesellschaft die Residenz
verlassen. Wer irgend konnte, brachte sich in Sicherheit.
Kein Wunder, daß die Erstaufführung des „Fidelio“ —
diesen Namen hat gegen den Willen Beethovens die Oper
aus Rücksicht auf Paër erhalten — fast spurlos vorüberging. Man hatte andere Sorgen und weder Zeit noch Interesse für künstlerische Dinge. Das Theater blieb leer;
nur wenige Zuhörer waren anwesend, und auch bei den
einzigen beiden Wiederholungen am 21. und 22. November
setzte sich das Publikum meist aus französischen Offizieren

zusammen. Beethoven saß am Klavier und dirigierte selbst. „Er ist ein kleiner, dunkler, noch jung aussehender Mann, trägt eine Brille." Die Aufführung ging schlecht; Florestan detonierte beständig. In öffentlichen Besprechungen wurden der Kanon und die große Leonoren-Arie lobend hervorgehoben.

Das Jahr darauf wurde ein zweiter Versuch gemacht, aber Beethoven mußte sich, unwillig genug, zu einer Umarbeitung bequemen. Den vereinten Bemühungen der Freunde im Lobkowitzschen Hause gelang es, den Widerstrebenden namentlich zu Kürzungen zu bewegen. Ein hübsches Terzett in Es-Dur und ein Duett zwischen Marzelline und Fidelio mit konzertierender Violine und Cello wurden gestrichen, die ersten beiden Akte in einen zusammengezogen. Die textlichen Änderungen besorgte Breuning. In dieser Gestalt ging die Oper am 29. März 1806 in Szene. Beethoven hatte wie gewöhnlich die Zeit verstreichen lassen und die Partitur so spät beendet, daß nur wenige Klavierproben und nur eine Orchesterprobe stattfinden konnten. Der Erfolg war besser, aber wieder erlebte der Meister keine Freude an der Aufführung seines Werkes. Den Florestan zwar hatte der von ihm sehr geschätzte, sogar zu seinen Intimen zählende Tenorist Röckel übernommen. Im Orchester und in den Chören jedoch ging nicht alles so, wie es sollte. Die Briefe an Mayer sind voll bitterer Klagen. Bei der zweiten Aufführung überläßt er die Leitung dem Kapellmeister Seyfried, um seine Musik nicht „so nahebei verhunzen zu hören". Diese zweite Aufführung vom 10. April war auch die letzte. Mißtrauisch geworden hinsichtlich der geringen Einnahme, gerät er in Streit mit dem Baron Braun. Der Intendant will ihn beschwichtigen; zunehmende Popularität des Werkes würde nach und nach auch die oberen Ränge füllen. „Ich schreibe nicht für die Gallerie", erwidert Beethoven gereizt und fordert seine Partitur zurück. Damit war für diesmal die Oper wieder erledigt.

Als Kuriosum sei hier eine Kritik hergesetzt, die zeigt, wie verständnislos man im besonderen der Ouvertüre (es

handelt sich um die jetzt so bewunderte Leonorenouvertüre Nr. 3) damals noch gegenüberstand. In der Berliner
Zeitschrift „Der Freimütige“ lesen wir unter dem 11. September 1806: „Fürwahr, wenn einige unserer neuesten
Musiktalente, besonders Beethoven, ihren Weg fortgehen,
so werden sie wohl nie auf der Bühne glänzen. Vor kurzem wurde die Ouvertüre zu seiner Oper ‚Fidelio‘, die
man nur einige Male aufgeführt hatte, im Augarten gegeben, und alle parteilosen Musikkenner und Freunde
waren darüber vollkommen einig, daß so etwas Unzusam-
menhängendes, Grelles, Verworrenes, das Ohr Empören-
des noch nie in der Musik geschrieben worden sei. Die
schneidendsten Modulationen folgen aufeinander in wirklich gräßlicher Harmonie, und einige kleinliche Ideen,
welche auch jeden Schein von Erhabenheit daraus entfernen, worunter z. B. ein Posthornsolo gehört, das vermutlich die Ankunft des Gouverneurs ankündigen soll (!!),
vollenden den unangenehmen, betäubenden Eindruck. Es
sind nicht Hr. van Beethovens wahre Freunde, die solche
Dinge bewundern, vergöttern, ihre Ansicht anderen gleichsam im Sturme aufdrängen, mit neidischem Hasse jedes
andere Talent verfolgen und, auf den Trümmern aller anderen Komponisten, nur Beethoven einen Altar errichten
möchten. Aber, was gerade in den Beethovenschen Kunst-
schöpfungen offenbar nicht schön genannt werden
kann, weil es dem gebildeten Schönheitssinn durchaus
widerstrebt, wollen sie unter die weite Sphäre des Großen
und Erhabenen bringen, als wenn nicht gerade das wahre
Große und Erhabene einfach und anspruchslos wäre. Referent hat schon oft genug seine Achtung gegen Beethovens
Genie und seine Liebe für einzelne sehr schöne Beethovensche Instrumentalkompositionen zu erkennen gegeben,
und er bedauert um so mehr, daß Beethoven so eigensinnig gerade diesen Weg des Schwierigen, Grellen und
Sonderbaren wandelt, der von der wahren Schönheit am
sichersten entfernt. Diese klare Schönheit ohne Weich-
lichkeit, diese kräftige und doch nicht überladene Anwendung aller Instrumente, ein volles inneres Leben ohne er-

künstelte Spannung und Überspannung ward in einer herrlichen Ouvertüre von Andreas Romberg sichtbar, die der
Beethovenschen zum vollen Gegenstücke dienen kann.
Und doch ward ihr nicht der ganze Beifall, den sie verdiente und auch überall erhalten wird."

Die Geschichte des „Fidelio" nimmt dann erst acht
Jahre später ihren weiteren Verlauf. Nach den Erfolgen
von 1814 (von denen wir noch hören werden) führte Beethovens steigende Beliebtheit in Wien zu einer neuen Einstudierung der Oper. Diesmal stellte Beethoven selbst die
Bedingung, daß das Werk geändert werden müsse. Im Ein-
vernehmen mit Sonnleithner unterzog nun Treitschke den
Text einer wesentlichen Umgestaltung. Der erste Akt
wurde in einen freien Hofraum verlegt. Marzellinens Arie
und das erste Duett wechselten den Platz; das erste
Finale wurde umgeändert und von einem neugedichteten
Dialog eingeleitet. Im zweiten Akt erhielt Florestan eine
neue Arie, das Melodram wurde (wahrscheinlich) erst jetzt
eingefügt, und die letzte erweiterte und fast durchgehend
neu komponierte Szene spielte fortab nicht im Kerker, sondern auf dem Platz vor dem Gefängnis. Neben vielem
anderen änderte Beethoven auch die Leonoren-Arie und
gab ihr eine neue Einleitung. Das sind im wesentlichen die
Eingriffe, durch die der „Fidelio" seine endgültige und heut
bekannte Gestalt erhielt. Die straffere Führung der dramatischen Handlung ist unverkennbar, aber um manches
Musikalische in der ersten Fassung ist es — wie Dr. Priegers Neuausgabe der ursprünglichen „Leonore" zeigt —
außerordentlich schade.

Beethoven kam mit der Arbeit nur langsam vorwärts,
und die Aufführung verzögerte sich bis ins Frühjahr
(23. Mai 1814). „Ich versichere Sie, lieber Treitschke, die
Oper erwirbt mir die Märtyrerkrone." Aber der Erfolg trat
nun endlich ein; „Fidelio" war für die Bühne gerettet.
Umlauff dirigierte hinter Beethovens Rücken, der um diese
Zeit kaum noch etwas hörte. Der Beifall war groß und
stieg mit jeder Vorstellung. Auch die nächste Spielzeit
wurde wieder mit „Fidelio" eröffnet.

Die erste Bühne außerhalb Wiens, die sich der Beethovenschen Oper annahm, war Prag, wo sie Karl Maria von Weber noch im November des Jahres mit großer Begeisterung einstudierte und aufführte. In Berlin erschien der „Fidelio" 1815 zum erstenmal. Von den Wiener Aufführungen, die nur 1819 eine dreijährige Unterbrechung erfuhren, wurde die vom 9. November 1822 von besonderer Bedeutung im Leben des Meisters. In der jungen Wilhelmine Schröder war ihm inzwischen eine geniale Interpretin seiner Leonore herangewachsen. Die erst achtzehnjährige Tochter der Burgschauspielerin Sophie Schröder und nachmalige Gattin Ludwig Devrients, hatte sich nach kurzem Wirken am Burgtheater sehr schnell einen Ruf als Sängerin erworben. Was sie auszeichnete, was ihr noch in späteren Jahren die glühende Begeisterung des jungen Richard Wagner eintrug, war die Kraft ihrer künstlerischen Intuition. Diese Frau war — was man in der Oper noch wenig kannte — eine Persönlichkeit auf der Bühne und wohl die erste „dramatische" Sängerin im heutigen Sinne. Weber, der sie 1822 anläßlich der Uraufführung der „Euryanthe" in Wien kennen lernte, nannte sie „die erste Agathe der Welt" und die „singende Schauspielerin". Eine Rolle wie die Leonore mußte sie daher interessieren, und es ist begreiflich, daß sie danach griff, als sie sich für ihr Benefiz eine Oper zu wählen hatte. Damit kam der „Fidelio" wieder auf die Bühne und zu einer neugearteten, zukunftsreichen Wirkung. Die Schröder-Devrient wurde die erste wirkliche Leonore; instinktiv erfaßte sie den wahren Charakter und schuf eine typische, vorbildlich gebliebene Gestalt. Berühmt war ihr Aufschrei vor dem Duett mit Florestan und die realistische Kraft, mit der sie die Worte: „Töt' erst sein Weib" herausschleuderte.

Auch Beethoven, der erst die Rolle „einem solchen Kinde" nicht hatte anvertrauen wollen, war begeistert. Allein schon vor der Aufführung waren in den Becher der Freude bittere Wermutstropfen gefallen. Seine Hörkraft war um diese Zeit fast schon völlig erloschen. Wohl ver-

nahm er im Wirtshaus noch die Spieluhr und konnte auch
die hohen Töne der Stimmen noch unterscheiden; aber für
die Überwachung und Leitung eines musikalischen En-
sembles reichte es nicht mehr aus. Das meiste entging
ihm. Trotzdem hatte er den Ehrgeiz, selber dirigieren zu
wollen. So kam es auf der Generalprobe schon im ersten
Duett bei der Pochstelle zu einem wirren Durcheinander.
Zuerst wagte niemand, dem Meister etwas zu sagen; dann
sah sich Beethoven um, merkte, wie die Dinge standen, und
verließ ohne ein Wort das Pult. Man kann sich vorstellen,
was in diesem Augenblick in der Seele des unglücklichen
Mannes vorgegangen ist! Spornstreichs eilte er nach
Hause. Dort fanden ihn die Freunde auf dem Sopha lie-
gend, das Gesicht mit den Händen bedeckt. „Von der Einwirkung dieses Schlages", berichtet Schindler, „hat er
sich nie mehr ganz erholt."
Der „Fidelio" ist Beethovens einzige Oper geblieben.
Das gibt zu denken, auch wenn man die Schwerfälligkeit,
mit der er an einen Entschluß und an die Wahl eines
neuen Stoffes ging, und die Widerstände der Außenwelt,
die sich aus seiner menschlichen Persönlichkeit ergaben,
in Betracht zieht. Nach 1806, als Braun von der Leitung
der Hoftheater zurückgetreten war, hätte Beethoven die
abgebrochenen Beziehungen gern wieder angeknüpft. Aber
er bot sich dem Kuratorium, dem u. a. Lobkowitz, Schwar-
zenberg, Esterhazy angehörten, vergeblich als Opernkomponist an. Seine Unzuverlässigkeit in der Ablieferung be-
stellter Arbeiten, sein aufreizendes Benehmen den Sängern und Musikern gegenüber, das im Theater wie im
Konzertsaal schon des öfteren Anstoß erregt hatte, vor
allem seine Schwerhörigkeit empfahlen ihn nicht für eine
solche Stellung. Denn der Opernkomponist von damals
mußte im Kontakt mit dem Theater stehen und bei der
Einstudierung und als Dirigent seiner Werke verwendbar
sein. Aber Beethoven gab die Opernpläne nicht auf; im
Gegenteil, bis in die letzte Zeit seines Lebens sehen wir
ihn immer wieder damit beschäftigt. Er schimpfte auf das
„fürstliche Theatergesindel", das seinen Antrag unbeant-

wortet gelassen hatte, und suchte in seiner näheren und
weiteren Umgebung weiter nach passenden Textbüchern.
Schneller und Hammer-Purgstall wurden von ihm an-
gegangen; Heinrich von Collin dichtete für ihn eine
„Armida" und einen „Bradamante" (den später Reichardt
komponierte) und begann einen „Macbeth", der aber nur
bis zum zweiten Akt gedieh, da Beethoven bei näherer
Überlegung der Stoff für eine Oper zu düster schien. Zu
nichts konnte sich der Meister entschließen. Nach einer
Mitteilung des Cottaschen Morgenblattes beabsichtigte er
um 1808, den Goetheschen „Faust" zu komponieren, und
noch nach 1822 zieht er, angeregt durch die Erfolge Rossi-
nis und Spontinis, neue Opernpläne in Erwägung. Wir
hören von einer „Gründung Pensylvaniens", die ihm ein
gewisser Rupprecht schreiben sollte, und von einem
„Vampyr" (nach Lord Byron).

Wie kam es, bei so viel Lust, eine Oper zu schreiben
(und offenbar nicht nur des Verdienstes wegen), daß keiner dieser Pläne zur Ausführung gelangte? Der „Fidelio"
selbst gibt uns die Antwort darauf: weil Beethoven kein
Dramatiker war. Der wahre Dramatiker findet seine
Stoffe, wo immer er sie sucht, und läßt sich auch durch
diesen oder jenen Mißgriff auf seinem Wege nicht auf-
halten. Der wahre Dramatiker empfindet beim Schaffen
nicht subjektiv; er verwandelt sich in die Geschöpfe, die
er auf die Bühne stellt, und objektiviert in ihnen sein
Empfinden. Man denke an Mozart und seine Opern! Beethoven hat diese Prometheusnatur nicht besessen; nur
was sich mit seinem eigenen Wesen deckt, regt ihn zum
künstlerischen Gestalten (im höheren Sinne) an. Im „Fidelio" leitete ihn sicherlich nicht in erster Linie das Bedürfnis, die Handlung und ihre Menschen zur musikalischen Darstellung zu bringen. Was den Komponisten in ihm
im Innersten traf und weckte, war der ethische Kern: die
Offenbarung unbedingter, opferfreudiger Treue und Hingabe
bis zum Tod, verkörpert in der Gestalt eines liebenden Wei-
bes. Das war ein Vorwurf, wie ihn sich Beethoven seiner
Muse nicht würdiger wünschen konnte, eine Aufgabe, die

seiner Natur entsprach und alle schöpferischen Kräfte in ihm aufrief. Deshalb ist seine in jeder Beziehung einzige Oper ein unvergängliches Kunstwerk, aber kein eigentliches Drama geworden. Hinter den handelnden Menschen ragt die gewaltige ethische Persönlichkeit auf, die aus ihrem Munde zu uns spricht. Nur im Affekt, in der großen Leonoren-Arie, den Kerkerszenen, dem Hymnus der Befreiten, konnte sich Beethoven in seiner wahren Größe zeigen; daher die Ungleichheit der beiden Akte. Und da Beethoven einem ähnlichen, ihn gleichermaßen anregenden Stoff nicht wieder begegnete, ist der „Fidelio“ ohne Nachfolger geblieben. Auch in der Literatur steht das Werk vereinzelt, abseits vom Wege der Entwicklung da, obwohl nicht zu leugnen ist, daß die romantische Oper hinsichtlich des Stimmungsgebietes wie der orchestralen Klangfarben ihm wertvolle Anregungen verdankt. Von einem unmittelbaren Einfluß kann jedoch nicht gesprochen werden, und richtunggebend hat der „Fidelio“ höchstens insofern auf das neunzehnte Jahrhundert gewirkt, als er tragische Konflikte und leidenschaftlichen Gefühlsausdruck auf der Opernbühne heimisch machte.

Betrachtet man den „Fidelio“ vom musikalischen Standpunkt, so erklärt sich, warum er trotz der erwähnten dramatischen Schwächen so tief im deutschen Volke Wurzel geschlagen hat. Denn ist er auch zu ernst, um ein Zug- und Kassenstück zu sein, so ist er doch jedem für Musik Empfänglichen, ja der gesamten Kulturwelt ein unverlierbarer Besitz. Nach dem ersten, im leichten Ton der Spieloper gehaltenen Duett Marzellinens schwärmerische C-Dur-Arie, der Kanon („Mir ist so wunderbar“) mit seiner wundersamen Einleitung in den geteilten Bratschen und Celli, die charaktervolle Arie Pizarros, das Duett der beiden Bässe, die Leonoren-Arie und das voraufgehende Rezitativ, in dem Beethoven mit unvergleichlicher Kunst den Stimmungsübergang von wilder Empörung zu milder, hoffnungsfroher Ergebenheit herbeiführt, der ergreifende Chor der Gefangenen, das Finale, ein vokaler Aufbau, wie man ihn bis dahin auf dem Theater nicht gehört hatte; im zweiten

Akt die tragisch-düstere Einleitung, in der das Orchester eine völlig neue, eindrucksvolle Sprache redet, die visionäre Arie Florestans, das Melodram und das anschließende Duett, in dem alle Schauer des Kerkers lebendig werden, Leonorens rührend-zuversichtliches „Ich will, du Armer, dich befreien", das packende, vom Trompetensignal unterbrochene Quartett, das zur Katastrophe drängt, und vor allem das nun folgende Duett, mit dem sich die Gatten jubelnd in die Arme sinken — das alles sind musikalische Eingebungen höchster Ordnung und zugleich von Meisterhand geformte Stücke. Im letzten Finale hat Beethoven die Bühne fast vergessen und verliert sich ins Oratorienhafte. Hier spiegelt die Stelle des Ministers: „Der Bruder kommt zu seinen Brüdern" so recht das Empfinden der Zeit. In dem wundervollen B-Dur-Ensemble erkennen wir eine Jugendarbeit des Meisters wieder. Es ist notengetreu ein Satz aus jener Kantate, die er einst auf den Tod Josephs II. in Bonn geschrieben hatte. So rettete er eine Musik vor der Vergessenheit, in der ihm der Ausdruck einer gehobenen, dankerfüllten Stimmung, wie er wohl selbst fühlte, unübertreffbar gelungen war. In strahlendem C-Dur vereinigen sich dann alle Stimmen zu einer das Werk abschließenden Jubelhymne „Wer ein holdes Weib errungen" — unter der Hand wird es dem Meister zu einer selbständigen sinfonischen Dichtung, die in Charakter und Aufbau an ähnliche seiner instrumentalen Sätze erinnert.

Und doch kann uns alle Fülle der Schönheiten, die diese Partitur birgt, nicht vergessen machen, daß Beethoven auch bei der Wahl der Mittel nicht immer die Wege des Dramatikers geht. Der an sich so herrliche Kanon ist dafür ein schlagender Beweis. Die Situation führt auf der Bühne vier Menschen ganz verschiedenen Charakters zusammen, deren jeder, von anderen Empfindungen beseelt, etwas Besonderes zum Ausdruck zu bringen hat. Der dramatische Komponist hatte also vier Individualitäten zu zeichnen und sie musikalisch zugleich zu vereinigen. Man denke daran, wie genial ein Verdi diese Aufgabe in dem

berühmten Rigoletto-Quartett gelöst hat, oder an das
Quartett aus Mozarts „Don Giovanni“. Und was tut Beethoven? Er wählt die strenge Form des Kanons, in der
jede der vier Stimmen das gleiche singt! Wenn das Stück
trotzdem so eigenartig auf den Hörer wirkt, so geschieht
es nur, weil es Beethoven geglückt ist, die schwüle,
ahnungsvolle Stimmung des Augenblicks in so überzeu-
gende, überirdisch verklärte Töne einzufangen. Hier wie
im Finale und an manchen anderen Stellen drang eben in
ihm der absolute Musiker durch, dem die Bühne kein
Lebenselement war, der sich im Gegenteil von ihren Forderungen beengt fühlte. Es ist kein Zufall, daß Beethoven
in den Ouvertüren zu dieser Oper — er schrieb deren nicht
weniger als vier — ungewöhnlich Bedeutendes, über den
Rahmen des üblichen Opernvorspiels Hinausgehendes geschaffen hat. Wo er frei war von jeder Rücksicht auf den
Text und Gesang des Stückes, wo er sich ganz seiner
Phantasie überlassen konnte und nur das ihm Wesentliche
zu geben brauchte, ist es ihm gelungen, die psychische
und dramatische Entwicklung einheitlicher zusammenzufassen, als in der Oper selbst. Die drei Ouvertüren wenigstens, die den Namen „Leonore“ tragen, geben gewissermaßen ein knapp gefaßtes Bild der Handlung von eindringlicher Kraft und Anschaulichkeit. Mit ihnen hat
Beethoven einen neuen Typ der Ouvertüre geschaffen,
indem er diese durch thematische Beziehungen organischer
als bis dahin üblich mit dem Drama verknüpfte und sie
sinfonisch doch so ausgestaltete, daß sie auch im Konzert
ihre selbständige Wirkung übt. Mendelssohn und Weber
haben, der eine in dieser, der andere in jener Richtung,
die von Beethoven aufgestellte Form dann weitergepflegt.

Die Geschichte und Reihenfolge dieser Ouvertüren ist
nicht ganz aufgeklärt, da man nicht weiß, welche bei der
Uraufführung 1805 gespielt worden ist. Berichtet wird nur,
daß eine erste Fassung in der Probe abgelehnt wurde.
Vielleicht war das die C-Dur-Ouvertüre Nr. 1, die erst
nach Beethovens Tod als op. 138 herauskam. Dann würde
die Numerierung stimmen. Als sicher steht fest, daß im

Jahre 1806 bereits eine zweite Umarbeitung, also die Leonorenouvertüre Nr. 3, die sogenannte „große“ gemacht wurde, die wir heut mit Recht lieber im Konzertsaal als in der Oper hören. Wo man sie auch hinstellt, ob an den Anfang, in die Mitte, vor den zweiten Akt, oder zwischen Kerkerszene und Finale: immer nimmt sie eine Wirkung vorweg und drückt in ihrer Wucht und glänzenden Fassung auf die Struktur des Werkes. Sie gefiel auch den Wienern nicht, der Geschmack war noch nicht reif dafür. Deshalb entschloß sich Beethoven, für die Aufführungen von 1814 abermals eine neue Ouvertüre, die in E-Dur, zu schreiben. Aber seiner Gewohnheit gemäß wurde er nicht rechtzeitig fertig. Man bestellte das Orchester zur Probe am Morgen der Aufführung. Beethoven kam nicht. „Nach langem Warten“, erzählt Treitschke, „fuhr ich zu ihm, ihn abzuholen, aber — er lag im Bette, fest schlafend, neben ihm stand ein Becher mit Wein und Zwieback darin, die Bogen der Ouvertüre waren über das Bett und die Erde gestreut. Ein ganz ausgebranntes Licht bezeugte, daß er tief in die Nacht gearbeitet hatte.“ So mußte am Abend des 23. Mai eine ältere Ouvertüre — vermutlich die zu den „Ruinen von Athen“ — gespielt werden, und erst bei der Wiederholung am 26. Mai erklang das jetzt als „Fidelio-Ouvertüre“ bekannte Stück und trug dem Meister endlich die Zufriedenheit seiner Zeitgenossen ein. Es ist kürzer und weniger tiefgründig als seine älteren Schwestern, eine rechte Theaterouvertüre und in besserer Harmonie mit dem Beginn der Oper, zu der es hinüberleiten soll. Darum hat sich die E-Dur-Ouvertüre auch bis heute in der Bühnenpraxis erhalten.

*　　*　　*

„Eroica“ und „Fidelio“ — das waren die ersten großen Werke, in denen der Beethovensche Genius sich der Welt verkündete, nachdem die innere Krisis überwunden war, und der Meister in schöpferischen Taten den einzig ihm beschiedenen, wahren Zweck und Inhalt seines Daseins erkannt hatte. Waren die voraufgegangenen zehn Jahre

schon von unerhörter Fruchtbarkeit gewesen, so folgt nun
eine Zeit, in der bis 1808 ununterbrochen Werke von
höchster und bleibender Bedeutung entstehen. Diese Periode umschließt den sogenannten „mittleren" Beethoven,
der, von den hemmenden Einflüssen fremder Autorität
und fremder Vorbilder bis zu dem Grade frei, daß seine
musikalische Persönlichkeit sich festigen und zur Selbständigkeit entwickeln konnte, immerhin auf dem Boden
von Traditionen steht und nichts anderes wollte, als immer
schönere, immer vollendetere Musik machen. Dem Zuge
der Zeit folgend, sucht er den Fortschritt in der Vertiefung und Verlebendigung des Ausdrucks, aber das Schön-
heitsideal, das ihn beseelt, ist das klassische. Er kann auf
Klarheit und Ebenmäßigkeit, auch dem Ausdruck zuliebe,
nicht verzichten; sie sind ihm künstlerisches Bedürfnis und
Darstellungsmittel seiner Ideen, sie kennzeichnen die Art
seines Empfindens. Darin haben die Werke der mittleren
Periode etwas Gemeinsames, das für uns Rückschauende
das Persönliche an ihnen mehr und mehr zurücktreten und
sie als die reiferen Früchte eines abgeklärten, objektiven
Kunstschaffens erscheinen läßt.

Beethoven wiederholt sich nicht. In jedem dieser Werke
sehen wir ihn auf anderer Stelle, lernen ihn von einer
neuen Seite kennen. Es hatte sich in ihm eine Summe
von musikalischer Substanz aufgespeichert, die zu man-
nigfacher Verwertung trieb und nach allen möglichen Formen der Gestaltung verlangte. Ihre allmähliche, immer
wieder sich wandelnde Verarbeitung bildet die geistige
Existenz Beethovens, die uns von nun an einzig noch interessieren kann. Wir werden sie bis ans Ende seines Lebens
verfolgen, werden ihn in seinen Werken sehen und die
wichtigsten Ereignisse und menschlichen Erlebnisse nur
insoweit mitsprechen lassen, als sie fördernd oder hem-
mend, lähmend und schließlich zerstörend in dies Schaffen
eingegriffen haben.

Die Betrachtung der Werke in der Reihenfolge, in der sie
entstanden, noch mehr in der sie aufgeführt oder veröffentlicht sind, würde, bei Beethovens Art zu arbeiten,

ein oft buntes Durcheinander ergeben und zu einer hin-
und herspringenden Darstellung nötigen. Um in sein Schaffen
einigen Zusammenhang zu bringen und wenigstens die
große Linie seiner Entwicklung hervortreten zu lassen,
wollen wir deshalb zunächst die Beethovensche Sinfonie
in ihren weiteren Erscheinungsformen verfolgen.

*   *   *

Zwei Jahre nach der Eroica reifte in Beethovens Kopf
eine Sinfonie heran, die sich auf ähnlichem Stimmungs-
gebiet bewegte und noch durchaus an die heroische Empfindungswelt der Es-Dur-Sinfonie anklingt. Es war die
Fünfte in C-Moll, von der wir wissen, daß sie in den ersten
beiden Sätzen schon 1805 so ziemlich fertiggestellt war.
Beethoven hat sie dann liegen lassen und vor ihr erst die
B-Dur-Sinfonie (Nr. 4) beendet. Anfangs mögen ihn die
wieder notwendig gewordenen Arbeiten an seinem
Schmerzenskinde, dem „Fidelio", die Quartettentwürfe
für op. 59 und das Violinkonzert abgelenkt haben; der
wahre Grund jedoch ist wohl in einem inzwischen eingetretenen inneren Stimmungswechsel zu suchen. Beethoven liebte die Gegensätze und bedurfte ihrer. In der
Oper wie in der Heldensinfonie hatte sich seine Phantasie
am Heroismus der Tat und des Gefühls entzündet; nun
trieb es ihn in eine andere, mildere Sphäre, und er schuf
mit seiner Vierten Sinfonie ein Werk, das eitel Glück und
Freude atmet. Wie denn Beethoven keineswegs immer
nur pathetisch, sondern oft genug auch heiter und anmutig
ist. Nichts wäre falscher, als ihn einseitig als den Sänger
des Erhabenen, Heldenhaften aufzufassen. Das hieße bei all
seinem eigenen inneren Heldentum, auf das wir noch zu
sprechen kommen, seiner künstlerischen Größe Unrecht
tun. Wir dürfen deshalb auch die Vierte, leider am wenigsten populäre unter seinen Sinfonien nicht geringer schätzen, weil sie inhaltlich im Gegensatz zu ihrer Umgebung,
der heldischen Dritten und der von gewaltigen Schicksalen
kündenden Fünften steht. Robert Schumann hat sie eine
„schlanke griechische Maid zwischen Nordlandsriesen"

genannt. In der Tat ist sie von einer bei Beethoven seltenen Abgeklärtheit, von höchstem Ebenmaß und reiner Schönheit, ungemein geistreich und nicht ohne einen feinhumoristischen Einschlag. Die Zeit, in der sie entstand, braucht deshalb für Beethoven keine glückliche gewesen zu sein; wir sehen ja an der D-Dur, wie wenig sein Schaffen unter Umständen mit seinem Menschentum innerlich zusammenhing. Keinesfalls aber läßt sich der lyrische Stimmungen spiegelnde Inhalt der Sinfonie (wie Grove und andere es versucht haben) mit jenem Ereignis in Verbindung bringen, von dem uns der Brief an die „unsterbliche Geliebte" so geheimnisvolle Kunde gibt. In technischer Hinsicht — namentlich an Feinheit der Arbeit übertrifft vielleicht die B-Dur alle anderen Sinfonien des Meisters und ist deshalb seit jeher von den Fachmusikern ganz besonders geschätzt. Sie wendet sich am meisten an einen geläuterten Geschmack.

Bei keinem anderen Werke sind wir so wenig über die Entstehung unterrichtet wie bei der B-Dur-Sinfonie. Die Skizzen und Vorarbeiten haben sich nicht erhalten. Das Manuskript trägt das Datum 1806. Die erste Aufführung im Palais des Fürsten Lobkowitz fand im März 1807 statt. Die zeitgenössischen Berichte wenden der Sinfonie nur geringe Aufmerksamkeit zu. Weber macht sich in jugendlichem Übermut über sie lustig. Kotzebue im „Beobachter" meint, daß sie „höchstens seinen wütenden Verehrern" gefallen habe.

Charakteristisch für Beethoven ist auch bei der Vierten wieder die Geschichte der Widmung. Nach dem Erfolg der Eroica hatte Graf Oppersdorf für 500 Gulden eine Sinfonie bestellt. Beethoven scheint ihm die C-Moll versprochen zu haben, änderte aber, wie so häufig, seine Absicht und widmete dem Grafen die Sinfonie in B. Ein Briefchen, das diese Angelegenheit streift, macht nicht gerade den Eindruck der Aufrichtigkeit, da ja die C-Moll-Sinfonie noch gar nicht beendet war, auch Beethoven trotz der durch den Krieg beeinflußten ungünstigen Zeiten wohl schwerlich in wirklicher „Not" lebte.

„Bester Graf! Sie werden mich in einem falschen Lichte betrachten, aber Not zwang mich, die Sinfonie, die ich für Sie geschrieben, an jemanden anderen zu veräußern. Seien Sie aber versichert, daß Sie diejenige, welche für Sie bestimmt ist, bald erhalten werden."

Man hat die B-Dur-Sinfonie die „romantische" genannt. Diese Bezeichnung ist nicht zutreffend, oder doch nur sehr bedingt. War Beethovens Palette reich genug, hie und da die Klangfarben und Stimmungen der Romantiker wie vorahnend aufleuchten zu lassen, so wurzelt doch seine Kunst in dem, was wir heut den klassischen Stil der Musik nennen, und das über den „Fidelio" Gesagte gilt auch hier. Erst bei den Werken der letzten Periode, oder bei einzelnen Teilen dieser Werke, kann man von dem Eindringen des Geistes, des Stiles der Romantik sprechen. Die Weichheit einer „Adelaide", die lyrischen Momente der B-Dur-Sinfonie sind noch nicht romantisch, weil sie das Gefühlsmäßige stark in den Vordergrund rücken.

Am eigenartigsten ist die Einleitung, die dem ersten Satze vorausgeht (Adagio B-Dur, ⁴/₄). Sie ist viel länger ausgesponnen als die der Ersten und Zweiten Sinfonie und von ganz anderer Bedeutung. Düster, geheimnisvoll beginnt sie, wie ein Dämmer eines fahlen Zwielichts. Der Hörer wird über das Kommende in Ungewißheit gelassen, bis im Wechsel der Tonarten A-Dur erreicht ist, das sich unvermittelt in die Dominantharmonie verwandelt und so den Eintritt des Hauptthemas (das aber erst im 5. Takt des Allegros erscheint) vorbereiten hilft. Das völlig Neue hierbei war die Kunst, mit der der Komponist die beabsichtigte Spannung erzeugt, und die Idee, ein so ausgesprochen fröhliches Werk auf so grüblerische Weise einzuleiten. Es ist, als wollte Beethoven ausdrücklich darauf hinweisen, daß seine Heiterkeit und sein Humor nicht banaler Lustigkeit entspringen, sondern auf ernster Grundlage beruhen. Die Wiener wußten denn auch mit dieser Einleitung nichts anzufangen; noch fehlte für solche Art des Musizierens jegliches Verständnis.

Das Hauptthema, mit dem das Allegro vivace (D-Dur, ₵) stürmisch einsetzt:

bringt einen starken Stimmungsgegensatz und ist doch — wieder ein beethovenscher Genieblitz! — nur die Umdeutung des ernsten Einleitungsgedankens ins Fröhliche. Der ganze Satz ist von regster Lebendigkeit erfüllt, aber schon in seiner zweiten Hälfte künden sich die elegischen, zärtlichen Elemente an, die der Vierten Sinfonie eigentümlich sind. In der Durchführung gewinnt vorübergehend der Ausdruck einer gewissen Zaghaftigkeit und Bedrücktheit die Oberhand. Von besonderem Reiz ist die Stelle vor der Reprise, wo durch enharmonische Verwechselung von ges und fis sich die Modulation plötzlich einen Halbton höher nach H-Dur wendet. Das gemahnt fast schon an Richard Strauß, der solche chromatischen Ausweichungen liebt. Wie mögen die guten Leute damals die Köpfe geschüttelt haben! Über einem geheimnisvollen pp-Wirbel der Pauke flattern in der Violine Brocken des Themas auf; aber schnell sind wir wieder in der Haupttonart des Satzes, der nun seinen weiteren regelrechten Verlauf nimmt.

Die klangliche Schönheit des zweiten Satzes ist einer der stärksten Beweise dafür, daß Beethovens inneres Tonvorstellungsvermögen durch die zunehmende Taubheit nicht gelitten hatte. Im Adagio (Es-Dur, $^3/_4$) weicht die heitere Lebendigkeit einer schwärmerischen Empfindung, wie wir sie in keinem seiner sinfonischen Werke wieder treffen. Und wie ist dieser gefühlsreichste Inhalt in klare, vollendetste Form gegossen! Keine dunkle Leidenschaft trübt und verwirrt diese zarten und reinen Linien. Die einleitende punktierte Figur, die dem Satze als Begleitungsrhythmus treu bleibt und späterhin sehr charakteristisch den Bässen und der Pauke überwiesen ist, trägt sogar leise humoristische Züge in das Bild. Die Form ist

die des ersten Sonatensatzes, nur daß die Wiederholung
vor der sehr knapp gefaßten Durchführung fortgelassen
ist. Noch gefühlvoller als das Hauptthema:

ist das Seitenthema, eines der schönsten Klarinettensoli
der gesamten Orchesterliteratur:

Beethoven, der Schönheit dieser Melodie sich wohlbe-
wußt, hat „cantabile" dazugeschrieben. Jeder Takt verrät
Sorgfalt, innerstes Fühlen und höchste technische Meisterschaft. Man versteht, wie Berlioz einem Freunde sagen
konnte: „Glaube mir, wer das geschrieben hat, war kein
bloßer Mensch!"

Nach diesem Es-Dur-Adagio kehrt das Werk nach der
Haupttonart B-Dur zurück. Der dritte Satz ist ein Menuett:

Seit der Ersten Sinfonie hatte sich Beethoven dieser Form,
für die er das Scherzo setzte, nicht wieder bedient. Auch
dieses Menuett ist nicht mehr von der alten Haydnschen
Art; es atmet einen völlig neuen Geist. Ganz eigenartig
wirkt die Einzwängung eines zweitaktigen in den drei-
taktigen Rhythmus. Auch das fiel schon Berlioz auf. „Dies
Stück", sagte er, „besteht fast ganz aus zweiteiligen Rhythmen, die in den dreiteiligen Takt hineingezogen werden.
Dies Verfahren, das bei Beethoven häufig ist" (und, wie
wir hinzufügen dürfen, die Neueren zur Nachahmung angeregt hat!), „gibt dem Stil Nerv und Kraft, die melodischen

Schlüsse werden dadurch pikanter, überraschender, und außerdem haben schon an und für sich die widerstreitenden Rhythmen einen besonderen Reiz, der jedoch schwer zu erklären ist. Man empfindet Vergnügen daran, zu sehen, wie der zerstückte Takt am Ende jeder Periode wieder ganz erscheint, und wie der Sinn der musikalischen Rede doch immer zu einem befriedigenden Schluß, zu einer vollständigen Lösung gelangt." Bemerkenswert ist auch das Auftreten der kleinen Sexte ges, der „elegischen Note", die wiederholt als wehmütiger Ton in die laute Fröhlichkeit hineinklingt. Das Trio:

steht zu dem Menuett in anmutigem Gegensatz. Nach allem Übermut umfängt uns hier wohlige Ruhe und Frieden. Beethoven bringt es zweimal, so daß der Hauptteil (zuletzt mit einer kurzen Coda) dreimal erscheint. Auch das war etwas Neues. Man kannte wohl zwei, auch drei verschiedene Trios wie bei Mozart (eine Form, die später Schumann wieder aufgenommen hat), aber nicht die Beethoven eigentümlichen Reprisen.

Der Gipfel ausgelassener Laune wird dann im Finale erreicht. Das ohne weiteres einsetzende Hauptthema:

ist von geradezu quecksilberner Lebhaftigkeit. Übrigens hat Beethoven dem Worte „Allegro" später ausdrücklich „non troppo" hinzugefügt („nicht zu schnell"), was von modernen Dirigenten nicht immer beachtet wird. Er wollte eine behagliche Lustigkeit, die sich von der der Schlußsätze der 7. und 8. Sinfonie durchaus unterscheidet. Dieses Perpetuum mobile, das nur durch die unschuldige Me-

lodie des von Oboe und Flöte über den Triolen der Klarinette gebrachten Seitenthemas:

unterbrochen wird, hat seine ganz eigentümlichen Reize.
Voll glücklichen Humors ist die Durchführung. Beispielsweise, wenn kurz vor der Reprise das Thema im Fagott
erscheint. Einmal klettern die Streicher im crescendo zu
einem durch drei Oktaven ausgehaltenen H; aber die Bässe
lassen sich, als ob nichts geschehen wäre, nicht stören
und nehmen in drolliger Geschäftigkeit das F-Dur-Motiv
wieder auf. Solcher Späße gibt es mehr. So zerlegt Beethoven am Schlusse das Thema in seine Bestandteile, in
langsamen Achteln, jeder Teil durch eine Fermate getrennt, als wollte er sagen: „Seht, so sieht die Sache bei
Nahem aus!" Darüber gerät das Orchester gleichsam in
Bestürzung, und, den Faden wiederaufnehmend, schlägt der
Komponist lachend die Tür hinter sich zu.

*   *   *

Nach diesem Ausflug in die Gefilde anmutigster Lebensfreude kehrte Beethoven zu ernsteren Problemen zurück
und nahm die Fäden wieder auf, die er in der unterbrochenen sinfonischen Arbeit gesponnen hatte. Der
Kampf mit dem eigenen Schicksal klang noch gewaltig in
ihm nach; der Trotz, das innere Kraftgefühl, das er sich
errungen, hatte noch nicht den Ausdruck gefunden, mit
dem der Künstler sich befreit, durch den er ihn Quälen-
des loswird. Es war noch etwas in ihm zurückgeblieben,
das in der Eroica nicht ausgesprochen war, und das erst
in der C-Moll-Sinfonie zu vollkommener Objektivierung
gelangte. Im Gegensatz zur Dritten ist hier der Kampf ausschließlich ins Psychologische verlegt. Dem Heldentum in
der Welt tritt das höhere Heldentum, das wir im eigenen
Innern bewähren, gegenüber: der Kraft des handelnden,

die Kraft des leidenden Menschen. Hier berühren wir
einen Punkt, der für das Verständnis Beethovens von ent-
scheidender Wichtigkeit ist: ein Merkmal, das in die Tiefen
seines Wesens leuchtet. Wenn Beethovens Tonsprache
so allgewaltig die Herzen aller Hörer ergreift, so geschieht
es letzten Grundes, weil sie durch Verinnerlichung die
aufgerollten Probleme verallgemeinert. Eine Wirkung, die
von allen wahren Künstlern zwar gewollt, aber von
keinem so vollkommen wie bei ihm erreicht ist. Beethovens Sache ist unser aller Sache, und der Kleinste der
Kleinen kann in seinen Werken sich selbst, seine
eigenen Freuden und Leiden wiederfinden. „Mir ist
um meine Musik nicht bange", sagte der Meister einmal,
„die kann kein bös Schicksal haben. Wenn sie sich verständlich macht, der muß frei werden von all dem Elend,
womit sich die andern schleppen." Am deutlichsten
spüren wir dieses Aufgehen ins Allmenschliche in der
Art, wie Beethovens Heldenbegriff allmählich sich wandelt und läutert.

Was unser Tondichter letzten Grundes am höchsten
schätzte, war die geistige, oder richtiger die seelische
Kraft des Menschen. Darauf beruhte für ihn jegliches
Heldentum. „Kraft ist die Moral der Menschen, die sich
auszeichnen." Nichts schildert treffender den Mann und
Künstler als dieses Bekenntnis. In der Jugend äußerte
sich seine eigene Kraft zunächst in warmer, unverhohlener
Lebensfreude. Die Zeit seiner ersten Wiener Triumphe
war einer freudlosen, kummervollen Kindheit gefolgt; be-
gierig sog er das Licht und die Wärme der neuen At-
mosphäre ein, die ihn inmitten künstlerisch anregender
Kreise umgab. Es währte aber nicht lange, da sollte sich
seine Kraftmoral in ganz anderer Weise bewähren. Um
1802 trat, wie wir sahen, die Wendung ein, die aus Beethoven mehr und mehr einen menschenscheuen, verschlos-
senen und unglücklichen Menschen machte. Die zunehmende Kränklichkeit, vor allem die hereinbrechende Taubheit, innere Zerrissenheit und unerwiderte Liebesleiden-
schaft — das alles zusammen kam über den Starken und

stellte ihn hart auf die Probe. Seine Kraft aber ließ ihn auch jetzt nicht im Stich. Daß Beethoven im Innern gegen sich und sein Schicksal Sieger blieb, das gab ihm die Macht, seine großen, auch andere befreienden Werke zu schaffen. Die sieghaften Momente solchen Kampfes (deren erhebender Wirkung sich der Überwinder sicherlich selbst am tiefsten bewußt wurde) waren indessen doch nicht von Dauer. Stets wieder von neuem pochte das Schicksal unheildrohend an die Pforte seines Lebens. Da bemächtigte sich des alternden Mannes etwas wie müde Resignation. Nach dem Goetheschen Wort „erst verachtet, dann ein Verächter" löste er in seiner geistigen Vereinsamung freiwillig mehr und mehr die Beziehungen zur Außenwelt. Die ersten Spuren des schmerzlichen Ringens, das dieser Resignation voraufging, fanden wir in dem „Testament" aus Heiligenstadt. Von der Zeit an aber, wo ihm die Unheilbarkeit seines Gehörleidens zur Gewißheit geworden war, wo er seine praktische Betätigung als Musiker und die Teilnahme an geselligem Verkehr aufgeben mußte, da rang sich Beethoven — ein Held noch einmal — in seiner Kunst zu unumschränkter Selbstherrlichkeit durch. Fernab vom Kampfplatz des Lebens flüchtet er sich in ein Reich, zu dem irdische Angst und irdisches Leiden keinen Zugang haben. Das Phantasievolle seiner Musik wird zur Phantastik; sein Schauen und Denken versinkt in Mystizismus. Die Kraft, die ihn erst genießen, dann kämpfen ließ, sie hatte sich zur Kraft der Entsagung gesteigert.

Trotz ihres Titels ist also nicht die Eroica, sondern die C-Moll Beethovens eigentliche Heldensinfonie. Sie hat ihn offenbar sehr lange beschäftigt, ehe sie greifbare Gestalt gewann, und geht in ihren Anfängen vielleicht noch über die Es-Dur-Sinfonie hinaus; denn die ersten Skizzen reichen bis 1800 zurück. 1807 war das Jahr der Ausarbeitung, und im Sommer 1808, an seinen Lieblingsplätzen in Heiligenstadt hat sie der Meister vollendet. Verfolgt man den Musiker auf dem Wege seiner Entwicklung, so zeigt ihn die Fünfte in zweifacher Richtung abermals neuen

Zielen zuschreitend: der Allgemeinverständlichkeit des Ausdrucks und dem auf thematischer Einheitlichkeit beruhenden organischen Aufbau des Tonwerks. Dem Pathos ihrer Gedanken, der Eindruckskraft ihrer Tonsymbole, der Klarheit und Einfachheit ihrer Formsprache verdankt die C-Moll-Sinfonie ihre frühzeitige Beliebtheit. Was bedeutete im Vergleich damit die innerlich matte, äußerlich konventionelle Sinfonik jener Tage! Diese Musik wirkt so verständlich, so überzeugend, weil alle Mittel der Darstellung mit unerhörter Genialität auf das notwendigste Maß zurückgeführt sind. Für unser heutiges Empfinden geht Beethoven in dem Streben nach volkstümlichem Ausdruck, namentlich im langsamen Teil, beinahe schon zu weit; aber der angeborene Adel seiner Sprache schützt ihn auch hier vor der Gefahr, ins Triviale zu sinken. Die Fünfte ist ferner ein Wunder der motivischen Arbeit. Das Motiv als treibender Faktor war im sinfonischen Stil an sich nichts Neues; Beethoven hatte die Kunst seiner Ausnutzung von Haydn gelernt. Die Ökonomie aber, die logische Konsequenz, mit der er diese Kunst entwickelt, die absolute organische Einheitlichkeit, die er damit erreicht, deckten erst die letzten Möglichkeiten auf, erhoben das motivische Prinzip zu seiner vollen Bedeutung. Seit der C-Moll-Sinfonie kann man von einer spezifisch beethovenschen „thematischen Arbeit" sprechen, die auf die folgenden Generationen bis in die Neuzeit ihre Wirkungen geübt hat. Auf einem Motiv von nur vier Noten:

baut sich ein ganzer, leidenschafterfüllter Sinfoniesatz auf, und dieses Motiv ist zugleich das einigende Band zwischen dem ersten und den drei übrigen Sätzen! Und mit so eindringlicher Deutlichkeit reden diese Töne, daß auch ohne Titel der Laie wie der Fachmann den Gegensatz von Leid und Freude, von Hemmung, Widerständen, Kampf und sieghafter Überwindung — kurz das Ringen nach Erlösung — unmittelbar empfindet. Nur daß der Kenner sich auch noch von der vollendeten Meisterschaft der Technik, von dem scharfen Kunstverstande, der hier am Werke war, bewundernd Rechenschaft ablegen kann. Diesmal verstanden auch die Wiener ihren Meister, und es bedurfte kaum der Deutung für das durchgehende, charakteristische Hauptmotiv („So pocht das Schicksal an die Pforte"), die Beethoven selbst zugeschrieben wird und wohl dem Werke den Namen „Schicksalssinfonie" eingetragen hat. Ja, selbst die Kritik wagte kaum noch zu widersprechen. E. Th. A. Hoffmann schrieb seinen begeisterten Aufsatz, in dem das erste geschichtliche Dokument eines beginnenden Beethovenkultus vorliegt. Der Kreis der wahren Verehrer blieb freilich noch immer enggezogen. Aber gerade die C-Moll-Sinfonie wirkte doch auch auf Naturen, die Beethovens Wesenheit wie seiner Kunst überhaupt ferner standen. Dem Eindruck der starken, das Empfinden aufrüttelnden Kontraste konnte sich niemand entziehen. Goethe, als ihm im Mai 1830 der junge Mendelssohn in Weimar das Werk auf dem Klavier vorspielte, meinte: „Das ist sehr groß, ganz toll, man möchte fürchten, das Haus fiele ein; und wenn das nun alle die Menschen zusammen spielen!"

Die C-Moll-Sinfonie ist wie die Pastorale, mit der sie fast gleichzeitig beendet wurde, dem Fürsten Lobkowitz und dem Grafen Rasoumowsky gewidmet, den beiden freigebigsten Gönnern des Meisters. Beide Sinfonien traten auch gemeinsam an die Öffentlichkeit in einem am 22. Dezember 1808 von Beethoven im Theater an der Wien gegebenen Konzert. — Ein kurzer Überblick über den Verlauf der einzelnen Sätze mag auch hier dem Leser oft Gehörtes in die Erinnerung rufen.

Ohne Vorbereitung, ohne sich (mangels jeder Harmonisierung) über seine Tonalität mit Bestimmtheit auszuweisen, tritt gebieterisch mit dem grundlegenden Pochmotiv an der Spitze das erste Hauptthema des Allegro con brio (C-Moll, $^2/_4$) ein. Mit seinen Intervallen (die nur wenig verändert werden) und mehr noch mit seinem Rhythmus beherrscht es fast den ganzen Satz. Nur vorübergehend meldet sich eine freundlichere Episode bei der Wendung nach der Paralleltonart Es-Dur:

Doch auch diesem zweiten Thema tritt in den Bässen beständig das Schicksalsmotiv entgegen, und in der Durchführung findet es gar keine Verwendung. Die Durchführung ist ungemein straff gehalten; sie ermattet, als ob dem Kämpfenden der Atem ausginge, in den breiten, dem Hornmotiv entnommenen Akkorden, steigert sich aber wieder zu höchster Energieentfaltung. Bei der Wiederholung schiebt sich auf dem Halt der Dominante wie eine flehentliche Bitte ein rührend ausdrucksvolles Oboensolo ein. Das zweite Thema erscheint nun in C-Dur, diesmal statt vom Horn, vom Fagott eingeleitet (was von modernen Dirigenten meist als Schreibfehler aufgefaßt und dementsprechend geändert wird). In der Coda, die 129 Takte, also mehr als der Hauptteil und die Durchführung, umfaßt, behauptet sich wieder das starr festgehaltene C-Moll und gibt dem Satz einen ungewöhnlich energischen, fast schroffen Abschluß.

Das Andante con moto (As-Dur, ³/₈) ist ein Variationensatz mit mehreren Themen. Das erste Thema:

wird zu Pizzicatonoten der Bässe von Bratschen und Celli vorgetragen. Ihm schließt sich eine Art Nachsatz:

an, auf hohe Holzbläser und Streicher verteilt, und unmittelbar darauf die marschähnliche Weise:

die über Bratschentriolen von Klarinetten und Fagotten gebracht wird. Entschlossen wendet sie sich nach C-Dur und erhält hier durch Hörner und Trompeten und rauschende Streicherpassagen erhöhten Glanz. Ein kleiner, harmonisch interessanter Übergang moduliert nach der Dominante Es, und nun können die Variationen beginnen. Die erste Variation münzt das Hauptthema in Sechzehntel um, die zweite in Zweiunddreißigstel, über die Flöte, Oboe und Fagott einen weiten Bogen spannen. Aber nur das erstemal folgen auch, in reicherer Fassung, die beiden anderen Themen; nach der zweiten Variation geschieht etwas Neues: Klarinette und Fagott, denen sich bald Flöte und Oboe gesellen, beginnen eine Unterhaltung, ohne sich um die andern zu kümmern, bis die Hörner sie zur Ordnung rufen und die triumphierende C-Dur-Weise wieder erklingt. Über einer allmählich sich anspinnenden Violinfigur verändert sich das Dur des Themas in Moll; bald darauf wird es vom vollen Orchester FF in seiner ursprünglichen Fassung aufgenommen, diesmal wieder mit dem Nachsatz als Gefährten. Noch einmal verdunkelt im eingeschobenen Piu mosso das As-Moll der Fagotte die helle Farbenstimmung; dann geht der Satz, in dessen friedlicher Stimmung sich zuweilen, wie drohend, der Rhythmus des Schicksalsmotives vernehmen läßt, entschlossen seinem Ende zu.

Eine formale Neuerung der C-Moll-Sinfonie war die Verbindung von Scherzo und Finale durch eine Überleitung und die thematische Einbeziehung des Scherzos in das Finale.

Dem dritten Satz (C-Moll, ³/₄) hat Beethoven nur die Bezeichnung Allegro gegeben. Etwas Geheimnisvolles, Beklommenes liegt schon in dem wiederum aus dem Schicksalsmotiv hergeleiteten Hauptthema, das, nur anders rhythmisiert, sich merkwürdigerweise Note für Note mit dem Finalthema der Mozartschen G-Moll-Sinfonie deckt:

Im Nebenthema meldet sich wieder der pochende Rhythmus des Themas 56 und deutet auf die geistigen Beziehungen zwischen den Sätzen:

An die Stelle des Trios tritt eine C-Dur-Episode der Celli und Contrabässe, die mit grimmigem Humor ein Fugato anstimmen:

Zu den ungewohnten Anforderungen, die hier an die Behendigkeit der Kontrabassisten gestellt wurden, soll das Vorbild Dragonettis den Meister ermutigt haben. Nachdem das neue Thema diminuendo in den Bläsern, zuletzt in der Flöte, verschwunden ist, wiederholt sich der Hauptsatz, ein wenig verändert. Das Seitenthema huscht nun (piccicato in den Violinen) in gespenstischer, fahler Beleuchtung vorüber. Mit dem Trugschluß auf As beginnt ppp die Überleitung zum Finale, unheimlich spannend, eine der genialsten Eingebungen Beethovens. Leise mahnend pocht in der Tiefe die Pauke das Schicksalsmotiv. Aus den Violinen singt eine dem Thema verwandte Figur. Erst ganz allmählich, dann plötzlich, schwillt die Tonstärke an, und mit dem Eintritt des Allegro (C-Dur, ₵), in vollem Orchesterglanze — hinzu kommen kleine Flöte, drei Posaunen und das Kontrafagott — bricht jubelnd das Finale los. Nach Harren und Kämpfen ist endlich der

Sieg errungen. Und nun kann sich der Komponist nicht genug tun. Nicht weniger als vier Themen bilden den Gedankengehalt dieses Satzes:

Alles hier ist Licht und aufjauchzendes Leben, nur die flüchtig, wie traumhaft auftauchende Reminiszenz an das Scherzo (62) wirft noch einmal vorübergehend trübe Schatten in diese Helligkeit. Aber bald sind sie verscheucht, und nur um so intensiver wird der Ausdruck freudiger Überwindung, bis das straffe Presto, in dem Motiv 67 verkürzt, das Pochmotiv (56) aber, in der Umkehrung und zum Quartenschritt erweitert, nunmehr als Symbol der Siegesgewißheit erscheint, dem orchestralen Triumphgesang den krönenden Abschluß gibt.

* * *

„Kraft ist die Moral der Menschen, die sich auszeichnen; sie ist auch die meine." So lautet in seiner Vollständigkeit der schon zitierte Ausspruch Beethovens, der wie ein stolzes Wahrzeichen über dem Leben und Schaffen dieses Mannes steht. Er findet, und ganz gewiß nicht zum wenigsten in den Werken der mittleren Periode, seine künstlerische Bestätigung. Durch Nacht zum Licht — durch Kampf zum Sieg, das war der leitende Gedanke, das Thema seiner Fünften, und schon sehen wir Beethoven, fast gleichzeitig, von einer neuen großen, wenn auch ganz anders gearteten Idee erfaßt. In den letzten Sinfonien hatte er sich mit Welt und Leben auseinandergesetzt; im Mittelpunkt seiner Darstellung stand der Mensch. Jetzt, auf der Suche nach immer neuen Stoffen, wendete er sich der Natur zu, und es entstand als sechste Sinfonie die „Pastorale". Als ob es ihn in einer Art Reaktion von inneren Problemen zu äußeren Eindrücken getrieben hätte, flüchtete er sich in die Arme seiner oft bewährten Freundin und Trösterin.

Beethovens Liebe zur Natur hat etwas Rührendes und durchaus Echtes. Sie war nicht, wie bei so vielen Menschen, nur Affektiertheit, sie wurzelte in seinem tiefsten Wesen und äußerte sich um so leidenschaftlicher, je mehr das Unglück ihn vereinsamte und aus der menschlichen Gemeinschaft stieß. Viele Züge, die davon sprechen, sind uns überliefert. Charles Neate, der Gründer der Londoner Philharmonischen Gesellschaft, der ihn 1815 besuchte und mit ihm befreundet wurde, erzählt, er habe niemals einen Menschen gesehen, der sich so an der Natur ergötzen, sich so von Herzen über sie freuen konnte. Deshalb ging Beethoven auch, sobald es die Jahreszeit und seine Geschäfte nur irgend erlaubten, aufs Land, nach Döbling, Hetzendorf, Heiligenstadt, Mödling oder Baden, in seinem Bedürfnis nach alljährlicher Sommerfrische eigentlich schon ein moderner Mensch. Und konnte er nicht hinaus, so lief er stundenlang um die Wälle der Stadt, gleichviel ob die Sonne brannte oder Schnee und Regen wüteten. Als er auf seiner letzten Reise in Gneixendorf, auf dem Gute seines Bruders Johann weilte, sah ihn der Diener Michael Krenn schon frühmorgens von 6 bis 10, ohne Hut, das Skizzenbuch in der Hand, durch die Felder streifen. Selbst unter den Wirtshäusern in der Umgebung Wiens bevorzugte er das „Zu den drei Raben", weil es auf der schönen Brühl gelegen war.

„Kein Mensch liebt das Land mehr als ich", sagte Beethoven selbst. „Wälder, Bäume und Berge geben einem die Antwort, die man wünscht." Als er einmal in Baden bei einem Kupferschmied eine Sommerwohnung gemietet hatte, bezog er sie nicht, weil sie nicht im Grünen lag. „Wo sind Ihre Bäume? — Dann kann ich die Wohnung nicht brauchen. Bäume sind mir lieber als Menschen." In der freien Natur vertraute Beethoven den Skizzenbüchern auch seine Eindrücke und Empfindungen an. So, als er einst die Nacht im tiefen Walde zugebracht und langsam den Tag hatte anbrechen sehen. Und an anderen Stellen finden wir Bemerkungen wie: „Allmächtiger, ich bin selig, glücklich im Walde, jeder Baum spricht durch Dich. Jeder Baum scheint zu sagen: Heilig, heilig!" Oder: „Welche Herrlichkeit in solcher Waldgegend — in den Höhen ist Ruhe". — 1817 schreibt er an Nanette Streicher: „Kommen Sie an die alten Ruinen, so denken Sie, daß dort Beethoven oft geweilt; durchirren Sie die heimlichen Tannenwälder, so denken Sie, daß dort Beethoven oft gedichtet oder, wie man sagt, komponiert." Der Ort, wo die Pastoralsinfonie entstand, ist das an einem Bache entlangführende Wiesental bei Heiligenstadt, das jetzt den Namen „Beethovental" trägt.

Es ist nicht das erstemal, daß Beethoven in seiner Musik von bestimmten Vorstellungen geleitet wurde. Abgesehen davon, daß schon manche seiner Klaviersonaten sich in poetisierender Richtung bewegten, war er in der Eroica mit aller Entschiedenheit zur sinfonischen Gestaltung einer dichterischen Idee übergegangen. Wenn er es jetzt unternahm, mit instrumentalen Mitteln das Leben in der Natur zu schildern, so näherte er sich einen Schritt weiter der sogenannten Programmusik. Zu den Vertretern dieser im neunzehnten Jahrhundert zu besonderer Bedeutung gelangten Gattung wird man Beethoven trotzdem nicht rechnen können. Einmal blieben die Pastorale und einiges Ähnliche vereinzelte Erscheinungen in seinem Gesamtschaffen und bedeuteten keinen Wandel des Prinzips, und dann hat Beethoven auch in der Sechsten die sinfonische Form nicht aufgegeben. Das Wesen der eigentlichen Programmusik aber — wie sie später Berlioz, Liszt und Richard Strauß entwickelt haben — ist es, daß nicht das musikalische Gestaltungsprinzip waltet, sondern der dichterische Inhalt sich die jeweilige Form schafft. In diesem Sinne Programmusiker ist er, wie wir sehen werden, wohl gelegentlich an anderer Stelle gewesen, nur gerade da nicht, wo man es vermuten könnte, wo er durch Überschriften die Phantasie der Hörer in eine bestimmte Richtung leitet.

In der Pastoralsinfonie ist Beethoven als Musiker der gleiche und seiner rein musikalischen Schaffensart treu geblieben, nur daß er durch Titel und Hinweise die Anregungen, denen das Werk entsprungen war, die Vorstellungen, die ihn selbst dabei leiteten, ausnahmsweise mitgeteilt hat. Den einzelnen Sätzen gibt er bestimmte, nicht mißzudeutende Überschriften:

1. Erwachen heiterer Empfindungen bei der Ankunft auf dem Lande.
2. Szene am Bach.
3. Lustiges Zusammensein der Landleute. Gewitter, Sturm.
4. Hirtengesang. Frohe und dankbare Gefühle nach dem Sturm.

Auf dem Programm der ersten Aufführung aber stand die bedeutsame Mahnung: „Mehr Ausdruck der Empfindung als Malerei!" Damit ist der Schlüssel für das richtige Verständnis des Werkes gegeben. Nicht eine Beschreibung des Landlebens selbst lag in der Absicht des Komponisten. Was er geben will, in Tonbildern, die wohl hier und da kleiner realistischer Züge nicht entbehren, im wesentlichen aber auf den Empfindungsausdruck zielen, ist nicht eine objektive Schilderung der Natur, sondern die Spiegelung der subjektiven Eindrücke, wie sie die Naturbetrachtung im Gemüt des Empfänglichen wachruft. Darauf also kam es ihm an und nicht auf eine musikalische Porträtkunst. Daher legte er auch keinen Wert auf das, was wir „Tonmalereien" nennen, auf Nachahmung von Klängen und Be-

wegungsformen. Die hielt er für nebensächlich. Schilderungen, wo sie vorkommen, sind nicht um ihrer selbst
willen da, sondern dienen als Mittel zum Zweck.

In dieser innerlichen Erfassung der Aufgabe unterscheidet sich Beethoven sowohl von gewissen Neueren wie von
denen, die vor ihm waren. Äußerlich malende Programm-
musik gab es schon lange. Wir wissen sogar von zwei unmittelbaren Vorbildern, die möglicherweise die Pastorale
angeregt haben. „Das vergnügte Hirtenleben, von einem
Donnerwetter unterbrochen, welches aber vorüberzieht,
und sodann die naive und laute Freude deshalb" hatte vor
Beethoven Abt Vogler auf der Orgel geschildert, und ein
Komponist namens Heinrich Knecht hatte eine „Pastoral-
sinfonie", in der er die Freude des Landlebens und mit
Gewitter und Sturm die Schrecknisse der Natur malte, schon
1784 veröffentlicht. Die Anlage, wenn natürlich auch nicht
die Ausführung, ist ganz dieselbe wie bei Beethoven, was
insofern nicht verwunderlich ist, als das Knechtsche Werk
in dem Verlage von Boßler in Speier erschien, in dem,
wie wir uns erinnern, auch die Jugendkompositionen des
kleinen Louis gedruckt wurden. Auf der Rückseite des
Heftes, in dem er seine Erstlinge las, stand sogar die An-
zeige mit ausführlicher Inhaltsangabe. Beethoven muß also
den Plan jener Sinfonie gekannt haben. Aber was ganz
anderes hat sein Genie daraus zu machen gewußt!

Das erste Allegro non troppo (F-Dur, $^2/_4$) ist verhältnismäßig einfach gebaut, übersichtlich und leicht gehalten,
aus einer wohligen Stimmung heraus geschaffen, die sich
durch den ganzen Satz hindurch behauptet und durch
keinerlei Kontraste stören läßt. „Heitere Empfindungen
bei der Ankunft auf dem Lande." Natürlichkeit und
Frische kennzeichnen die musikalische Erfindung, sie ent-
strömt einem Herzen, das unter angenehmen, befreienden
Eindrücken aufatmet. Gleich das erste Thema:

versetzt uns in den Zustand glücklichsten Behagens. Ein neuer, abwechselnd von verschiedenen Instrumenten übernommener Gedanke:

führt zu dem in Terzen erklingenden freundlichen Seitenthema:

und der Dominantabschluß bekräftigt das Motiv:

Die Durchführung beschränkt sich auf die Verarbeitung des Hauptthemas, dessen erster Takt dabei die wichtigste Rolle spielt, Nach der Reprise verleiht das Anhängsel der vom Fagott begleiteten Klarinette der Coda noch einen besonderen Zug harmloser, musikantenhafter Fröhlichkeit.

Im zweiten Satz, der „Szene am Bach", Andante molto mosso (B-Dur $^{12}/_8$), treten an Stelle der allgemeinen bestimmtere Empfindungen. Es ist Mittag geworden, und nach der fröhlichen Wanderung sucht der Wanderer Kühlung unter den Bäumen am Bach. In den tieferen Streichern spinnt sich eine Bewegung an, die fast ununterbrochen die musikalische Entwicklung begleitet und in der wir das Murmeln des Wassers, das Säuseln der Blätter zu vernehmen meinen. In den Zweigen singen die Vögel, und wie glitzernde Sonnenstrahlen liegen über dem wunderbaren Tongemälde die Triller der Geigen. Die Einsamkeit ist dem Träumenden lebendig geworden. Aus dem heimlichen Weben und Raunen löst sich ein Thema:

72.

Erst sind es abgerissene Melismen, dann schwillt eine
breite Kantilene an, in der sich zu den Naturlauten die
innere Stimme des Lauschers gesellt. Immer hinreißender,
immer wärmer wird der Gesang im zweiten (F-Dur-)
Thema:

und

Nach Ablauf der Durchführung und der Wiederholung
schiebt sich gegen Schluß des in weiche und üppige
Farben gekleideten Satzes eine kleine Episode ein, wo
Nachtigall, Wachtel und Kuckuck — naturgetreu in den
Holzbläsern nachgeahmt — sich in einer Art Kadenz
hören lassen. Eine Spielerei, die Beethoven später selbst
als bloßen Scherz bezeichnet hat. Von dieser Stelle abgesehen, ist nichts realistisch, sondern alles mit voller
Freiheit der musikalischen Phantasie gestaltet. Beethoven
war ein viel zu scharf denkender Kopf und hütete sich
grundsätzlich, die Grenzen seiner Kunst zu überschreiten.
Bei aller Schönheit der ersten beiden Sätze ist Beethovens Meisterschaft doch am meisten in den nun folgenden Teilen der Sinfonie — dem „Lustigen Zusammensein der Landleute", dem „Gewitter und Sturm" und dem
abschließenden „Hirtengesang" — zu bewundern. Hier,
wo er dem Musikalisch-Programmatischen am nächsten
kommt, zeigt sich die ganze Reife und Überlegenheit seiner
Darstellungskunst. Der Tag, den wir mit Beethoven ver-

leben, neigt sich dem Ende zu. In der Dorfschenke versammelt sich eine frohe Gesellschaft:

Es wird getanzt; erst bedachtsam, manierlich:

dann stampfend, derb bäuerisch:

Das plötzliche Umschlagen des ³/₄- in den ²/₄-Takt ist eine
musikalische Nachbildung der alt-österreichischen Tanzmusik, wie sie Beethoven in der Umgebung Wiens noch
kennengelernt hat. Köstlich, wie bei ihm die Dorfmusi-
kanten aufspielen! Er kann es sich nicht versagen, sie ein
wenig boshaft zu charakterisieren. Streckenweise ver-
nimmt man nichts als den Rhythmus. Die Oboe verpaßt
mit ihrer Melodie den Einsatz und spielt gegen den Takt,
aber das Fagott, das mit komischer Wichtigkeit nur die
Harmonienoten (f — c — f) bläst, springt ihr bei und bringt
die Sache wieder ins Rechte. Nicht weniger humorvoll
ist die Lustigkeit der Landleute gezeichnet, bei der sich,
wie es scheint, eine kleine Rauferei entwickelt. Plötzlich
bricht die Musik ab. Dem heiteren F-Dur-Stück folgt ein
düsteres, bald wild bewegtes Allegro in F-Moll (⁴/₄). In
den Bässen, die von c zu des steigen, grollt wie aus der
Ferne ein heraufziehendes Gewitter. Man hört die ersten
Tropfen fallen, die Menge stiebt angstvoll auseinander,
und ungestüm bricht mit voller Gewalt das Unwetter los.
Sinnfällig und dabei mit den einfachsten Mitteln ist das
Zucken der Blitze, das Rollen des Donners, das Nieder-

prasseln des Regens gemalt. Nachdem der Höhepunkt des
Tumultes erreicht ist, beruhigen sich allmählich die Ele-
mente. Ein geistreicher 77.
Zug ist es, daß Beethoven
dabei das Motiv des jähen
Aufbruchs:

durch einfache Verlängerung der Notenwerte zum Motiv
der Beruhigung werden läßt.

Wie in der Fünften, so ist auch in der Sechsten Sinfonie
der dritte Satz (hier der Bauerntanz) durch eine Überleitung (Gewitter und Sturm) mit dem Finale verbunden.
An das aufgeregte Allegro schließt sich unmittelbar ein
Variationssatz, Allegretto (F-Dur, $^6/_8$), an, mit dem nur
von wenigen Takten der Klarinette und des Hornes über
ruhenden Quinten der Bratschen und Celli eingeleiteten
Thema:

Es ist der Ausdruck der frohen und dankbaren Gefühle,
die den Menschen aufatmen lassen, wenn ein Wetter sich
verzogen hat, und Stille und Frieden in die Natur wieder
eingekehrt sind. Ihm folgt als eigentliches Dankgebet das
zweite Thema in der Unterdominante:

In diesem Finale hat Beethoven wieder die ihm eigene
Kunst der Variierung in höchstem und reichstem Maße
aufgeboten, um die halb hymnische, halb pastorale Stimmung zum vollsten Ausklang zu bringen. Rührend und erhaben zugleich, wie ein Moment innerer Einkehr wirkt es,
wenn kurz vorm Schluß das Streichquartett (ohne Baß)
noch einmal eine Umbildung des Themas mit beinahe religiösem Ausdruck anstimmt:

An jenem 22. Dezember, dem Tage der Aufführung, verkündete dem Publikum ein Zettel: „Herr Ludwig van Beethoven hat die Ehre, in dem k. k. privilegierten Theater an der Wien eine musikalische Akademie zu geben. Sämtliche Werke sind von seiner Komposition, ganz neu und noch nicht öffentlich gehört worden." Und was waren das für Werke, die alle an einem Abend zum erstenmal erklangen? Die Pastorale, die C-Moll-Sinfonie, Stücke aus der C-Dur-Messe, das Klavierkonzert in G-Dur und die Chorfantasie. Glückliches Wien! Glückliche Zeiten! Aber das Haus blieb leer, das Theater war ungeheizt; in einer Loge saß einsam ein russischer Freund des Meisters, der Graf Vielhorsky. Um die Aufführung soll es auch nicht zum besten bestellt gewesen sein. Bei der Chorfantasie kam es sogar zu einer Entgleisung. Moscheles erzählt: „Ich erinnere mich, bei der fraglichen Aufführung zugegen gewesen zu sein und in einer Ecke der Gallerie im Theater an der Wien gesessen zu haben. Während des letzten Satzes der Fantasie bemerkte ich, daß — gleichsam wie bei einem Wagen, welcher einen Abhang hinabstürzt — ein Umsturz unvermeidlich war. Fast unmittelbar darauf sah ich, wie Beethoven das Zeichen zu halten gab. Seine Stimme war nicht zu hören; doch hatte er wahrscheinlich Anweisung gegeben, wo man wieder beginnen solle; und nach einem, kaum einen Moment dauernden respektvollen Stillschweigen von Seiten des Publikums fing das Orchester wieder an, und die Aufführung ging weiter ohne fernere Versehen oder Unterbrechungen. Für diejenigen, welche mit dem Werke bekannt sind, wird es von Interesse sein, die Stelle zu kennen, an welcher der Fehler vorfiel: es war jener Abschnitt, in welchem mehrere Seiten hindurch je drei Takte einen Tripelrhythmus bilden." Und Seyfried berichtet: „Daß er die braven Musiker gewisser-

maßen beschimpft hätte, wollte ihm anfangs gar nicht ein-
leuchten. Er meinte: es sei Pflicht, einen vorgefallenen
Fehler zu verbessern, und das Publikum könne für sein
Geld alles fein ordentlich zu hören verlangen. Bereitwillig
jedoch bat er das Orchester mit der ihm eigenen Herzlich-
keit wegen der demselben absichtslos zugefügten Belei-
digung um Verzeihung und war ehrlich genug, die Geschichte selbst weiter zu verbreiten, und alle Schuld seiner
eigenen Zerstreuung zuzumessen."

Heut gehört die Pastorale zu den beliebtesten Werken
der sinfonischen Literatur. Wir empfinden nicht mehr ihre
angeblichen Längen, uns stören nicht mehr die Neuheiten
und harmonischen Kühnheiten, an denen die Zeitgenossen
Anstoß nahmen. Wir sehen in ihr ein Werk von seltener
Vollendung und wunderbarer Ausdruckskraft, ein Werk,
aus dem gleichsam die Natur selber zu uns zu sprechen
scheint.

*　　*
*

Bis hierhin hatte sich fast unmittelbar ein sinfonisches
Werk an das andere geknüpft. Das Jahr 1808 brachte sogar zwei Sinfonien auf einmal. Wenn nun eine weniger
fruchtbare Periode folgte, so könnte man selbst bei Beethoven an eine gewisse Erschöpfung auf diesem Gebiete
denken. Es scheint jedoch, daß die etwa vierjährige Pause
mehr noch auf äußere Umstände, die der Entstehung größerer Werke nicht günstig waren, zurückzuführen ist.

Das Jahr 1809 war wieder ein Kriegsjahr, das Österreich mit
neuen Wirren und Unruhen überzog. Im Mai wurde Wien
von den Franzosen beschossen und mußte kapitulieren.
Beethoven, der die schlimmsten Tage bei seinem Bruder
Karl in der Rauhensteingasse verbrachte, war in den
Keller geflüchtet und hatte den Kopf mit Kissen bedeckt,
um ja nicht die Kanonen zu hören. Dann brachen für Wien
die traurigsten Zeiten an. „Welch zerstörendes, wüstes
Leben nun auch hier", klagte der Meister, dem solche Zustände besonders abscheulich waren; „nichts als Trom-

meln, Kanonen, Menschenelend in aller Art." Mit der
Besatzung waren in die Stadt auch Not und Teuerung ein-
gezogen. Liest man die Briefe Beethovens aus jenen Tagen,
so wird man durch seine Bemerkungen über die Geld-
entwertung und die Preissteigerung der Lebensmittel nahezu an Zustände nach dem Weltkriege erinnert. Auch die
gewohnte Erholung konnte er sich in jenem Sommer nicht
gönnen. „Noch kann ich des Genusses des mir so unent-
behrlichen Landlebens nicht teilhaftig werden" heißt
es in einem Briefe vom Ende Juli. Es scheint, daß er erst
im Herbst einer Einladung seines Freundes Brunswick nach
Ungarn gefolgt ist. All diese widrigen Erlebnisse und Umstände mußten ihn natürlich auch in seinem Schaffen
stören. Dazu kamen noch die finanziellen Sorgen, die der
Krieg auch für ihn mit sich brachte. Sein bis dahin reich-
liches Einkommen war geschmälert, wenn nicht in Frage
gestellt.

Im Herbst 1808 war man von auswärts mit einem ver-
lockenden Anerbieten an Beethoven herangetreten. Jé-
rome Bonaparte, der damals als König von Napoleons
Gnaden in Kassel residierte, wollte ihn als ersten Kapellmeister an seinen Hof ziehen. Beethoven, verärgert, daß
sich ihm in Wien keine Stellung bot, und von der Unsicherheit der Verhältnisse beunruhigt, hatte nicht übel
Lust, dem Rufe zu folgen; aber da erwachte in Wien das
Bewußtsein, was man mit seinem Weggang verlieren
würde. Drei seiner Gönner, der Erzherzog Rudolph, der
schon seit etwa 1804 sein Schüler war, die Fürsten Lobkowitz und Kinsky taten sich zusammen und boten ihm ein
Jahresgehalt von 4000 Fl. unter der einzigen Bedingung,
daß er, von Kunstreisen abgesehen, Österreich nicht ver-
lasse und seinen Wohnsitz dauernd in Wien oder einer
anderen Stadt des Landes behalte. Am 20. Februar 1809
wurde der Vertrag abgeschlossen, und, im Genuß dieser
für damalige Zeiten schon ansehnlichen Rente, hätte Beethoven ruhig seinen Arbeiten leben können, wenn ihn die
Zeitereignisse nicht in neue Existenzsorgen gestürzt hätten.
Das Finanzpatent vom Jahre 1811, durch das sich der

österreichische Staat vor seinem wirtschaftlichen Verfall
zu retten suchte, reduzierte jenes vertragsmäßige Einkommen auf eine beträchtlich geringere Summe. Lobkowitz geriet durch seine verschwenderische Lebensführung in Ver-
mögenskonkurs, und die Erben Kinskys, der 1812 infolge
eines Sturzes vom Pferde starb, kamen erst nach einem
langwierigen Prozesse ihren Verpflichtungen nach. Der
Erzherzog zahlte, tat aber sonst nichts für seinen Lehrer
und Freund, so daß Beethoven sich durch seine Beziehungen zu dem hohen Herrn für mehr geschädigt als gefördert hielt. Es gelang ihm schließlich, wenigstens zum
größten Teile wieder in den Besitz seiner Rente zu
kommen, aber vom Jahre 1809 ab sehen wir ihn fast beständig in Geldnöten und in pekuniäre Verhältnisse verwickelt, die auf die Art und den Umfang seines Schaffens
nicht ohne Einwirkung bleiben konnten. Seine Klagen in
diesem Punkte sind zwar nicht immer gar so ernst zu
nehmen, denn er hatte ein Kapital in Bankaktien angelegt.
Aber dieses Kapital betrachtete er nicht als sein Eigen-
tum; er hatte es — ein rührender Zug — als Erbschaft für
seinen Neffen bestimmt, und nur einmal entschloß er sich
schweren Herzens, es durch Veräußerung einer Aktie an-
zugreifen. So lebte er zeitweise von der Hand in den
Mund und durfte tatsächlich von sich sagen, daß er für
den Broterwerb arbeite.

Waren die Jahre 1809 bis 1811 aus all diesen Gründen
weniger ergiebig, und stellen sie im sinfonischen Schaffen
des Meisters einen Einschnitt dar, so waren sie doch
keineswegs unfruchtbar. Es ist Zeit, daß wir uns danach
umsehen, was Beethoven seit der Zeit der Eroica inzwischen auf anderen Gebieten seiner Kunst vollbracht
hat, ehe er sich der Sinfonie wieder zuwandte. Nur aus
der Kenntnis aller Gattungen und Ausdrucksformen läßt
sich ein Bild seiner schöpferischen Entwicklung gewinnen
und das Verständnis für die Wege, die der unermüdlich
an sich Arbeitende, immer nach vorwärts Gerichtete in
seinem späteren Leben eingeschlagen hat. Wir wollen
dabei außer acht lassen, was, ohne die Beethovensche

Handschrift zu verleugnen, so nebenher entstand oder weniger bedeutend und eigenartig ist, wollen auch die Lieder einer späteren zusammenfassenden Betrachtung vorbehalten und jetzt nur diejenigen Werke überblicken, die, einzig in ihrer Art, den ganzen, noch heut uns vertrauten Beethoven enthüllen.

Noch in das Jahr 1803 fällt die am meisten bewunderte und am häufigsten gespielte seiner Violinsonaten, die sogenannte Kreutzersonate in A-Dur (op. 47). Im folgenden Jahre komponierte Beethoven die beiden großen Klaviersonaten, die C-Dur op. 53 (Waldstein-Sonate) und die F-Moll op. 57 (die sogenannte „Appassionata"), 1805 reifte das Tripelkonzert für Klavier, Violine und Cello mit Orchester. 1806 entstanden das G-Dur-Konzert, die C-Moll-Variationen, die Quartette op. 59 und das Violinkonzert. 1807 ist das Jahr der Coriolan-Ouvertüre und der C-Dur-Messe. 1808 vollendete Beethoven die Klavierfantasie mit Chor, die Cellosonate op. 69 und die Trios op. 70 in D- und Es-Dur. 1809 schrieb er die wundervolle Fis-Dur-Sonate op. 78, die Sonate in Es op. 81 a (Les adieux, l'absence, le retour), das Es-Dur-Klavierkonzert und das Es-Dur-Quartett op. 74 („Harfenquartett"). 1810 wurde die Egmont-Musik fertig und das F-Moll-Quartett op. 95. Im Jahre 1811 sehen wir den Meister wieder mit Arbeiten für das Theater beschäftigt; er schreibt die Musik zu Kotzebues „Ruinen von Athen" und „König Stephan", ferner das große B-Dur-Trio op. 97. Das Jahr 1812 endlich bringt die Violinsonate in G-Dur op. 96.

Auf kammermusikalischem Gebiete hatten wir, im zweiten Kapitel, Beethovens Werdegang bis zu den Klaviersonaten op. 31 verfolgt. Nach einer Zeit fast ununterbrochenen Produzierens trat eine Pause von etwa zwei Jahren ein. Inzwischen waren die D-Dur-Sinfonie und die Eroica herangereift. Der Zeitpunkt war gekommen, wo es den Meister drängte, sich mit den reicheren Mitteln des Orchesters in größeren Formen auszusprechen, zu denen die Kammerwerke mit

Bläsern und Streichern gleichsam Vorstudien gewesen waren. Die Violinsonate op. 47 verdankte ihre Entstehung einer äußeren Veranlassung. 1803 war der Violinvirtuose George Bridgetower, ein Mulatte, Schüler des berühmten Giarnovichi, nach Wien gekommen und erregte Aufsehen in musikalischen Kreisen. Beethoven fand sich bereit, öffentlich mit ihm aufzutreten, und schrieb für das gemeinsame Konzert im Augarten die jetzt beliebteste seiner Violinsonaten. Wie es heißt, wieder einmal im letzten Moment, so daß er als Finale einen Satz benutzen mußte, der eigentlich für die A-Dur-Sonate op. 30 bestimmt war. Das Spiel des Südländers war nach Czernys Erinnerung sehr „extravagant"; als er das Werk mit Beethoven vortrug, lachten die Zuhörer. Trotzdem muß es gefallen haben, denn Bridgetower selbst berichtet: „Beethovens Ausdruck im Andante war so keusch, was jederzeit den Vortrag seiner langsamen Sätze charakterisierte, daß man einstimmig verlangte, daß dasselbe zweimal wiederholt würde." Die erste Abschrift der Sonate sei ihm gewidmet gewesen. Bevor er jedoch abreiste, hätten er und der Meister (eines Mädchens wegen) Streit miteinander gehabt, worauf die Dedikation wieder zurückgezogen worden sei. Nach Czerny soll das Thema:

einem Werke Rudolph Kreutzers entnommen sein. Vielleicht war dies die Veranlassung für Beethoven, die Sonate endgültig dem in Paris lebenden Violinisten zu widmen, der sie übrigens in seinen Konzerten nie gespielt hat.

Wie die Violinsonate op. 47, so gehören unter den Solosonaten die in C-Dur op. 53 und in F-Moll op. 57 zu den von der Nachwelt bevorzugten. Diese drei Werke sind der Sphäre intimer häuslicher Musikpflege entrückt und bewußt auf Konzertwirkung angelegt. Damit sehen wir den

Sonatenkomponisten Beethoven wieder in einem neuen Stadium der Entwicklung. Von der Haydn-Mozartschen Sonate war er ausgegangen, sie mit seinem Geiste durchdringend, ihre neue musikalische Gedanken zuführend. Allmählich hatte er ihre Formen erweitert, durch Zwischenglieder bereichert, dem Inhalt einen immer bestimmteren Ausdruckscharakter gegeben. Die Sonate war ihm mehr und mehr zur Dichtung auf dem Klaviere geworden. Schließlich zerbrach ihm die Form, und er setzte an ihre Stelle die freie Phantasie. Allein auch darin hatte er noch kein letztes Ziel erkannt und ordnete im Vollgefühl seiner schöpferischen Souveränität auch die phantasiereichsten Gebilde wieder in die Sonatenform ein (op. 31). Nur hatten sich gegen früher die technischen Ausdrucksmittel, die konstruktive und die motivische Arbeit unendlich verfeinert. Inzwischen war in ihm der Sinfoniker zur Reife und inneren Selbständigkeit gekommen, und gewaltige Werke teils schaffend, teils planend, steigert nun Beethoven die Klaviersonate ins Monumentale. Auch hier wieder ist in der Sonate ein Gipfel erreicht, ein Stilprinzip in aller Vollkommenheit verwirklicht, lange bevor die entsprechende Schaffensperiode nach anderen Seiten hin zum Abschluß gelangt. Das Schwesternpaar op. 53 und 57 ist den erhaltenen Skizzen nach im Jahre 1804 entworfen, wenngleich die F-Moll-Sonate (op. 57) erst 1806 vollendet wurde. Beide Werke verzichten auf intimere poetische und klavieristische Züge. Sie malen mehr al fresco; die dem Grafen Waldstein gewidmete C-Dur-Sonate grandiose Lebenskraft und Freudigkeit, die andere düstere, am Schluß bis zur Wildheit gesteigerte Leidenschaft. Das Klavier soll hier seine ganze Kraft hergeben, es ist in vollem Umfange, in seinen verschiedenen Lagen und ihren Kontrastwirkungen ausgenutzt, der Vortrag verlangt gleichsam orchestrale Klangfarben. Echt beethovensch ist die Fortführung der beiden Kopfthemen durch Transposition (in op. 53 von C- nach B-Dur, in op. 57 von F-Moll nach Ges-Dur). Beide Sonaten stellen unter allen Beethovenschen Klavierwerken dem Pianisten die dankbarsten Aufgaben. Ihre Anlage ist dreiteilig. Die langsamen Mittelsätze dienen nur dazu, den Grundcharakter um so stärker hervortreten zu lassen. In der C-Dur-Sonate ist es ein kurzes Adagio molto, das zur Introduktion des Finales dient. Ihr Schlußrondo, das sich über einem in der Umgebung Bonns vielgesungenen und daher wohl in Beethovens Erinnerung lebendig gebliebenen Kinderlied aufbaut:

entfaltet die ganze Virtuosität der spätbeethovenschen Klaviertechnik mit ihren Oktavengängen, ihren Trillerketten, ihrem Überschlagen der Hände und ihrer Vollgriffigkeit. In der F-Moll-Sonate steht ein von romantischem Klangzauber umhüllter Variationensatz (As-Dur-Andante) zwischen zwei Ecksätzen, deren Stimmungscharakter ihr den nicht vom Komponisten herrührenden Namen der „Appassionata" eingetragen hat. Beethoven hatte dies Werk im Kopfe so fertig ausgearbeitet, daß er es in einem Zuge beim Grafen Brunswick (dem es gewidmet ist) niederschreiben konnte. Das auf der Reise von Troppau nach Wien vom Regen durchnäßte Manuskript wurde seinei Freundin Madame Bigot zum Geschenk gemacht. In das Jahr 1806 fallen auch die 32 Variationen über ein Originalthema in C-Moll, in denen sich die von Beethoven inaugurierte Variationskunst bereits zu höchster Blüte entwickelt zeigt. Um so unwahrscheinlicher klingt es, daß er sie später verworfen und Streichers Tochter gegenüber als eine „Dummheit" bezeichnet haben soll.

Zwischen den beiden großen Konzertsonaten in C-Dur und F-Moll steht die F-Dur-Sonate op. 54 als ein Gebilde eigener Art. Sie besteht nur aus einem Tempo d'un Menuetto und einem abschließenden Allegretto. Sie birgt in sich — wenn man von der derb dreinfahrenden Oktavenstelle des ersten Satzes absieht — keine starken Kontraste und ist auf einen durchaus behaglichen, feinhumoristischen Ton abgestimmt, geistreich und spielfreudig. Man müßte sie für sich gesondert betrachten, wenn nicht die folgenden Sonaten sie als den Versuch eines abermals neuen Stilprinzips kennzeichneten. Beethoven ist noch nicht am Ende seiner Wandlungen. Die Art seines künftigen Schaffens vorausnehmend, verpflanzt er die Sonate aus dem Konzertsaal wieder in traulichere Räume und entdeckt nun Möglichkeiten, die noch unerschlossen in ihr ruhten. Ohne ihr den Charakter des Dichterischen etwa zugunsten des Musikalisch-Formalistischen im geringsten zu nehmen, kehrt er doch das Klavieristische, das nun mit einer bis dahin beispiellosen Feinheit behandelt wird, entschiedener und selbständiger hervor. Das ehemalige Pathos ist geflissentlich vermieden; diese Werke wollen auch nichts ausdrücken oder darstellen, sie sind aus reiner Freude am Musizieren geboren. Beethoven nähert sich der Erkenntnis, zu der er sich in seinen Spätwerken dann vollends durchgerungen hat: daß Musik sich selbst höchster und reichster Inhalt ist und durch irgendwelche Beziehungen auf Außermusikalisches nur abgeschwächt werden kann. So entstanden 1809 die Fis-Dur-Sonate op. 78, die schon durch die Wahl der Tonart auf zarteste Klangreize gestellt ist, die inhaltlich leichtwiegende G-Dur-Sonatine op. 79 und die Es-Dur-Sonate op. 81a, die trotz ihrer programmatischen Bezeichnungen (Les adieux, l'absence, le retour) ihrem Wesen nach zu dieser Gruppe gehört. Beethoven war dabei nicht von sentimentalen Empfindungen geleitet, sondern schrieb sie für den Erzherzog Rudolph, der damals, wie der ganze Hof, vor den anrückenden Franzosen Wien verlassen mußte, und dem er damit ein ehrfurchtsvolles Zeichen seiner Teilnahme geben wollte. Weit bemerkenswerter als die durch Titel erläuterten Stimmungsgegensätze sind darin die Kühnheit, mit der der Meister am Schluß des ersten Satzes die Tonica- und Dominantharmonien durcheinandermischt, und andere originelle, rein musikalische Züge. Hierher gehören ferner die elegische E-

Moll-Sonate op. 90 mit dem seelenvollen E-Dur-Rondo, und die Spätlinge ihrer Gattung, die frohgestimmte Violinsonate op. 96 in G-Dur, die Cellosonate op. 69 in A-Dur aus dem Jahre 1808 und — obgleich sie erst 1815 entstanden — die beiden Cello-Sonaten (C-Dur und D-Dur) op. 102. In all diesen Werken ist Beethoven der Periode sentimentalischer Deutungen und vulkanischer Gefühlsausbrüche entrückt, ist nichts als der Musikant, der mit der Fülle und Genialität seiner Einfälle, seiner Art der Themenbildung, der streng logisch durchgeführten Entwicklung seiner Gedanken, unabsehbares Neuland erschließend, uns zur höchsten Bewunderung zwingt.

Aus dem Bereich der reinen Kammermusik entfallen auf diese Jahre eine Anzahl Werke, die zu den herrlichsten Schöpfungen des Meisters zählen. Voran die Streichquartette op. 59. Beethoven schrieb sie auf Veranlassung des russischen Gesandten Rasoumowsky, nach dem sie gewöhnlich auch genannt werden. Im Mai 1806 wurden sie begonnen und noch vor Neujahr beendet. Gegenüber den Erstlingen op. 18 verhalten sie sich wie etwa die B-Dur-Sinfonie zu den Sinfonien der ersten Periode. Die Persönlichkeit des Komponisten erscheint in ihnen voll ausgeprägt, absolute Meisterschaft gestattet ihm freieste Herrschaft über die Form, und unerschöpflich ist der Reichtum an fruchtbaren Ideen. Der durchaus quartettmäßige Satz bedeutet einen Fortschritt in der Individualisierung der Instrumente und ist von einer Feinheit der Stimmenführung, aus der sich überraschend neue Klangwirkungen ergeben. Man kann es verstehen, daß die Zeitgenossen dieser Musik zunächst verständnislos gegenüberstanden. Gyrowetz, Romberg und fast alle Fachmusiker lehnten sie ab; das Publikum glaubte, Beethoven wolle sich einen Spaß machen. Das allem Neuen gegenüber so bequeme Urteil: „Das ist keine Musik" erscholl auch hier wieder. Als ob „Musik" ein festumrissener, unverrückbarer Begriff wäre, als ob der Wandel der Zeiten diese Meinung nicht stets und immer widerlegt hätte! Heut fällt es schwer, unter den drei Quartetten (in F-Dur,

E-Moll und C-Dur) einem den Vorzug zu geben. Vielleicht darf man das in C-Dur nach Anlage und Gedankengehalt das bedeutendste nennen. Im Finale des ersten und im dritten Satz des zweiten Quartetts sind russische Nationalweisen verwendet (1802 war in der Allgemeinen Musikalischen Zeitung ein Aufsatz über russische Musik erschienen). Beethoven folgte hier den Spuren Haydns, der wiederholt ungarische Volksthemen in seine Werke aufgenommen hat. Er tat es wohl aus Höflichkeit gegen seinen Gönner Rasoumowsky, wenn nicht gar durch ihn angeregt. Im übrigen schritt er, unbeirrt von dem Urteil der Welt, seinen Weg weiter. Den Quartetten op. 59 folgten in kurzen Pausen 1809 das wegen der zu Beginn auftretenden Pizzicati „Harfenquartett" genannte op. 74 und 1810 das wundersame F-Moll-Quartett op. 95 (im Manuskript „serioso" bezeichnet), eine der ergreifendsten Tondichtungen Beethovens, die noch einmal in bald melancholischen, bald schmerzlich-leidenschaftlichen Empfindungen ein Bild des Lebenskampfes aufrollt, um sich am Schluß mit überlegenem, von allem Irdischen befreitem Humor darüber zu erheben.

In der Kammermusik für mehrere Instrumente mit und ohne Klavier läßt sich die Entwicklungslinie nicht so ununterbrochen verfolgen wie in den Solo- und Duosonaten. Das gilt für die Quartette und mehr noch für die Trios. Ein Beweis, daß Beethoven nicht nach vorgefaßtem Plane arbeitete, daß er nicht immer bewußt sich wandelte, nicht alles verwarf, was er gelegentlich aufgab, und daß es nicht angeht, sein Schaffen in streng gesonderte Perioden zu teilen. Oft sehen wir ihn auf scheinbar Überholtes zurückgreifen, neben Werken tiefernsten und bedeutsamen Gehaltes steht anspruchslosere, heitere Unterhaltungsmusik, und wenn auch manches schon früher Entstandene sich unter die späteren Arbeiten gemischt haben mag, so faßt Beethoven doch auch da, wo er zu Neuem schreitet, von theoretischen Erwägungen unbefangen, je nach Laune und Anregung seine Entschlüsse. Gerade das letzte große Trio in B-Dur op. 97, obwohl 1811 geschrieben, knüpft

mit der breit angelegten Form, mit seinem Stimmungsgehalt (besonders in den herrlichen Andante-Variationen),
mit seiner üppig quellenden Melodik wieder mehr
an die voraufgehende Schaffensperiode an. Zu der So-
natengruppe op. 54—102 stehen jedenfalls in engeren Beziehungen die beiden 1808 komponierten Trios op. 70: das
erste in D, dem man um einer geheimnisvollen Stelle des
schwermütigen Mittelsatzes willen (chromatische Skalen
und Tremolo) den Namen „Geistertrio" gegeben hat, und
das viersätzige, vorwiegend heiter gestimmte in Es-Dur.
Die Mittelsätze des zweiten Trios sind beide „Allegretto"
überschrieben; es fehlt also völlig der für den früheren
Beethoven stark ins Gewicht fallende langsame Teil. Allmählich bereitet sich um 1808 ein neuer Schaffensprozeß
vor; anders als früher steht der Komponist dem Leben,
den Menschen gegenüber, und eine neue Empfindungswelt
nimmt ihn auf, die dann in der Siebenten und Achten
Sinfonie ihren monumentalen Ausdruck findet. Das B-
Dur-Trio war das letzte Werk, das Beethoven öffentlich
gespielt hat. Es war auch die letzte Kammermusik mit
Klavier. Die Bläser hatte er schon längst ins Orchester
verwiesen. Nun verschwindet auch das Tastinstrument,
und einzig das Streichquartett fesselt noch seinen
Schaffenstrieb.

In der mittleren Zeit seines Lebens, der glücklichsten
und schaffensfrohesten, wo er als Komponist die Höhe er-
klommen hatte und sein Gehörleiden ihn noch nicht völlig
von jeder musikalischen Mitbetätigung ausschloß, blieb
auch das Konzert für Beethoven eine willkommene Form
der Mitteilung.

Das Problem des Zusammenwirkens von Soloin-
strument und Orchester war noch nicht nach seinem
ganzen Umfange gelöst und entlockte der Phantasie des
Tondichters Werke von unvergänglicher Bedeutung, bevor das solistische Virtuosentum für immer aus seinem Gesichtskreis verschwand. Dem genialen C-Moll-Konzert
folgten 1806 das G-Dur- (op. 58) und 1809 das Es-Dur-
Konzert op. 73. In beiden ist nach mehrfacher Richtung

ein gewaltiger Fortschritt getan. Der Solostimme tritt das reich gegliederte, thematisch geführte Orchester der Beethovenschen Sinfonie gegenüber, das sich an Aufbau und Verarbeitung des Materials in ganz anderer Weise beteiligt, als es bis dahin im Konzerte der Brauch war. Was Beethoven in der Sonate nach und nach Neues gebracht hatte: die weitere Anlage, der Themenreichtum, die motivische Feinkunst, die Entwicklung der Durchführung und der Coda zu größerem Umfang und größerer Bedeutung — das alles findet sich auch in der Konzertform wieder. Ihr kam im besonderen das Improvisatorische zugute, das hier, wo es am meisten angebracht war, von Beethoven auch in glücklichster Weise verwendet wird. Am auffälligsten tritt es uns in dem präludierenden Anfang des Es-Dur-Konzertes entgegen und in dem wehmütigen E-Moll-Andante von op. 58, das mit der flehentlich beschwichtigenden Bitte des Klaviers und den energisch abwehrenden Gesten des Orchesters den Eindruck einer fast dramatischen Zwiesprache erweckt. Man denkt an Orpheus, der die Furien des Orkus zum Mitleid bewegt. Im übrigen hat das G-Dur-Konzert, trotz verwandter thematischer Züge mit der gleichzeitig entstandenen C-Moll-Sinfonie, etwas Mildes, Lyrisches, zum Schluß Heiteres, während dem Es-Dur-Konzert (wie mehr oder weniger allen Es-Dur-Werken Beethovens) etwas Heroisches eignet. Nur das zartgefärbte H-Dur-Adagio bildet einen wirkungsvollen Kontrast zu dem majestätisch sich aufschwingenden Allegro und dem jubelnden Finalrondo. Dies letzte Konzert des Meisters, das einzige, das er nicht selbst öffentlich gespielt hat, bedeutet den Gipfel, der innerhalb der klassischen Richtung erreichbar war. Zugleich war damit in Anlage und Charakter das moderne Klavierkonzert des 19. Jahrhunderts geschaffen. Auch die bis dahin üblichen freien Kadenzen schafft Beethoven im Es-Dur-Konzert ab, indem er sie gleich in das Werk hineinkomponiert.

Zwischen den Klavierkonzerten in G und Es steht Beethovens in jeder Hinsicht einziges Violinkonzert (D-Dur, op. 61). Gleichfalls dem fruchtbaren Jahre 1806 entstam-

mend, ist es überquellend von schöner, edelster Erfindung,
in der Anlage jedoch abweichend von den beiden Nach-
barwerken. Namentlich in der breitausgesponnenen Einleitung, die das thematische Material zunächst dem Orchester überläßt, unterscheidet es sich von ihnen. Was
ihm den unbestrittenen Platz in der Violinliteratur sichert,
ist der vollkommene Ausgleich zwischen konzertmäßiger
und sinfonischer Haltung. Die Themen sind ganz im Charakter des Soloinstrumentes erfunden, das hier mehr gesanglich als virtuos behandelt ist und einen ebenso bedeu-
tenden Musiker wie Geiger verlangt. Bei aller Selbständigkeit gliedert sich die Violine organisch dem Orchester
ein und übernimmt nur im Rondo die Führung. Diesen
hohen Ernst und diese Innerlichkeit der Sprache hat das
Violinkonzert, so oft es sich auch an das Beethovensche
Vorbild anlehnte, nur noch einmal wieder bei Brahms erreicht.

Beethoven schrieb sein Konzert für Franz Clement,
den Konzertmeister des Theaters an der Wien, der es am
23. Dezember 1806 zum erstenmal öffentlich vortrug.
Wieder war er so spät damit fertig geworden, daß der
Solist seinen Part fast prima vista spielen mußte. Man
traut seinen Augen nicht, wenn man in der Wiener
Theaterzeitung liest: „Über Beethofens (sic) Konzert ist
das Urteil von Kennern ungeteilt; es gesteht demselben
manche Schönheit zu, bekennt aber, daß der Zusammenhang oft ganz zerrissen scheine, und daß die unendlichen
Wiederholungen einiger gemeinen Stellen leicht ermüden
könnten."

Auch in der Form des alten Concerto grosso hat unser
Meister sich versucht, als er 1805 sein schon früher ent-
worfenes Tripelkonzert in C-Dur für Klavier, Violine und
Cello (op. 56) fertigstellte. Ein von der Nachwelt zu Unrecht vernachlässigtes Werk. Wenn es sich auch mit
den blendenden Eigenschaften, dem hohen Ideengehalt der
Solokonzerte nicht messen kann, so fesselt es doch durch
geistreiche Verwendung der drei Instrumente und zeigt
Beethoven von einer neuen, hinsichtlich gewisser stilisti-

scher Eigentümlichkeiten, die wir nirgendwo sonst an ihm bemerken, in die Zukunft weisenden Seite. In diese Zeit und Gruppe gehört endlich die Chorfantasie op. 80. Das eigenartige Werk beginnt mit einer freien Fantasie des Klaviers, aus der sich, nachdem das Orchester hinzugetreten ist, eine Reihe ungemein reizvoller, scharf charakteristisch sich voneinander abhebender Variationen entwickeln. Das Thema ist notengetreu die um 1796 komponierte Liedweise zu Bürgers „Gegenliebe". Zum Schluß greift mit neu unterlegten Worten („Schmeichelnd hold und lieblich klingen unseres Lebens Harmonien") der vierstimmige gemischte Chor sie auf und führt das Finale im Verein mit Klavier und Orchester zu freudig bewegtem Abschluß. Dieser Chorsatz mit seiner Vergrößerung und Engführung des Themas ist, gleich dem Ganzen, echtester Beethoven. Eine Stelle wie zu den Worten „und Kraft", wo die Stimmen sich im fortissimo plötzlich von Es- zu C-Dur wenden, hätte kein anderer geschrieben. Die Chorfantasie ist ein Unikum geblieben. Auch bei Beethoven. Als Vorstudie zur Neunten Sinfonie kann man sie nicht gut betrachten; denn einmal hindert dies der heitere, ausgesprochen konzertante Charakter des Stückes, und zweitens tritt der Chor hier rein äußerlich als Mittel musikalischer Steigerung hinzu, nicht in sinnvoller Beziehung zu einer dichterischen Idee des Werkes.

Eine Stelle für sich nimmt die als op. 86 erschienene, aber schon 1807 komponierte C-Dur-Messe ein. Sie ist ein erster Versuch wie der „Christus"; aber während es im Oratorium trotz mancherlei Plänen dabei verblieb, erhielt die erste Messe in der Missa solemnis eine Nachfolgerin, die sie für immer in den Schatten stellte. Heut ist Beethovens C-Dur-Messe so gut wie vergessen. Und doch enthält sie nicht nur schöne Musik, den Ausdruck frommer Gläubigkeit, sondern auch neue und individuelle Züge genug. Namentlich in der Auffassung des Messetextes zeigte sich schon damals das Persönliche, von allem Gewohnten Abweichende. Die Zeitgenossen waren verblüfft. „Aber lieber Beethoven, was haben Sie denn da wieder gemacht?" fragte der Fürst Esterhazy, zu dessen Namenstag die Messe geschrieben und am 13. September 1807 in Eisenstadt aufgeführt wurde. Verletzt kehrte der Meister der fürstlichen Residenz den Rücken; er war sich des Wertes seiner Arbeit bewußt. „Von meiner Messe, wie überhaupt von mir selbst, sage ich nicht gern etwas", schrieb er ein Jahr später an Breitkopf & Härtel. „Jedoch glaube ich, daß ich den Text behandelt habe, wie er noch wenig behandelt worden." Freilich, die innerlichen Beziehungen zu den liturgischen Worten der Meßhandlung, die später die D-Dur-Messe enthält, hatte er noch nicht gefunden. Ganz abgesehen davon, daß die überragende musikalische Bedeutung des jüngeren Werkes jeden Vergleich von vornherein ausschließt.

Von den Gründen, die selbst in den produktivsten Jahren weitere Opernpläne nicht zum Reifen kommen ließen, ist schon die Rede gewesen. Mit dem „Fidelio" war des Dramatikers Schaffen beschlossen. Nicht so des Bühnenkomponisten. Noch einmal sollte Beethoven mit dem Theater in Berührung kommen. Die erste Gelegenheit bot sich, als es galt, zu Heinrich Collins Drama „Coriolan" eine Ouvertüre zu schreiben. Wie in den Leonoren-Ouvertüren faßt Beethoven den dichterischen Gehalt des Stückes in selbständig sinfonischer Form zusammen, nur diesmal viel knapper, ohne jede äußere Beziehung zur Handlung. Zwei Themen nur stehen sich gegenüber: das eine mit seiner aus dem Grundton zu wuchtigen Akkorden aufspringenden Einleitung ein Sinnbild unbeugsamer männlicher Willenskraft, das andere die rührende, flehende, mitunter drängende Bitte zur Sänftigung, die diesen Willen zu beugen sucht. Die Umwelt siegt — der Held bricht, sich selbst entfremdet, überwunden in sich zusammen. Die trotzig aufstrebende Tonfigur dehnt sich müde und erstirbt in den Celli. Drei leise Pizzicatoschläge des stockenden Herzens, und alles ist erloschen. Es ist die Tragödie des Helden, der am eigenen Wesen zugrunde geht. Hier hat Beethoven, die künftige Entwicklung vorausahnend, ein einsatziges sinfonisches Gebilde auf poetischer Grundlage geschaffen. Die Coriolan-Ouvertüre ist in Wahrheit die erste „sinfonische Dichtung“.

Zwei Jahre später (1809) erhielt Beethoven von Härtel in Leipzig den Auftrag, Musik zu Goethes „Egmont“ zu schreiben. Mit Freuden und bei seiner Goethe-Verehrung begreiflichen inneren Anteilnahme ging er an die Erfüllung der Aufgabe, obwohl er anfänglich lieber den Gyrowetz überwiesenen „Tell“ gehabt hätte. Im Mai 1810 war die Niederschrift beendet. Die in ihrer herzlichen Frische und volkstümlichen Einfachheit bewundernswerten, für eine Nicht-Sängerin berechneten Clärchen-Lieder, die Szenenmusik zu Clärchens Tod und die Siegessinfonie der Schlußapotheose sind die markantesten Bestandteile der Partitur. Das Hauptstück bildet die Ouvertüre (op. 84), die in ihrer schwer wuchtenden Einleitung und dem leidenschaftlich bewegten F-Moll-Allegro gewissermaßen ein Bild der bedrückten Niederlande gibt und am Schluß die „Siegessinfonie“ vorausnimmt. Während die Egmont-Musik, an ein unsterbliches Dichterwerk gebunden, sich ihr Bühnenleben erhalten hat, wären „Die Ruinen von Athen“ und „König Stephan“ längst der Vergessenheit anheimgefallen, wenn nicht ab und zu der Konzertsaal ihnen eine Zufluchtsstätte gewährte. Am 4. Oktober 1811 sollte das neue Theater in Pest eröffnet werden. Kotzebue schrieb zu dem Festakt „Die Erhebung von Pest zur königlichen Freistadt“, sowohl das Vorspiel „Ungarns erster Wohltäter (König Stephan)“ wie das Nachspiel „Die Ruinen von Athen“. Bei der Eröffnungsfeier, die auf den 9. Februar 1812 verlegt wurde, fand Beethovens Musik den „lauten Beifall“ der Zuhörer. Aus den „Ruinen“ ist der „Türkische Marsch“ mit seiner Janitscharenmusik, seinem An- und Abschwellen in höchstem Grade populär geworden. Sein Thema ist den D-Dur-Variationen vom Jahre 1809 entnommen. Geniale Stücke sind auch der Chor „Schmückt die Altäre“ mit dem Baßsolo des Oberpriesters, der originelle Derwisch-Chor und der national gefärbte Schlußchor, der von „alter ungarischer Treue“ singt. Aus „König Stephan“ hat sich nur die hübsche, wenn auch nicht bedeutende Ouvertüre im Konzertleben erhalten. Noch einmal, gegen Ende seines Lebens, wurde Beethoven zum Gelegenheitstondichter, als 1822 in Wien das Josephstädter Theater neu eröffnet wurde. Die Partitur, die er im Auftrage der Direktion damals zur „Weihe des Hauses" schrieb, ist im wesentlichen eine Bearbeitung der „Ruinen". Hinzu kamen nur die monumentale, im Händlerstil entworfene und doch so echt beethovensche Ouvertüre in C-Dur op. 124 und ein zu Worten von Meisel gesetzter, breitausgesponnener Schlußchor mit Sopransolo: „Wo sich die Pulse jugendlich jagen".

*   *   *

Während so der Meister, seinen Faden weiterspinnend, uns vornehmlich auf dem Gebiete der Kammer- und Konzertmusik Werke von quellender Erfindungskraft und höchster Formvollendung schenkte, Werke, die durchweg auf dem Boden des klassischen Schönheitsideals stehen, von denen aber jedes, Stimmung und Beleuchtung wechselnd, eine Fülle neuer Ausdrucks- und Gestaltungsmöglichkeiten erschließt, kompositorische und spieltechnische Probleme aufrollt — hatte auch in den letzten Jahren der Trieb zum sinfonischen Schaffen nicht gänzlich in ihm geschlummert. Plötzlich taucht, ohne daß wir wie sonst von Plänen und Skizzen wüßten, eine neue Sinfonie auf, die Siebente in A-Dur. Ihre Anfänge werden von den Biographen in den Sommer 1811 verlegt. Ausgearbeitet muß sie im folgenden Winter oder Frühjahr sein, denn am 19. Juli 1812 schreibt Beethoven seinem Freunde Varena in Graz, dem er seine Musik für Wohltätigkeitszwecke mit innigster Genugtuung zur Verfügung stellte: „Eine neue Sinfonie ist schon bereit". Aber diese Siebente wie ihre fast gleichzeitig entstandene Zwillingsschwester in F zeigen, daß mit dem Sinfoniker Beethoven mittlerweile eine Wandlung vorgegangen war.

In der Eroica, C-Moll und Pastorale hatte ihn die Absicht geleitet, bestimmte poetische Vorstellungen, Empfindungen und Ideen in musikalische Formen zu kleiden. Dieser Standpunkt war nun überwunden. Das Streben nach möglichster Deutlichkeit und Prägnanz des Ausdrucks blieb zwar das gleiche, aber der Inhalt, der Stoff, den er formte, wurde ein anderer, wurde etwas ausschließlich Musikalisches, das sich deshalb in Worten nur negativ charakterisieren läßt. Beethoven lockte es nicht mehr, seine Phantasie an Konkretes zu binden, seine Einfälle von irgendwoher beeinflussen zu lassen. Er hatte in sich eine höhere Macht der Musik entdeckt, ihr eigenstes Reich war ihm aufgegangen, in dem sie souverän ist, wo alle Dinge ihr eigenes Leben haben und einer Deutung nicht mehr bedürfen. Diese Loslösung von der realen Welt, der geistigen wie der materiellen, beschenkte ihn auch mit jenem nur ihm eigenen Humor, der sich bald in übermütigen Scherzen, bald in Ausbrüchen bitterster Ironie auf überlegene Weise mit dem Leben abzufinden sucht, und den der alte Zelter „mit Schrecken bewunderte". Der Stil ist zugleich durchgeistigter, der Ausdruck noch individueller geworden. Etwas von der damaligen Persönlichkeit des Mannes, den der Dichter Castelli „die personifizierte Kraft" nannte, von seiner Ungebundenheit, seinem aufgeknöpften, mitunter derben Wesen dringt in seine Musik und leiht ihr ungewollt porträthafte Züge.

Die Siebente und die Achte Sinfonie sind die sprechenden Zeugnisse dieser Umwandlung. Hier betritt Beethoven auch als Sinfoniker die Bahn, die er unbewußt schon in manchem andern instrumentalen Werk eingeschlagen hatte, die er zwar nicht ohne Unterbrechungen und Rückfälle verfolgte, die ihn aber in den letzten Schöpfungen immer weiter ab von der poetisierenden Richtung und einer auch innerlich absoluten Tonkunst zuführte. Man sieht die Fäden, die diesen Beethoven nicht nur mit Schubert und Brahms, sondern auch mit Bruckner, Reger und anderen Modernen verknüpfen und, bei aller sonstigen Verschiedenheit des Schaffens, gerade von den Vertretern der allerneuesten Musik wieder aufgenommen werden.

Die A-Dur-Sinfonie hat Richard Wagner voll Begeisterung eine „Apotheose des Tanzes" genannt. Das ist zutreffend, insofern der rhythmische Einfall in ihr dominiert
und eine wichtige schöpferische Rolle spielt. Freilich
müssen wir dabei den Begriff des Tanzes in seinem wei-
testen Sinne, als rhythmische Bewegungsformen auch seelischer Empfindungen fassen. Bewundernswert ist die frische
und gigantische Kraft, mit der diese Siebente in großen Zügen
aufgebaut ist. Alles an ihr ist neu, geistreich, hinreißend.
So steht sie da, ein Denkmal seltener musikalischer Genialität, gleich vollendet an Erfindung wie Gestalt. Öffentlich gespielt wurde das dem Grafen Moritz von Fries gewidmete Werk zum erstenmal am 8. Dezember 1813, in
dem Konzert, das dem Meister mit dem Tongemälde „Wellingtons Sieg oder die Schlacht bei Vittoria" den größten
Erfolg seines Lebens brachte. Die Aufführung leitete er
— nicht zu ihrem Vorteil — auch diesmal wieder selbst.
Die dem ersten Satz vorausgehende Einleitung beginnt
— poco sostenuto (A-Dur, ⁴/₄) — mit einem feierlichen
Thema:

Vom zehnten Takt ab bringen die Streicher mit ihren
staccato aufsteigenden Skalen charakteristisches Leben in
die Bewegung und führen über ein allmähliches Crescendo
zu einer marschähnlich schreitenden Weise:

Nachdem im Wechselspiel dieser Kräfte die Dominante E
gewonnen ist, setzt im Charakter der Sicilienne — Vivace
(A-Dur, ⁶/₈) — der Hauptsatz ein. Sein wesentliches Merkmal ist der punktierte hüpfende Rhythmus:

Der bleibt auch dem von einer doppelten Themengruppe bestrittenen Seitensatz treu und ist nicht weniger die treibende Kraft im Durchführungsteil. In der Reprise des Hauptsatzes wechseln Bläser und Streicher die Rollen. Überraschend weicht die Coda nach dem leiterfremden As-Dur aus. Sie bringt pp und dann, mächtig anschwellend, noch einen neuen Gedanken:

zu sieghaftem Durchbruch.

Der zweite Satz, Allegretto (A-Moll, $^2/_4$), ungeachtet seiner tänzerischen Rhythmen, die — ähnlich wie der Rhythmus im ersten Satz der C-Moll-Sinfonie — konsequent festgehalten sind, hat melancholischen Charakter. Leise intonieren die tiefen Streicher ein Thema:

zu dem Cello und Bratsche eine wehmütig-verträumte Gegenmelodie singen:

Als Gegensatz dazu suchen Klarinette und Fagott im trostreichen Dur die Stimmung mit einer unsagbar lieblichen, über Triolen schwebenden Melodie aufzuhellen:

Die Entwicklung nimmt die Form der freien Veränderung
an und bringt in ihrem Verlaufe auch ein kurzes Fugato
des Themas. Düster, wie es begonnen, verklingt dieses
eigenartigste aller Allegrettos in der Quartsextharmonie
der Bläser. Eine der genialsten Eingebungen des Meisters,
in seinem balladesken Charakter von unerhörter Neuheit, ist es auch in seinem Einfluß auf die Entwicklung der
Orchestermusik von epochaler Bedeutung geworden.

Ganz gegen alle Regel bringt Beethoven das Scherzo
(Presto, ³/₄) hier in der Tonart der kleinen Sexte F. Das ver-
hilft ihm schon gleich bei der Entwicklung des Hauptthemas:

zu der wirksamen Modulation nach A-Dur. In diesem an
dynamischen Kontrasten beethovenscher Art fast über-
reichen Satze herrscht kecke, ausgelassenste Lustigkeit.
Wie helles Lachen klingt es gegen den Schluß hin in den
trillernden Instrumenten:

Um so bedeutsamer hebt sich davon das an Triostelle
eintretende Assai meno presto (D-Dur, ³/₄) ab, unter dessen
langgehaltenem a^2 der Violinen die Bläser eine zärtliche,
bei ihrer Wiederholung zu dithyrambischer Größe gesteigerte Melodie anstimmen:

Nach einer Mitteilung des Abbé Stadler soll dieses Thema ein niederösterreichisches Wallfahrtslied sein. Scherzo und Trio werden wiederholt. Als sich das Trio zum drittenmal melden will, schneidet ihm ein kurzer, energischer Schluß das Wort ab.

Zwei herausfordernde Schläge, deren rhythmisches Motiv sich späterhin fruchtbar erweist, und mit dem Thema:

setzt ungestüm das Finale, Allegro con brio (A-Dur, $^2/_4$) ein. Sein etwas unwirscher Charakter wird noch dadurch besonders hervorgehoben, daß der Hauptakzent auf dem schwachen Taktteil liegt. Das ist ganz der „aufgeknöpfte" Beethoven, wie er sich auch im Leben so gern zu geben pflegte. Hier wie in dem anschließenden Seitenthema:

regt sich trotzige Lebenskraft, die keine Hindernisse kennt, die alles mit sich fortreißt und sich an sich selber berauscht. Nur das leicht beschwingte zweite Thema in Cis-Moll:

trägt, so oft es auftaucht, ein wenig anmutigere Züge in das von wildem Humor erfüllte Tonstück. Aber auch hier (im vierten Takt) fehlt nicht der stark und trotzig akzentuierte Tuttischlag auf dem schwachen Taktteil. Damit ist der erste Teil des Finales beschlossen. Die Durchführung und die über 124 Takte sich erstreckende Coda steigern noch die übermütig burschikose Grundstimmung des Satzes. Was Beethoven mit den aufgestellten Gedanken für ein Spiel treibt, was er an launigen Einfällen und Überraschungen bereit hat, das findet nur noch im Finale der Achten sein Gegenstück. Kurz vor dem Schluß jedoch, wo der grandiose Orgelpunkt über dem E—Dis der Bässe eintritt, mischt sich, wie um vor mißverständlicher Auffassung des Ganzen zu warnen, auch bitterer Ernst in die humorvolle Darstellung. Dann eilt mit erneutem Kraftausbruch das Finale schnell seinem Ende zu.

Das Manuskript der Achten trägt von des Komponisten Hand die Datierung: „Sinfonie — Lintz im Monath October 1812". Sie ist also unmittelbar nach der Siebenten entstanden und — entgegen der Gewohnheit Beethovens, seine Werke im Sommer zu konzipieren und im Winter auszuarbeiten — in der kurzen Spanne von vier Monaten (Juni—September) fertig geworden. Vorausgesetzt freilich, daß ihre Erfindung, vielleicht zum Teil sogar ihre Ausführung nicht schon in eine frühere Zeit fällt; eine Möglichkeit, mit der man immerhin rechnen muß. Ende September oder Anfang Oktober ging Beethoven nach Linz, wo sein Bruder Johann eine Apotheke besaß. Zweck der Reise war, den Bruder und seine Wirtschafterin Therese Obermeyer auseinander zu bringen. An dem Verhältnis der beiden nahm der Meister ernstlichen Anstoß, aber mit seinem Dazwischentreten erreichte er nur, daß sie sich um so eher heirateten. Der Linzer Aufenthalt war also für ihn voll Sorgen und Aufregungen. Kein Schatten davon ist auf das lichte, frohlaunige Werk gefallen.

Beethoven sprach von der Achten als der „kleinen" Sinfonie in F, wohl im Gegensatz zur Siebenten, die er „eine große Sinfonie in A, eine meiner vorzüglichsten" nannte. In der Tat ist sie nächst der Ersten die kürzeste von allen. Ihrem Charakter nach ist sie durchaus humoristisch. Die erste Aufführung fand in Wien am 27. Februar 1814 im großen Redoutensaale statt. Außer der Achten wurden die Siebente Sinfonie, das Terzett „Tremate" (mit der Milder-Hauptmann) und die „Schlacht bei Vittoria" gebracht. Die Aufnahme war kühl, während das Allegretto der Siebenten wiederholt werden mußte. Beethoven ärgerte sich darüber und meinte, sie habe nicht recht gefallen, „eben weil sie besser sei".

Das erste Allegro (F-Dur, $^3/_4$) wird ohne Einleitung mit dem Thema:

eröffnet. Seine Frische und heitere Energie schlagen den Grundton der Stimmung an. Nach einem jubelnden Anhang wendet sich der Satz humorvoll dem ländlerartigen, zuerst in D-Dur stehenden zweiten Thema zu:

Über dem Tremolo der Geigen steigen drohende Staccati auf, aber mit einem energischen Rhythmus, dem eine weiche Gesangsmelodie antwortet:

wird die frühere Stimmung wiedergewonnen und zu einem rauschenden Abschluß in C-Dur gesteigert. Eine eigensinnig-launige Oktavenfigur führt zur Wiederholung des ersten Teils, spielt aber auch in der folgenden Verarbeitung der Motive eine wichtige Rolle. Von durchsichtiger Klarheit wie der ganze Satz ist die Durchführung. Bei der Reprise wirkt die veränderte Instrumentierung ungemein auffrischend. Originell ist die Art, wie die Coda mit den beiden Anfangstakten des Hauptthemas ihren kurz angebundenen Abschluß erhält.

An die Stelle des langsamen Satzes hat Beethoven wie bei der Siebenten ein Allegretto, aber diesmal ein Allegretto scherzando (B-Dur, $^2/_4$) gesetzt. Über den gestoßenen Sechzehnteln der Holzbläser und Hörner huscht tänzelnd in den Violinen eine graziöse, scharf rhythmisierte Weise vorüber:

Ein Gedanke von eigentümlich prickelndem Reiz. Die Bässe besorgen die Überleitung nach G-Moll, dann nach Es-Dur. Da fährt — ein echt beethovenscher Effekt — fortissimo das volle Orchester drein und zwingt zum Abschluß in der Tonica.

Ein anmutig frohlockendes Spiel führt zum Seitenthema in der Dominante:

das nach zweimaligen unwirschen Unterbrechungen der Streicher in einer ruhig sinnenden Figur:

einen hübsch kontrastierenden Nachsatz erhält.

Es folgen die Wiederaufnahme des Anfangs, bei der das zweite Thema nebst seinem Anhang nach B-Dur gewendet wird, und ganz unerwartet eine lebhafte Coda, die, nichts anderes als eine Cadenz nach italienischer Manier, hier höchst lustig, beinah parodistisch wirkt. Das ebenso kurze wie geniale Stück gehört zu Beethovens glücklichsten Eingebungen, und war schon allein in seiner Klangwirkung eine unerhört kühne Neuerung. Treffend sagt Schopenhauer: es sei geschaffen, uns vergessen zu machen, daß die Welt nichts wie Elend berge.

Das Tempo di minuetto (F-Dur, ³/₄) ist wieder von ganz anderem Humor. Nichts weniger als zierlich, hat es eher etwas Derbes, Breitschlachtiges. Nach den wuchtig betonten einleitenden Achteln setzt in den Violinen das Thema:

ein. Bei seiner Wiederholung ist es mit köstlicher Wirkung dem Fagott übertragen, während die Bässe pizzicato eine alte Kirchenmelodie bringen. Aus dem gewichtigen Auftakt des Themas entwickelt sich der fanfarenartige Abschluß, bei dem die motivisch verwendete Pauke die Intervalle umkehrend imitiert. Das Trio ist ein kleines Concertino für Hörner und Klarinette über den Triolen eines obligaten Cellos. Ein Bild gemütlichen, altwienerischen Musizierens:

Im Finale Allegro vivace (F-Dur, $^4/_4$) erreicht die ausgelassene Stimmung ihren Gipfel. Alles, was Beethoven an Frohsinn, Witz und Laune zu geben hatte, ist in diesen Satz gebannt:

Mehr noch als im Finale der Siebenten erscheint die Lebenslust hier ungetrübt. Gleich die leise kichernden Triolen, über denen das leichtbeschwingte Hauptthema einsetzt, bestimmen den Charakter und den rhythmischen Pulsschlag des Satzes. Nur scheinbar droht ein mit dem vollen Orchester fortissimo dreinfahrendes cis die Lustigkeit zu stören; sie bricht umso toller los. Dieses leiterfremde cis, von dem das F-Dur unberührt bleibt, und über das die Zeitgenossen sich baß verwunderten, ist einer der übermütigsten Späße Beethovens. Es ist, als ob er den Hörern einen Schreck einjagen wollte oder, wie Spohr meinte, als ob jemand mitten im Gespräch die Zunge her-

ausstreckte. Der ungestüme Zug der Musik wird auch
nicht aufgehalten durch das melodisch schwelgerische
zweite Thema:

das mit einer überraschenden harmonischen Rückung
plötzlich in As-Dur erscheint und dann so wundersam
nach C-Dur moduliert. Wichtig für den weiteren Aufbau
sind die folgenden beiden Motive:

Von drastischer Komik ist die Stelle, an der die Pauken,
zum erstenmal in der Literatur, in Oktaven gestimmt sind.
In der lang ausgesponnenen Coda tritt nach zwei spannenden Generalpausen ein neues Thema auf:

das seine besondere Durchführung erfährt. Dann läßt
Beethoven vollends seinem Humor die Zügel schießen.
Das ominöse cis (das hier erst als des erscheint) maßt sich
Einfluß auf den Gang der Modulation an und drängt das
Orchester nach Fis-Moll, bis die f (statt fis) blasenden
Trompeten es wieder zur Ordnung rufen. Unter allerhand
Überraschungen und witziger Ausnutzung des Gedanken-
materials wird das Ganze zu kräftigem, das Gefühl be-
friedigendem Abschluß gebracht.

IV.

(Intermezzo)

Die Jahre 1807—1809 waren für den Komponisten Beethoven eine besonders glückliche, schaffensfrohe Zeit gewesen. Dann trat eine immerhin merkliche Abnahme der Produktion ein, doch konnten wir 1812 noch Werke von Rang und Bedeutung verzeichnen. Die Summe der Arbeiten wurde geringer, nicht ihr künstlerischer Wert. Die nun folgende Zeit, etwa bis zum Frühjahr 1818, bedeutet dagegen im Leben Beethovens geradezu ein Intermezzo. Nachdem er die Welt anderthalb Jahrzehnte verschwenderisch beschenkt hat, schmilzt die Zahl der Werke von Gewicht, soweit solche überhaupt erst neu entstehen, außerordentlich zusammen. Was davon in der Welt Aufsehen erregt, gehört nicht zu seinem Besten, ist kaum seiner würdig. Das Leben macht unabweisbar seine Rechte geltend, nimmt ihn in immer unerfreulicherer Weise in Anspruch und tritt zum ersten Male anhaltend und rücksichtslos in den Vordergrund. Wir wollen von den Ereignissen dieser Jahre, unserm Plan getreu, nur insofern Notiz nehmen, als sie auf sein Schaffen oder Nichtschaffen Einfluß hatten oder in unmittelbarer Beziehung dazu standen.

Im Sommer 1811 mußte Beethoven die Bäder von Teplitz aufsuchen, um durch die berühmten Thermalquellen seine schon arg schwankende Gesundheit wieder zu befestigen. Anfangs hatte er gehofft, daß sich Brunswicks anschließen würden, als aber diese zögerten, reiste er allein, nachdem der ihm damals nahestehende junge

Oliva, ein, wie es scheint, oberflächlicher und unzuverlässiger Mensch, vorausgefahren war. „Ich muß jemand
Vertrauten an meiner Seite haben, soll mir das gemeine
Leben nicht zur Last werden." Der Teplitzer Aufenthalt brachte ihm zwar keine Heilung, aber angenehme
Tage in anregender Gesellschaft. Durch Oliva machte
er die Bekanntschaft Varnhagens von Ense und dessen
spätere Gattin Rahel Levin, mit denen er täglich zusammen war. Varnhagen lernte ihn schnell schätzen.
„Mich sprach der Mensch in ihm noch weit stärker an
als der Künstler." Beethoven hätte gern von ihm einen
Operntext gehabt. Auch zu Tiedge, dem Dichter der
„Urania", und zu der Gräfin von der Recke trat er in
freundschaftliche Beziehungen. Trotz seiner Menschenscheu sehen wir ihn also mit Gleichgesinnten gelegentlich in
regem Verkehr. Einigermaßen körperlich und vor allem
seelisch erfrischt kehrt er im Oktober nach Wien zurück,
auf dem Umweg über Prag und Troppau, wo er auf dem
Gute Grätz seines alten Beschützers Lichnowsky die C-
Dur-Messe aufführte.

Es scheint, daß der aufhellende Einfluß der Teplitzer
Tage, der Beethoven zugänglicher, milder als gewöhnlich,
ja beinahe lebensfroh machte, eine besondere Ursache gehabt hat. In dem Kreise Tiedges und seiner Gräfin begegnete er Amalie Sebald, einer jungen Berlinerin, in die er
sich ernstlich verliebte. Die Neigung hatte gewiß nichts
Tragisches, aber der Eindruck auf den Einundvierzigjährigen war doch stark genug, um auch die nächsten
Jahre in ihm fortzuleben. Amalie, für die sich übrigens
auch Weber ernstlich interessiert hat, muß ein sehr hübsches, anmutiges Mädchen gewesen sein. Sie heiratete
später den Justizrat Krause in Berlin und gehörte noch
lange als singendes Mitglied der Zelterschen „Singakademie" an. Für uns ist die Begegnung mit ihr wichtig,
weil sie Beethoven vermutlich den 1816 geschriebenen
„Liederkreis an die ferne Geliebte" entlockt hat, seine
größte und vielleicht bedeutendste Schöpfung auf lyrischem Gebiete. Mit demselben Recht wenigstens, mit

dem die neuere Forschung den Liederkreis mit der „Unsterblichen Geliebten" in Verbindung bringt, dürfen wir annehmen, daß diese Tondichtung die Empfindungen in sich schließt, die den Meister fünf Jahre früher, nach dem Abschied von Teplitz, bewegt hatten. Das führt uns auf den Liederkomponisten Beethoven, über den nun hier einige Worte eingeschaltet seien.

*   *
*

Das Lied der Wiener Klassiker nimmt in ihrem Gesamtschaffen eine untergeordnete Stelle ein, der nicht vergleichbar, die sich das moderne Lied errungen hat. Es war für Dilettanten berechnete Musik, Gelegenheitsarbeit, im besten Falle ein auf dichterischer Grundlage festgehaltenes Stimmungsmoment. Die starken Kräfte, die im Liede ruhten: seine Konzertfähigkeit, den Reichtum des Inhalts, den es zu fassen, die Gestaltungen, die es anzunehmen vermag, wie die Probleme, die sich aus dem Verhältnis der Melodie zu den Worten, der Singstimme zur Begleitung ergeben — die hat erst Franz Schubert erkannt. Er hat das Lied zu einer musikalisch vollwertigen Kunstgattung erhoben und den Romantikern, die nach ihm kamen, den Weg gewiesen. Auch Beethoven war noch kein Liederkomponist wie Schubert, Schumann oder Brahms. In der ersten Hälfte seines Lebens hat er, wie seine Vorgänger Haydn und Mozart es taten, Lieder so nebenbei geschrieben, auf unbedeutende Texte und ohne jede musikalische Prätension. Die „Adelaide" und das „Opferlied" waren Ausnahmen wie etwa bei Mozart das „Veilchen". Aber Beethoven war eine nachdenklichere Natur und mehr auf literarische Bildung aus, und so schenkte er auch dem Liede ernstere Beachtung und hat später immerhin einiges geschaffen, das sich nicht allein weit über die zeitgenössische Produktion erhebt, sondern schon recht vernehmlich in die Zukunft deutet. In den Gellert-Liedern vom Jahre 1803 sehen wir den Komponisten die gewohnte Straße verlassen. Die Wahl der Texte kündet die ernste künstlerische Absicht. Der

15*

Geist innerer, frommer Erhebung findet hier einen Ausdruck, der mit den religiösen Arien der Vorzeit nichts gemein hat und im Liede neuer war, als der musikalische
Stil dieser Gesänge (obwohl sie dem begleitenden Klavier
mehr als üblich übertrugen). Die „Bitten“, das „Bußlied“,
vor allem das majestätische „Die Himmel rühmen die
Ehre Gottes“ haben bis heute nichts von ihrer Eindruckskraft verloren. Aus dem Jahre 1804 ist das schöne Lied
„An die Hoffnung“ (Tiedge) zu verzeichnen. Beethovensche Tiefe der Empfindung kennzeichnet das vielgesungene
„In questa tomba“. Der ernste, erschütternde Ausdruck
dieses Stückes ist um so merkwürdiger, als der in einer
Gesellschaft auf den Scherz einer Dame hin von Carpani
improvisierte Text eigentlich parodistisch gemeint war.
Infolge eines Konkurrenzausschreibens ist er nicht weniger als dreiundsechzigmal, unter anderem vom Paër, Salieri, Weigl, Zelter und Cherubini komponiert worden.
Entscheidend für den Lyriker Beethoven war die Berührung mit Goethe. Wenn wir sonst nicht wüßten, würden seine Kompositionen goethescher Texte davon sprechen, welche innige Verehrung er für den Dichter hegte,
wie sehr er sich zu ihm hingezogen fühlte. 1808 setzt
er das Lied der Mignon „Nur wer die Sehnsucht kennt“
gleich viermal hintereinander, bis er den ihm genü-
genden Ausdruck gefunden hat. Die beiden folgenden Jahre, in denen ihn auch der „Egmont“ beschäftigt, bringen eine ganze Reihe wertvoller Goethelieder,
darunter „Kennst du das Land“, „Herz, mein Herz“,
„Kleine Blumen, kleine Blätter“ und das ergreifende
„Trocknet nicht“ („Wonne der Wehmut“). Im Sommer
1816 dichtet Beethoven in Baden bei Wien den „Liederkreis“, dessen Stimmungen, wie wir sahen, schon lange
in ihm ruhten. Verfasser der Worte war der einundzwan-
zigjährige Student der Medizin Aloys Jeitteles aus Brünn.
Das Werk zeigt den Meister auf der Höhe seines Könnens
und ist zugleich das erste Beispiel einer zyklischen Lieder-
komposition. Beethoven hat darin das Vorbild gegeben
für Schuberts „Schöne Müllerin“ und „Winterreise“, für

Schumanns „Frauenliebe und Leben" und „Dichterliebe", Jensens „Dolorosa", Brahms' „Magelone" und viele ähnliche. Nicht unerwähnt bleiben darf unter seinen Liedern der naturalistisch fein stilisierte „Wachtelschlag" (1804), das schlicht volkstümlich gehaltene und doch so ausdrucksinnige „Ich denke dein" von Matthisson (1809), auch nicht das humoristische „Der Kuß" („Ich war bei Chloë ganz allein"), das er 1798 schon entworfen und dann in reifen Jahren (1822) mit Meisterhand vollendet hat. Auf das Lied „Resignation", das als Beilage der „Wiener Zeitschrift" im März 1818 erschien, soll er selbst besonderen Wert gelegt haben.

Eine Stelle für sich nehmen die Bearbeitungen von mehr als dreihundert schottischen, irischen und wallisischen Melodien ein, die Beethoven für den Verleger Thomson in Edinburgh verfaßte. Schon Haydn hatte für den gleichen Verlag derartige Arbeiten geliefert, und Beethoven sollte die Fortsetzung übernehmen. Zum erstenmal wendete sich Thomson 1803 an den Meister, aber die Korrespondenz geriet damals ins Stocken. Von 1809 ab widmet Beethoven der Sache ernstliches Interesse. Er wußte den Wert nationaler Weisen zu schätzen und arbeitete manchmal ein und dasselbe Lied zwei-, dreimal um, bis er den von Thomson übersendeten Melodien die „natürlichsten" Harmonien und die ihm gut dünkende Fassung gegeben hatte. Er wollte den Briten („die meist tüchtige Kerle sind") zeigen, welchen Schatz sie in ihren volkstümlichen Weisen besitzen. Wie er das englische „God save the King" einer Variationsarbeit für würdig hielt, so gestaltete er auch die schottischen und irischen Lieder durch seine Klavierbegleitung (mit obligater Violin- und Cellostimme ad libitum) reizvoll und charakteristisch.

Beethovens politische Gesinnung wechselte mit den Zeitereignissen und Erfahrungen. In Teplitz war der einstige Napoleonschwärmer ein wütender Franzosenhasser. Seiner republikanischen Gesinnung, die er vom Rheinland mitgebracht hatte, ist er später nicht treu geblieben. Als die

Stadt Wien ihm 1815 das Ehrenbürgerrecht verleiht, empfindet er es als Auszeichnung, ist aber anläßlich einer Prozeßsache empört, daß man ihn an das bürgerliche Gericht weist, und daß sein „van" nicht als Adelsprädikat respektiert wird. Dann schimpft er wieder im Wirtshaus, so daß jeder es hören konnte, über den Kaiser Franz und die reaktionäre Regierung. Die Engländer hatten bei ihm einen Stein im Brett. Seine Sympathien steigerten sich noch, als man ihm von London aus schmeichelhafte Anerbietungen machte, als Clementi und Ries dort für seine Kompositionen eingetreten waren und Charles Neate im Namen der Londoner Philharmonischen Gesellschaft Verhandlungen mit ihm führte. Der Gedanke, nach England zu gehen, drüben neue Werke von sich aufzuführen und so seine Finanzen zu sanieren, kam nicht mehr zur Ruhe und beschäftigte ihn noch auf dem Totenbett. Das einzige greifbare Ergebnis aller Pläne und Korrespondenzen war schließlich die Neunte Sinfonie.

Als politischer Lyriker kommt Beethoven trotz der bewegten Zeiten, die er durchlebte, nicht in Betracht. Was er 1797 an aktuellen Gesängen für die Öffentlichkeit beisteuerte, wie das „Kriegslied der Österreicher" oder der „Abschiedsgesang an Wiens Bürger", hatte nicht einmal zeitliche Bedeutung. Dagegen können wir an den Kanons, die er geschrieben, nicht ohne ein Wort vorübergehen. Von alters her war bei Meistern des strengen Satzes der Kanon ein beliebtes Scherz- und Rätselspiel. Auch Beethoven verwendet ihn, namentlich in späteren Lebensjahren, gern und häufig als Spielerei, als musikalische Visitenkarte. An der Wirtstafel, auf Spaziergängen, in Briefen kommen ihm solche Einfälle zu Texten, die, meist scherzhaft, auf bestimmte Personen und Ereignisse gemünzt sind oder allgemeine Sentenzen behandeln. In diesen Kanons finden wir Beethovens derben Humor wieder, seine etwas kindliche Freude an Wortspielen, aber auch seinen Hang zu moralischen Betrachtungen und eine gewisse, fast ironische Bitterkeit des Ernstes.

*　　*　　*

Im Sommer 1812 ging Beethoven abermals zum Kur-
gebrauch nach Teplitz. Er hatte einen schlechten Winter
gehabt. „Beständig kränklich in Wien, mußte ich mich
endlich hierher flüchten", schreibt er Anfang Juli an
Varena. In Teplitz fand er eine glänzende Gesellschaft,
zum Teil wohl aus politischen Gründen versammelt. Unter
den Kurgästen befanden sich diesmal Kaiser Franz und in
seinem Gefolge Kinsky, Lichnowsky und andere Beethoven wohlbekannte Aristokraten; ferner die Kaiserinnen
von Österreich und Frankreich (Marie Louise) und der
König von Sachsen. Das wichtigste Begebnis aber war
für unsern Meister das Zusammentreffen mit Goethe.
Zwischen dem 19. Juli und dem 6. August sind sich beide
wiederholt begegnet, da Goethe von Karlsbad aus den
Monarchen einen Besuch machte, und Beethoven, von den
Ärzten hin- und hergeschickt, nach Karlsbad ging, dann
nach Franzensbad und wieder zurück nach Teplitz. Über
diese Begegnung ist mancherlei Anekdotisches berichtet.
(Zum Beispiel, daß Beethoven auf einem gemeinsamen
Spaziergange, bei dem Goethe sich durch die vielen Grüße
der Leute belästigt fühlte, gesagt habe: „Machen sich
Exzellenz nichts daraus, vielleicht geht es mich an.") Sicher
ist nur, daß er vor dem Dichter phantasiert hat, und
weiter, daß die persönliche Bekanntschaft auf beiden
Seiten eine Enttäuschung hervorrief. Goethes korrektes,
hofmännisches Benehmen deckte sich nicht mit der Vorstellung, die sich Beethoven von dem Schöpfer seiner
Lieblingswerke gemacht hatte, und er ließ sich in einem
Briefe an Breitkopf & Härtel recht unmutig darüber aus.
Goethe seinerseits fühlte sich von der Persönlichkeit des
großen Musikers eher abgestoßen als sympathisch berührt. Beethovens formlose, mitunter ungeschliffene Art
war seinem eigenen Wesen gar zu entgegengesetzt. Etwas
kühl schreibt er an Zelter:

„Beethoven habe ich in Teplitz kennengelernt. Sein
Talent hat mich in Erstaunen gesetzt; allein er ist
leider eine ganz ungebändigte Persönlichkeit, die zwar
gar nicht Unrecht hat, wenn sie die Welt detestabel

findet, aber sie freilich dadurch weder für sich noch für andere genußreicher macht. Sehr zu entschuldigen ist er hingegen und sehr zu bedauern, da ihn sein Gehör verläßt, was vielleicht dem musikalischen Teil seines Wesens weniger als dem geselligen schadet. Er, der ohnehin lakonischer Natur ist, wird es nun doppelt durch diesen Mangel."

Den Musiker in Beethoven hat Goethe vielleicht geahnt, keinesfalls ganz begriffen. Nicht das mindeste Zeugnis liegt vor, daß ihm die Kompositionen seiner eigenen Dichtungen irgend welchen besonderen Eindruck gemacht hätten. Er hat sie vielleicht gar nicht recht kennengelernt, jedenfalls nur für die Zuschickung des Egmont dem Komponisten in allerdings herzlichen Worten gedankt.

Auch dieses zweite Mal weilte zu gleicher Zeit mit Beethoven Amalie Sebald in Teplitz. Der Verkehr wurde erneuert, und das Wiedersehen trug dazu bei, dem Leidenden manche Tage lieblicher zu gestalten. Dem Umstand, daß Beethovens Befinden sich infolge von Diätfehlern verschlimmerte und ihn zeitweise ans Bett fesselte, verdanken wir einige reizende Briefe an seine junge Freundin, die sich seiner Beköstigung annahm und ihm zarte Aufmerksamkeiten erwies. Ende September verläßt Beethoven den böhmischen Badeort und begibt sich zunächst nach Linz, zu seinem Bruder Johann.

Am 5. Oktober kommt er dort an und bezieht ein geräumiges Zimmer mit schöner Aussicht auf die Donau und ihre Umgebung. Nun konnte er in Ruhe verarbeiten, was der Sommer an musikalischem Stoff bereits aufgespeichert hatte. Nicht freilich ganz in Ruhe — denn wir hören von aufregenden Szenen, die sich zwischen ihm und dem Bruder abspielten und, wie es heißt, sogar in Tätlichkeiten ausarteten, und kennen den Grund: die Heiratsabsicht Johanns, die Ludwig durch sein Dazwischentreten vergebens zu verhindern suchte. Aber man geht wohl nicht fehl, wenn man die Ursache dieses herbstlichen Aufenthaltes in einer stillen, abseitsliegenden Provinzstadt nicht allein auf beunruhigende Familienangelegenheiten zurückführt. Es drängte Beethoven wohl auch, das Werk mit dem er sich trug, vor seiner Rückkehr nach Wien in aller Zurückgezogenheit zu vollenden. Linz wurde die Wiege der Achten Sinfonie.

Das Jahr 1813, an künstlerischen Erträgen eines der ärmsten, war reichlich ausgefüllt mit den Scherereien und Verdrießlichkeiten, die der Kampf und die Prozeßführung um das Jahresgehalt mit sich brachten. „Statt über eine Anzahl Takte nachzudenken," schreibt der verärgerte und geplagte Künstler an den Erzherzog, „muß ich nur immer eine Anzahl Gänge, die ich zu machen habe, vormerken." So kam 1814 heran, und noch vor der Jahreswende trat ein unerwarteter und sehr merkwürdiger Umschwung in seinem Leben ein. Beethoven wurde populär. Er, der es mit Werken von epochaler Bedeutung nur zu einer lauen, im besten Falle ehrenvollen Anerkennung gebracht hatte, erlebte plötzlich glänzende Erfolge, erlebte sie mit einem Nichts, einer Äußerlichkeit, einer Gelegenheitsarbeit. Die Welle der Zeit hob auch ihn auf ihren Rücken und trug ihn, ein Spiel des Zufalls, in die Sonne des Ruhmes und der öffentlichen Gunst.

Das Tonstück, das im Verein mit zwei weiteren, dem Geschmack der Menge und der Stimmung der Zeit angepaßten Arbeiten diese günstige Wendung herbeiführen sollte, trug im Manuskript von Beethovens Hand den Titel „Auf Wellingtons Sieg bei Vittoria 1813, geschrieben für Herrn Mälzel". J. N. Mälzel, der Erfinder des nach ihm benannten Metronoms, Sohn eines Orgelbauers in Regensburg, war ursprünglich Musiker (Pianist), wendete sich dann aber der Fabrikation mechanischer Instrumente zu. Er war ein findiger Kopf auf seinem Gebiete, und es gelang ihm nach mehrfachen Versuchen, für Beethoven ein passendes Hörrohr zu konstruieren. Im Winter 1812 auf 1813 hatte er in Wien ein „Kunstkabinett" eröffnet, in dem er u. a. sein „Panharmonikon", eine Art Orchestrion (wie wir heute sagen) ausstellte. Beethoven nahm Interesse an seinen Arbeiten und besuchte ihn häufig. Als nun die Nachricht vom Siege Wellingtons kam, regte Mälzel die Idee

an, die Schlacht musikalisch darzustellen und auf die
mechanische Walze zu bringen. Beethoven ging seltsamerweise darauf ein und folgte auch dem Rat seines Freundes, das Stück für großes Orchester zu setzen. Schlacht-
musiken waren ja damals an der Tagesordnung und konnten in jenen kriegerischen Zeiten auf sicheren Beifall
rechnen. So entstand die „Schlacht bei Vittoria".

Um sie mit dem nötigen Effekt in Szene zu setzen, wird
eine große Akademie veranstaltet, an der alle namhaften
Künstler Wiens Beethoven zuliebe als Mitwirkende teilnehmen. Weigl (später Hummel) und Salieri dirigieren die
zu beiden Seiten auf den Galerien des Akademiesaales aufgestellte Schlachtmusik; Schuppanzigh und Mayseder sitzen
unter den ersten Violinen; Meyerbeer schlägt die große
Trommel, Moscheles die Becken. Dabei erfahren wir die
drollige Tatsache, daß Meyerbeer nicht Takt halten
konnte. „Er hat keinen Mut, zur rechten Zeit dreinzu-
schlagen," sagte Beethoven. Die Gesamtleitung hatte der
Meister selber. Schon auf der Hinfahrt zum Konzert war
nicht mit ihm zu reden, so aufgeregt war er und im Geiste
ganz in seine Komposition versunken. Dieser Aufgeregtheit ist es wohl auch zuzuschreiben, daß seine ohnehin
immer temperamentvolle, impulsive Art zu dirigieren an
jenem Tage nach den Berichten von Augenzeugen geradezu komisch wirkte. Beim piano bückte er sich tief hin-
unter, beim forte fuhr er jäh in die Höhe, und ohne die
heimliche Hilfe des Kapellmeisters Umlauf hätte er, bald
durch seine Schwerhörigkeit, bald durch seine übertrieben
lebhaften Gestikulationen, um ein Haar das Orchester
wieder auseinandergebracht. Das Programm dieser denkwürdigen Akademie vom 8. Dezember 1813 war bunt
genug. Es umfaßte außer „Wellingtons Sieg" und zwei Mär-
schen von Dussek und Pleyel, gespielt vom „mechanischen
Trompeter" mit Orchesterbegleitung, noch die A-Dur-Sinfonie, die in solcher unwürdigen Umgebung hier zum
erstenmal erklang.

Der Erfolg war kolossal, und Beethoven wurde — eine
der bittersten Ironien der Kunstgeschichte! — gefeiert

wie nie zuvor. Schon am 12. Dezember mußte das Konzert wiederholt werden. Von den weiteren Aufführungen — die erste war zum Besten invalider Krieger veranstaltet — versprachen sich Beethoven und Mälzel so viel Gewinn, daß sie gemeinsam eine Reise mit dem Panharmonikon nach England planten. Aber auch hier kam es zu Zwistigkeiten. Beethoven will die Orchesterfassung der „Schlacht“ nur zu seinem eigenen Gunsten verwerten, worauf Mälzel unter Benutzung einer widerrechtlich hergestellten Partitur Aufführungen des Werkes in München veranstaltete. Die Folge war ein von Beethoven angestrengter Prozeß, der jahrelang schwebte, bis ein Vergleich die einstigen Freunde wieder zusammenführte.

Sucht man nach einem künstlerischen Grund für Beethovens Bereitschaft zu dieser Komposition, so findet man ihn vielleicht in der nie ganz erloschenen Neigung, mit seiner Musik etwas darstellen zu wollen. Dann aber sehen wir auch, wie eine starke Zeitströmung selbst einen Mann wie ihn vorübergehend mit sich reißen kann. Die „Schlacht“ blieb nicht das einzige, womit er den Ereignissen des großen Befreiungskrieges Rechnung trug. Für Treitschkes Singspiel „Gute Nachricht“ schrieb er den Schlußchor „Germanias Wiedergeburt“, und als der Herbst herannahte, setzte er eine patriotische Kantate des Dr. Weißenbach in Musik, die unter dem Titel „Der glorreiche Augenblick“ auf die Vereinigung der Großmächte zur Besiegung des französischen Eroberers hinwies. Das schwache Werk sollte bald den zweiten Grundstein zu seinem Ruhm und Ansehen bei den Zeitgenossen legen.

Im November 1814 trat in Wien der große Kongreß zusammen, um nach der Niederwerfung und Verbannung Napoleons Europa wieder aufzurichten und den politischen Wirren ein Ende zu machen. Damit brachen für die Wiener frohbewegte, festliche Wochen an. Schon im September rüstete man sich zum Empfang der hohen Gäste. Kurz hintereinander trafen die Könige von Württemberg, Dänemark und Preußen und der Kaiser von

Rußland ein, und mit ihm zahlreiche Minister, Gesandte und ein glänzendes Gefolge von Würdenträgern und hohen Offizieren. Beethoven hatte Ende des Monats Baden verlassen und arbeitete eifrig an der Kantate. Der schwülstige, der Musik wenig entgegenkommende Text mußte erst noch von Karl Bernard umgeformt werden. Dadurch blieb nur wenig Zeit für die Niederschrift und die Proben, die um so notwendiger gewesen wären, als die Chöre von Dilettanten ausgeführt wurden. Inzwischen war Beethoven durch seinen „Fidelio" in der Öffentlichkeit erneut zur Geltung gekommen. Am 26. September und am Namenstage des Kaisers (4. Oktober) wurde die Oper in Gegenwart der hohen Herrschaften gegeben, und vor einer glänzenden Versammlung der Kongreßteilnehmer, darunter auch die beiden Kaiserinnen, folgte nach mehrmaliger Verschiebung am 29. November im großen Redoutensaal die Akademie, in deren Mittelpunkt die patriotische Kundgebung „Der glorreiche Augenblick" stand. Über den Eindruck berichtet eine von Frimmel erschlossene zeitgenössische Quelle (F. v. Sickingen in seiner „Darstellung der k. k. Haupt- und Residenzstadt Wien"): „Wer vermag den rauschenden Beifall und die zu allgemeinem Entzücken gesteigerten Empfindungen zu beschreiben, welche sich über alle Anwesenden ergossen, als . . . . die Worte ertönten ‚Was nur die Erde hoch und Hehres hat, in meinen (Viennas) Mauern hat es sich versammelt . . .' Jawohl, ein hoher, herrlicher, überaus seltener Augenblick!" Zugleich mit der Kantate waren wieder „Wellingtons Sieg" und die A-Dur-Sinfonie, mit den ersten Virtuosen im Orchester, aufgeführt worden. Trotz der enthusiastischen Aufnahme blieb bei der Wiederholung des Konzertes am 2. Dezember (zu Beethovens Gunsten) der Saal fast zur Hälfte leer. Besser war eine Aufführung zum Besten des St.-Marcus-Spitals besucht; eine dritte, die nach Briefen an den Erzherzog geplant war, mußte aufgegeben werden.

Von anderen Werken aus jener Zeit ist nicht viel zu verzeichnen. Zu Friedrich Dunckers Trauerspiel „Leonore

Prohaska" — es behandelt die Geschichte eines Mädchens, das als Soldat den Befreiungskrieg mitmachte —
schrieb Beethoven einen Kriegerchor („Wir bauen und
sterben"), eine Romanze mit Harfe und ein Melodram.
Auch instrumentierte er für dieses Stück den Trauermarsch aus seiner As-Dur-Sonate op. 26. Auf Bertolinis
Rat komponiert er die Klavierpolonaise op. 89 und widmet
sie der Kaiserin von Rußland, die ihn in Audienz empfängt
und ihm dafür 50 Dukaten überweisen läßt. An vokalen
Werken entstehen die Kantate „Meeresstille und glückliche Fahrt", die er „dem Verfasser der Gedichte, dem
unsterblichen Goethe" widmet, und der „Elegische Gesang" für seinen um den Tod der Frau trauernden Freund
Pasqualati. Ferner wird das 1801 entworfene Terzett
„Tremate, empi" vollendet. Die Komposition eines Opern-
textes von Treitschke gelangte nicht zur Ausführung, weil
Joh. Fuss mit dem gleichen Stoff („Romulus und Remus")
unserem Meister zuvorkam.

Zur Zeit des Kongresses gibt Rasoumowsky, der russische Botschafter, in seinem Palais glänzende Feste, auf
denen auch der Zar Alexander erscheint. Beethoven wird
dem Monarchen durch den Grafen vorgestellt und von
ihm ausgezeichnet. Überhaupt wird er zu vielen Festlich-
keiten zugezogen und ist in jener internationalen Gesellschaft Gegenstand allgemeiner Aufmerksamkeit. In einem
Wohltätigkeitskonzert wird unter seiner Leitung der
„Christus am Ölberg" aufgeführt. Am 25. Januar 1815
Hofkonzert in der Burg. Beethoven, der sich mit seinem
B-Dur-Trio schon im April 1814 im Augarten von der
Öffentlichkeit verabschiedet hatte, begleitet vor einer Zu-
hörerschaft von Kaisern und Königen noch einmal den
Kanon aus dem „Fidelio" und dem Sänger Wild seine
„Adelaide". Es war sein letztes Auftreten als Klavier-
spieler.

Es ist kein Zweifel, daß Beethoven die ungewohnten
Triumphe und Ehrungen jener Tage mit Genugtuung genossen hat. Er war in Wien nun eine Persönlichkeit, die
selbst die Leute auf der Straße kannten. Die immer häufi-

geren Besuche berühmter Kunstgenossen und großer Männer das In- und Auslandes trugen noch dazu bei, sein
Selbstbewußtsein mächtig zu steigern. Noch in späteren
Zeiten gedachte er gern daran, wie er sich „von den
hohen Häuptern die Cour machen lassen und sich dabei
stets vornehm benommen habe.“

* * *

Hatten die Teplitzer Badereisen (ohne zwar seine Leiden zu beheben) dem Meister Erfrischung und mancherlei
Anregungen zum Schaffen gebracht, hatten die Erfolge während der Kongreßzeit seine gesellschaftliche Stellung und
sein künstlerisches Selbstvertrauen noch gehoben, so griff
ein drittes Ereignis geradezu verhängnisvoll in dies Leben
ein. Am 15. November 1815 starb Kaspar van Beethoven,
erst 41 Jahre alt, an der Schwindsucht. Ungeachtet aller
Zwistigkeiten und wiederholter ernster Zerwürfnisse war
das Band zwischen ihm und Ludwig nie gerissen. Namentlich seitdem Kaspar leidend und zeitweise ohne Einkommen war, hatte ihm der ältere Bruder des öfteren reich-
liche Unterstützungen zugewendet, obgleich er selbst sich
damals in einer recht unsicheren Lage befand. Als das
Urlaubsgesuch des bereits schwerkranken Mannes von
der Behörde abgeschlagen wird, gerät Beethoven außer
sich. „Dieses elende Cameral-Produkt“, setzte er später
unter die inhumane Verfügung, „brachte meinem Bruder
den Tod. — Schönes Denkmal dieser rohen Ober-Bedien-
ten!“ Man begreift also, daß es ihm Herzenssache war,
den Wunsch des Verstorbenen, der seinen einzigen Sohn
Karl nicht der Mutter allein überlassen wollte und Ludwig
zum Mitvormund einsetzte, zu erfüllen. Diese unselige Vormundschaft war es nun, die sich als schwere Last auf ihn
legte und ihn verhinderte, in den nächsten Jahren seinem
Schaffen frei und ungestört zu leben, wie er es sonst wohl
getan hätte.

Mit der so übernommenen Pflicht war es Beethoven
heiliger Ernst. Ihm, dem Alleinstehenden, mochte es
ein Ersatz dünken für vieles, was ihm das Leben ver-

sagt hatte, daß er nun nicht mehr nur für sich zu
sorgen brauchte, daß sein liebebedürftiges Herz sich
an etwas hängen konnte. Die Witwe Kaspars war
nicht ohne Vermögen und Pension zurückgeblieben
und hätte eigentlich ihr Teil zum Unterhalt des Sohnes
beitragen sollen. Beethoven drängte sie nicht, übernahm
willig nach und nach die ganzen Erziehungskosten und
unterstützte später die Mutter noch, als sie in Not geriet;
aber er wollte auch die Seele des Knaben für sich allein
haben, seine Ausbildung und Lebensweise ganz nur nach
eigenem Ermessen bestimmen und regeln. Wir wissen
schon, daß er von seiner Schwägerin Johanna — nicht
ohne Grund — die denkbar schlechteste Meinung hatte.
Ihrem Einfluß den Neffen zu entziehen, ihn ganz auf seine
Seite und unter seine Obhut zu bringen, war sein un-
ermüdliches Bestreben. Aber die „Königin der Nacht",
wie er sie nannte, war nicht gesonnen, sich ihre Rechte
so leicht aus der Hand winden zu lassen. Es kam zu er-
bitterten, langwierigen Kämpfen und gerichtlichen Aus-
einandersetzungen. Beethoven übersah dabei zweierlei.
Einmal, daß es doch eben die Mutter war, von der er das
Kind zu trennen suchte, und daß die natürlichen Gefühle
auf beiden Seiten mit in Rechnung gesetzt werden mußten. Dann aber auch, daß er selbst mit seinem ganzen
Wesen und seiner Lebensführung recht wenig geeignet
war, den Erzieher für ein minderjähriges Kind abzugeben.
So mußte diese Vormundschaft für ihn um so mehr zu
einer Quelle fortgesetzter Sorgen, Aufregungen und bitterer Erfahrungen werden, je edler die Absichten waren,
von denen er sich in seinem Verhalten leiten ließ.

Aber auch dem Knaben konnte sie nicht zum Segen
gereichen. Bald behandelte ihn der Oheim streng und hart,
in seiner unwirschen, jäh auffahrenden Art; bald ließ er
ihm in falsch angebrachter Güte nur allzu sehr die Zügel
schießen. In der ungepflegten Junggesellenwirtschaft des
Meisters wohnte der junge Karl wüsten Szenen mit den
Haushälterinnen, Mägden und anderen Leuten bei, sah
und hörte Dinge, die ihm besser verborgen geblieben

wären und ihm nur sehr bedingten Respekt vor dem
Oheim einflößen konnten. Als er heranwuchs, verhielt sich
Beethoven zu ihm fast wie zu einem gleichaltrigen Freunde.
Er gewährte ihm Einblick in sein Schaffen und in seine Pläne, er vertraute ihm, immer in der Absicht, ihn zu sich her-
anzuziehen und ihm den Blick für Welt und Menschen zu
öffnen, Gedanken und Urteile an, für die das Verständnis
Karls noch gar nicht reif war. Sah er sich dann enttäuscht,
so folgten die bittersten Vorwürfe, die den Neffen schließlich zur Verzweiflung trieben. An einer vernünftigen, für
die ganz anders geartete Natur des jungen Mannes ver-
ständnisvollen Führung fehlte es gänzlich. Zwischen den
Lockungen der Mutter und den ernsten Ermahnungen des
Onkels stehend, oft genug auf Dienstboten und fremde
Leute angewiesen, war es für Karl nicht leicht, den rechten Weg zu finden, und man kann sich nur wundern, daß
später doch noch ein tüchtiger und braver Mensch aus
ihm geworden ist.

Karl war neun Jahre alt, als der Vater starb. Auf
Wunsch Beethovens — der sofort auf Grund eines früheren Urteils wegen Veruntreuung den Ausschluß der
Mutter von der Vormundschaft durchgesetzt hatte —
kommt er in die Privatschule von Giannatasio del Rio.
Die älteste Tochter dieses Pädagogen, eine schwärmerische Verehrerin Beethovens, bestätigt die starke Einwirkung, die der neue Lebenszweck auf den Menschen
und Künstler übte. „Nun brach, wenn ich so sagen darf,
ein neues Gemütsleben bei Beethoven hervor; er schien
sich dem Jungen mit Leib und Seele widmen zu wollen,
und je nachdem er fröhlich war durch seinen Neffen, oder
in Verdrießlichkeiten verwickelt wurde, schrieb er, oder
konnte er nichts schreiben." In dieser Anstalt, wo Karl
auch verköstigt wurde, glaubte er ihn sicher gegen „den
Einfluß seiner bestialischen Mutter"; er konnte ihn hier
besuchen, ihn auch zwei-, dreimal die Woche bei sich
sehen. Aber die Mutter kommt hinter seinem Rücken
täglich in die Schule, und er brauchte, um es zu verhindern, eine Vollmacht des Gerichtshofes. Im Sommer

1816 überstand Karl eine glücklich verlaufene Bruch-
operation; Beethoven zeigt sich aufs zärtlichste besorgt
und läßt ihn zu sich nach Baden kommen. Übrigens dachte
er auch an die musikalische Ausbildung des Neffen und
gab ihm Carl Czerny zum Klavierlehrer, den Unterricht
zuweilen selbst überwachend. Im Mai 1817 taucht in den
Selbstgesprächen des Taschenbuches ein neuer Gedanke
auf. „Karl ist ein ganz anderes Kind, wenn er einige
Stunden bei dir ist; daher bleibe bei dem Plan, ihn zu
dir zu — auch hast du weniger Sorge für dein Gemüt."
Der Plan wird ausgeführt. Beethoven nimmt — zum wie-
vielten Male! — eine neue Wohnung und versucht mit
Hilfe der Frau Streicher, sich eine Art Häuslichkeit ein-
zurichten. Karl verläßt im Januar 1818 das „Verziehungs-
institut" Giannatasios. Er wohnt beim Onkel, der in seiner
Überschätzung der geistigen Anlagen des bald im Gym-
nasium, bald zu Haus von einem Privatlehrer unterrichte-
ten Knaben auf die verrückte Idee verfällt, den erst
Zwölfjährigen auf die Universität zu schicken. Die Mutter
hatte nun leichtes Spiel. Sie fordert Beethoven vor die
Landrechte, zwingt ihn, die Schulzeugnisse vorzulegen,
verdächtigt seine moralische Qualifikation als Vormund,
weist auf seine Schwerhörigkeit hin und weiß es durch-
zusetzen, daß die Sache an den Magistrat überwiesen
wird. Beethoven sieht darin eine Lücke der Gesetz-
gebung, die ausgefüllt werden müßte. Seiner Beschäftigung gemäß gehöre er nicht „unter diese Plebs". Der
Magistrat nahm gegen ihn Partei, und so wurde er genötigt, einen zweiten Vormund zuzulassen. Das ganze
musikalische Wien verfolgte, nach Schindlers Bericht, den
Ausgang dieses Prozesses mit lebhafter Teilnahme. Der
Meister gab aber den Kampf nicht auf. Er geht mit Hilfe
eines andern Advokaten (Dr. Bach) an das Appellations-
gericht, das schließlich zu seinen Gunsten entscheidet. Im
April 1820 hat er die Genugtuung, daß die Mutter von der
Vormundschaft ausgeschlossen, und diese durch Hofdekret
vom 8. Juli ihm und dem Hofrat Peters (der auch der Erzieher der Lobkowitzschen Kinder war) zugesprochen wird.

Inzwischen hatte Karl allerhand Erziehungsexperimente durchgemacht. Da Giannatasio die Wiederaufnahme verweigert, der Pfarrer Fröhlich in Mödling ihn nach einem Monat wieder abgibt, kommt er zuerst zu einem gewissen Rudlich auf der Landstraße, dann in das Institut von Joseph Blöchlinger. Dort verbleibt er bis 1823, wo ihn Beethoven wieder zu sich nimmt und ihn erst die Universität, dann das Polytechnikum besuchen läßt. Oft finden wir Karl in den Sommerfrischen des Oheims, für den er den Kurier nach Wien macht und allerhand Aufträge und Besorgungen auszuführen hat. Einmal, im Sommer 1818, in Mödling, kommt es zu einer komischen Episode. Wieder hatte die Mutter durch Bestechung der Dienstboten heimliche Zusammenkünfte mit Karl, und Beethoven glaubte den Pfarrer mit im Komplott. Die „elefantenartige Peppi" und die „heimtückische Alte" wurden zum Teufel gejagt. Mit dem „Pfaffen" wollte Beethoven noch warten, ob sich der Fall wiederhole, „wo ich dann Seiner Hochwürden ihre Geistlichkeit mit solchen geistigen Prügeln und Amuletten so erbärmlich zurichten werde, daß die ganze Pfarrei davon erbeben soll!" Das sagte der Komponist, der gerade an einer Messe schrieb.

Mit den Studien Karls ging es auch 1823 nicht vorwärts. Nachdem er die Reifeprüfung mit Mühe und Not bestanden hatte, wagte er weitere Prüfungen nicht mehr zu machen, und, den praktischen kaufmännischen Beruf ins Auge fassend, hoffte er nun, in einem Handlungshause unterzukommen.

Um jene Zeit begann Karl, der bei einem Beamten Saheimmer in Pension war, sich von seinem Onkel zurückzuziehen. Die Vorwürfe und der Streit mit den Dienstboten, meinte Johann, verscheuchte ihn. (Johann, der als reicher Mann öfter nach Wien kam und mit dem Bruder wieder in Beziehungen getreten war, mischte sich, nicht immer zur Freude des Meisters, in mancherlei Angelegenheiten.) Schon 1825 fühlt Beethoven die Entfremdung und schreibt aus Baden, beständig leidend und in schlechter Verfassung, an Karl die rührendsten Briefe, aus denen die tödliche Angst um den Verlust des geliebten Jungen spricht. „Ich werde immer mägerer und befinde mich eher übel als gut, und keinen Arzt, keinen teilnehmenden Menschen! — Wo bin ich nicht verwundet, zerschnitten?!“ Karl soll doch nur kommen. „O kränke nicht mehr“, heißt es ein andermal, „der Sensenmann wird ohnehin ja keine lange Frist mehr geben.“ War aber der Neffe bei ihm, so kam es immer wieder zu erregten Szenen.

Karl war ein hübscher, wohlzuleidender Mensch geworden, und nur seine Lebenslust und seine Leidenschaft für das Billard trieben ihn in schlechte Gesellschaft. Mehr leichtsinnig als schlecht, sucht er sich auf jede Weise Geld zu verschaffen, beschwindelt den Onkel, verkauft Bücher und macht Schulden und spielt in den Wirtshäusern „mit Kutschern und lauter Pöbelvolk“. Je tiefer er sinkt, desto mehr flieht er die Gesellschaft des Onkels, in der er sich „wie in Gefangenschaft“ fühlt. Beethoven sieht die Gefahren und sucht ihn immer liebevoller an sich zu fesseln. Als Karl wieder die Prüfung nicht gemacht hat, schreibt er: „Mein Ehrenwort, keine Vorwürfe, da sie jetzt ohnehin nicht mehr fruchten würden.“ Aber die Katastrophe war nicht mehr aufzuhalten. Am 30. Juli 1826 macht Karl — sei es aus Scham, sei es aus Furcht neuer Schulden wegen — im Helenental bei Baden einen Selbstmordversuch. Mit einer Kugel im Kopf, doch nicht gefährlich verwundet, wird er zur Mutter und dann ins Krankenhaus gebracht. Beethoven verlebte einen furchtbaren Vormittag unter den Qualen der Ungewißheit und vielleicht gar der Selbstvorwürfe. Von dem Moment, wo er den gegen einen Freund geäußerten Vorsatz des Neffen erfuhr, bis zu dem traurigen Wiedersehen waren viele Stunden des Wartens und Suchens vergangen. Am nächsten Tage fand ihn Schindler völlig gebrochen. „Beweise tiefen Schmerzes ob der seinem Namen widerfahrenen öffentlichen Kränkung waren deutlich in seiner gebeugten Haltung zu erblicken. Dahin war das immer noch Feste, Stramme in allen seinen Körperbewegungen, ein Greis von nahezu siebzig Jahren stand vor uns, willenlos fügsam, jedem Luftzug gehorchend."

Die nächste Sorge war, was nun weiter mit dem Neffen geschehen sollte. Nach den damals herrschenden Anschauungen hatte man nicht nur die gesellschaftlichen Folgen der Tat zu fürchten; auf Selbstmordversuch stand sogar Gefängnisstrafe. Die Polizei mengte sich ein und entließ den jungen Mann erst, nachdem er ein vollständiges Religionsexamen abgelegt hatte. In Wien konnte Karl nicht bleiben. So begrüßte es Beethoven dankbar, daß der ihm bekannte Baron Stutterheim — dem er dafür das Cis-Moll-Quartett widmet — seinen Eintritt in ein Iglauer Regiment vermittelte. Vor seinem Eintritt ins Militär sollte Karl (da noch „äußere Zeichen" waren) sich einige Zeit erholen. Er wurde zum Onkel Johann nach Gneixendorf geschickt, wohin ihm Beethoven am 29. September folgte.

Das ist die Geschichte von Beethovens Neffen, die nicht nur den Biographen, sondern auch der Romanliteratur Stoff geliefert hat.

*　　*　　*

Das Jahr 1814 war, äußerlich betrachtet, der Höhepunkt in Beethovens Leben. Aus dem armen Bonner Musikantenkinde war ein weltberühmter Mann geworden. Nach außen hin stieg der Ruf des Künstlers auch noch in der Folgezeit (namentlich in England), aber über sein irdisches Dasein breiteten sich bald tiefe und tiefere Schatten. Die schwindende Gesundheit, die fortgesetzten aufreibenden Kämpfe mit den Widerständen des Lebens, mit seelischen und materiellen Sorgen wurden vom Meister, der glücksbedürftig wie nur einer war, hart und bitter empfunden. Die Briefe an Freunde und Verleger sind voller Klagen über sein Schicksal. Er fühlt sich „überall übel belassen und die Beute elender Menschen". Er grollt, daß er, statt seinen Inspirationen folgen zu können, manches für den Broterwerb tun und Arbeiten liefern muß, die ihn innerlich nicht befriedigen. „Auf diese Höhe habe ich's in diesem all-

gewaltigen ehemaligen Faijakenlande (Österreich) gebracht, daß, um einige Zeit für ein größeres Werk zu gewinnen, ich immer vorher so viel schmieren um des
Geldes willen muß, daß ich es aushalte bei einem großen
Werke."
Das körperliche und geistige Mißbehagen ließen begreiflicherweise auch die weniger erfreulichen Seiten seines
Wesens immer schroffer hervortreten. Kein Freund-
schaftsverhältnis blieb ungetrübt, und wo er ging und
stand, auch wo er seine eigenen Interessen verfechten
wollte, stieß er die Leute vor den Kopf. Trotzdem hielt
ein Kreis von treuen Anhängern zu ihm, oder doch zu
seinen Werken. In Frau von Ertmann, seiner „lieben,
werten Dorothea-Cäcilia", hatte er eine verständnisvolle
Interpretin seiner Klaviermusik gefunden, für die sie, wenn
auch nur in den Salons der Gesellschaft, immer neue
Freunde warb. Öffentlich spielte, seitdem Beethoven nach
1808 als Virtuose nicht mehr auftrat, seine Werke Carl
Czerny. Die Ertmann hatte in bezug auf Vortrag und
Temponuancierung dem Meister ganz seine Manieren ab-
gelauscht. Neben ihr war eine der ersten Beethovenspiele-
rinnen die ihm befreundete Madame Bigot. Für die Kam-
mermusik setzte sich vor allem Ignaz Schuppanzigh,
Beethovens „Falstaff", ein, der ob seiner Korpulenz als
Stichblatt nicht immer zarter Witze herhalten mußte. Das
Schuppanzigh-Quartett war das Hausquartett des Fürsten
Lichnowsky (später in veränderter Besetzung von Rasoumowsky engagiert) und hat so manches Beethovensche
Werk aus der Taufe gehoben. Infolge Schuppanzighs
Weggang nach Rußland löste es sich 1816 auf, trat aber
1823 wieder zusammen. Als eine Freundin, der Beethoven
nicht nur künstlerisches Interesse, sondern auch viel liebe-
volle menschliche Teilnahme zu danken hatte, muß ferner
die Gräfin Erdödy genannt werden. Eine besondere Stellung endlich nimmt in diesem Kreise befreundeter Menschen der Erzherzog Rudolph ein.
Etwa 1804 wurde der damals sechzehnjährige
Erzherzog Beethovens Schüler, erst im Klavierspiel,

dann in der Komposition. Er war musikalisch begabt und zeigte Verständnis für die Bedeutung seines Lehrers, den er, wie wir sahen, in hochherziger Weise — soweit er es konnte — unterstützte. Alle Wünsche und Erwartungen des Meisters hat er freilich nicht erfüllt. Das Verhältnis zwischen beiden war eigenartig. In den Briefen an Rudolph befleißigt sich Beethoven, ganz gegen seine Gewohnheit, eines ehrerbietigen, höfischen Tones, in den ab und zu eine warme menschliche Teilnahme hineinklingt. Er wahrt dabei durchaus die offiziellen Formen. Im persönlichen Verkehr wird er das weniger getan haben, denn er genierte sich auch vor dem Erzherzog nicht. Dieser wiederum war gegen Beethoven duldsam und nahm keinen Anstoß an seinen Sonderlichkeiten. Man solle ihn nur seinen Weg ungestört gehen lassen, er sei nun einmal so. Beethoven hat seine Dankbarkeit durch wertvolle Dedikationen bewiesen. Er widmete dem Erzherzog Werke wie die Missa solemnis, die große B-Dur-Sonate op. 106, das Es-Dur-Konzert und die auf seine Abreise in den Krieg gemünzte Sonate op. 81 a. Auch das Tripelkonzert war ursprünglich für Rudolph geschrieben. Ein Akt der Dankbarkeit ist es ferner, wenn er die gewiß mit seiner Hilfe und über ein von ihm gegebenes Thema komponierten Variationen, die sein Schüler ihm gewidmet, in schmeichelhafter Weise beurteilt, sie „meisterhaft" nennt und warm an seine Verleger empfiehlt. Bei alledem war ihm dieser Unterricht eine Last, über die er oft genug seufzte, eine Fronarbeit, der er sich nur höchst widerwillig unterzog. Und der er, so oft es nur irgend möglich, aus dem Wege ging. Ein spaßhaftes Kapitel sind die brieflichen Absagen und Entschuldigungen. Er „freut" sich immer, ist aber meistens durch Krankheit oder Arbeit verhindert. Ganz abzubrechen schien ihm untunlich; der Erzherzog war für ihn immerhin eine „einflußreiche Beziehung", die er nicht aufgeben mochte.

Je tauber Beethoven wurde, desto mehr wuchs seine Menschenscheu. Je mehr sich die Leute an ihn

herandrängten, desto zugeknöpfter wurde er. Nur
einigen Wenigen, und auch ihnen nur gelegentlich, hat
er wirklich sein Inneres erschlossen. Lieber vertraute er
sich seinen Tagebüchern an. Da finden sich Aufzeichnungen, die zu denken geben. Um 1814 notiert er: „Gegen
alle Menschen äußerlich nie die Verachtung merken
lassen, die sie verdienen, denn man kann nicht wissen,
wo man sie braucht." Derselbe Mann schreibt auf seinen
Kalender: „Warst du auch heut geduldig mit allen Menschen?" Man sieht, wie vieles bei ihm Stimmung des
Augenblicks war, und welche Gegensätze in ihm ruhten.
Zahlreich sind die Berichte von Zeitgenossen, die ihn,
namentlich in späteren Jahren, besucht haben, und die
ihm diese und jene Worte in den Mund legen. Man muß
sich hüten, sie zur Grundlage für die Beurteilung Beethovens zu machen, denn auch da fehlt es nicht an wider-
sprechenden Aussagen. Rochlitz rühmt die „froheste Anerkennung fremder Verdienste". Spohr (der Beethoven
allerdings nicht gerade freundlich gesinnt war) erzählt:
„Von Musik sprach er höchst selten. Geschah es, dann
waren seine Urteile sehr streng und so entschieden, als
könne gar kein Widerspruch dagegen stattfinden. Für die
Arbeiten anderer nahm er nicht das geringste Interesse;
ich hatte deshalb auch nicht den Mut, ihm die meinigen
zu zeigen."
Der Welt gegenüber befand sich Beethoven, zumal der
ältere, sozusagen in Abwehrstellung, immer geneigt zu
glauben, daß ihm etwas „zu Fleiß" geschähe. Sein stark
entwickeltes Mißtrauen war wohl auch hauptsächlich die
Quelle all der Verdrießlichkeiten, die er mit dem ewig
wechselnden Dienstpersonal zu erdulden hatte. Da er
Gespräche nicht kontrollieren konnte, fühlte er sich
immerfort belogen und hintergangen. Tatsächlich scheint
er mit Köchinnen und Haushälterinnen schlimme Erfahrungen gemacht zu haben. In allen Dingen des praktischen
Lebens unerfahren und hilflos wie ein Kind, war er auf
den guten Willen von Leuten angewiesen, die ihn unmöglich verstehen konnten, die nur einen unleidlichen, pol-

ternden Sonderling in ihm sahen und sich oft genug über
ihn belustigt haben mögen. Mit seiner Unordentlichkeit
und Zerstreutheit machte er auch die Willigen konfus, und
ging es dann nicht nach Wunsch, so geriet er in Wut und
ließ seinem Temperament die Zügel schießen. Das Ver-
söhnliche an diesen Dienstbotengeschichten ist der drasti-
sche Humor, den er dabei entwickelt, oder mit dem er
sie nachträglich in Briefen behandelt. So, wenn er die
Einladung zu einem Freitag damit motiviert, daß Freitag der
einzige Tag sei, „wo die alte Hexe, die vor zweihundert
Jahren sicher verbrannt worden wäre, erträglich kocht,
da an diesem Tage der Teufel keine Gewalt über sie hat".
Oder wenn er einer Bedienerin zu Neujahr ein halbes
Dutzend Bücher an den Kopf wirft und dann meint: wahrscheinlich müsse „durch Zufall etwas davon in ihr Gehirn
oder ihr schlechtes Herz geraten sein", denn sie sei dadurch ganz umgeändert. Für seine Quälgeister erfindet er
allerhand putzige Namen; die Haushälterin ist „Frau
Schnaps", Nanni die „busige Betrügerin", Baberl das
„schlechte Schönheitsgesicht". Aber der Haß gegen das
„niederträchtige Hausgesinde" wird immer größer. Aus
Baden schreibt er 1825: „Die ganze Woche mußte ich wie
ein Heiliger leiden und dulden — fort mit diesem Pöbel-
geschmeiß!"
Was uns an diesem Leben befremdlich, unschön, ab-
stoßend erscheinen könnte, findet seine Erklärung und
damit auch seine Entschuldigung vielleicht mehr, als bisher berücksichtigt worden, in dem leidenden Zustand
des Meisters. Beethovens hypochondrisches, grantiges
Wesen wurzelte letzten Endes in seinem körperlichen Befinden. Es ist viel an ihm gesündigt worden. Man stelle
sich einen chronisch Darm- und Magenkranken vor, der
zeitlebens seine Mahlzeiten in Wirtshäusern nimmt
oder von ungebildeten Köchinnen beköstigt wird!
Gerade er hätte der sorgsamsten Pflege und einer
streng geregelten Diät bedurft, um sich besser zu
fühlen und ungestört arbeiten zu können. Die häufigen
Koliken und Verdauungsbeschwerden, über die er klagt,

bestätigen das zur genüge. Aber weder eine richtige ärztliche Behandlung noch verständnisvolle Hilfe anderer setzte ein und bewahrte ihn vor unnötigen Schädigungen seiner Gesundheit. Aus manchen seiner Briefe geht hervor, daß er selbst sich dieses Übelstandes besser bewußt war als seine Umgebung. Es fehlte ihm jedoch die eigene Initiative, und immer wieder sucht er sein Heil in den ihm verordneten Kuren und hofft auf Besserung durch Bäder und Medikamente.

Es braucht nicht verschwiegen zu werden, daß mit der zunehmenden Unbekümmertheit in Beethovens Art, sich zu geben und zu bewegen, eine sträfliche Vernachlässigung des äußeren Menschen Hand in Hand ging. Schon 1812 soll er sich schlecht getragen und im Wirtshaus unappetitlich gegessen haben. Eines Sommers in Baden findet ihn die Familie Streicher in verwahrlostem Zustand. Es gab Zeiten, wo Beethoven keinen sauberen Rock, kein ganzes Hemd auf dem Leibe hatte. Schindler bestätigt es und fügt hinzu, er nehme Anstand, die volle Wahrheit zu schildern. Kam es doch so weit, daß er bei seinen Wanderungen in der Umgebung Wiens als Landstreicher aufgegriffen und, bis er sich ausweisen konnte, in Polizeigewahrsam gebracht wurde.

Geschah das alles nun aus Not? Ist Beethoven je so arm gewesen? Alle Umstände sprechen dagegen; auch gab es ja Freunde, die ihm geholfen hätten. Gewiß ist die Gleichgültigkeit gegen alles Äußere, auch an der eigenen Person, zum Teil auf die Entrücktheit des in seinen Ideen lebenden Künstlers, zum Teil auf seine leidende Gemütsverfassung zurückzuführen; ganz zu beschönigen ist sie nicht. Im Grunde war es doch jener Mangel an Ordnungs- und Reinlichkeitssinn, der, durch keine Erziehung ausgeglichen, schon den Knaben charakterisierte, und der sich nun am reifen Manne in steigendem Maße wieder bemerkbar machte. Beethoven wäre wahrscheinlich noch tiefer in den Sumpf wirtschaftlicher Misere geraten, hätte ihm nicht der Himmel in Nanette Streicher (der Frau des Klavierbauers Andreas Streicher) einen rettenden Engel gesendet. Bis 1816 hatte ihn noch ein verheirateter Diener einigermaßen gepflegt; dann trat Nanette, seine „Eurykleia" in Aktion. An sie konnte er sich jederzeit um „etwas Tröstliches in der Koch-Wasch-Nähkunst" wenden, sie brachte nicht nur in seine Häuslichkeit und Garderobe, sondern auch in seine Finanzen einige Ordnung und sorgte, so gut sie konnte, für seine Behaglichkeit und sein leibliches Wohl. Mit Zmeskall und Anton Schindler, dem „Geheimsekretär ohne Gehalt", der dem Meister in der letzten Lebenszeit (seit 1818) näher trat, gehörte sie zu den wenigen Menschen, die sich ihm wirklich treu und hilfreich erwiesen.

*　　*　　*

Überblickt man die Tatsachen, Begebenheiten, Zustände, von denen hier zuletzt die Rede war — kann es da noch zweifelhaft sein, daß nicht das irdische Dasein dieses Mannes sein wahres, eigentliches Leben gewesen ist? Daß nicht, was er tat oder sagte, wie, wo und mit wem er lebte, uns den Begriff „Beethoven" gibt, den wir mit der Vorstellung seiner Musik verbinden? Beethoven ist wohl der schlagendste Beweis für die Sonderexistenz des Künstlers, die unabhängig von allen menschlichen Betätigungen und Erfahrungen ihren eigenen, selbständigen Verlauf nimmt. Für den Entwicklungsprozeß der in ihm ruhenden musikalischen Kräfte, die stark genug waren, eine Welt zu bewegen und vorwärts zu treiben, bildete das äußere Dasein nur den nichtssagenden, dürftigen Rahmen. Beethoven war in so eminentem Grade und so ausschließlich Musiker, daß wir ihn nur aus seinen Werken wahrhaft erkennen können. Will man sein Schaffen und sein Leben irgendwie in Einklang bringen, so ist es daher richtiger, sich dieses aus jenem als umgekehrt zu erklären. Selbst einschneidende Ereignisse wie seine Ertaubung, die ihm das Glück des geselligen Menschen wie des ausübenden Künstlers zerstörte, oder die Umstände, die ihm die Sorgen um ein teures Wesen aufluden und ihn in Konflikt mit tausenderlei ihm fernliegenden Dingen brachten, haben seinem inneren, musikalischen Leben wohl kaum bestimmende Form und Richtung gegeben. Auch wenn Beethoven nicht taub geworden wäre, hätte ihn sein schwerblütiges Temperament, seine ganze geistige und psychische Veranlagung zur Vertiefung seiner Kunst, zur Darstellung hoher Gedanken und leidenschaftlicher Empfindungen geführt, und Werke wie die „Eroica" oder die C-Moll-Sinfonie, oder der „Fidelio" wären schwerlich ungeschrieben geblieben. Er hätte, wie er einmal war, die Kraft zu rühren und zu erheben, aus anderen Quellen gesogen. Die Vorstellung, wir sollten die hehrsten Denkmäler der Kunst auch nur mittelbar einem körperlichen Übel oder sonstigem Unglück zu verdanken haben, ist doch ohnehin unannehmbar! Und wenn Beethovens Bruder auch nicht vorzeitig gestorben wäre und ihm die verhängnisvolle Vormundschaft hinterlassen hätte, würde der Wechsel von produktiven und unproduktiven Perioden, die Reaktion auf ein fast zwei Jahrzehnte füllendes, ununterbrochenes Schaffen wohl auch aus inneren Gründen eingetreten sein. Es konnte damals so scheinen, als ob Beethoven sich erschöpft habe. Aber die Zeit zwischen der Achten Sinfonie und der Messe war für den Komponisten nur ein Intermezzo, während dessen die Wirklichkeit mehr als sonst ihre Rechte geltend machen, ihn fesseln und ablenken konnte, weil der Strom in seinem Innern, ohne zwar je zu versiegen, weniger mächtig, weniger unaufhaltsam floß. Denn trotz Krankheit, Kummer und Sorgen, trotz der Fortdauer widriger und niederdrückender Verhältnisse sehen wir ihn sich zu neuer Tatkraft erheben, als die Stunde wieder geschlagen hat.

Im Juni 1821 schrieb der Referent der Leipziger „Allgemeinen musikalischen Zeitung", Beethoven scheine für größere Arbeiten gänzlich abgestumpft zu sein. Auch in Wien glaubte man allgemein, er habe sich „ausgeschrieben". Eine Veränderung war allerdings mit unserem Meister vorgegangen: er konnte sich nicht mehr so schnell und leicht zur Ausführung einer Arbeit entschließen. Mag das vorrückende Alter — Beethoven war inzwischen ein

Fünfziger geworden — dabei in Betracht zu ziehen sein,
der Hauptgrund ist wohl in der veränderten Art seines
Schaffens zu suchen. In dem bisher Vollbrachten sah der
Unermüdliche noch keineswegs ein erreichtes Ziel, die
Verwirklichung seiner Ideale. „Ist es mir doch, als hätte
ich kaum einige Noten geschrieben," lautet eine Brief-
stelle (an den Mainzer Verleger Schott), und in den letzten Wochen seines Lebens äußerte er: wenn er noch einmal von vorn anfangen könnte, wüßte er, wie er's zu
machen hätte. Immer mehr zieht er sich in sich selbst zurück. Aufträgen und Anregungen von außen vermag er
nur schwer oder gar nicht nachzukommen. Sein Stil wird
reflektierter und völlig individuell; die Werke, die jetzt
entstehen, sind nur aus innerer Notwendigkeit geboren.
Daher ringt er sie sich nur langsam ab und kann sich nicht
entschließen, sie aus Händen zu geben, bis sie so sind, wie
er sie „seinen besten Freunden nicht besser geben
könnte". Schnell zu schreiben, ist ihm unmöglich geworden. „Ich sitze und sinne und sinne", sagt er zu dem ihn
besuchenden Rochlitz, „ich hab's lange, aber es will nicht
aufs Papier. Es graut mir vorm Anfang so großer Werke."
Aber während man ihn schon am Ende glaubte, entstehen in seinem Kopfe neue, unerhörte Dinge, und er
wird noch einmal zum Schöpfer von Werken, die nicht nur
seinen Ruhm, wenn auch erst spät, bei der Nachwelt be-
festigt haben, sondern heut als die größesten, für den
Fortschritt in der musikalischen Entwicklung wichtigsten
dastehen.

V.

Der 7. Mai 1824 war ein denkwürdiger Tag in Beethovens Leben und mehr noch in der Geschichte der Tonkunst. Da fand im Kärntnertor-Theater die erste Aufführung der Neunten Sinfonie und einiger Teile der großen Messe statt. Diese Akademie hatte eine längere Vorgeschichte.

Obgleich die Tagesmode und der musikalische Geschmack der Zeit mehr denn je den Italienern huldigte und das Theater im Mittelpunkt des öffentlichen Interesses stand, hatte Beethoven doch bereits eine treue Gemeinde. Vorübergehend konnte er wohl in den Hintergrund geraten, namentlich als 1822 Rossini und seine auserlesene Sängerschar auf ihrem Triumphzug durch die Welt auch die Wiener in einen Taumel der Begeisterung versetzten; aber bei der nicht kleinen Zahl ernster Musikfreunde, die sich nicht blenden und von der Menge mitreißen ließen, geriet er nicht in Vergessenheit. Von nah und fern kamen allerhand Ehrungen. Der Kaufmännische Verein in Wien, die Philharmonische Gesellschaft in Laibach, der Musikverein Steiermarks, die Königliche Akademie von Stockholm ernannten ihn zu ihrem Ehrenmitglied und sandten ihm Diplome. Aus London kamen die Anträge der dortigen Philharmonischen Gesellschaft. Da wendete sich ihm auch die öffentliche Aufmerksamkeit wieder zu. Schuppanzigh und Genossen spielten in ihren Kammermusikaufführungen eine ganze Reihe seiner Quartette. Im Dezember 1823 erschien im Morgenblatt eine Beschreibung seiner Persönlichkeit und seines häuslichen Lebens, und im folgenden Februar taten sich befreundete

Aristokraten, an ihrer Spitze Graf Moritz Lichnowsky,
mit Kunstgenossen und Verlegern zusammen und übersand-
ten ihm eine Adresse. Es war darin der Wunsch ausgesprochen, die neuen Werke des Meisters (von denen sich
die Kunde verbreitet hatte) durch Aufführungen kennen
zu lernen. Er möge sich der Öffentlichkeit und seinen Verehrern nicht länger entziehen; von ihm erwarte die deutsche Kunst das Heil im Kampfe gegen das Ausländertum.

Beethoven nahm die Adresse nicht ohne Genugtuung
entgegen und äußerte sich zu Schindler: „Es ist doch recht
schön, es freut mich." Den Wert solcher Huldigungen wird
er schwerlich überschätzt haben. Er blieb sich bewußt,
daß die Gegenwart ihm nicht günstig war, und daß von
den neuesten Werken galt, was er einem Tadler der Quartette op. 59 gesagt hatte: „Die sind auch nicht für Sie, sondern für eine spätere Zeit." Bitter wie sein Urteil über die
Wiener im allgemeinen und die politischen Zustände der
Restaurationsepoche ist seine Kennzeichnung der musikalischen Verhältnisse. Einem Besucher von auswärts,
der die Hoffnung ausgesprochen hatte, seine Werke in
Wien kennen zu lernen, erwiderte er: „Was sollten Sie
hören? Fidelio? Den können sie nicht geben und wollen
sie auch nicht hören. Die Sinfonien? Dazu haben sie keine
Zeit. Die Konzerte? Da orgelt jeder ab, was er selbst gemacht hat. Die Solosachen? Die sind hier längst aus der
Mode. Höchstens sucht der Schuppanzigh manchmal ein
Quartett hervor."

Immerhin hatte die Adresse den Erfolg, daß der Meister
die neuen Sachen nun nicht länger zurückhielt, und daß
mit den Freunden eine Akademie geplant wurde. Die Vorbereitungen brachten ihm die gewohnten Scherereien und
Verdrießlichkeiten. Graf Palffy, der das Theater an der
Wien hat, kann sich mit Beethoven über die Wahl der
Dirigenten nicht einigen, macht außerdem unverschämte
Forderungen und bekommt dafür „Sie sind mir eine erbärm-
liche Exzellenz" zu hören. Die Akademie wird nun in das
Theater am Kärntnertor verlegt, aber erst nach langwierigen Verhandlungen mit dem Direktor Duport, so daß

wieder wenig Zeit zum Studieren bleibt. Nur zwei Or-
chesterproben werden dem Komponisten bewilligt, eine
zur Korrektur, die andere „für den Ausdruck". Zu Dirigenten bestimmt Beethoven Umlauf und Schuppanzigh.
Als er die Neunte Sinfonie auf dem Flügel vorspielt, ver-
übt er „eine ziemlich chaotische Musik", so daß Umlauf
vorzieht, die Partitur mit nach Haus zu nehmen. Die mit
Spannung erwartete Aufführung machte schon vorher von
sich reden und man drängte sich zur Mitwirkung; Dilettanten unterstützten das Orchester, Mitglieder des Musikver-
eins den Chor. Die Soloproben hielt Beethoven in seiner
Wohnung ab. Da er von Änderungen nichts wissen will, steht
man manchen Schwierigkeiten bald ratlos gegenüber. Die
hohen b des Chorsoprans in der Fuge „Et vitam venturi"
wurden einfach fortgelassen, ohne daß der taube Meister
es merkte. Henriette Sontag und Caroline Unger, die
beiden „schönen Hexen", waren verzweifelt und feilsch-
ten um schnellere Temponahme und Erleichterungen.
Aber Beethoven blieb gegen alle Bitten taub. Die Unger
nannte ihn einen „Tyrann aller Singorgane", und die Sontag seufzte: „So quälen wir uns denn in Gottes Namen
weiter." Nur bei dem Baritonisten Preisinger, der seiner
Aufgabe gar nicht gewachsen war, mußte sich Beethoven
zu einer Punktierung verstehen und änderte das hohe fis
im Rezitativ des Sinfonie-Finales. Am besten von den
Solisten bewährte sich der Tenorist Haizinger.

So rückte der Tag der Aufführung, der 7. Mai, heran.
Das Haus war dicht gefüllt, nur die kaiserliche Loge blieb
fast ganz leer. Beethoven wurde mit ostentativem Applaus
empfangen; er stand neben Umlauf, der das Ganze leitete
(Schuppanzigh dirigierte nach damaliger Sitte nur das Or-
chester), und gab bei jedem Satz das Zeitmaß des ersten
Taktes an. Das Programm umfaßte die große C-Dur-
Ouvertüre op. 124, die Neunte Sinfonie und das Kyrie,
Credo und Agnus aus der Missa solemnis. Diese Vokal-
sätze erschienen unter der Bezeichnung „Drei große
Hymnen", weil die Zensur, die überhaupt nur Bruchstücke
gestattete, den Titel „Missa" auf dem Theater verboten

hatte. Obgleich die Aufführung in vielen Punkten mangelhaft war, weckte sie doch große Begeisterung. Am Schluß gab es eine rührende Szene. Beethoven hörte den Jubel nicht, der ihn umrauschte, und blieb, dem Publikum den Rücken kehrend stehen. Da drehte ihn Caroline Unger herum, und nun erst sah er an dem Tücher- und Hüteschwenken der Menge, welchen Eindruck seine Musik gemacht hatte, und wie er gefeiert wurde. Schon die Ovation beim Empfang war so ungewöhnlich gewesen, daß, als das Parterre zum fünften Male Beifall rief, der wachthabende Polizeikommissar Ruhe gebot. Leider hatte der Abend noch einen trüben Ausklang. Die Einnahme, auf die Beethoven stark gerechnet hatte, stellte sich nach Abzug aller Unkosten als niederschmetternd gering heraus. Man brachte den erschöpften Meister nach Haus und legte ihm den Kassenrapport vor. „Bei dessen Anblick", erzählt Schindler, „brach er in sich zusammen. Wir rafften ihn auf und legten ihn auf das Sofa. Bis spät in die Nacht hinein verweilten wir an seiner Seite. Kein Verlangen nach Speise oder anderes, kein lautes Wort war mehr hörbar. Endlich, nachdem wir merkten, daß Morpheus ihm sanft die Augen zugedrückt, haben wir uns entfernt. Schlafend, noch in der Konzerttoilette, fanden ihn am andern Morgen auf derselben Stelle seine Dienstleute."

Der materielle Mißerfolg des Unternehmens machte Beethoven nicht nur traurig, sondern auch gereizt. In dieser Stimmung gewann sein altes Übel, das Mißtrauen, wieder Macht über ihn und verschonte selbst erprobte Helfer nicht. Wenige Tage nach der Aufführung kam es im „Wilden Mann", einer Wirtschaft im Prater, wohin er Schuppanzigh, Schindler und Umlauf zum Frühstück geladen hatte, zu einer häßlichen Szene. Die Rede kam auf die Mängel der Vorbereitung, der Beethoven das finanzielle Fiasko des Konzerts zuschrieb, und er ließ sich so weit hinreißen, daß er Schindler im Einverständnis mit Duport des Betruges zieh. Verletzt standen die Freunde auf und gingen, und Beethoven konnte sein Frühstück allein verzehren. Am Mittag des 23. Mai fand im Redoutensaale eine Wiederholung des Konzerts statt, für die Duport die Garantie übernahm. Sie brachte sogar ein Defizit, da der Saal — es war ein Sonntag und schönstes Frühlingswetter — halb leer blieb, und Beethoven war so entrüstet, daß man ihn nachher auf der Straße kaum beruhigen konnte. Das Programm dieser zweiten Aufführung zeigte eine seltsame Zusammenstellung. Mit der Ouvertüre und der Sinfonie war nur das Kyrie geblieben; statt der beiden anderen Messesätze trugen das „Ganserl" Henriette Sontag eine Bravourarie von Mercadante, der Tenorist David die Arie „Di tanti palpiti" von Rossini vor. Außerdem wurde Beethovens Terzett „Tremati empi" von Sängern der italienischen Oper gesungen.

* *
*

Den äußeren Anlaß zur Komposition des Missa solemnis gab die Einsetzung des Erzherzogs Rudolph zum Erzbischof von Olmütz. Beethoven wollte sich seinen hohen Gönner, von dem er noch immer Förderung erwartete, verpflichten. Einmal bei der Arbeit, verliert er aber Ziel und Absicht aus den Augen und versenkt sich ganz in die sein Inneres erfüllende Aufgabe. Die Messe ergriff gleichsam Besitz von ihm; sie zu schaffen, hat er fast vier Jahre seines Lebens geopfert. Die ersten Spuren weisen auf den Mai 1818 zurück, wo er in das Innere einer Brieftasche das Kyrie-Motiv notiert. Im Spätherbst des Jahres begann er, ganz gegen seine Gewohnheit, schon die Partitur. Nach einer Bemerkung im Tagebuch hat er sich mit alten Kirchenchorälen und der Prosodie des lateinischen Textes beschäftigt, den er sich zuvor ins Deutsche übersetzen ließ. Mit dem Kyrie wird die Arbeit begonnen, aber nicht der Reihe nach durchgeführt. Je nach Stimmung gestalten sich Teile einzelner Sätze. Oft wird die Arbeit unterbrochen, durch Erkrankungen und andere Sorgen. Um Beethovens Finanzen stand es damals schlecht. Er bittet Ries, seine Sachen in England zu „verschachern" und drängt um Honorare „avec ou sans honneurs".

Die Installation des Erzherzogs, zu der die Messe fertig sein sollte, war auf den 9. März 1820 angesetzt. Noch immer „hoffte" Beethoven und ließ sich das Datum zur Mahnung auf seinen Kalender schreiben. Indessen, die musikalischen und ästhetischen Probleme, in die er sich verstrickt hatte, waren nicht so schnell zu lösen, und unter seiner Feder nahm das Werk immer mehr monumentale Formen an. Da gab er es auf, seine Vollendung an einen praktischen Zweck zu binden, und schuf daran weiter, wie Zeit und Laune es gestatteten. Ja, es kamen Augenblicke, wo er an der Möglichkeit, das Werk so auszuführen, wie es ihm vorschwebte, zweifelte. Der Erzherzog war längst Kardinal geworden, als 1823 die Messe endlich fertig wurde. Ihm gegenüber entschuldigte sich der Meister mit dem „Drange der Umstände". Inzwischen war aber von seinem Plane auch etwas in die Öffentlichkeit gedrungen. Lästige Frager fertigte er mit der Antwort ab: er warte, „bis der Erzherzog Papst geworden".

Mit welcher Inbrunst Beethoven an der Messe schuf, dafür liegen vielerlei Zeugnisse vor. Gleich bei Beginn der Arbeit schien es den Freunden, als habe sein ganzes Wesen „eine andere Gestalt angenommen". Schindler, der um diese Zeit in Verkehr mit ihm trat und ihn mit dem Musiker Horzalka in der Sommerfrische besuchte, berichtet darüber Näheres.

„Gedenke ich der Erlebnisse aus dem Jahre 1819, vornehmlich der Zeit, als der Tondichter im Hafnerhause zu Mödling mit Ausarbeitung des Credo beschäftigt gewesen, vergegenwärtige ich mir seine geistige Aufgeregtheit, so muß ich gestehen, daß ich niemals vor und niemals nach diesem Zeitpunkt völliger Erden-Entrücktheit wieder ähnliches an ihm wahrgenommen habe. Es war 4 Uhr nachmittags. Gleich beim Eintritte vernahmen wir, daß am selben Morgen Beethovens beide Dienerinnen davongegangen seien und daß es nach Mitternacht einen alle Hausbewohner störenden Auftritt gegeben, weil infolge langen Wartens beide eingeschlafen und die zubereiteten Gerichte ungenießbar geworden. In einem der Wohnzimmer bei verschlossener Tür hörten wir den Meister über der Fuge zum Credo singen, heulen, stampfen. Nachdem wir dieser nahezu schauerlichen Szene lange schon zugehorcht und uns eben entfernen wollten, öffnete sich die Türe und Beethoven stand vor uns mit verstörten Gesichtszügen, die Beängstigung einflößen konnten. Er sah aus, als habe er soeben einen Kampf auf Tod und Leben mit der ganzen Schar der Kontrapunktisten, seinen immerwährenden Widersachern bestanden. Seine ersten Äußerungen waren konfuse, als fühle er sich von unserm Behorchen unangenehm überrascht. Alsbald kam er aber auf das Tagesereignis zu sprechen und äußerte mit merkbarer Fassung: Saubere Wirtschaft, alles ist davongelaufen und ich habe seit gestern Mittag nichts gegessen! Ich suchte ihn zu besänftigen und half bei der Toilette. Mein Begleiter eilte voraus, um einiges für den ausgehungerten Meister zubereiten zu lassen."

Derselbe Gewährsmann, der dem Meister oft am Arbeitstische gegenübersaß, erzählt auch, daß Beethoven das Credo und das Benedictus sich am schwersten abgerungen habe. Als er die Fuge „Et vitam venturi" schrieb, habe er sich im Schweiße seines Angesichts mit Händen und Füßen den Takt geschlagen, so daß die Hausbewohner sich beschwerten und ihn für einen Besessenen hielten. Von Fluren und Feldern, die er durchstreifte, kehrte er zu wiederholten Malen ohne Hut zurück, kurz, er lebte in einem Zustand völliger Weltvergessenheit. Nach der Arbeit an der Messe fühlte er sich jedesmal wie zerschlagen, und zu Brentano sagte er später, er habe eigentlich zwei ganze Jahre lang für seine Kunst nicht wieder leben können. Zuweilen machte sich nach den Anstrengungen des Komponierens ein tiefes Ruhebedürfnis geltend. Im Frühjahr 1820 wird sogar eine Erholungsreise nach Italien mit dem „Signor Fratello" (Johann) geplant.

Beethoven selbst hielt die Messe für „das gelungenste seiner Geistesprodukte". Als er sie schrieb, war seine Absicht, „sowohl bei den Singenden als Zuhörenden religiöse Gefühle zu erwecken und dauernd zu machen". Als

sie vollendet war, besaß die Welt ein Werk, wie es ihr seit
Bachs H-Moll-Messe nicht geschenkt worden ist, und wie es
auch nachdem die Kirchenmusik nicht wieder aufzuweisen
hat. Ein Werk von solch innerer Größe, von so im-
posanter Struktur und so eigenem Stimmungsgehalt, daß
es, keinem anderen vergleichbar, in seiner Wirkung weit
über die angedeutete Absicht des Tondichters hinausgeht. In der Missa solemnis sind alle Kräfte Beethovens
in potenziertem Maße lebendig, die dichterischen wie die
gestaltenden, die ethischen wie die musikalischen. Man
könnte beinahe behaupten: wenn alles andere von ihm
untergegangen wäre — in der D-Dur-Messe würden wir
ihn ganz besitzen.

Beethoven war im innersten Grunde zweifellos eine
religiöse Natur. Schon daß er Kirchenmusik geschrieben
hat, ist, bei seinem Charakter, ein Beweis dafür. Zur Schau
getragene Frömmigkeit und Buchstabenglaube lagen freilich seinem freigeistigen Wesen fern, auch war sein Verhältnis zur Kirche ein mehr als lockeres. Trotzdem blieb
er äußerlich Katholik. Seine persönliche Religion aber war
der Glaube an das Gute im Menschen und an die Pflicht
zum moralischen Denken und Handeln. „Das moralische
Gesetz in uns und der gestirnte Himmel über uns" — diese
Worte Kants stehen in seinem Konversationsbuch mit drei
Ausrufungszeichen zitiert. Auch sonst sehen wir aus der
Wahl seiner Lektüre, aus Stellen, die er sich anstrich oder
eigenhändig abschrieb, wie lebhaft, namentlich in späterer
Zeit, ethische und religiöse Dinge ihn beschäftigten, obgleich er nie darüber zu sprechen liebte. Die abermalige
Komposition des Messetextes wurde ihm nun die vielleicht lange ersehnte Veranlassung, seinem religiösen Empfinden, nach seiner Art, einen umfassenden Ausdruck zu
geben. Nicht wie in der C-Dur-Messe begnügte er sich,
die Worte zur Unterlage einer Musik im herkömmlichen
Kirchenstil zu benutzen. Er betrachtete sie sozusagen mit
neuen Augen, prüfte sie auf ihre ethischen und nicht weniger auf ihre ästhetischen Werte und suchte sie, bewußt
oder unbewußt, mit seiner eigenen Gedankenwelt in Ein-

klang zu bringen. Indem er das dichterische Element in den Vordergrund rückte und den starren kirchlichen Symbolen eine mehr menschliche, allgemeinere Deutung gab, wurde die Messe zu einem musikalischen Bekenntnis persönlichster Art. Das sind nicht mehr die Gefühle der gläubigen Gemeinde, die durch den Mund des Künstlers zum Ausdruck gelangen; hier spricht — wir spüren es an dem Pathos der Empfindung und an der mit allen Mitteln gesteigerten Intensität der Darstellung — ein Mensch, der sich über alles Liturgische und Dogmatische hinaus mit seinem Gott und seinem Gewissen auseinandersetzt, dem die konkreten Vorstellungen der Heilslehre Bilder und Gleichnisse, Mitteilungsformen eines Unaussprechlichen sind. Die Missa hat zuerst dem individuellen Ausdruck in der Kirchenmusik Bahn gebrochen, sie ist insofern das erste in modernem Geiste geschriebene kirchliche Werk. Rein als musikalisches Kunstwerk betrachtet ist sie, wie alle Spätwerke des Meisters, nicht ohne Unebenheiten und Eigenwilligkeiten. Die zum Teil fast unüberwindlichen Schwierigkeiten, die sie den Singstimmen zumutet, erscheinen hier aber nicht als technische Mängel gewöhnlicher Art; sie hängen mit dem transzendenten Charakter des Werkes zusammen, mit dem sich Rücksichtnahme auf die Unzulänglichkeit der Materie für Beethoven nicht vertrug. Diese Schwierigkeiten, verbunden mit der ungewöhnlichen Ausdehnung und dem völlig neuen geistigen Gehalt, haben der Missa lange im Wege gestanden. Eine Wiedergabe des Ganzen hat Beethoven selbst nicht erlebt. Die ersten vollständigen Aufführungen fanden 1824 in Petersburg und Paris statt. In Deutschland bedurfte es noch jahrzehntelanger Versuche, ehe die Missa sich durchsetzte, und tiefgehender musikalischer Umwälzungen, ehe sie in ihrer wahren Bedeutung erkannt und gewürdigt wurde. Heut sieht die deutsche Musikwelt eines ihrer heiligsten Güter in ihr, und Aufführungen der Missa solemnis sind uns zu musikalischen Festen geworden.

Das so langsam und schwer geschaffene, von ihm selbst so hochbewertete Werk wollte Beethoven nicht leicht aus der Hand geben. Zunächst eröffnet er eine Subskription, zu der er Einladungsschreiben und Abschriften an die verschiedenen Höfe und an Institute, wie die Berliner Singakademie und den Frankfurter Cäcilienverein verschickt. Die erste Annahme erfolgte vom König von Preußen; der Wiener Hof, dem Beethoven übrigens das Werk gar nicht anbot, rührte sich nicht. Im ganzen deckte der Ertrag nicht einmal die Kopiaturkosten. Dann begann der Handel mit den Verlegern, der nicht immer sympathische Formen annimmt. Beethoven verleugnet dabei — „Not kennt kein Gebot" — immer mehr den Künstler und läßt sich, um seine Lage günstiger zu gestalten, in geschäftliche Spekulationen ein. Er unterhandelt wegen der Missa gleichzeitig mit Steiner in Wien, Peters in Leipzig, Simrock in Bonn und Schlesinger in Berlin, um sie schließlich (für 1000 Gulden) dem Mainzer Verleger Schott zu überlassen. Zur Zeit des Messe-Handels tritt auch Bruder Johann wieder in Aktion. Sein unheilvoller Einfluß wird von Beethoven meist zu spät empfunden und dann in zornigen Ausbrüchen gegeißelt.

Nach diesem kurzen Rückblick auf die Geschichte der Messe wollen wir die einzelnen Teile des Werkes an uns vorüberziehen lassen.

Der erste Satz, das Kyrie, baut sich nach ein paar feierlichen, die Tonart D-Dur festsetzenden Einleitungstakten über dem zuerst im Orchester, dann, mit den akkordlichen Harmonien des Chores abwechselnd, von den Solostimmen intonierten Thema auf:

Als weiterbildende Elemente erscheinen die Motive:

und im Orchester:

Der nach H-Moll sich wendende Mittelsatz (Andante
³/₂), in dessen bewegteres Thema:

die Rufe „Christe, Christe" hineintönen, ist von besonderer Klangschönheit und steigert die Bitte zu inbrünstig
drängendem Flehen. Leise verhallt er, dann kehrt in veränderter Fassung und abschließend der Hauptteil wieder.
Beethoven hat über diesen Introitus die Worte geschrieben: „Von Herzen — möge es wieder zu Herzen gehen!"
Damit ist der vom kirchlich Üblichen abweichende Charakter gekennzeichnet. Nicht die pomphafte Einleitung einer
zeremoniellen Handlung ist an den Anfang gestellt, sondern
der schlicht menschliche Ausdruck des Verlangens einer
heilsbedürftigen Gemeinde nach Vorbereitung im Gebete.

In stürmischem Anlauf schwingt sich das Gloria in die
himmlischen Regionen der Gottesanschauung:

In Anbetung, Dank und Lobpreisung des Herrn ergeht sich
die gläubige Seele. Die Vorstellung der Herrlichkeit Gottes hat von jeher die Phantasie der Tonsetzer entzündet
und das Gloria zur Stätte glanzvoller Wirkungen gemacht.
Beethoven steht hier am meisten auf dem Boden der
Überlieferung, ohne deshalb im Ausdruck noch in der Gestaltung des Stoffes seine Eigenart zu verleugnen. In zwei
wichtigen Punkten weicht er — wie gleich das Gloria
zeigt — vom Herkömmlichen ab. Er zerlegt nicht den

Messetext nach alter Weise in geschlossene Formen
(Arien, Duette, Chöre), sondern schafft in den fünf Ab-
schnitten zusammenhängende größere Gebilde. Um aber
der freien Gliederung, dem Wechsel der verschiedenen
Stimmungskomplexe und Tonbilder innerhalb der einzelnen Sätze organischen Zusammenhalt zu geben, über-
trägt er auf den kirchlichen Stil das motivische Prinzip
seiner Sinfonik und stellt verbindende Hauptgedanken
auf. Ein solcher Leitgedanke ist das mehrfach verwendete
Gloria-Thema (113), aus dem andere Themen sich entwickeln, und das, in beschleunigtem Zeitmaß, am Schlusse
wiederkehrt. Das milde „Et in terra pax" als Gegensatz
zum „gloria in excelsis", mit seiner ruhenden, für Beethovens Auffassung bedeutsamen Wendung bei den Worten „hominibus bonae voluntatis"; das schmerzlich bewegte „suscipe", das bis an die Grenze musikalischer
Ausdruckskraft gehende, plötzlich im FFF auf den Domi-
nant-Septimakkord von Es einsetzende „omnipotens" und
die ehern daherschreitende Fuge „In gloriam dei patris,
amen" — das sind die musikalischen Höhepunkte dieses
zweiten Abschnittes.

Markig und mit dem Ausdruck innigster Überzeugung
setzt das Credo ein:

Wie aus Stein gemeißelt steht diese Formel unerschütter-
licher Glaubenstreue da und gliedert den Abschnitt in
drei Teile, so wie das Wortbekenntnis sich getrennt an
den Vater, den Sohn und den Heiligen Geist wendet. Mehr
als in jedem andern Satz der Messe bot sich hier die Gelegenheit zu kritischer Denktätigkeit, zu einer persönlichen Stellungnahme dem Dogma gegenüber. Indem Beethoven es bis in alle Einzelheiten durchleuchtete, den Sinn
der Worte auf seine Art zu deuten suchte, gelangte er,
abseits vom Kirchlichen, zu einer rein subjektiven Darstellung. Dreimal setzt er das Credomotiv (114) an die

Spitze. Im „Credo in unum deum" packt die Wucht der Gedanken, der stolze und kühne Aufbau, die Leuchtkraft der durch die Posaunen verstärkten instrumentalen Einkleidung. Der zweite Teil malt das Wunder der Menschwerdung, den Leidensgang und den Tod des Heilands in Bildern von ergreifender Ausdrucksgewalt. Das innige „qui propter nos homines", gefolgt von dem sinnfällig gezeichneten „descendit", das mystische, von Solostimmen vorgetragene „Et incarnatus est" mit der als Taube vom Himmel darüberschwebenden Soloflöte und dem die Botschaft ehrfürchtig psalmodierenden Chore, die Schauer des „Crucifixus", an dessen Schluß die Stimmen auf den Worten „et sepultus est" ganz leise in der Tiefe verhallen, das in rollenden Tonfiguren freudig aufsteigende „Ascendit" und der anschließende Hinweis auf das jüngste Gericht — sie sprechen mit solcher Anschaulichkeit, wenden sich so unmittelbar an die menschliche Empfindung, daß es zu ihrer Wirkung der konfessionellen Einstellung des Hörers nicht bedarf. Dem dritten Absatz „In spiritum sanctum" konnte Beethoven ähnliche poetische und klangliche Anregungen nicht entnehmen. Das Gedankliche herrscht vor. Aber in der Schlußfuge über das mit den Intervallen des Dreiklangs beginnende Thema:

115.

aus dessen hartnäckig sich wiederholendem Anfangston und einfachen Terzenschritten die Phantasie eines Beethoven die Vorstellung der Unendlichkeit hervorzaubert, bemächtigt sich des Stoffes die Selbstherrlichkeit des Musikers, und der Gedanke wird zur künstlerischen Intuition. Nie ist die Idee des ewigen Lebens eindringlicher, man möchte sagen erschütternder dargestellt worden. Über die schwere Ausführbarkeit des Stückes ist oft geklagt worden. Beethoven bewegt sich hier, wie in den letzten Klavierwerken, in einer abstrakten, unwirklichen Tonwelt. Die Soprane werden rücksichtslos bis in die höchste

Lage geführt; rhythmische Verschiebungen machen das verschlungene Tongewebe noch komplizierter; alle Künste des Kontrapunktes sind zur Mitwirkung herangezogen. So ersteht vor uns ein Kolossalbau, eines jener Fugenwerke des älteren Beethoven, die eine in ihrer Art einzige Verschmelzung von tiefsinniger Arbeit und freiem poetischen Schaffen darstellen. Wir sind damit auf den Gipfel der Missa solemnis gelangt.

Den monumentalen Sätzen des Gloria und des Credo folgte das in knappen Maßen angelegte und wie das abschließende Agnus dei mehr lyrisch gestimmte Sanctus. Nach dem Subjektivismus des Geistes, der Auffassung, der Subjektivismus des Empfindens. In dunklen Farben, leise und andachtsvoll zieht der eigentliche, ungewöhnlich kurze Sanctus-Satz vorüber. Die Stimmen knien gleichsam, und über dem aus Sechzehnteltriolen sich verdichtenden Tremolo der tiefen Streicher, Orgel und Pauke stammeln sie nur noch ihr „sanctus dominus deus, deus Sabaoth" fast tonlos in abgerissenen Brocken. Diese Auffassung des Sanctus war neu, der kirchenüblichen, die hier Pracht und Glanz entfaltete, entgegengesetzt. Das Festliche kommt erst in dem jubelnd aufsteigenden „Pleni sunt coeli". Hier ist die Bezeichnung „Coro" wohl versehentlich weggeblieben, denn Charakter und Instrumentation des Satzes wie des anschließenden Osanna sprechen dagegen, daß das zu Anfang gesetzte „Soli" für alle drei Sätze Geltung haben sollte. Nun aber folgt der eigenartigste Teil des Ganzen. Ein Präludium, an dem nur geteilte Bratschen und Celli, Fagott und Flöten (in tiefer Lage) über dem Instrumental- und Orgelbaß sich beteiligen, leitet das Benedictus ein. Beethoven hat hier ein Zwischenspiel hineinkomponiert, wie es früher oft als freie Orgelkomposition an dieser oder anderer Stelle eingeschoben wurde. Eine geheimnisvolle Stimmung ist dadurch vorbereitet; da senkt sich vom dreigestrichenen g eine Solovioline herab. Von den Flöten, dann von den Klarinetten begleitet, durch einen gehaltenen Hornton und den die Textworte leise vorausnehmenden Chorbaß gestützt, intoniert

sie eine süße, kindlich fromme und zugleich von innigstem
Ausdruck erfüllte Melodie:

Die Soli nehmen die Weise auf und führen sie weiter:
„Benedictus qui venit in nomine domini". Der Chor tritt,
meist psalmodierend, hinzu und beschließt das Stück auf
den Worten des Osanna. Der unsagbar liebliche, in seiner
ätherischen Helligkeit nach dem Präludium doppelt wirk-
same Satz ist ein Juwel an melodischem Wohllaut und in
dieser Hinsicht zweifellos der schönste der Messe. Beethoven hat nichts dem Ähnliches geschrieben. Nicht minder
originell als das Sanctus ist das Agnus dei gestaltet. Im
einleitenden Adagio (H-Moll) bringen nacheinander die
Solostimmen, zu denen der Chor sich responsorisch verhält, den Anruf um Hilfe und Erbarmen. Lastend schwer
erklingt es, wie dumpfe Klage, bis der Chor, zunächst
allein, bei der Wendung nach D-Dur (Allegretto vivace,
⁶/₈) mit dem Thema:

die Bitte um Frieden übernimmt. Plötzlich wird der nun anmutige Fluß der Musik von wirrem, wie von fern herein-
dringendem Getöse unterbrochen. Trompeten und Pauken lassen, erst leise, dann immer stärker eine weltliche,
marschartige Fanfare ertönen. Die Stimmung schlägt um
und steigert sich ins Dramatische. Ein Rezitativ setzt ein:
wie schrille Angstrufe klingt aus dem Munde der Solisten
(Alt, dann Tenor, zuletzt Sopran) das fromme Agnus dei —
da verschwindet der Spuk, wie er gekommen ist. Die
Deutung ist wohl der Überschrift des Satzes „Bitte um
inneren und äußeren Frieden" zu entnehmen. Erinnerungen an durchlebte Kriegszeiten, auch an das ·Vorbild

einer Haydnschen Messe mögen die Anregung zu dem seltsamen Intermezzo gegeben haben. Sein Abschluß führt in das „Dona nobis pacem" zurück, das diesmal zuerst das Soloquartett, dann, mit verändertem Motiv, der Chor wiederholt. Aber noch ist der Friede nicht errungen. Ein wildes Presto hebt an, das von den Kämpfen mit unheilvollen Mächten im Innern des Menschen kündet. Über entlegene Tonarten, in scharfen Dissonanzen geht es von D-Dur nach B-Dur, um sich hier triumphierend festzusetzen. Die finsteren Gewalten sind gebannt; vergebens droht zweimal schüchtern die Pauke mit ihrem leise pochenden b, die wiedergekehrte helle D-Dur-Stimmung zu trüben, und mit der demütig-innigen Bitte an die Gottheit und einem kurzen instrumentalen Nachspiel kann das Werk in schöner Beruhigung zu Ende gehen.

Der Eindruck der Missa solemnis, obwohl im Vokalen wurzelnd, wird sehr wesentlich durch ihre feinsinnige Instrumentation gehoben. An mehr als einer Stelle sind die Farben des Orchesters, sind neue Klangkombinationen stimmungfördernde Elemente. Wie sorgfältig Beethoven die Effekte berechnet, sieht man an dem Gebrauch der Posaune, die er sich für die Stelle „omnipotens" im Gloria aufspart und nun mit um so größerer Wirkung einsetzen läßt. Die Technik, die er in seinen Sinfonien angewendet, die Erfahrungen, die er da in langjährigem Schaffen gesammelt hatte, machte er sich auch für die Messe zunutze. Man darf annehmen, daß Beethoven auch bei der Messe an den Konzertsaal gedacht hat. Die Kirche, in deren Liturgie sie ohnehin sich nicht fügte, war nicht der Raum, der ihm genügen konnte. Er wendet sich an die größere Gemeinde der Musikgläubigen, und wo die versammelt ist, da wird beim Anhören seines Werkes jeder Raum zur Kirche.

*   *   *

Vor der Neunten Sinfonie wurden außer unbeträchtlichen Kleinigkeiten zwei Werke von Belang fertig: die

C-Dur-Ouvertüre op. 124 und die Klaviervariationen op. 120 über ein Thema von Diabelli. Die Ouvertüre schrieb Beethoven 1822 für die Eröffnung des Josephstädter Theaters, an dem auf seine Empfehlung Schindler als „Violindirektor" engagiert war. Der ursprüngliche Titel lautete „Zur Weihe des Tempels", wurde aber in „Zur Weihe des Hauses" abgeändert, unter welchem Namen die Ouvertüre noch heute bekannt ist. Sie wurde erst am Nachmittag des Aufführungstages (3. Oktober) fertig, und die Stimmen waren so voller Fehler, daß noch korrigiert werden mußte, als das Publikum schon den Raum füllte. Beethoven saß neben dem Dirigenten Franz Gläser (dem Komponisten der einst beliebten Oper „Adlers Horst") am Klavier. Er wurde freundlich empfangen und am Schluß mit Beifall überhäuft, aber wirkliches Verständnis fand das ernste Stück, das gar nicht nach dem Geschmack der Wiener war, auch bei späteren Wiederholungen nicht.

Die dreiunddreißig Diabelli-Variationen sind Beethovens letzte große Klavierschöpfung, entstanden in demselben Jahre 1823, das „Die Wut über den verlorenen Groschen", jenes kapriziöse G-Dur-Rondo, hervorgebracht hat. Der Anlaß zu den Variationen, ein biederes, alltägliches Walzerthema, war klein; um so größer, gigantischer das Ergebnis. Mit überlegener Ironie ergreift Beethoven den armseligen Tongedanken und zieht ihn mit sich in weitentlegene Regionen. Um das Klavier und seine materiellen Möglichkeiten kümmert er sich nicht mehr; er abstrahiert davon und wird der Virtuose eines ideellen, unwirklichen Tasteninstrumentes. Kein Geringerer als Hans von Bülow trat mit Eifer für diese Schöpfung ein und maß ihr höchste Bedeutung bei. „Alle Evolutionen des musikalischen Denkens und der Klangphantasie — vom erhabensten Tiefsinn bis zum verwegensten Humor — in unvergleichbarer reichster Mannigfaltigkeit gelangen in diesem Werk zur beredtesten Erscheinung. Unerschöpflich ist das Studium derselben, unaufzehrbar die in seinem Inhalte dem musikalischen Hirne ganzer Generationen gebotene Nahrung. Ein glänzenderes Zeugnis von der Nichtabnahme, ja der höchsten Steigerung seiner Schaffenskraft im Beginne des Alters hat nie ein Autor der Welt gegeben." — Das sind die Worte Eines, der seinen Beethoven kannte.

Die C-Dur-Variationen op. 120 wurden von Diabelli, der auch einen Musikverlag in Wien hatte, veranlaßt. Für sein simples Thema (das „Thema mit dem Schusterfleck", wie Beethoven es nannte) erbat er sich von den verschiedensten Komponisten Variationen, um sie dann in einem Heft zusammenzustellen. Beethoven weigerte sich, eine einzelne Variation zu schreiben und verfaßte gleich deren dreiunddreißig. Diabelli gab sie gesondert heraus und ließ einen zweiten Teil mit den Veränderungen von fünfzig weiteren Komponisten, u. a. von Schubert und dem elfjährigen Franz Liszt folgen.

Als 1824 Beethoven mit der Neunten Sinfonie vor der Öffentlichkeit erschien, waren seit der Komposition der Achten volle zwölf Jahre vergangen. In dieser langen Zwischenzeit hatte jedoch, wie es scheint, der Trieb zum sinfonischen Schaffen nicht ganz in ihm geschlummert. Die Pläne und Entwürfe zur Neunten reichen sehr weit zurück. 1815 taucht unter anderen Gedanken das Thema des Scherzos auf. In einem Taschenbuch aus den Jahren 1816/17 ist die zu Beginn stehende leere Quinte notiert und eine Skizze vom Hauptthema des ersten Satzes, dessen Urgestalt sich schon in einem Heft findet, das möglicherweise aus dem Jahre 1809 (also vor der Siebenten und Achten) stammt. Ob freilich Beethoven bei alledem auch schon an eine neue Sinfonie gedacht hat, bleibt fraglich. Den Anlaß zu ihrer Entstehung gab jedenfalls der von Ries übermittelte Auftrag der Londoner Philharmonischen Gesellschaft, und erst 1817 wurde die Ausführung ernstlich in Angriff genommen. Aber sie blieb liegen; der Plan reifte ganz allmählich im Kopfe des Meisters. Die Hauptarbeit fällt in das Jahr 1823, wo Beethoven mit der Messe im reinen war. Gleich nach den Diabelli-Variationen macht er sich daran, die Partitur

— die für seine Verhältnisse merkwürdig klar und sauber geschrieben ist — fertigzustellen. Er ist in guter, schaffensfreudiger Stimmung, aber er zieht sich selbst von den intimen Freunden zurück, empfängt keine Besuche und ist ganz in dies eine Werk versunken. Bevor es ihn drängte, das innerlich Erschaute zu Papier zu bringen, hatte er noch schwerer als sonst mit dem Stoff gerungen. Die Neunte Sinfonie ist nicht aus einem Gusse, nicht nach einem vorher bestimmten, klar erfaßten Plan geschaffen. Wohl schwebt dem Meister etwas Außerordentliches vor, etwas, woran er (mit einem Seitenblick auf die Vorteile, die er sich von den Engländern versprach) seine ganze Kraft, sein ganzes Können setzen will; aber er tastet zunächst, um es zu finden, nach den verschiedensten Richtungen. Nicht nur über die rhythmische Fassung mancher Themen — was ja bei andern Werken ebenfalls vorkommt —, auch über die Anlage einzelner Sätze wie des Ganzen ist er sich anfangs nicht im klaren. Hier ein Beweis aus den Skizzenbüchern: „Die Sinfonie aus 4 Stücken, aber das 2te Stück in $^2/_4$ wie Sinfonie aus A, dieses könnte in $^6/_8$ Dur sein und das letzte Stück recht fugiert." Es scheint fast, als ob der zweite Satz eher als der erste bestimmtere Gestalt gewonnen habe, denn in dem schon erwähnten Taschenbuch steht beim Hauptmotiv des Scherzos „presto, d a r u m das All. maestoso". Beethoven wählte also das breitere Tempo im Gegensatz zu einem bereits festgestellten. Das Andante des dritten Satzes war anfangs auch nicht geplant und wurde erst später zwischen die Variationen des jetzigen Adagios geschoben. „Mich freut nur," schreibt der Neffe ins Konversationsheft, „daß du das schöne Andante hineingebracht hast." Karl scheint der Musik seines Onkels gegenüber nicht ohne Verständnis gewesen zu sein. Dafür spricht auch die spätere Bemerkung: „Wenn du nicht mehr schreibst, wer sollte denn schreiben?" Am meisten Kopfzerbrechen verursachte dem Meister das Finale. Die Zuhilfenahme von Singstimmen lag ursprünglich gar nicht in seiner Absicht. Damit fällt auch die Hypothese Wagners,

der in dem Schlußsatz der Neunten eine bewußte Banke-
rotterklärung der reinen Instrumentalmusik erblicken
wollte. Im Skizzenbuch von 1816 war das ursprüngliche
Finale ein harmloser $^6/_8$-Takt. Noch im Juni 1823 scheint
Beethoven an ein rein instrumentales Finale gedacht zu
haben, und als er sich doch für einen vokalen Abschluß
entschieden hatte, soll es ihm nach der Aufführung wieder
leid gewesen sein. Er sehe ein, so berichtet Sonnleithner,
daß er einen Mißgriff getan habe und wolle dafür einen
Instrumentalsatz ohne Singstimme schreiben, wozu er
schon eine Idee im Kopfe habe. Tatsächlich ist es nach
den vorhandenen Skizzen und Aufzeichnungen fraglich,
ob er nicht in einer geplanten zehnten Sinfonie zu dem einheitlichen Stil der reinen Orchestermusik zurückgekehrt
wäre. Diese Zehnte, auch für London bestimmt, sollte in
C-Moll stehen und leichteren Charakter als die D-Moll-
Sinfonie haben. Vorgesehen waren ein einleitendes Andante in Es-Dur, erstes Allegro und Scherzo in der Haupttonart, ein Andante $^2/_4$ in As-Dur und ein fugierter Schlußsatz. Daneben dachte er freilich auch an die sinfonische
Behandlung eines antiken Mythos in alten Tonarten und
mit Gesang.

Den Plan eines Chorfinales verrät zuerst ein Skizzen-
blatt aus dem Jahre 1822 mit der Bemerkung: „Finale.
Freude schöner Götterfunken Tochter Elysium". Die Arbeit an den drei anderen Sätzen war also schon sehr
weit gediehen, als diese Idee auftauchte. Beethoven mochte
selbst Bedenken getragen haben, eine so kühne Neuerung
in die Sinfonie einzuführen, aber als ausschlaggebend kam
wohl hinzu, daß Schillers Freuden- und Freiheitsgesang in
seinem Leben schon längst eine gewisse Rolle spielte. Die
1785 geschriebene Ode übte bereits in Bonn auf den Drei-
undzwanzigjährigen solche Anziehungskraft, daß er sie
komponieren wollte. Wir erfahren das aus einem Briefe
Fischenichs an Schillers Gattin Charlotte. Damals und auch
noch später fand Beethoven für den Text nicht die pas-
sende musikalische Form. Aber der Gedanke läßt ihn
nicht los. 1798 notiert er eine Melodie zu den Worten

„Muß ein lieber Vater wohnen"; 1811 steht zwischen Skizzen zur Siebenten und Achten Sinfonie ein Thema „Freude schöner Götterfunken". Weitere Entwürfe fallen in das Jahr 1812. Diesmal sollte eine „Ouvertüre Schiller" entstehen mit der Ode als krönendem Abschluß. Auch daraus wurde nichts, die Ode fiel fort, und die Ouvertüre verwandelte sich in die „Zur Namensfeier" (op. 115).

Es war also der künstlerische Trieb, sich einer noch immer unerfüllten Aufgabe zu entledigen — nicht die Sucht nach dem Neuen und Sensationellen —, was Beethoven beim Schaffen an der Neunten auf seinen alten Lieblingsplan zurückgreifen ließ. Hier endlich war der rechte Platz und die richtige Form gefunden. Zugleich konnte er nun dem ganzen Werk eine klare, nicht mißzuverstehende Deutung geben; zeigen, wogegen sich der Trotz des gewaltigen ersten Satzes auflehnt, was den Humor und die rhythmischen Impulse des Scherzos beflügelt, und warum sich die Gefühlswelt des Adagios ins Unendliche weitet. Denn wieder war es das alte Thema, der Kampf mit dem Schicksal, der Wille zur Überwindung und zur Erlösung von den finstern Mächten des Daseins, den er in Tönen zur Darstellung brachte; nur freilich, nach allem, was er durchgemacht und erfahren hatte, in anderer, geläuterter Weise. Und ist es nicht das stärkste Zeichen für das Göttliche in diesem Musiker, daß ihn das Leben über alle Verbitterung hinweg schließlich wieder zu dem Optimismus seiner Jugend zurückführte? Beethoven hat sicherlich in Freuden musizieren, hat nicht der Sänger des Schmerzes und der Verzweiflung sein wollen; und so konnte er denn am Ende nicht anders als sich zur Lebensbejahung durchringen. Er sagt uns: im Freudigen allein liegt die Erlösung. Alles andere ist Irrtum, ist Wahn und Verbrechen. Freude! — das war das Endziel alles Sinnens, an dem ein Dulder wie Beethoven gelandet ist.

Nur etwa die Hälfte der Ode ist für die Neunte komponiert. Beethoven hielt sich nicht an die Reihenfolge der Strophen, aber gerade in der Zusammenstellung des ihm

Wichtigen liegt eine Art Bekenntnis. Die im edelsten Sinne volkstümliche Melodie, die heute unlösbar mit Schillers Worten verbunden ist, stellte sich nicht sofort ein. Die Skizzenbücher enthalten verschiedene Ansätze zu Kompositionen, Versuche im zwei- und dreiteiligen Rhythmus. Viel Sorge machte dem Komponisten die Überleitung vom Instrumentalen zum Vokalen. Die Orchestereinleitung mit ihren Reminiszenzen aus den vorhergehenden Sätzen war ein glücklicher Einfall. Den Rezitativen der Kontrabässe (die Beethoven sehr stürmisch genommen haben soll) waren zuerst Worte unterlegt. Lange suchte Beethoven nach einem Mittel, den Eintritt des Gesanges zu motivieren, bis ganz zuletzt das Baßsolo entstand, das seine Weise dann, die Menge begeisternd, an den Gesamtchor weitergibt.

Den Sommer 1823, der die Neunte Sinfonie höher und höher wachsen sah, verlebte Beethoven zur ersten Hälfte in Hetzendorf. Durch das taktlose Benehmen seines Wirtes, eines Barons Müller-Pronay geärgert, verläßt er plötzlich den Ort und begibt sich Anfang August, um ungestörter zu arbeiten, nach seinem geliebten Baden. Hier, in der Rathausgasse 99, wo jetzt eine Erinnerungstafel angebracht ist, hat er die Neunte im wesentlichen fertiggestellt; die letzten Niederschriften erfolgten dann während des Winters in Wien. Das Manuskript, in dem mit Rotstift hier und da ein Vortragszeichen eingetragen, sonst aber wenig geändert ist, liegt jetzt, wie der übrige Nachlaß Schindlers, auf der Staatsbibliothek in Berlin (mitsamt dem Finale, das früher in Wien war). Merkwürdig ist die Widmung an den König Friedrich Wilhelm III. von Preußen, da die Sinfonie ja von der Londoner Philharmonischen Gesellschaft bestellt war und von ihr auch honoriert wurde. Der erste Druck erschien Ende 1825 oder Anfang 1826 bei Schott in Mainz. Dieser Ausgabe ist später die von Beethoven selbst herrührende Metronomisierung hinzugefügt, wobei ein Stichfehler mit unterlief. Infolgedessen steht überall zu Beginn des Trios vom Scherzo fälschlich 116 $= \circ$ (statt $\downarrow$). Die weitere Folge war, daß

unkundige Dirigenten aus dem von Beethoven ursprünglich im ²/₄ Takt geschriebenen Trio ein unsinniges Jagd-
stück gemacht haben.

Von der ersten Aufführung haben wir schon gehört. Im
Mai 1825 brachte Ries das Werk auf dem Niederrheini-
schen Musikfest in Aachen zu Gehör, aber in verstüm-
melter Form. Gleich der Großen Messe brauchte die
Neunte Sinfonie Jahrzehnte, um sich das Verständnis der
musikalischen Welt zu erobern. Eigentlich populär ist sie
erst gegen das Ende des Jahrhunderts geworden. Wir
sehen heute in den ersten drei Sätzen das Bedeutendste,
was der Instrumentalmusiker Beethoven zu geben hatte,
den Gipfel seines sinfonischen Schaffens. Der letzte Satz
bleibt vom ästhetischen Standpunkt aus anfechtbar. Aber
mit seiner eindringlichen Melodik, seiner poetischen Ten-
denz und seinem hinreißenden Ausklang sichert gerade
er der Neunten die bevorzugte Stellung im Konzertleben
und übt, wie kaum eine andere Musik, auf die Massen
eine faszinierende, nie versagende Wirkung. Die ein-
gehende musikalisch-ästhetische Analyse des Werkes
würde für sich ein Buch füllen. Hier seien deshalb nur die
wichtigsten Tongedanken, aus denen es sich aufbaut, und
einige charakteristische Merkmale der einzelnen Sätze an-
geführt.

Über den mystischen Quinten der zweiten Violinen
und Celli beginnt geheimnisvoll unbestimmt das Allegro
ma non troppo, un poco maestoso (D-Moll, ²/₄), lichtlos
und leer wie das Chaos der Urwelt. Nach 16 Takten fällt
mit eherner Kraft fortissimo und unisono das Hauptthema ein:

118.

Für diesen Satz hat sich Beethoven Themen von besonderer Wucht geschmiedet, Gedanken von einer rhythmischen
Prägnanz, die mehr als alles andere die Größe seiner Erfindungskraft bezeugen. Die Exposition wiederholt sich,

aber das Thema erscheint das zweitemal in B-Dur. Ein neues Motiv der Streicher und Holzbläser:

leitet zum Seitenthema über:

Doch bevor der erste, nicht wiederholte Teil in B-Dur schließt, wird das Material noch um zwei wichtige Motive bereichert:

Diese Gedanken waren in knappem Rahmen nicht unterzubringen; ihr Gehalt wie die Entwicklungsmöglichkeiten, die des Meisters Phantasie darin entdeckte, bedingten von selbst eine erweiternde und freiere Behandlung der Sonatenform. Die Durchführung zeigt Beethovens Kunst der motivischen Arbeit auf unerreichter Höhe. Von mächtiger, erschütternder Wirkung ist der große Orgelpunkt vor dem Wiedereintritt des Hauptthemas. Im weiteren Verlaufe fällt gegen den Schluß hin der wundersame Einsatz des Hornes (mit dem Leitmotiv) auf, der nach dem sich widerstreitenden Wechsel von Dur und Moll wie ein erlösender Lichtstrahl wirkt. Feierlich intonieren die Trompeten ihre kadenzierende Wendung zu dem chromatischen Gang der Bässe:

123.

über dem sich in unaufhaltsamem Crescendo die Coda aufbaut, um dann nach echt beethovenscher Art mit der Entschiedenheit eines Schicksalsschlusses noch einmal das Thema hinzustellen.

Mit vier herausfordernd hingeworfenen Einleitungstakten meldet sich der das Scherzo beherrschende, keck punktierte Rhythmus des Molto vivace (D-Moll, $^3/_4$):

124.

Einen nicht weniger munteren Gefährten erhält es in dem Seitenthema der Holzbläser:

125.

Von nie versagender humoristischer Wirkung ist die Stelle, wo die Pauke viermal hintereinander — zuletzt, wie eingeschüchtert, etwas leiser — das punktierte Grundmotiv (124) für sich allein übernimmt. Thema des Trios, Presto (D-Dur, ₵), ist eine behaglich heitere Melodie:

126.

der ein altes Volkslied zugrunde liegen soll. (Ein Argument mehr für die Richtigkeit gemäßigter Temponahme, da das Volk seine Lieder nicht prestissimo zu singen pflegt!). Daß Beethoven es nicht verschmähte, Volksweisen aufzugreifen, wissen wir aus dem Schlußsatz der Waldstein-Sonate, den Rasoumowsky-Quartetten

und anderen Werken. Der erregte Charakter des Scherzos steigert sich noch in den wenigen Alla breve-Takten,
die, nach dem dreiteiligen Rhythmus eingeschoben, zum
Trio stürmisch hinüberdrängen. Sie bilden auch, wenn der
nach der Wiederholung noch einmal auftauchende Trio-
Gedanke jäh abbricht, den energischen Abschluß des
Satzes.

Das Adagio molto e cantabile (B-Dur, $^4/_4$) ist an Schönheit des Ausdrucks, der Form und des Klanges fraglos
einer der vollkommensten Sätze, die Beethoven geschrieben hat. Sein von Holzbläsern eingeleitetes, den
ersten Violinen anvertrautes Thema:

127.

entrückt uns in eine bessere Welt. Dieser Hauptgedanke,
der in wundervollen Orchesterfarben mehrfach variiert
erscheint, wird (im Andante moderato D-Dur, $^3/_4$) von
einem anderen, seltsam zögernd eingeführten Thema ab-
gelöst:

128.

Hier stehen wir vor einer der tiefsten musikalischen
Offenbarungen des menschlichen Geistes. Die zuerst von
zweiten Violinen und Bratschen, dann (bei der Wiederkehr in G-Dur) von Holzbläsern gesungene Weise ist von
unsagbar keuscher, mit leiser Wehmut durchtränkter
Innigkeit, von wahrhaft überirdischer Verklärtheit. Wie
viele Herzen mögen schon durch sie für immer zu Beethoven geführt worden sein! Nach der·abermaligen Wiederholung des Adagios tritt ein drittes, stark rhythmisch
charakterisiertes Motiv auf:

129.

und bringt mit seiner Frische noch vor der letzten Variation einen wirksamen Stimmungsgegensatz.

Mit wildem Aufschrei in schrill dissonierenden Akkorden
eröffnet das Presto (D-Moll, $^3/_4$) den Schlußsatz. Beredte
Rezitative der Streichbässe vermitteln Erinnerungen an
die vorhergehenden Sätze, deren Hauptgedanken noch
einmal bruchstückweise zitiert werden. Dann intonieren,
nach kurzer Andeutung in Oboen und Fagotten, die Celli
und Kontrabässe das Thema der Freudenode:

130.

das allmählich von den übrigen Instrumenten aufgenommen wird. Noch einmal ein jäher Ausbruch des vollen
Orchesters, und ein Solobaß greift zum Wort, um beruhigend zu vermahnen: „O Freunde, nicht diese Töne! sondern laßt uns angenehmere anstimmen und freuden-
vollere!" Diesen von Beethoven stammenden Worten
folgen nun die Strophen des Schillerschen Gedichtes, abwechselnd auf Chor und Solostimmen verteilt.

Dieser zweite Teil des Finales ist ein freier Variationensatz in Rondoform. Der Freudengesang, erst von einem einzelnen angestimmt, wird von allen aufgenommen und ver-
eint brüderlich die ganze Menschheit. Sein volkstümlich an-

gehauchter Tongedanke erscheint in mancherlei Abwand-
lungen und Umbildungen. Nach dem Fermaten-Trugschluß
auf dem Dreiklang von F-Dur („vor Gott") folgt (Alla
marcia, B-Dur, $^6/_8$) eine Variation für Tenorsolo und
Männerchor, die im frohen Siegerschritt einhergeht. Hier
hat Beethoven im Orchester die türkische Musik verwendet. Eine andere Variation für Orchester allein ist
ein Fugato des Themas, das zu dem langgehaltenen fis der
Hörner führt und so zu der rhythmisch veränderten Liedweise in D-Dur überleitet. Bei den Worten „Seid um-
schlungen, Millionen" setzt in feierlichem Andante maestoso (G-Dur, $^3/_2$) ein neues Thema ein:

131.

In dem darauf folgenden Allegro energico, sempre ben
marcato (D-Dur, $^6/_4$) verbindet sich dies zweite Thema
mit dem Hauptthema zu einer freien Doppelfuge. In der
Coda (Allegro non tanto), die auf den Worten „Alle Menschen werden Brüder, wo dein sanfter Flügel weilt" zu
einer Art Kadenz der Solostimmen führt, erscheinen beide
Themen in der Verkürzung, und in rauschendem, fast
übermenschlichem Jubel geht das Werk (Prestissimo) zu
Ende.

*   *   *

Nach den beiden Aufführungen seiner neuen Werke im
Mai 1824, die ihm in finanzieller Hinsicht eine so schwere
Enttäuschung brachten, zieht Beethoven nach Penzig und
Ende Juli nach Gutenbrunn bei Baden. Erst im November
kehrt er nach Wien zurück, nicht ohne neue Ausbeute an
mehr oder weniger fertigen Werken. Er war nicht der
Mann, sich von widrigen Erlebnissen niederdrücken zu
lassen, solange sich noch Kräfte in ihm regten, und — so
oft und sehnlichst er in den letzten Jahren Unterstützung
von auswärts erwartete — wußte er doch, daß im Grunde

jeder auf sich selbst gestellt ist. Er blieb der Beethoven, der in ein Manuskript des jungen Moscheles unter des Autors „Fine mit Gottes Hilfe“ sarkastisch setzte: „O Mensch, hilf dir selbst!“ Auch der knorrige Humor, der seine Waffe war, verließ ihn nicht. Als ihm einmal jemand entgegenhielt, daß er kein wirklicher, sondern nur Ehrenbürger der Stadt sei, erwiderte der Meister schlagfertig: „Ich wußte nicht, daß es auch Schandbürger in Wien gibt.“

Zu den Arbeiten des „letzten“ Beethoven rechnet man, abgesehen von der Messe und der Neunten Sinfonie, die Klaviersonaten op. 101, op. 106, op. 109—111 und die Streichquartette op. 127, op. 130—132, op. 135. Auch wer die Einteilung künstlerischen Schaffens in „Perioden“ tunlichst vermeidet, muß diesen Werken eine besondere Stellung anweisen, denn sie gehören zeitlich und stilistisch zueinander. Die fünf letzten Sonaten, die wir deshalb erst hier im Zusammenhang betrachten, fallen in die Jahre 1816 bis 1822; die letzten fünf Quartette sind zwischen 1824 und 1826 entstanden. In dieser Zeit war mit dem Komponisten Beethoven eine neue bedeutsame Wandlung vorgegangen. Er stand sich selbst und seiner Kunst verändert gegenüber. Sein bisheriges Schaffen erschien ihm nicht frei genug von den letzten hemmenden Fesseln, die Tradition, Einflüsse von außen und das Inbetrachtziehen von Wirkung und Erfolg dem Künstler anlegen. Er sehnte sich danach, ganz sich selbst zu gehören, nur reine, absoluteste Musik zu machen, wie sein Genius es ihm eingab. „Ich will nur noch schreiben, was mich selbst erfreut“, sagte er zu Rellstab. Und bewußt ging er daran, für das, was ihm vorschwebte, einen entsprechenden, völlig eigenen Stil zu finden. „Die Kunst will es von uns,“ belehrte er seinen Freund Holz, „daß wir nicht stehen bleiben — Sie werden eine neue Art Stimmführung bemerken.“

Über den letzten Stil Beethovens ist viel geschrieben worden. Wir wollen uns seine wesentlichsten Merkmale vergegenwärtigen. Zunächst fällt auf, wie sehr Beethoven, im Gegensatz zu seiner früheren Schreibweise, das musikalisch-formalistische Element in den Vordergrund rückte.

In den Spätwerken finden sich überall fugierte Sätze oder ganze Fugen. Schindlers Erklärung, der Meister habe seine Widersacher, die ihm das Fugenschreiben nicht zutrauten, ad absurdum führen wollen, ist als unzureichend zurückzuweisen. Beethoven, in dem damals auch das Interesse für die Orgel wieder erwachte, handelte wohl aus tieferem Bedürfnis. Ging er auch auf die Kunst der alten Kontrapunktisten zurück, so war doch sein Musizieren zugleich auch nach vorwärts gerichtet. Das Neue, das sich mit der strengeren Schreibweise verband und diesen Stil erst zu einem persönlichen machte, hat Frimmel treffend als das romantische Element in Beethoven gekennzeichnet. Die Mischung von klassischer Form und romantischem Geist war es gerade, was bei den Zeitgenossen auf Widerspruch stieß und noch lange nachher nicht verstanden wurde. In den Werken dieser Periode stoßen wir auf Klangwirkungen und Stimmungen, die dann, von den Romantikern aufgenommen, die Musik auf neue Wege leiteten. In der Führung der einzelnen Stimmen erlaubt sich Beethoven Freiheiten, Querstände und dergleichen, vor allem harmonische Kombinationen, die bis dahin streng verpönt waren. Es läßt sich nicht leugnen, daß dadurch oft Härten und Rauheiten entstehen, wie denn auch in den Klaviersonaten die noch gesteigerte Weitgriffigkeit und Ausnutzung der äußersten Lagen, namentlich bei Mangel genügend füllender Mittelstimmen, eine gewisse Leere und klangliche Reizlosigkeit zur Folge hat. Ob und inwieweit dabei die Taubheit des Meisters in Frage kommt, muß unentschieden bleiben. Vielleicht konnte seine Phantasie sich nicht mehr an die Materie binden, denn von diesen Sonaten, die er „seine besten" nannte, sagte er, sie seien die letzten, weil das Klavier ein ungenügendes Instrument bleibe. Karl Holz bezeugt übrigens, daß Beethoven die späteren Klavierkompositionen selbst nicht gespielt habe. Seine schöpferische Phantasie kümmerte sich auch nicht mehr um die technischen Schwierigkeiten der Ausführung. „Wer es nicht greifen kann," steht in den Skizzen zu op. 111, „läßt's bleiben." Die größten Virtuosen haben sich denn auch gewisse Stellen in den letzten Sonaten erst zurechtlegen müssen.

Die „letzten" Sonaten bilden eine fünfgliedrige Gruppe, obwohl die A-Dur-Sonate op. 101 schon 1816 komponiert wurde. Denn der Begriff ist nicht nur zeitlich, sondern mehr noch innerlich, stilistisch zu fassen, und so gehört auch die A-Dur-Sonate hierher. Mit ihr beginnt eine abermals neue Stilperiode, beginnt das, was wir den „letzten Beethoven" nennen. Was in den unmittelbar voraufgehenden Sonaten schon im kleineren Rahmen des Genrehaften vollbracht war, wird nun ins Große gesteigert. Das Maß und Gewicht der Gedanken verlangt wieder die ausgedehntere Form. Die streng logische Durchbildung der musikalischen Substanz, die motivische Entwicklung erscheint auf den äußersten Gipfel geführt, das Pathos der Empfindung wie alles virtuosisch Konzertmäßige ist noch sorgsamer vermieden, das rein Musikalische ganz in den Vordergrund gerückt. Nicht, daß es an Gefühlswerten fehlte; aber sie stehen unter der Kontrolle eines scharfen Kunstverstandes. Ein weiteres Merkmal hat den Spätwerken die Vorliebe des Komponisten für polyphone Schreibweise aufgeprägt; auffallend häufig wendet er die strengen Formen des Kanons und der Fuge an. Aber während der Beethoven der mittleren Periode auf die Reize des Klaviertones nicht verzichtet, ja sich des sinnlichen Klanges als eines nicht unwichtigen Ausdrucksmittels bedient, reden diese Werke (wie die Diabelli-Variationen) gleichsam eine abstrakte, immaterielle Sprache, die sich mehr an die Phantasie als an das Gehör wendet. So entsteht eine Musik, die in ihrem Gemisch von klassischen und romantischen Elementen zuweilen etwas Barockes hat, aber durch die Auflösung jedes starren, kadenzierenden Formalismus' den Fortschritt zu freier tondichterischer Gestaltung anbahnte. Wie die letzten Quartette weisen diese Sonaten in die Zukunft, und je weiter sie sich von den Anschauungen und der musikalischen Praxis der Zeit entfernen, um so enger verknüpfen sie Fäden mit der kommenden Entwicklung.

Die A-Dur-Sonate op. 101 bewahrt in ihrer Anlage noch am ehesten den Zusammenhang mit der Vergangenheit. Ihr hat Beethoven, neben den italienischen, deutsche Vortragsbestimmungen gegeben. Die Verdeutschung der musikalischen Fachausdrücke, Tempobezeichnungen und dergleichen, war zeitweise eine Lieblingsidee des Meisters und hat ihn ernstlich beschäftigt. In der E-Moll-Sonate op. 90 sehen wir ihn zuerst zu ausschließlich deutschen Bezeichnungen greifen; nach op. 101 jedoch gibt er sie wieder auf, und erst seit Schumann sind sie — ohne die italienischen ganz zu verdrängen — in unserer Tonkunst heimisch geworden. Der A-Dur-Sonate folgte 1818 die ebenso wie ihre Vorgängerin „für das Hammerklavier" geschriebene große B-Dur-Sonate (op. 106). Mit ihrer gigantischen Schlußfuge hat sie sich am spätesten durchgesetzt und am schwersten den Konzertsaal erobert, in den sie ihrem ganzen Wesen nach auch nicht gehört. Das ist Musik für kleinere, erlesen kunstverständige Kreise. Einflüsse des ersten Satzes lassen sich bis in die C-Dur-Sonate op. 1 von Brahms verfolgen. Die letzten drei, in Abständen von je einem Jahre entstandenen Sonaten, op. 109 E-Dur, op. 110 As-Dur und op. 111 C-Moll, waren ursprünglich als eine Gruppe für sich gedacht und schließen, jede von besonderer Charakteristik und Gestaltung, in grandiosester Weise das Schaffen eines ganzen Lebens ab. Wie in der Sinfonie nimmt Beethoven mit einem Variationensatze Abschied.

Das sind die Werke, in denen des Meisters subjektivstes Bekenntnis niedergelegt ist. Durchaus individuell, ja eigenwillig ist auch die Spieltechnik dieser Klavierdichtungen. Neue Bahnen werden eingeschlagen, Probleme gestellt, die noch heut den Pianisten zu raten geben. Es ist die Musik eines Einsamen, der sich aus völliger Losgelöstheit von der Welt das Recht und die Kraft holt, nach eigenen Gesetzen zu gestalten.

*　　*　*

Die letzten Quartette wurden durch den Grafen Boris Galitzin veranlaßt, einen ernstgesinnten Musikfreund, der Beethoven schon um 1805 in Wien kennengelernt hatte und zu seinen überzeugtesten Verehrern gehörte. Ende Oktober 1822 wendete er sich an ihn mit der Bitte um neue Quartette. Galitzin ließ — welch seltene Ausnahme! — bei generösesten Anerbietungen dem Meister volle Freiheit. Er solle nur zur Zeit seiner Inspiration schreiben und auf ein bezeichnetes Bankhaus Summen ziehen, so oft er wolle. Beethoven sagte zu und begann im Sommer 1823, nachdem der Fürst neuerdings angefragt hatte, die Ausarbeitung des Es-Dur-Quartetts op. 127, zu dem, schon ehe der Auftrag kam, Entwürfe vorhanden waren. Vollendet wurde es aber erst im folgenden Jahre, als er die Sorgen mit der Messe und der Neunten hinter sich hatte. Nun beginnt ein neues, ungemein angeregtes Schaffen. In der Badener Einsamkeit, in die er von Penzing geflüchtet war, entstehen in mehr oder minder klaren Umrissen die Quartette op. 132 und op. 130. Aus dieser Zeit stammen Skizzen zum ersten Satz und zum Adagio des A-Moll-Quartetts, zum Poco scherzoso, zur Cavatine, zum vierten Satz und zur Finalfuge des B-Dur-Quartetts. Auch das Alla danza tedesca, das ursprünglich in A-Dur stand und zu op. 132 gehören sollte, wird schon entworfen. Die Ideen strömen ihm nur so zu. Auf Spaziergängen mit Holz blieb er oft stehen und notierte etwas in sein Taschenbuch. „Bester, mir ist schon wieder etwas eingefallen", pflegte er scherzend und mit glänzenden Augen zu sagen. Im Winter wird dann „in Partitur gesetzt, was man im Sommer gemacht hat". 1825 waren auch das A-Moll- und das vielsätzige B-Dur-Quartett fertig geworden. Am 6. März führte Schuppanzigh das Es-Dur-Quartett öffentlich vor. Das Werk war schlecht einstudiert, Schuppanzigh nicht mehr auf der Höhe, und schon aus diesem Grunde blieb die Aufnahme kühl. Auf Beethovens Wunsch spielte es Joseph Böhm am 23. März sogar zweimal hintereinander. Die Wirkung war stärker, aber das Urteil begreiflicherweise noch immer geteilt. Das A-Moll-Quartett wurde zum erstenmal in privatem Kreise am 9. und 11. September dieses Jahres im Gasthof „Zum wilden Mann" gehört. Unter den Anwesenden ist der Verleger Moritz Schlesinger aus Paris; er erwirbt sofort die Partitur und gibt ein glänzendes Gastmahl, bei dem Beethoven zu allgemeinem Entzücken eine Stunde lang über ein gegebenes Thema phantasiert. Öffentlich spielten das Quartett zuerst der Cellist Linke am 6. und Schuppanzigh in seinem Abonnementskonzert am 13. November. Die Aufnahme war warm. Das lange Adagio (,,Dankgesang eines Genesenden an die Gottheit") blieb den Zuhörern dunkel, sonst aber machte das Werk Eindruck. Weniger gut erging es dem B-Dur-Quartett op. 130, das inhaltlich wie formell die Leute mehr verwirrte als gewann. Die Erstaufführung fand (wieder durch Schuppanzigh) am 21. März 1826 statt. Man war ,,nach Umständen begeistert, erstaunt oder fragend, doch aus Ehrfurcht nie absprechend". Die kleinen Mittelsätze Nr. 2 und 4 mußten wiederholt werden, zum Ärger Beethovens, der in dem Herausfischen von Leckerbissen mit Recht ein Mißverstehen des Ganzen erkannte. Hatte er doch gerade diesem Quartett die herrliche Es-Dur-Cavatine anvertraut:

die er selbst „die Krone seiner Quartettsätze" nannte, und
von der er sagte, daß noch nie seine eigene Musik einen
solchen Eindruck auf ihn gemacht habe! Nicht wenig mag
er sich auch von dem großen fugierten Finale versprochen haben. Aber diese Introduktion und Fuge mit
dem originellen, alles Herkömmliche stürzenden Thema
— eine der eigenartigsten und tiefsinnigsten Schöpfungen
Beethovens — war den Zuhörern vollends „Chinesisch".
Der glückliche Erwerber war diesmal Artaria. Mit richti-
gem Verlegerinstinkt erbat er sich ein anderes Finale,
bereit, das erste als ein Werk für sich (op. 133) herauszugeben. Nach einigem Sträuben willigte Beethoven ein und
schrieb im Sommer das in freiem und leichterem Stil gehaltene Finale, das heut das Werk beschließt. Es sollte
seine letzte fertiggestellte Komposition werden.

Zu den ersten drei Galitzin-Quartetten gesellten sich
bald noch zwei weitere, das wundersame Cis-Moll-Quartett (op. 131) und das letzte in F-Dur (op. 135). Nach dem
fast übernatürlichen Aufschwung der letztvergangenen
Zeit macht sich jedoch ein leises Nachlassen der geistigen
Spannkraft bemerkbar, was um so weniger verwunderlich
ist, wenn wir uns die Leiden und Erlebnisse des Jahres
1826 in die Erinnerung rufen. An dem Cis-Moll-Quartett,
dessen Entwürfe bis in den Herbst 1825 zurückgehen, hat
Beethoven lange und schwer gearbeitet. Die Skizzen dazu
nehmen dreimal mehr Raum als die Partitur ein. Als es
aber fertig war, hielt es Beethoven unter seinen Streich-
quartetten für das „größeste", und wir wissen nicht, ob
wir ihm nicht recht geben sollen, angesichts der durch-
geistigten, ganz verinnerlichten Tonsprache, die es redet,
der hohen Gedanken und neuartigen Klangwirkungen,
die es birgt. An dem F-Dur-Quartett op. 135 schrieb Beethoven mit einer gewissen Unlust. Aber er brauchte Geld
(wie er selbst gestand), er war jetzt als Quartettkompo-
nist gesucht und konnte vorteilhafte Aufträge nicht aus-
schlagen. Zudem hatte er Schlesinger die Arbeit versprochen. So schuf er ein Werk, das seiner ganz gewiß
würdig war und sich den „letzten" Quartetten nach unserm

Empfinden fast ebenbürtig anreiht; nannte es aber in eine Stunde des Unmutes „schofel" und setzte auf die Abschrift: „5 tes Quartett (von den neuesten) — NB. zusammengestohlen aus verschiedenen diesem und jenem". Anfänglich waren nur drei kurze Sätze geplant, und erst im Laufe des Sommers kam das Lento assai hinzu. Das Thema des Schlußsatzes:

und die Überschrift „Der schwer gefaßte Entschluß. Es muß sein!" haben zu tiefsinnigen Deutungen Veranlassung gegeben. Es steht aber zweifelsfrei fest, daß Beethoven — sei es, daß er dabei an das Wochengeld, mit dem die Haushälterin auskommen sollte, oder an die Dickfälligkeit eines reichen Geizhalses, dessen Beutel er zugunsten Schuppanzighs erleichtert hatte (auf den auch der Kanon mit dem gleichen Motiv geht), oder an die Fron der eigenen Arbeit dachte — daß Beethoven den Titel humoristisch gemeint hat, und dem entspricht auch der Charakter des Satzes. Das Cis-Moll-Quartett wurde im August, das F-Dur im Oktober 1826 beendet. Aufführungen beider Werke hat Beethoven nicht mehr erlebt.

Lagen in den letzten Klavierwerken schon die Keime zu einer neuen Entwicklung — Liszt, den Beethoven als kleinen Virtuosen noch gehört und im Konzertsaal geküßt hatte, erkannte und pflegte sie als einer der ersten —, so haben noch mehr die letzten Quartette dem musikalischen Fortschritt die Bahn gebrochen. In ihnen tut sich in Wahrheit eine neue Welt auf. Eine Welt romantischer Träume, subjektivsten Empfindens und eine Freiheit des musikalischen Gestaltens, die die Grenze zieht zwischen der klassischen Epoche und der in weiterem Sinne modernen Musik. Berlioz und Wagner, Schumann, Liszt, Brahms, Bruckner, sie alle haben das Erbe Beethovens angetreten, das so reich war, daß es jeder von ihnen in

seiner Weise verwalten und mehren konnte. Die Tonsprache aber der letzten Quartette war ihrer Zeit so weit
vorausgeeilt, daß sie erst am Ende des Jahrhunderts von
der Entwicklung eingeholt und in sie aufgenommen wurde.
Hier waren Fäden gesponnen, die sich bis in die Gegenwart ziehen und selbst die Musik unserer Tage noch mit
Beethoven verknüpfen.

*   *   *

Mit der Vollendung der Galitzin-Quartette war dies
Leben beschlossen. Noch mancherlei Pläne beschäftigten
den Meister; eine Ouvertüre über den Namen Bach, eine
zehnte Sinfonie, ein Oratorium („Der Sieg des Kreuzes")
für die Musikfreunde, eine vierhändige Sonate und ein
Flötenquintett für Diabelli, Musik zu Goethes „Faust",
zwei weitere Messen und anderes sollte in Angriff genommen werden. Aber nichts von alledem gelangte zur Ausführung. (Aus den Skizzen zum Quintett hat 1846 Diabelli
„Beethovens letzten musikalischen Gedanken" herausgegeben.) Auch ein Opernplan taucht 1823 wieder auf. Die
Erfolge der italienischen Oper, im besonderen des „Bar-
biers", weckten die alte Lust, und Beethoven tritt mit
Grillparzer in Verbindung, der für ihn eine „Melusine"
dichtet. Duport zeigt sich bereit, die Aufführung zu übernehmen, die Sontag und die Unger sollen darin beschäftigt
werden, aber der Text sagt ihm schließlich doch nicht zu,
und auch diese Oper bleibt ungeschrieben.

In der Zeit, wo die letzten Werke entstanden, lebte
Beethoven seiner Gewohnheit gemäß halb in der Stadt,
halb auf dem Lande; geistig vereinsamt, aber äußerlich in
oft regem Verkehr mit Verlegern, Freunden und Kunstgenossen. Gegen die Zudringlichkeit Neugieriger ist er
noch empfindlicher als früher und zieht sich zeitweise in
völlige Abgeschiedenheit zurück. Aber er empfängt die
Besuche von Rochlitz, Reichardt, Rellstab, Zelter, dem
Harfenfabrikanten Stumpf, dem Dirigenten George Smart
aus London und anderen angesehenen Männern und freut
sich ihrer Teilnahme und Verehrung. Als E. Th. A. Hoff-

mann in Wien war, hatte er sogar die Initiative ergriffen,
um den Mann, der so viel Schönes über ihn schrieb, persönlich kennen zu lernen. Im Oktober 1825 bezog Beethoven sein letztes Quartier, das Schwarzspanierhaus, in
dem Stephan von Breuning mit seiner Familie wohnte. Er
war mit dem alten Jugendfreunde wieder in herzlichere
Beziehungen gekommen und verkehrte nun viel mit ihm,
der Frau und dem Söhnchen Gerhard. In seinen „Erinnerungen" hat Gerhard von Breuning, der später Arzt wurde,
interessante Einzelheiten aus der letzten Lebenszeit des
Meisters veröffentlicht. Beethoven pflegte den Kleinen,
weil er ihm Botendienste leistete, seinen „Ariel" oder
(wie einst den Neffen) seinen „Hosenknopf" zu nennen.
   Alle, die ihn damals gesehen haben, stimmen in ihren
Berichten darin überein, daß ihnen in Beethoven ein
schwerkranker Mann entgegentrat. Der physische Verfall
war nicht mehr zu verkennen. Der einst so kraftvolle,
selbstbewußte Meister schien innerlich gebrochen und
früh gealtert. An Wegeler schreibt er nach Bonn, es stehe
schlimm um seine Existenz, und gedenkt in Wehmut der
vergangenen Jugend. Er hoffe, noch einige große Werke
zur Welt zu bringen und dann „wie ein großes Kind"
irgendwo unter guten Menschen seine irdische Laufbahn
zu beschließen. „Ich fürchte", äußerte Breuning bei seinem Anblick, „Beethoven steht in Gefahr, sehr krank,
wenn nicht gar wassersüchtig zu werden." Aber noch anderes machte die älteren Freunde besorgt. Das war das
ungeregelte Leben, das der Meister seit einiger Zeit
führte. Während der Komposition der Quartette nahm er
ganz gegen seine früheren Gewohnheiten den Wein zu
Hilfe und arbeitete oft bis tief in die Nacht hinein. Die
Neigung zu alkoholischen Genüssen (das Laster seiner
Großmutter und seines Vaters) trat plötzlich ganz unerwartet in Erscheinung. „Eine Nacht im Bock, zwei
Nächte nicht zu Haus geschlafen" lautet eine eigenhändige
Notiz. Man schrieb diese Wandlung, wohl nicht mit Unrecht,
dem Einfluß seines (hier schon öfter genannten) Freundes
Carl Holz, Beethovens „Mephisto", zu, der in dieser Zeit

zum Verdruß der anderen sein täglicher Umgang ist. Holz, erst Kascaoffizier bei den Landständen, dann Musiker, intelligent, witzig, ein leichtlebiger echter Wiener, erfreute sich nicht des besten Leumunds. Mit seiner guten Laune und treuergebenen Hilfsbereitschaft weiß er sich dem Meister bald unentbehrlich zu machen. In „Freund Trinkulos" Begleitung werden fleißig Weinstuben besucht und vor fremden Augen Zechgelage gehalten, die Beethoven in den Ruf eines Trunkenboldes bringen. Holz war aber auch Zeuge der erschütternden Erlebnisse mit dem Neffen und hat seinem Meister in schlimmen wie in guten Stunden hilfreich zur Seite gestanden. Vergegenwärtigt man sich, wieviel Leid und Sorgen bei aufreibender künstlerischer Arbeit gerade damals auf ihn eindrangen, so kann man es verstehen, daß Beethoven sich abzulenken und zu betäuben suchte. Auf seinen Gesundheitszustand konnte diese Lebensweise freilich nur unheilvoll wirken, die nahende Auflösung nur noch beschleunigen.

„Gott sei Dank, daß die Rolle bald ausgespielt ist!" schrieb Beethoven an seinen getreuen Zmeskall. Er sollte wahrgesprochen haben. Die Tragödie ging nun mit eilenden Schritten ihrem Ende entgegen. Wir kennen den Grund, der Ende September 1826 zur Reise nach Gneixendorf führte. „Dir wird das Land sehr gut tun", hatte Johann geschrieben, „denn Du kannst Dir keinen Begriff machen, was das für ein Unterschied. — Bei mir kannst Du leicht gehen, denn in zehn Schritt bist Du auf dem Feld und in der schönsten Gegend." Ungern und nur dem Neffen zuliebe nahm Beethoven die Einladung an. Bei schönem Wetter trifft er am 1. Oktober ein und fühlt sich auch anfangs ganz wohl im Hause des Bruders. Bald aber kommt es zu neuen Zwistigkeiten mit der Schwägerin und dem Neffen, der im benachbarten Krems die Nächte durch Billard spielt. Die gereizte Stimmung führt zu erregten Szenen. „Ich bitte Dich also", schreibt ihm Karl einmal auf, „mich endlich einmal in Ruhe zu lassen. Willst Du abreisen, gut — willst Du nicht, auch gut — nur bitte ich Dich nochmal, mich nicht so zu quälen, wie Du es tust — Du

könntest es am Ende bereuen, denn ich ertrage viel, aber
was zu viel ist, kann ich nicht ertragen. So hast Du es
auch dem Bruder heute ohne Ursache gemacht; Du mußt
bedenken, daß auch andere Leute Menschen sind — diese
ewigen Vorwürfe — weswegen machst Du eben heut ein
solches Spektakel —". Beethoven wird kränker und kränker und hat, obgleich er seinen Aufenthalt dem Bruder
bezahlt, nicht die geringste Pflege. Das Essen ist schlecht
und ungenügend, in seinem Zimmer ist er den Unbilden
des inzwischen eingetretenen Novemberwetters ausge-
setzt. Ein heftiger Auftritt, hervorgerufen durch Beethovens Wunsch, Johann solle auch zugunsten des Neffen
testieren, führt schließlich zur Katastrophe. Der verbit-
terte Meister bricht im Jähzorn auf und verläßt mit Karl
das Gut, ohne daß Vorkehrungen getroffen sind. Der
Bruder verweigert den geschlossenen Wagen trotz der
naßkalten Witterung. Beethoven muß auf einem offenen
Leiterfuhrwerk bis zum nächsten Dorfe fahren und dort
übernachten, ohne Winterkleidung in einem ungeheizten
Zimmer. In der Nacht stellen sich Fieber, Husten und
Seitenstechen ein. Mit einer schweren Lungenentzündung
trifft er am 2. Dezember wieder in Wien ein. Und nun
geschieht das Unglaubliche: erst am dritten Tage wird ihm
ärztliche Hilfe zuteil. Seine Ärzte, Braunhofer und Stau-
denheimer, lassen ihn beide im Stich (dem einen ist der
Weg zu weit). Der liebe Neffe spielt Billard im Kaffee-
haus und gibt den Auftrag, einen Arzt zu holen, an den
Marqueur weiter. Nur dem Umstand, daß dieser zufällig selbst ins Krankenhaus kommt und dort sich des
Auftrags erinnert, ist es zu danken, daß Beethoven nicht
noch länger hilflos daliegen muß. Der vom Krankenhaus
geschickte Arzt, Dr. Wawruch, übernimmt nun die Behandlung; später wird noch der dem Meister befreundete
Malfatti zugezogen. Aber Beethoven ist nicht mehr zu retten. Während die akute Lungenentzündung zurückgeht, hat
sich sein Hauptleiden so weit entwickelt, daß trotz der
mehrmals vorgenommenen Punktionen das unvermeidliche
Ende nicht mehr aufzuhalten ist.

Mit Beethovens Krankheiten hat sich die moderne Wissenschaft eingehender beschäftigt und ist auf Grund überlieferter Tatsachen und ärztlicher Befunde (namentlich der Aufzeichnungen des Dr. Wawruch) zu wahrscheinlich einwandfreien Feststellungen gelangt. Ein Blick in die Briefe Beethovens allein lehrt, daß er eigentlich von Jugend auf nicht gesund gewesen ist; vom ersten noch erhaltenen des Siebzehnjährigen (an Dr. Stadler in Augsburg) bis zum letzten künden sie von wechselnden körperlichen Leiden. Von der Gehörerkrankung ist schon die Rede gewesen. Mütterlicherseits war Beethoven insofern erblich belastet, als auch bei ihm die Atmungsorgane den Witterungseinflüssen nicht standzuhalten vermochten. Entwickelt sich das Übel auch nicht wie beim Bruder Karl zur Schwindsucht, so leidet er doch an entzündlichen Zuständen und schweren Katarrhen. Damit hing wohl auch die Augenkrankheit vom Jahre 1823, wahrscheinlich eine heftige Bindehautentzündung, zusammen. Aus Nußdorf schreibt er unter dem 7. Juli 1817 an Nanette Streicher, der Arzt habe seinen Zustand nun endlich für Lungenkrankheit erklärt. Die tödliche Krankheit aber, der Beethoven erlegen ist, war Schrumpfung und Verhärtung der Leber (Leberzirrhose). Sie entstand auf dem Boden einer chronischen Magen- und Darmerkrankung, die ihrerseits vermutlich die Folge von Typhus oder einer anderen Infektionskrankheit war. Ein Vorläufer zeigte sich schon 1821 in der plötzlich auftretenden Gelbsucht. Auch das Nasenbluten und Blutspeien, das 1825 den Meister heimsucht, führen die Untersuchungen Waldemar Schweisheimers auf die latente Lebererkrankung zurück.

Beethoven hat auf seinem letzten Krankenlager noch schwer gelitten. Nach kurzer Besserung traten Brechdurchfall, Schmerzen in Leber und Gedärmen und Anschwellung der Füße ein. Das Wasser, eine Begleiterscheinung der allgemeinen Auflösung, stieg ihm bis zum Herzen und machte schon am 20. Dezember die erste Operation notwendig. Beethoven ertrug alles geduldig und in Ergebenheit. Schindler und der junge Breuning lösen sich ab in der

Pflege. Nur auf Stunden kann er das Bett verlassen.
Freundliche Besucher (Hummel, Haslinger und andere)
suchen ihn zu trösten und aufzurichten. Breuning, die Streicher, Baron Pasqualati, in dessen Hause er mehrmals gewohnt hat, versorgen ihn mit Speise und Trank. Eine letzte
Freude noch bereitete dem Kranken die von Stumpf über-
sendete Prachtausgabe der Händelschen Werke und das Ein-
treffen einer a conto-Zahlung von 100 Pfund Sterling aus
London. Eine von Schott erbetene Sendung alten Rhein-
weines kommt erst zwei Tage vor seinem Tode an und
kann ihm nur noch ans Bett gesetzt werden. Schade —
schade — zu spät!, das waren seine letzten Worte. Seit
Tagen waren die Kräfte merklich gesunken; der abge-
zehrte Körper nur noch ein Skelett, das eingefallene Gesicht von einem struppigen weißen Bart umrahmt. Am
23. März machte Beethoven seine letzte testamentarische
Verfügung (zugunsten des Neffen, der als Kadett in Iglau
war und nichts von sich hören ließ), am 24. empfing er
die Sterbesakramente. Gegen Abend verließ ihn das Bewußtsein. Am folgenden Tage, dem 26. März 1827, nach
5 Uhr nachmittags, war er verschieden. Anselm Hütten-
brenner, der allein bei ihm wachte, erzählt: „Nachdem
Beethoven von 3 Uhr nachmittags an bis nach 5 Uhr
röchelnd im Todeskampfe bewußtlos dagelegen war, fuhr
ein von heftigem Donnerschlag begleiteter Blitz hernieder
und erleuchtete grell das Sterbezimmer (vor Beethovens
Haus lag Schnee). Nach diesem unerwarteten Naturereig-
nisse öffnete Beethoven die Augen, erhob die rechte Hand
und blickte starr mit geballter Faust mehrere Sekunden
lang in die Höhe mit sehr ernster, drohender Miene. . . . . .
Als er die erhobene Hand wieder aufs Bett sinken ließ,
schlossen sich seine Augen zur Hälfte. Meine rechte Hand
lag unter seinem Haupt, meine linke ruhte auf seiner
Brust. Kein Atemzug, kein Herzschlag mehr!"
Am 29. März nachmittags 3 Uhr war das Leichenbegäng-
nis. Schon ein paar Stunden vor der anberaumten Zeit
hatte sich eine nach Tausenden zählende Menschenmenge
angesammelt, so daß Breuning das Haustor sperren lassen

mußte. Die Feier, bei der Mitglieder der unter Barbajas
Leitung stehenden italienischen Oper sangen, fand im Hof
des Schwarzspanierhauses statt. Dann ging es in die
Pfarrkirche in der Alserstraße, wo die Leiche eingesegnet
wurde, und von dort auf den Währinger Friedhof. (Jetzt
ruhen Beethovens Gebeine neben den Grabstätten Mozarts, Haydns und anderer Heroen der Tonkunst auf dem
Wiener Zentralfriedhof, wohin sie 1888 überführt worden
sind.) Unter den Leidtragenden befand sich auch Franz
Schubert, ahnungslos, wie bald auch ihn das Schicksal
abberufen würde. Die Leichenrede, die der Schauspieler
Anschütz auf Anordnung der Geistlichkeit nicht am Grabe,
sondern vor dem Tor des Kirchhofs halten mußte, war von
Grillparzer verfaßt.

Mit Worten aus des Dichters letztem Gruß wollen auch
wir von unserm Helden Abschied nehmen.

„Denn ein Künstler war er, und was er war, war er
nur durch die Kunst. Des Lebens Stacheln hatten tief
ihn verwundet, und wie der Schiffbrüchige das Ufer um-
klammert, so floh er in deinen Arm, o du des Guten und
Wahren gleich herrliche Schwester, des Leides Trösterin, von oben stammende Kunst." . . . . . .

„Ein Künstler war er, aber auch ein Mensch, Mensch
in jedem, im höchsten Sinn. Weil er von der Welt sich
abschloß, nannten sie ihn feindselig, und weil er der
Empfindung aus dem Wege ging, gefühllos. Ach, wer sich
hart weiß, der flieht nicht! Das Übermaß der Empfindung weicht der Empfindung aus! — Er floh die Welt,
weil er in dem ganzen Bereich seines liebenden Gemü-
tes keine Waffe fand, sich ihr zu widersetzen; er entzog
sich den Menschen, nachdem er ihnen alles gegeben und
nichts dafür empfangen hatte. Er blieb einsam, weil er
kein zweites Ich fand." . . . . . .

Beethovens Gesamtwerk bietet die merkwürdige Erscheinung dar, daß „Sturm und Drang" (wie man es zu nennen pflegt) nicht am Anfang, sondern am Ende einer künstlerischen Entwicklung stehen. Am Beginn seiner Laufbahn ist der im Leben Ungebändigte als Künstler beherrscht, bescheiden zurückhaltend, eher bedachtsam als draufgängerisch. Ruhig gewinnt er sich allmählich den Boden, auf dem er zu wirken gedenkt. Bei aller Genialität und inneren Selbständigkeit liegt ihm nichts ferner als Auflehnung gegen das Bestehende. Klarheit, Glätte, Ebenmaß der Form sind ihm Bedingung des künstlerisch Schönen, und nur durch die Größe und Originalität seiner musikalischen Ideen beginnt er, erst unbewußt, sich abzusondern. In den Spätwerken dagegen gärt und brodelt es. Unerhört Neues drängt zur Gestaltung und bricht sich eigene, noch ungebahnte Wege. Der reife, alternde Meister fühlt sich seiner Umgebung entwachsen, souveräner Gebieter in neueroberten Reichen. Aber was er schafft, trägt seine Gesetze in sich und ist nicht weniger organisch entstanden als die noch mit der Tradition verknüpften Frühwerke. Deshalb haben die unrecht, die sich mit willkürlichen Neuerungsversuchen und bewußt umstürzlerischen Ideen auf Beethoven berufen möchten. Er wußte, was er tat, und konnte, als jemand, um eigene Regellosigkeit zu decken, auf Freiheiten in des Meisters Werken wies, ohne Überhebung sagen: „Ich darf das — Sie nicht!" Könnte er heut erwachen und sehen, was aus der Kunst, für die er sein Leben geopfert, geworden ist, sein Zorn würde sich über solche Jünger ergießen. Die rechte Beethovenpflege wird gerade das Organische, die innere Notwendigkeit seines Schaffens in die hellste Beleuchtung setzen und dahin wirken, daß das Verantwortlichkeitsgefühl, der heilige Ernst, den er der Kunst gegenüber bewährte, uns und allen kommenden Geschlechtern zur Nachahmung dient.

Beethovens Denken war kosmopolitisch, sein Schaffen aufs Universelle gerichtet. Und doch war er der deutschesten Meister einer! Sein Deutschtum war kein zur Schau getragener Nationalismus; aber so tief wurzelte sein ganzes Wesen, sein Menschentum und seine Kunst im Boden der Heimat, daß er nur aus ihr hervorgehen konnte, getrennt von ihr gar nicht denkbar wäre. Das hat auch das deutsche Volk im Weltkriege gefühlt, als es zu ihm wie zu einem Nationalheiligen flüchtete. Der Beethovenkult hat nicht ohne tieferen Grund in den Jahren 1914—17 seinen Höhepunkt erreicht. Langsam aber stetig war er herangewachsen. Der Widerspruch, den Beethoven, wie alle Großen, bei Lebzeiten erfahren mußte, verstummte, kaum daß der Tod ihn dem Streit der Meinungen entrückt hatte. Die Epoche, die unmittelbar folgte, gewiß nicht arm an Keimen zu neuer, fruchtbarer Entwicklung, weist keine Persönlichkeiten auf, die sich an schöpferischer Kraft und Originalität mit ihm messen konnten. Immer mehr wuchs die Gestalt Beethovens, je weiter man sich von ihr entfernte. Den Zeitgenossen, sofern sie ihn überhaupt verstanden, noch ein Gegenstand respektvoller, fast scheuer Bewunderung, wurde er den Nachgeborenen sehr bald eine der vertrautesten Erscheinungen, die trotz Händel, Bach und Mozart die glühendste Liebe aller Kreise auf sich zog. Ja, die Begeisterung für Beethoven ergriff Laien wie Fachgenossen in dem Grade, daß er seit etwa Mitte des Jahrhunderts schlechthin den Inbegriff alles Großen in der Musik bedeutet. Kein anderer Name ist von so eigenem Glanz umflossen, kein anderer so tief ins Volk gedrungen. Schumanns in grenzenloser Verehrung gesprochenes Wort: „Wer darf sich unterstehn, Beethoven zu loben?" ist nur ein überschwenglicher Wiederhall dessen, was im Bewußtsein der Allgemeinheit lebt. Die gesamte Kulturwelt sieht heute in Beethoven nicht nur den unumschränkten Herrscher der Töne, sondern einen der größten Geister aller Zeiten und hat ihn mit Männern wie Luther, Kant, Goethe in eine Reihe gestellt.

Was aber ist es, das diesen Meister uns so vor allen wert macht, das mit so starken Banden an ihn fesselt und seinen Tönen diese unwiderstehliche Macht über Sinn und Gemüt verleiht?

In der Musik wie, recht verstanden, in jeder Kunst walten schaffend und bildend zwei Grundelemente, die ihrer Natur nach verschieden sind, ja nicht selten sich bekämpfen. Das eine ist der rein artistische Trieb, die Freude am Spiel, am Gestalten, an der Ausbildung der Mittel und der künstlerischen Formen. Diese sozusagen objektive Kunst ist zwecklos, aber nicht sinnlos; sie dient dem Schönen an sich und kann eine tiefe kosmische Bedeutung haben. Das andere Element ist der Trieb, im Kunstwerk etwas auszusprechen, es zum Medium seelischer Empfindungen und abstrakter Gedanken (mit Hilfe der Tonmalerei sogar zum Abbild materieller Vorstellungen) zu machen. In solcher Erscheinungsform wendet sich die Kunst nicht lediglich an die Phantasie, sondern auch an Gefühl und Intellekt. Historisch tritt dieser Dualismus unverkennbar — wenn auch nicht streng getrennt — in einem Nacheinander auf. Da der Antrieb zum künstlerischen Gestalten dem menschlichen Mitteilungsbedürfnis entspringt, folgt ununterdrückbar der einen Schaffensart die andere, und die fortschreitenden Übergänge vom rein Artistischen zum psychisch Emotionellen sind das, was wir die geschichtliche Entwicklung nennen. Jede Musik ist zuerst Formensprache, dann Ausdruckskunst.

Im 19. Jahrhundert nun bezeichnet Beethoven den Punkt, an dem ein solcher Übergang, ein solcher Ruck nach vorwärts sich am fühlbarsten bemerkbar macht. Seine Musik knüpft sich wohl an die Vergangenheit, die schon so Herrliches hervorgebracht hatte; aber sie sucht und redet eine neue Sprache. Ein neues Zeitalter bricht an. Dem Schöpfer der Pathétique, der Appassionata, der

Eroica und der Neunten Sinfonie ist alles Formale nur noch Mittel zum Zweck, sein Ziel der Ausdruck, die Darstellung seelischer Erlebnisse. In seinem Bedürfnis nach Intensität des Ausdrucks ging er dabei weit über die Grenzen hinaus, die eine frühere Ästhetik sich gezogen hatte, und verstieß zuweilen gegen den Schönheitsbegriff seiner Zeitgenossen. Aber nicht in dem Maß des Leidenschaftlichen lag das eigentlich Neue, Zukunftsreiche seiner Art, sondern in dem gesteigerten Subjektivismus, zu dem er sich bekannte. Das gilt natürlich nicht von allen Werken, aber doch von den entscheidenden. Es ist nicht mehr die Sublimierung typisch menschlicher Gefühle, allgemeiner Empfindungen, auch nicht die Objektivierung dramatischer Gestalten (wie etwa bei Mozart), was Beethoven am Herzen liegt. In der Missa solemnis, wo er sich mit seinem Gott und seinem Glauben auseinandersetzt, im „Fidelio", zu dem ihn einzig die Idee der selbstlosen Hingebung und unverbrüchlichen Treue begeistert hat, in den Sonaten, Sinfonien und Kammermusiken — überall ist es das Ich, die eigene Persönlichkeit des Tondichters, die nach Ausdruck ringt, sich mitzuteilen verlangt. Die Welt, wie er sie sah, seine Freuden und seine Leiden, seine Sehnsucht und seine Selbsterlösung — sie bilden den Inhalt aller Werke, die in ihrer Gesamtheit nichts anderes sind, als musikalische Selbstbekenntnisse. Durch diesen Subjektivismus hat Beethoven der Musik erst so recht die Zunge gelöst. Dem Subjektivismus des Empfindens aber mußte bald der Subjektivismus des Gestaltens folgen. Die alten Formprinzipien gingen mehr und mehr in die Brüche. So steht Beethoven am Anfang einer neuen Epoche, hat innerlich und äußerlich die moderne Bewegung eingeleitet, hat Berlioz, Liszt, Wagner, Brahms, Bruckner, Mylo, Richard Strauß und alle Neueren beeinflußt. Er war der Sohn der Revolutionszeit, des freien Rheinlandes, und wie er in seinem äußeren Gehaben, jede Konvention verachtend, sich keinerlei Zwang auferlegte, so kämpfte er auch für die Freiheit des künstlerischen Bekenntnisses, so wollte er alle hemmenden Schranken niederreißen und einzig als Mensch zu Menschen stehen. Diese in der Musik neue Kraft des Ausdrucksvermögens ist es zunächst, was ihm die Macht gegeben, ihm den Wiederhall in den Herzen der ganzen Welt verschafft hat.

Die Kraft des Ausdrucks — und doch die Schönheit dabei. Denn das ist bei alledem festzuhalten: Beethoven war keiner von den Umstürzlern, keiner von den Propheten, die etwa Willkür und Regellosigkeit predigen. Sein Schönheitsbegriff war fest umrissen, und selten nur — in seinen letzten Klaviersonaten und Quartetten, die er am Abend seines Lebens voll Bitternissen, in mystischem Versinken in die schöpferischen Einsamkeiten eines völlig Tauben geschaffen — hat er daran gerüttelt. Er war und blieb das Kind des 18. Jahrhunderts. Aber gerade darum, gerade weil er bei höchster Leidenschaftlichkeit des Empfindens nie die Form und Klarheit des Gedankens außer acht gelassen hat, dem Ideal des Schönen und Natürlichen treu geblieben ist, deshalb wirkt er auf alle, ist allen gemeinsam und gleich verständlich. Das alles, versteht sich, auf der Grundlage einer genialen, einzig dastehenden, spezifisch musikalischen Empfindungs- und Gestaltungsgabe. Denn was nutzen in der Kunst die geistvollsten Absichten, wenn nicht das schöpferische Vermögen, die Fülle der Gefühle dahintersteht!

Und noch ein Drittes kommt hinzu: das Ethos seiner Musik. Beethoven war eine in tiefster Seele ethische Natur. Das Alltägliche reizte ihn nicht, das menschlich Niedrige dünkte ihn der künstlerischen Darstellung unwürdig. Sein Pathos war immer hohen Ranges. In der Lösung höchster Probleme fand er sich mit den großen Geistern der Menschheit zusammen. Sein Thema war der Held, sein Glückverlangen die Sehnsucht nach innerer Erlösung, nach steter moralischer Vervollkommnung. Er kannte den Kampf, den das Dasein jedem aufnötigt, und er suchte nach einer Lösung. Er fand sie über den Sternen. So wurde der wundervolle Musikant zum Priester. In seinen schönsten und bedeutsamsten Schöpfungen behandelt er immer wieder das Heldenthema, wobei er, mehr

noch als an das tatkräftige, an das leidende und überwin-
dende Heldentum dachte. Hatte er selbst doch so viel und
tief gelitten! Und das ist der Hauptgrund, weshalb seine
Musik so unvergleichlich auf die Menschen wirkt: beim
Hören dieser Tondichtungen kann jeder von uns den Inhalt auf sich selbst beziehen. Wir fühlen uns gehoben,
von aller Erdenschwere befreit. Nie entläßt uns Beethoven bedrückt, gequält oder niedergeschlagen; seine aus
menschlichen Leiden geborene, doch unirdische Kunst
will ergreifen, nicht erschüttern. Schicksalsschläge —
Kampf — Sieg. Am Ende steht immer die Freude.

So ist uns Beethoven ein Wahrzeichen der Kraft und
Erhebung, ein starker Besitz, wie ihn keine zweite Nation
der Welt ihr eigen nennt. Die Liebe zu ihm ist mehr als
eine Sache des Kunstverständnisses, des Geschmackes: sie
ist Bekenntnis höheren Menschentums, ist Andacht vor
der Größe und Heiligkeit der künstlerischen Offenbarung.

Inhalt

Verzeichnis der Beethoven-Bildnisse

1. Kupferstich von Scheffner nach dem Gemälde von G. Stainhauser. Gegen 1801

2. Kupferstich von Bollinger nach dem Gemälde von Louis Letronne. 1814

3. Steinzeichnung von Th. Neu nach der Kreidezeichnung von A. v. Klöber. 1817/1818

4. Kupferstich von E. Eichens nach dem Gemälde von F. Schimon. 1818/1819

* 9 7 8 3 8 6 3 4 7 7 2 9 5 *